Burghard Pieske

**Karibisches Eis –
arktisches Feuer**

Burghard Pieske

Karibisches Eis – arktisches Feuer

DELIUS KLASING VERLAG

Alle Rechte vorbehalten! Ohne ausdrückliche Erlaubnis des Verlages darf das Werk, auch nicht Teile daraus, weder reproduziert, übertragen noch kopiert werden, wie z. B. manuell oder mit Hilfe elektronischer und mechanischer Systeme einschließlich Fotokopieren, Bandaufzeichnung und Datenspeicherung.

Die Deutsche Bibliothek – CIP-Einheitsaufnahme

Pieske, Burghard:
Karibisches Eis – arktisches Feuer / Burghard Pieske. –
Bielefeld: Delius Klasing, 1993
   (Segeln & Abenteuer)
   ISBN 3-7688-0789-4

© Copyright by Delius, Klasing & Co., Bielefeld
Fotos: Burghard Pieske
Zeichnungen: Gerhard Pieske
Umschlag: Ekkehard Schonart
Printed in Germany 1993
Druck und Bindung: Clausen & Bosse, Leck

INHALT

PROLOG
Cosmoledo-Stolperstein im Blauwasser 7
Wie wir wurden, was wir sind 11
Unser Standort nach 60000 Meilen 21

VOM FINGER GOTTES ZUR TEUFELSINSEL
Der schwarz-rot-goldene Segelklub von Fernando 25
Als Riffpiraten auf Rocas 35
Die seekranke Languste 39
Tausche Schrott gegen Bikinis 44
Die Löwenkäfige von Saint-Joseph 51

KARIBISCHES EIS
Empfangsbahnhof Barbados 55
Der Traum vom Aussteigen 61
Im Seglerdorf der Anse Mitan 71
Zwei Sextouristen specken ab 85
Westindische Perlen – Glanz und Glitter 89

STOPOVER IN FLORIDA
Ein Angebot aus Miami 94
Polizei an Bord 96
Surfside Nr. 13 100
Ray, das Pulverfaß mit Zeitzünder 108

BAHAMA-DRAMA
Flottillensegeln in den Berry Islands 114
Jacques' Malheur 123
Ein Supermarkt unter Wasser 129
Wie starb Ray Mannings? 139
Vom Arktisbazillus befallen 147

SHANGRI-LA AUF DER WIKINGER-ROUTE
Am Blauen Band nach Norden 151
Newfies, die Ostfriesen Kanadas 160
Die Nordmänner in der Neuen Welt 165
Das Land, das Gott dem Kain gab 168
Fisch gegen Fleisch 173

NEBEL, EIS UND TOLLE TYPEN
Die seltsamen Vögel von Goose Bay 180
Eimerklo neben Suppenschüssel 189
Gefangen in Hopedale 196
Ein Telefon mit Duftnote 202
An der Baumgrenze von Nain 209
Die Geisterstadt der frommen Schlesier 214
Karibu on the rocks 217

... ARKTISCHES FEUER
Ohren, die über die See lauschen 226
Männercamp am Saglekfjord 229
Das Rätsel der B-26 236
Unfrieden unterm Nordlicht 241

NÖRDLICH VOM ENDE DER WELT
In der Eismühle der Hudson-Straße 247
"No Ice in Frobisher Bay?" 255
Radio SHANGRI-LA sendet 261
Strafvollzug in der Arktis 269
Von Iglus, Rohfleischessern und Lampenlöschspielen 273
Zum Winterschlaf nach Grönland 280

PROLOG

Cosmoledo – Stolperstein im Blauwasser

„Helga! Helgaaa..."
Ich bin nicht sicher, ob die fremde, sich krächzend überschlagende Stimme meine eigene ist. Ich weiß nicht, ob sich mir überhaupt ein Ton entringt. Ich weiß in diesem Moment nur eines: Das ist das Ende! Versengend wie ein Blitzschlag trifft mich die Erkenntnis, und mein Denken schmilzt zu einem einzigen Punkt zusammen: Es ist vorbei. In wenigen Augenblicken wird alles vorbei sein... So plötzlich, so aus dem Nichts heraus wird der schlimmste meiner Alpträume wahr. Die unglaubliche Vision, wie ein Film in die nächtliche Weite des Ozeans projiziert, ist keine Sinnestäuschung. Wie zum Hohn tanzt die Erscheinung in gespenstisch düsterem Schwarz-weiß vor den Schwimmerspitzen der SHANGRI-LA auf und nieder, eine konturenscharfe Silhouette, ein nachtschwarzer Scherenschnitt vor dem blassen Vollmondhimmel, keine dreihundert Meter entfernt. Jede Sekunde bringt es unausweichlich näher – das Verderben. Das Ende unserer SHANGRI-LA. Ich spüre es geradezu körperlich in seiner Klarheit und Übermacht.

Der Schock, das Entsetzen schnüren mir die Brust zusammen. Meine Füße scheinen ans Deck geschmiedet zu sein. Gelähmt, wie mit Ankerketten beschwert, starre ich hypnotisiert über den Bug. Mein Herz beginnt in wildem Stakkato zu hämmern, während mir die Angst aus allen Poren quillt, heiß und kalt zugleich. Niemals werde ich sie vergessen: drei Palmwipfel, in der hellen Nacht hängend wie bedrohlich gezackte, mittelalterliche „Morgensterne", daneben die federzarten Schattenrisse von Kasuarinabäumen. Und im Vordergrund schäumt silbrig weiß die gewaltige Dünung des Ozeans an den Strand... An einen Strand, der gar nicht da sein kann, nicht da sein darf, weil er zumindest nach der Seekarte weit abseits unserer Route liegen müßte. Unsere Kurslinie sollte in dieser Nacht gut zwanzig Seemeilen nördlich vom Atoll Cosmoledo vorbeiführen. Das ist Abstand genug, um es selbst bei Tageslicht hinter der Kimm zu lassen. Wo liegt der Fehler? Wann sind wir vom Kurs abgewichen? Wie kommt diese verdammte Insel hierher? Was ist das für ein Spuk? Welcher Nachtdämon hält uns zum Narren?

Auf Sekunden gerafft läuft der Tag in meinem Gehirn ab: Es gab keine Probleme. Der verläßliche Südostpassat ließ uns stetig, auf geradem Weg voranrauschen. Beständiges Wetter. Sieben Knoten, mit ausgebaumten Passatsegeln. Der letzte Mittagsort am Vortag lag in guter Linie zu den vorhergegangenen. So ist meine Nachtwache nichts als Routine und Gelassenheit, gemächlicher Müßiggang unter einem stimmungsvoll funkelnden Sternenzelt. Ich kann die Nase geruhsam in ein Buch stecken. „Gruppenbild mit Dame" von Böll habe ich gerade vor – und zuletzt vor zwanzig Minuten davon aufgeschaut. Der übliche Rundblick verriet nichts Besonderes. Alles schien in bester Ordnung zu sein.

Wenig später geschieht es: Mit heftigen, unbändigen Bocksprüngen schreckt mich SHANGRI-LA jäh aus meiner Lektüre hoch. Die Stöße treffen mich bis ins Mark. Vibrierend tanzt sie im Sog einer reißenden Grundsee, wird wie von Riesenhand gehoben und über einen Wasserfall gekippt, scheint in einen Abgrund zu stürzen. Weiße Gischt knallt neben mir empor. Betäubend laute Brandung dringt in mein Bewußtsein.

Wir sind auf einem Riff! Mitten auf einem Riff. Und ich begreife nur das eine: Es ist ein tödlicher Ritt. Das Schicksal hat nach uns gegriffen, unvorbereitet, aus einem sanften, einlullend friedlichen Tropenhimmel. Der Countdown läuft. Unaufhaltsam dreschen die Seen die wehrlose SHANGRI-LA über die unheilvolle Barriere des Außenriffs. Ein magischer Magnetismus scheint von dem finsteren Bild auszugehen.

Helga zischt wie der Blitz an mir vorbei, wie aus dem Eingangsschott herausgespuckt. „Schmeiß die Schoten los!" schreit sie mich an. In fliegender Hast hat sie vorne die Fallen losgeworfen. Die Vorsegel knallen im Wind. Helga zerrt das schlagende Tuch an Deck. Ihre spontane Aktivität reißt mich aus meinem Schockzustand, und ich weiß auf einmal wieder, was ich zu tun habe. In kritischen Momenten, wenn für eine Beratung die Zeit fehlt, kommen wir immer ohne Worte der Verständigung aus. Ich spurte durch den Salon hinunter in den Rumpf, um das Seeventil der Maschine aufzudrehen. Es gibt, wenn überhaupt, nur eine einzige Rettung: zurück in tiefes Wasser! An Ankern ist in der tobenden Brandung nicht zu denken. Meine Knie sind weich bis zu den Ohren. Als SHANGRI-LA erneut wie aus einem Wassereimer geschüttet wird, rutsche ich unten im Schwimmer aus und schlage gegen den Generator. Das warm am Schienbein herunterlaufende Blut nehme ich kaum wahr. Selbst die Schmerzempfindung scheint blockiert zu sein. Mit fahrigen Fingern öffne ich das Ventil und springe wieder nach oben. Ich muß die Maschine vorglühen! Das verschlingt kostbare Sekunden, die sich zu einer Ewigkeit dehnen.

Wir handeln mit dem Mut der Verzweiflung, wohl wissend, daß unsere Chance, aus diesem Hexenkessel ohne lebensgefährliche Blessuren an den Rümpfen herauszukommen, lächerlich gering, wenn nicht gleich null ist. Wir befinden uns an der Luvseite der Insel, wo die Brecher mit martialischer Gewalt das Außenriff bearbeiten. Ein Rundblick löst Horror aus und läßt jede Hoffnung auf Rettung geradezu kindisch erscheinen. Lauernd ragen sie überall aus dem weißen, peitschenden Schaum, die verräterischen dunklen Klumpen – scharfe, schrundige Korallenköpfe, die jede Yacht spielend in tausend Stücke zermalmen können. Und gnadenlos prügelt uns die Brandung darüberhin. Mir ist, als tanzte ich auf dem mit Nägeln bestückten Sitzbrett eines Fakirs. Daß sich bis jetzt noch keiner der mächtigen Hauer in unsere Schwimmer gebohrt hat, daß wir sozusagen durch die Zahnlükken des Riffs geschlüpft sind, grenzt an ein Wunder. Aber das kann jeden Moment vorbei sein. Es scheint, die Elemente erlauben sich nur noch ein paar grausame Späße, um uns dann genüßlich den Gnadenstoß zu versetzen. Soviel ist sicher: Hätte SHANGRI-LA einen tiefgehenden Kiel, das Todesurteil wäre längst vollstreckt.

Ein wenig vermindert sich jetzt unsere Geschwindigkeit. Es macht sich bemerkbar, daß der Zug der Segel fehlt, die eben von Helga auf dem Trampolin festgelascht werden. Da endlich – nach einer quälenden Geduldsprobe heulen die Maschinen auf! Ich reagiere wie ein Roboter, der mit einem einzigen Befehl programmiert ist: zurück! Unter stummer Anrufung aller Himmelsmächte hole ich das Steuer herum. Sie gehorcht, dreht, sich mühsam aufbäumend, in die Gegenrichtung, knallt ihre Schwimmerspitzen und den Querträger mit voller Wucht in die hohen Brandungsseen. Eiskalt spüre ich den Wind auf den Zähnen. In meiner Wahnsinnsangst gebe ich viel zuviel Gas. Jetzt kommt alles darauf an, das Nadelöhr im Riff wiederzufinden, die flachen Lücken, durch die wir hereingepreßt worden sind. Helga klammert sich an den Mast, muß als Pfadfinder fungieren. Wenigstens sind in der klaren Mondnacht die sandigen – ungefährlichen – Stellen als helle Flecken gut von den schwarzen Korallenblöcken zu unterscheiden. Mit Rufen und Handzeichen führt Helga das Kommando, während ich am Ruder verkrampft ihren Anweisungen folge.

Noch ist der seidene Faden, an dem alles hängt – unser Schiff, unsere Weltumsegelung, unser Lebensinhalt – nicht durchtrennt. Ein Funke Hoffnung keimt auf. Ich arbeite am Steuer so angespannt wie ein Fahrschüler im Großstadtverkehr, vom Angstschweiß nicht weniger durchnäßt als von den überkommenden Brechern. Und Helga besteht ihre Lotsenprüfung...

Auf einmal ebbt das Tosen der Brandung ab, bleibt gurgelnd hinter uns zurück. Das Wasser wird ruhiger.

Ich glaube es noch nicht. Ich glaube es nicht.

SHANGRI-LA wiegt sich im freien tiefen Wasser, ihrem Element. Sie schwimmt! Sie ist heil! Keine Schramme, kein Kratzer ist ihrem Leib zugefügt worden. Der Spuk ist zu Ende.

Wir sehen uns stumm an. Welches Wort könnte auch ausdrücken, was wir empfinden? Zaghaft setzen wir zunächst nur ein Segel, ziehen im Bogen an der Insel vorbei, zurück auf unseren ursprünglichen Kurs. Und erst als die Palmen lange verschwunden sind und bereits der Morgen heraufzieht, wagen wir es, das volle Tuch zu setzen, dem Alptraum schnellstens zu entfliehen. Ein schwarzer Scherenschnitt über der Kimm ist in unsere Gehirne eingebrannt.

Als die Gespenster der Nacht der hellen Tropensonne weichen, kommt die Erschöpfung. Jetzt dürfen wir der Schwäche nachgeben, das Zittern der Hände ruhig akzeptieren, uns an die Verarbeitung des Geschehens machen. Noch lange Zeit, während ständig ein Augenpaar gebannt auf den Horizont gerichtet ist, rühren wir in unseren Selbstvorwürfen herum: daß ich nachlässig Wache gegangen bin, daß wir uns damit begnügt haben, nur einmal am Tag unseren Standort zu nehmen, daß wir den Strom, den der starke Passat aufbauen kann, nicht berücksichtigten. Wir lecken die Wunden unseres angeschlagenen Gemüts. Die Narbe aber bleibt – und wird uns erinnern. Von dieser Nacht an, auf allen Kursen, die SHANGRI-LA ziehen wird, tragen wir im Gepäck einen Namen mit uns herum wie ein sinnbildliches Warndreieck: Cosmoledo – das Brandmal für allzu ausgeprägte Selbstsicherheit. Für die Anmaßung zu glauben, wir hätten die Natur im Griff. Sie hat uns das Gegenteil bewiesen, uns eine Lektion erteilt, glücklicherweise nur durch einen Warnschuß.

Wie wir wurden, was wir sind

Daß Weltumsegler Spinner sind, trifft höchstens in Ausnahmefällen zu. Es mag sie ja vereinzelt geben, diese Sonntagskinder, die es quasi schlafwandlerisch schaffen, die Reise ihres Lebens anzutreten und auch mit verbundenen Augen immer da anzukommen, wo sie hinwollen – manchmal unter den haarsträubendsten Umständen und jenseits des gesunden Menschenverstands. Aber die Glückspilze, die Bohemiens auf großer Fahrt, sind denn doch eher der Sonderfall als die Regel.

Müssen Weltumsegler Träumer sein?

Zweifellos. Aber wer diesen Traum träumt, dem wird irgendwann dämmern, daß man recht ausgeschlafen sein muß, um ihn zu verwirklichen. Das ist ja das Fatale mit den Träumen: Wahr werden sie meist nur durch ein gehöriges Maß Realitätssinn. Denn sie in die Tat umsetzen heißt, den Schritt aus dem lieblichen Land der Phantasie in die rauhe Wirklichkeit zu wagen – und da weht der Wind kräftig von vorn. So handfest sind die Hindernisse, die überall auftauchen, so zahlreich die Schwierigkeiten und Unwägbarkeiten, daß die meisten Himmelsstürmer, ja selbst die größten Enthusiasten, ihr Wunschbild schließlich vorläufig zu den Akten legen, wo es zu verblassen beginnt und später in Vergessenheit gerät: das langsame Sterben einer großen Idee.

Wir haben durchgehalten, vier lange Jahre. Jahre, in denen das, was mancher charmant eine Wahnvorstellung nannte, langsam aber sicher die Gestalt zweier provozierend knallroter Polyesterrümpfe annahm.

Jahre, in denen sich die Loslösung aus unserem bisherigen Leben vollzog. Eine Zeit, in der Euphorie, Tatendrang, Mutlosigkeit, auch Resignation einander in zermürbender Folge ablösten und uns in tausend seelische Wechselbäder tauchten.

Manchmal frage ich mich selbst, wieso wir eigentlich nicht zu jenen gehörten, die entmutigt vorzeitig aufgaben – sprach doch so manches dafür, daß auch wir uns letztlich in die Kategorie derer einreihen würden, die, abgestürzt aus rosaroten Wolken, mit einem halbfertigen Boot an Land blieben. Ob das mit meiner Beamtenvergangenheit zu tun hatte? Als ehemaliger Pauker, Lehrer an einer Lübecker Grundschule, bin ich wohl nicht gerade der geborene Phantast, sondern eher pragmatisch veranlagt: eine Eigenschaft, die auch Helga aus ihrem naturwissenschaftlichen Metier als Apothekerin mitbrachte. Vielleicht lag es daran: daß wir bei aller Wolkenschieberei doch nüchtern genug waren, uns den konkreten Problemen zu stellen, den finanziellen, den handwerklichen, bis hin zu den – auch und gerade diese konnten nicht ausbleiben – zwischenmenschlichen.

Angefangen hatte alles, wie es so oder ähnlich wahrscheinlich in den meisten Fällen anfängt, nächtens in den Qualmschwaden einer Studentenpinte, wo zu vorgerückter bierseliger Stunde unser aller Jugendtraum debattiert und blühend ausgeschmückt wurde: einmal um die Welt segeln – das wäre doch was! Einmal in die große Freiheit aufbrechen, dorthin, wo hinter der Kimm so unendlich viele Dinge warten, die man noch nie gesehen hat. Liegt dieser Gedanke so fern, wenn man dort aufgewachsen ist, wo das Meer an die Haustür schwappt?

Wir lernten ein Segelboot bedienen in dem zarten Alter, in dem andere Gören üblicherweise mit dem Fahrradsattel vertraut werden. Das Wasser war unser Element, schon immer. Für Helga, einer alten Kapitänsfamilie entsprossen, sowieso – fließt doch in ihren Adern reinstes Seefahrerblut. Und auch für mich war zunächst nur ein Weg vorgezeichnet: die christliche Seefahrt.

Folgerichtig lande ich, gerade sechzehn, bei der Handelsmarine und erklimme die Sprossen vom Moses bis zum Zweiten Offizier mit dem Patent „Kapitän auf Kleiner Fahrt". Unterbrochen wird dieser Werdegang von einem Pädagogikstudium – auf Drängen und sehr zur Beruhigung meines Familienclans, in dem „man" seit Generationen

Lehrer wird und sonst nichts. Seefahrt schön und gut, aber wenigstens sollte man einen anständigen Beruf haben! Kaum hat er mit Abschluß des letzten Examens der Tradition Genüge getan, da steht der designierte Pauker wieder auf Schiffsplanken. Doch ein „Karriereknick", verursacht durch eine latente, nicht wegzuerziehende Aufmüpfigkeit, führt schließlich zum endgültigen Abschied von der Handelsschiffahrt. Daß es mit der christlichen Seefahrt bergab gehe, daß durch immer kürzere Liegezeiten und auf ein Minimum geschrumpfte Besatzungen das Leben an Bord erschwert werde – das hätte ich vielleicht denken, aber niemals meinem Reeder in einem Brief um die Ohren hauen dürfen! Ich bin gefeuert. Und das Ende bedeutet zugleich einen Neubeginn – in der Rolle des Beamten „auf Lebenszeit", auf neuem Terrain als hauptamtlicher Kinderschreck (sie haben es alle ohne Schaden überstanden).

Doch während all dieser Jahre blieb er lebendig: der Traum, mit eigenem Boot auf den traditionellen Routen der alten Seefahrer – oder lieber noch auf neuen Wegen – die Erde zu umrunden. Und eines Tages, inzwischen steht eine verschworene Viererbande in den Startlöchern, wird seine Realisierung in Angriff genommen – unter nicht eben überzeugenden Voraussetzungen, aber frei nach der Devise, daß auch eine Reise von tausend Meilen mit einem einzigen Schritt beginnen muß. Die finanziellen Bedingungen, nicht unbedingt als rosig zu bezeichnen, erzwingen die Entscheidung zum Eigenbau.

Die Jahre der Prüfung beginnen. Vier Jahre kräfteverschleißender Schufterei. Jahre des Ringens um unser Traumschiff und auch um seine Crew. Es kommt die Zeit der Wahrheit, in der unsere Idee an so vielen Widrigkeiten und Unzulänglichkeiten – Geldknappheit, Anfeindung, Dilettantismus, Streit und Rechthaberei – beinahe zugrunde geht.

Am Ende aber ist das Schiff das, was es hat werden sollen, getauft – etwas voreilig und nicht ganz ohne Vermessenheit – auf den Namen SHANGRI-LA, in Anlehnung an die Geschichte jenes imaginären Tales im Himalaja, in dem nichts als paradiesischer Friede und immerwährende Brüderlichkeit herrschen sollen. Die Mannschaft aber erreicht das Klassenziel nicht. Sie zerbricht – vielleicht zum Glück – noch an Land. Dörte und Peter, die Mitstreiter der ersten Stunde, trennen sich nicht nur voneinander, sondern auch von uns beiden und dem Projekt Weltumsegelung.

Durch eine Fügung des Schicksals fällt Luggi vom Himmel – bürgerlich: Ludwig Bareuther, der stämmige Urbayer, dessen Kenntnis von der christlichen Seefahrt sich auf eher theoretische Betrachtungen beschränkt. Was ihn jedoch nicht hindert, unser Crew-Fragment schließlich zu einem perfekten Dreiergespann zu ergänzen. Luggi, Helga und ich – so soll die Mannschaft für drei Jahre aussehen. Für diesen Zeitraum ist unsere Reise geplant, eine Exkursion mit festgesetztem Anfang und Ende. Wir haben ja keine Ahnung, daß es ganz anders kommen soll...

Als an jenem denkwürdigen Septembermorgen des Jahres 1977 die herbstlich trübe Heimat hinter unserem Kielwasser verblaßt, kann niemand voraussehen, daß es – zumindest für Helga und mich – keinen Weg zurück in die Gewohnheiten vergangener Tage mehr geben wird.

Zunächst zeigt sich, daß auch Weltumsegeln seinen Alltag hat. Noch kämpfen wir leicht desillusioniert mit einigen Anfangsschwierigkeiten, als wir uns, den Wegweisern für Fahrtensegler folgend, auf den Kanarischen Inseln in die große Herde der Yachties einreihen, die von hier üblicherweise im November zum Sprung über den Atlantik ansetzen.

In La Palma aber schaffen wir einen glänzenden Start. Die Atlantiküberquerung, mit Abstecher zu den Kapverden, bedeutet für uns nicht – wie für so viele – eine leider notwendige Zitterpartie, ohne die man halt die Reviere der Karibik oder Südamerikas nicht erreicht. Vielmehr erfüllt sich schon auf dieser Etappe unser Traum von herrlichstem Passatsegeln und sonnigem Badehosendasein.

Salvador-Bahia, eine der Riesenmetropolen Brasiliens, dann Rio de Janeiro und Santos werden unsere ersten Stationen auf dem südamerikanischen Subkontinent. Nicht zu vergessen Itajai, das Domizil von „Mercedes-Meier", dem deutschen Autoknackerkönig, in dessen – nun ja, anrüchiger – Gesellschaft wir uns pudelwohl fühlen.

Insgesamt verbringen wir ein volles Jahr in Südamerika. Und rückblickend bestätigt sich, daß unsere Kurslinien um die Küsten Brasiliens, Uruguays, Argentiniens und Chiles voller Glanzpunkte sind. Nirgendwo sonst wird die Aufnahme herzlicher, die Gastfreundschaft großzügiger sein. So nimmt uns in Comodoro Rivadavia, jenem unscheinbaren, auf den ersten Blick sogar abschreckenden argentinischen Provinznest, „Don Carlos", ein deutschstämmiger alter Herr, auf die rührendste Weise in seine Obhut (eine Freundschaft, die bis heute Zeit und Entfernung überdauert hat). Dort fassen wir auch – mit Schützenhilfe der argentinischen Marine – den Entschluß, den Pazifik statt durch die Magellanstraße rund Kap Hoorn zu erreichen. Kap Hoorn – daran haben wir in unseren kühnsten Träumen wirklich nicht gedacht! Der unwirtliche, legendäre Südzipfel des Kontinents wird, wie könnte es anders sein, ein Meilenstein auf unserem Weg. Daß sogar nebenbei eine offizielle Auszeichnung für uns abfällt, da SHAN-GRI-LA als erste deutsche Yacht das Kap in Ost-West-Richtung „bezwingt", ist keineswegs die einschneidendste Erinnerung an den südlichsten Punkt unserer Reise. Bleibender ist da schon die Verhaftung durch die chilenischen Wachtposten, die für unser argloses Eindringen in militärisches Sperrgebiet kein Verständnis zeigen. Unvergessen auch der eiskalte, unrühmliche Tauchgang im Angesicht der Isla de Cabo Hornos, wo uns – jeder hat mal einen schwachen Augenblick – der Anker samt Kette auf den Grund entschwindet und von zwei bibbernden Seebären in tollkühnem Einsatz geborgen werden muß.

Nach dem Kap dann, auf pazifischer Seite, die großartigste Landschaft, die ich bis dahin gesehen habe: Chilenisch-Patagonien, dieses Labyrinth ungezählter tausendarmiger Kanäle, eingeschnitten in eine wilde, einsame Bergwelt von unnahbarer, majestätischer Schönheit. Noch in keiner Landschaft habe ich mich so klein und unbedeutend gefühlt wie in diesem Irrgarten der Gletscher und Felsriesen, dieser menschenleeren Welt übermächtiger Natur. Sie fordert uns nicht nur grenzenlose Bewunderung, ja Ehrfurcht ab, sondern stellt auch höchste Ansprüche an unsere Seemannschaft. Eine der gefährlichsten Prüfungen haben Schiff und Crew allerdings erst dort zu bestehen, wo der Schärengarten sich zum freien Pazifik öffnet: im Golfo de Penas. Dieser „Golf der Leiden" bekennt sich zu seinem Namen und beschert uns die erste Havarie, als uns bei abflauendem Sturm der gewaltige Stoß einer tückischen Kreuzsee trifft und einen Teil der Inneneinrichtung zertrümmert. Doch der anfängliche Schock wird durch Beschäftigungstherapie bei den notwendigen Reparaturarbeiten bald überwunden.

Nochmals erwartet uns echt südamerikanische Gastfreundschaft: auf dem herrlichen, weitläufigen Gestüt Pedernal bei Puerto Montt und last not least in Arica, hoch im Norden Chiles an der peruanischen Grenze, wo wir Umbauten und Reparaturen vornehmen müssen. Die Hilfsbereitschaft und Bescheidenheit der gesamten Belegschaft der Imasi-Werft wird uns für immer unvergeßlich bleiben.

Von Arica aus gilt es zum zweitenmal eine große Etappe freien Ozeans zurückzulegen: bis in die Südsee, zu den vielgepriesenen Trauminseln Polynesiens. Über einen Monat lang kein Land! Doch der Pazifik wiegt uns friedlich wie in einem Kinderbett, gibt uns ein Gefühl von Geborgenheit und tiefer Ausgeglichenheit. Heute denke ich, daß es diese Phase war, in der sich bei Helga und mir zum erstenmal der Gedanke einschlich, daß dies das Leben ist, das wir immer führen wollen. Luggi dagegen sieht seinen Zeitplan bereits gehörig im Verzug, wartet auf ihn doch Ingrid in München, mit der er für die Dauer der Weltumsegelung ein zweifellos schwieriges Agreement getroffen hat. Wir haben gut reden – wir sind ja zu zweit! Uns treibt nichts, nicht einmal unsere ursprüngliche Planung. Wir wissen längst, daß unsere Fristsetzung von drei Jahren hinfällig ist und daß wir nicht eines einmal gefaßten Vorsatzes wegen von jetzt an um die Welt hetzen werden. Wo es uns gefällt, da wollen wir bleiben, bis es uns nicht mehr gefällt oder ein neues Ziel reizvoller erscheint.

Tahiti, der Inbegriff aller Südseeromantik, versetzt uns zunächst einen großen Schock. Rüde Behördenhengste und übervölkerte Hotelburgen verraten, daß das einstige Dorado längst seine Unschuld verloren hat – verkauft an den Massentourismus und die Sonnenölschickeria, die ihren Weg auch in diesen entlegenen Erdenwinkel gefunden haben. Doch an den stillen Ankerplätzen, in den Buchten abseits vom Getriebe, finden wir, was wir suchen: das bunte Volk der internationalen Fahrtenseglerszene, all die skurrilen Individualisten, deren Namen bei den Yachties in aller Munde sind. Hier kommt es zu manchem nützlichen Erfahrungsaustausch. Für mich wird in diesem kundigen Kreis das Tauchen zur großen Leidenschaft. Kein Wunder, sind doch die Tuamotus ein wahres Unterwasserparadies mit ihren bunten Korallengärten, in denen sich bizarres Leben tummelt!

Wir folgen der vielbefahrenen „Hauptverkehrsstraße der Südsee": von Tahiti nach Moorea – mit Abstechern in die unzähligen verträumten Atolle abseits des großen Rummels – und dann nach Samoa und Fidschi.

In Suva, der Hauptstadt des Fidschi-Archipels, treffen wir die ganze Fahrtensegler-Clique wieder. Hier rüsten sie alle aus, um rechtzeitig vor der Hurrikansaison die gefährdete Region zu verlassen. SHANGRI-LA nimmt Kurs auf Neuseeland. Und nun naht für uns unweigerlich die Stunde der Wahrheit. Wir müssen der Tatsache ins Auge sehen, daß der Pegel der Bordkasse unserem augenblicklichen Standort sozusagen um Etappen vorausgeeilt ist. Anders ausgedrückt: Die Pleite droht. Kein Wunder, ist doch unser Zeitlimit von drei Jahren nun erreicht, und das einen halben Erdumfang vom Heimathafen entfernt!

Im Land der „Kiwis" läuten wir daher gewissermaßen eine neue Ära ein. Endgültig vorbei ist unser Dasein als segelnde Touristen, von jetzt an muß das Zigeunerleben durch Lohnarbeit in den Ländern, die wir anlaufen, finanziert werden. Ein glücklicher Umstand, wie uns Monate später klar sein wird. Denn kein anderes Land haben wir bis heute so gründlich kennengelernt wie „God's Own Country", das ländliche Inselreich, in dem wir uns als Autoüberführer, Schneckentaucher, Goldwäscher und Pelztierjäger unser Brot verdienen – Erlebnisse von nie gekannter Intensität. Zum erstenmal sind wir nicht mehr Besucher, sondern gehören dazu, teilen den Alltag der einheimischen Bevölkerung.

Whangarei, Auckland (das „größte Dorf der Welt"), Christchurch (wo es zum Glück einen Segelmacher gibt) und der karge Fischerort Bluff sowie die herbschöne Stewart-Insel vor der Südküste sind die Stationen unserer Neuseeland-Umrundung, bevor wir im Südwesten in das wilde, großartige Fjordland eintauchen. Die tiefen Wasserarme Norwegens, malerische Schwarzwaldkulissen und die zerklüfteten Schären Patagoniens gehen hier eine einzigartige Verbindung ein. Überhaupt fordert Neuseeland ständig zu Vergleichen heraus, wir stoßen auf viele Ähnlichkeiten mit europäischen Landstrichen.

Das Arbeitsleben ermöglicht uns auch ein Studium der eigenwilligen Kiwis und ihrer ansteckend gelassenen Lebensart. Als wir nach neun Monaten über Wellington und die Cook-Straße wieder zu unserem Ausgangspunkt Whangarei zurückkehren, hat die behäbige, von unendlicher Geduld geprägte Kiwi-Gangart längst wohltuend auf unsere Gemüter abgefärbt.

Über die berüchtigte Tasman-See geht es nach Tasmanien und zu den sturmzerzausten, dicht unter dem australischen Festland liegenden

Furneaux-Inseln (wo kultivierte Gepflogenheiten noch keinen Einzug gehalten haben. An die Behausung Malcolms, des „Königs von Killiecrankie", wird Helga ihr Leben lang nur mit revoltierendem Magen denken).

Und dann Sydney, die australische Metropole! Wie ein Damoklesschwert hat dieser Name schon seit Wochen über unseren Häuptern gehangen, immer wieder verdrängt, doch allmählich in drohender Nähe. Denn hier steht ein schwerwiegender Einschnitt bevor, unser Abschied von Luggi. Es ist abgemacht und unumstößlich: Von Sydney aus fliegt er endgültig heim, unser Chefkoch und unersetzlicher Tüftler, abgeholt von Freundin Ingrid, deren Geduld nach längst überzogener Wartezeit verständlicherweise zu Ende ist.

Die Lücke, die Luggi an Bord hinterläßt, erweist sich als genauso groß, wie wir befürchtet haben. Es ist nicht leicht, das Bordleben nach gut dreieinhalb gemeinsamen Jahren ohne ihn zu gestalten. So ist unser Törn am Great Barrier Reef nordwärts – dem längsten Riff der Welt, das eines der herrlichsten Segelreviere flankiert – von der Neuverteilung der Alltagsaufgaben und der Einstellung auf die veränderte Situation geprägt.

Schade auch, daß Luggi einer der eindrucksvollsten Höhepunkte unserer Weltumsegelung entging. Denn durch einen nur zufällig in Port Moresby entdeckten Zeitschriftenartikel werden wir auf den Fly River aufmerksam, den größten Fluß Papua-Neuguineas, der in faszinierenden Bildern und Worten als noch unberührtes Tierparadies und Lebensader verschiedener Eingeborenenstämme dargestellt wird. Nach gründlicher Vorbereitung – Malariaprophylaxe und Buschausrüstung – wagen wir, was noch kein Segler zuvor gewagt hat: die Fahrt auf der „Straße der Monster". Vierhundert Meilen weit dringen wir auf diesem mächtigen, noch niemals vermessenen Strom in das Sumpf- und Urwaldgebiet im Süden Papua-Neuguineas ein (in der Hoffnung, es möge stimmen, daß die eingeborenen Halbnomaden den Kannibalismus seit etwa fünfzig Jahren aufgegeben haben). Es wird eine Reise an die Grenzen der eigenen Belastbarkeit, immer auf der Hut vor den nirgends verzeichneten Untiefen und Inseln und vor den im brackigen, braunen Wasser driftenden Urwaldriesen, die von den häufigen Flutwellen mitgerissen werden. Für dies und vieles andere, darunter der allabendliche Kampf gegen Milliarden Moskitos, welche die von

Moder und Verwesung schwangere Luft erfüllen, entschädigen uns immer wieder die geheimnisvolle Schönheit dieser Urwelt und die artenreiche Fauna an den oft völlig unzugänglichen Ufern. Und dann die faszinierende Begegnung mit den Dschungelnomaden! Wir treffen auf Menschen, die zwar die Steinzeit hinter sich gelassen haben, aber von der Zivilisation noch viele Jahrhunderte entfernt sind, deren Leben noch immer von uralten Zauberriten und dem unerbittlichen Gesetz des Urwaldes bestimmt wird. Mehrere Wochen bleiben wir beim Stamm der Bagwa, dürfen ebenso an ihren Festmahlen teilnehmen wie an ihrer Jagd – letzteres ein in jeder Hinsicht mörderisches Unterfangen in den menschenfeindlichen Sümpfen des Fly und seiner Nebenflüsse. Was für diese Eingeborenen der Alltag ist, strapaziert uns Besucher aus dem zwanzigsten Jahrhundert dermaßen, daß wir am Rande der körperlichen Erschöpfung wieder das Flußdelta erreichen – jedoch mit Eindrücken, die wir nicht missen möchten.

Wieder zurück auf dem fünften Kontinent – diesmal in Darwin, um vor dem Trip über den Indischen Ozean zu bunkern –, unterläuft uns ein folgenreicher Mißgriff. In dem begreiflichen Wunsch, die Crew wieder durch einen dritten Mann zu ergänzen, nehmen wir Karl an Bord, den ach so netten Tramper aus Hannover. Entweder hat uns die Menschenkenntnis im Stich gelassen oder Karl hat sein größtes schauspielerisches Meisterstück geliefert, solange er etwas von uns wollte: nämlich mitgenommen zu werden. Zu spät erkennen wir, daß wir uns einen Parasiten der allerübelsten Sorte eingehandelt haben, der SHANGRI-LA nicht nur als einen Selbstbedienungsladen betrachtet, sondern sich ihrer Einrichtungen auch noch nach Vandalenart bedient. Der poonageschädigte Typ, stets in Qualmwolken vom Rest der Welt isoliert, reist auf dem transzendentalen Egotrip – in absoluter Beziehungslosigkeit zu dem Schiff, auf dem er sich befindet, und zu uns reaktionären Spießern. Karls Anwesenheit entwickelt sich buchstäblich zum Sicherheitsrisiko. Aber diese Laus in unserem Pelz weiß ganz genau, daß wir uns ihrer mitten in der Weite des Indik – zumindest auf christliche Weise – nicht entledigen können.

Christmas Island, Cocos Keeling – die „Pflichtinseln" auf der Fahrtenseglerroute –, nirgends eine Chance, Karl wieder loszuwerden. Seitdem weiß ich, daß wirklich jeder Mensch, auch der von Haus aus harmloseste Skipper, zu Mordgedanken fähig ist. Erst auf Agalega, das schon zu Mauritius gehört, geschieht das Wunder, und Karl geht von selber (wahrscheinlich hat er sich seines Lebens nicht mehr sicher gefühlt).

Von nun an können wir wieder unbeschwert genießen, was wir sehen: Aldabra, das verzauberte Atoll der Riesenschildkröten, die Gewürzinseln der Komoren, wo wir auf dem Basar unseren Sperrmüll versilbern, und endlich Durban, Südafrika.

Hier finden sich mal wieder richtig lukrative Jobs – für Helga als Reiseführerin von Touristengruppen, für mich als Bootsbauer in Johannesburg. Von dem Geldsegen leiste ich es mir sogar, per Clipper zur Stippvisite ins vorweihnachtliche Deutschland heimzujetten. Zum Weihnachtsfest selbst allerdings, dem wohl unvergeßlichsten unseres Lebens, bin ich zurück in Durban, wo wir mit einer vielköpfigen, aus vierzehn Nationen stammenden Yachtie-Clique eine rauschende, fröhliche Christmas-Party veranstalten – natürlich an Deck der SHANGRI-LA.

Nach tränenreichem Abschied trennen sich dann die Wege. Unser Kurs führt um das Kap der Guten Hoffnung nach Lüderitz, der verschlafenen Wüstenstadt am Rande der Namib, wo wir auf den verwehten Spuren deutscher Kolonialisten wandeln und wo unsere Freundschaft mit „Katastrophen-Rudi" ihren Anfang nimmt, dem Liebling der Götter; von dem knuffigen Einhandsegler aus Österreich wird hier noch die Rede sein.

Langsam schließt sich nun der Kreis. St. Helena, der einsame Verbannungsort Napoleons mitten im Südatlantik, liegt schon fast auf

halbem Weg nach Brasilien. Und eines Tages schließlich steigt eine Silhouette über die Kimm, die uns schon vertraut ist. Zum zweitenmal laufen wir Salvador-Bahia an – nicht nach drei, sondern nach fünf Jahren. Und die zurückkehren, sind zwangsläufig nicht mehr dieselben, die einst aufbrachen. Unsere Pläne von damals haben sich gleichsam verselbständigt, haben unser Leben irreversibel umgekrempelt. Der Weg zurück in die Zwänge des Landlebens ist nicht mehr denkbar, ja, er hat sich gewissermaßen erübrigt. Denn wir haben ein neues Zuhause gefunden – und das heißt SHANGRI-LA.

Unser Standort nach 60 000 Meilen

Die Spitzen der Rümpfe schieben quirlende Schaumwalzen vor sich her, deren weiße Tropfen diamantfarben funkeln. Voraus weht feinster Wasserstaub, in den die Sonnenstrahlen einen bunten Regenbogen zaubern. Die See ist tiefblau – atlantikblau – und mit weißen Schuppen betupft. Am blanken Himmel segeln bauchige Wolkenschiffe im Konvoi; sie steuern einen anderen Kurs als wir. Hurra! Ich bin auf See! Mein Inneres jubiliert. Um mich herum ein ständiges Rauschen, eine Sinfonie aus Wind und Wellen. Dazu das Murmeln und Zischen am Heck, das Knattern der Windfahnen in den Wanten. Ein Fall schlägt im Mast – laß, es stört doch nicht.

Endlich bin ich wieder zu Hause, zurück in der großen Freiheit, wo keine Horizonte verstellt sind, keine künstlichen Grenzen mich einengen, keine Behörden mich in Gesetze pressen oder Menschen mich ausfragen. Zurückgekehrt bin ich, dem Ruf der See gefolgt, der stärker, lauter, fordernder ist als je zuvor.

Eine Weltumsegelung, unsere Weltumsegelung, ist in Salvador-Bahia zu Ende gegangen. Ach, ich mag das Wort nicht mehr hören. „Herzlichen Glückwunsch zur Weltumsegelung", hieß es in den letzten Briefen, und von „Leistung" war viel die Rede. Aber was haben wir denn Großes geleistet? Ich habe mir meinen Traum erfüllt oder besser: Ich habe meine ureigensten Gedanken und Wünsche in die Tat umgesetzt, habe mein Leben eigenverantwortlich in die Hand genommen, wobei das Kreuzen des Ausgangskurses, also die Vollendung der Weltumsegelung, nur einen Meilenstein auf einer langen Reise darstellt.

Nicht mehr, aber auch nicht weniger. Ich werde weitersegeln, ich muß weitersegeln; zu einem Tag wie heute gibt es keine Alternative.

Ein idealer Tag. Es stimmt einfach alles. Der Wind ist gut achterlich, so daß Genua und Groß voll stehen, als wären sie aus starrem Material. SHANGRI-LA läuft Rumpfgeschwindigkeit, ist gut getrimmt, so hat die Selbststeueranlage nicht viel zu tun. Die Bewegungen sind sanft, weich, harmonisch. Doch es stimmt noch viel mehr: mein Zustand, mein inneres Gleichgewicht. Das war zu Beginn, beim Auslaufen von Salvador, nicht so. Das Abschiednehmen, die Melancholie der ersten Tage, die ständige Entwurzelung machten mir zu schaffen. Nie fühle ich mich gut in der ersten Zeit auf See nach langem Landaufenthalt. Leichte Seekrankheit, Abschiedsschmerz, Gedanken- und Gefühlschaos – da laufen im Hirn viele Kreuzseen durcheinander. Jetzt habe ich mich an den Rhythmus der See gewöhnt, an ihre Launen, ihren Übermut. Jetzt bin ich mit dem Schiff und der See und mir im reinen. Wie ein Dirigent habe ich die Instrumente – Kompaß, Segel, Ruderanlage – auf die Gegenwart, den Augenblick abgestimmt. Auf alle Veränderungen der Töne werde ich sofort, auch im Schlaf, reagieren. Dreht der Wind, verändert sich die See – spielt also ein Instrument falsch –, dann muß ich handeln, sonst läuft das Schiff nicht optimal.

Jetzt ist alles im Lot. Ich liege am Kajütaufbau, dicht neben dem Mast hingelümmelt, lasse meine Gedanken über den Horizont baumeln und genieße. Freiheit! Ich empfinde sie geradezu körperlich, denn was kann ich aus diesem Moment alles machen! Ein Dreh am Ruderrad, ein neuer Segeltrimm, ein anderer Kurs – schon würde das Ziel Azoren heißen oder wieder Südafrika. Ach nein, da waren wir schon. Oder erneut Kap Hoorn? Zurücksegeln nach Salvador? Nein, niemals zurück! Aufkreuzen gegen diesen Wind, das würde den Tag völlig verändern. Allein der Gedanke fasziniert mich. Ein Dreh am Ruder – und neue Inseln, andere Kontinente würden vorausliegen. Wie herrlich kann man die Gedanken an neue Ziele ausspinnen. Sie zu erreichen, wäre wirklich möglich. Wir haben alles, nichts könnte uns hindern, zum Beispiel Südamerika erneut zu runden. SHANGRI-LA ist absolut seetüchtig, hervorragend ausgerüstet, sogar von einigen Kinderkrankheiten geheilt, die sich 1977, am Anfang der Reise, herausgestellt hatten.

Auch Helga ist genau wie ich motiviert zum Weitersegeln. Proviant haben wir reichlich an Bord. Rund fünftausend Mark beträgt unsere Barschaft noch. Aber viel wertvoller sind unsere Erfahrungen, Erfahrungen aus 60000 Seemeilen. Die Gewißheit, daß wir bestimmt irgendwo wieder Arbeit finden werden, mit unseren Möglichkeiten im handwerklichen Bereich. Grinsend muß ich an Salvador denken: „Was? Das Schiff, Proviant und fünftausend Mark in der Tasche ist alles, was Sie haben für die Weiterreise? Keine Altersversorgung, nicht mal 'ne Krankenversicherung?" entrüstete sich ein Deutscher im *Mercado Modelo*, dem Touristentreff von Bahia. Und schon entfacht sich die alte Diskussion um die Freiheit, den Preis der Freiheit, die Grenzen der Freiheit. Richtig, wir führen ein einfaches Leben, müssen mit dem auskommen, was wir haben. Das ist zur Zeit nicht viel. Trotzdem leben wir nicht abgenabelt von der Zivilisation. Unsere Nabelschnüre heißen Freunde, Familie und natürlich Einkommen, wenn auch ein unstetes. Aber das übertriebene Sicherheitsdenken der meisten meiner Bekannten verbaute uns und ihnen damals viele Möglichkeiten, schränkte zumindest meinen Aktionsradius unglaublich ein. Unser heutiges Leben von der Hand in den Mund erscheint vielen ein unvertretbar hohes Risiko. Doch das ist genau die Form des Lebens, die mich fasziniert.

Richtig unmöglich fand unser Tischnachbar in Bahia dieses „So-in-den-Tag-hinein-Leben". Dabei mache ich mir durchaus Gedanken, wie wir unsere Finanzen aufbessern können. Nur beherrschen diese Gedanken nicht den ganzen Alltag. Die meisten Menschen mit dem vorsorgenden, in der Regel sorgenden Blick in die Zukunft erleben die Gegenwart nicht bewußt. Vor lauter Planen, Absichern, mittel- und langfristigen Investitionen gerät die Schönheit, der Genuß des Augenblicks, das Auskosten einer harmonischen Lebensphase in Vergessenheit. Auch ich bin nicht frei davon, Sicherheitsdenken ist auch mir eingeimpft, und der Zivilisation kann und will ich nicht entfliehen. Es gibt sogar Momente, in denen ich die Zivilisation verstärkt suche, dadurch Impulse aufnehme und Anregungen erfahre. Hier einfaches Leben in der Natur – dort Eingebundensein in die Zivilisation. Ohne dieses Spannungsfeld ist mein Weltumseglerdasein nicht möglich, nicht denkbar. Ich brauche diese geistige Auseinandersetzung zu meiner ständigen persönlichen Standortbestimmung.

Heute möchte ich jedenfalls mit keinem tauschen. Schon gar nicht jetzt, da die Sonne sich anschickt, ins Meer zu sinken. Mit einer Tasse Tee in der Hand werde ich den Sonnenuntergang genießen wie ein Theaterbesucher eine dramatische Neuinszenierung. Dann noch etwas nachdenken, ein bißchen spinnen, phantasieren und träumen. Die Standlinien stimmen.

VOM FINGER GOTTES ZUR TEUFELSINSEL

Der schwarz-rot-goldene Segelklub von Fernando
Zwei Tage nach Salvador taucht der „drohende Finger Gottes" aus dem Atlantik – offiziell der Monte do Pico, die markante Felsnadel der Insel Fernando do Noronha: ein massiver, weithin sichtbarer Wegweiser, den die Natur selbst geschaffen hat. Fasziniert wandern unsere Blicke an dem senkrecht ins Blaue aufsteigenden Pfeiler empor, als SHANGRI-LA ins Lee der Insel gleitet, mit Bordfrau und Skipper als neugierigen „Kühlerfiguren" auf dem Vordeck. Wie ein mächtiger Leuchtturm beherrscht der Pico die grün gewellte, wie ein Klecks im Meer liegende Insel, ein echtes Kuriosum.
 Dennoch ist das kleine vulkanische Eiland knapp „unterhalb" des Äquators kein Touristenmagnet. Im Gegenteil, es scheint einer jener selten gewordenen Erdenwinkel zu sein, die, abseits von allem Getümmel der Welt, noch nicht aus ihrem Dornröschenschlaf gerissen wurden. Keine Spur von fremder Obrigkeit, hier scheint man noch unter sich zu sein. Das einzige ortsfremde Boot weit und breit ist SHANGRI-LA. Wir sind völlig allein, als unser Anker ins Wasser der Bucht rauscht, die offiziell als Hafen ausgewiesen ist – obwohl es hier anscheinend keine einzige wirklich geschützte Ecke gibt. Nur unvollständig von einigen im Meer erstarrten Lavabrocken gebrochen, ist der Atlantikschwell auch auf dieser windgeschützten Seite zu spüren: vielleicht mit ein Grund, weshalb Fernando do Noronha vom Segeltourismus noch nicht überflutet ist.
 Dies ist noch brasilianischer Boden. Doch so exzessiv die hitzige, quirlige Metropole Bahia uns umtoste, so extrem weltentrückt duckt sich hier ein in der Siesta dösendes Dorf in das Grün hinter dem Sandstrand.

„Na, mit Einkaufen wird hier nicht viel zu machen sein", vermutet Helga gleich auf den ersten Blick. Sie behält recht. Unsere Spritztour mit dem Dingi zum Strand hinüber – eine See, die der starke Schwell aufgebaut hat, duscht uns dabei gründlich – lohnt sich kaum. Der obligatorische Streifzug bleibt in dem verschlafenen Inselkaff wenig ergiebig. Gerade das Notwendigste läßt sich in einem verstaubten Krämerladen auftreiben. Wir kehren bald an Bord zurück. Am besten segeln wir morgen gleich weiter – mit diesem Vorsatz begibt sich die Crew am Abend in die Federn, nicht ahnend, daß die Nächte selbst am langweiligsten Ort der Welt voller Überraschungen stecken können...

Ich habe keine Ahnung, wie spät es ist. Ich weiß nur, daß ich mitten aus den tiefsten Träumen gerissen werde. Nebelhörner... Ich träume, ich höre Nebelhörner. Und dann brüllt mit Stentorstimme irgendwer irgendwas: Worte, die nicht in mein Bewußtsein dringen. Nebelhörner? So ein Blödsinn.

„Hmmm", brummt Helga. „Wo sind wir denn?"

Das weiß auch ich nicht so genau. Ich werfe aus schwimmenden Augen einen Blick auf die Uhr: halb vier. Jetzt hebt draußen das Getöse von neuem an, ein sehr unchristliches Gebaren. Mit unkoordinierten Bewegungen verirre ich mich in den Öffnungen meines T-Shirts – und halte schlagartig inne. „Aufwachen, ihr Schnarchdackel! Matratzenhorchen ist beendet. Besuch ist da!" ertönt es außenbords in akzentfreiem Deutsch.

Helga reißt die Augen auf. „Joe!" stößt sie ungläubig hervor, „Joe ist das... Die MAKULU ist da!"

Irrtum ausgeschlossen, diese Stimme kennen wir. Aufgescheucht hüpfen wir aus den Kojen, werfen das Notdürftigste über und hasten nach oben. Es ist wirklich wahr! Eben dreht an Backbord hell erleuchtet die MAKULU II bei, eine Yacht, die wir beinahe so gut kennen wie unsere eigene. Die Danskys sind da – das gibt's ja gar nicht! Unsere Freunde aus Australien, Joe und Sabine Dansky samt ihren drei Sprößlingen, sind doch wirklich für jede Überraschung gut! Zuletzt trafen wir sie in Südafrika, und jetzt stöbern sie uns an irgendeinem Pünktchen im Atlantik auf, als wäre der nicht größer als ein Baggersee.

„Ihr habt schon intelligentere Gesichter gemacht", stellt Joe statt einer Begrüßung fest.

„Vor euch ist man aber auch nirgendwo sicher!"
Sabine legt die Hände zum Trichter an den Mund: „Gibt's bei euch schon Frühstück, oder ist die Küche noch geschlossen?"

Es gibt! Um vier Uhr in der Frühe steht dampfender Kaffee auf dem Tisch, und in unserer Wohnküche geht es hoch her. Und als später mit der in Äquatornähe üblichen Plötzlichkeit das Tageslicht angeknipst wird, sind wir längst mit heißen Köpfen in gemeinsame Erinnerungen vertieft...

Zwei Jahre ist es her, daß SHANGRI-LA und MAKULU II zum erstenmal aufeinanderstießen, in australischen Gewässern. Ich weiß es noch wie heute: Wir lagen bei Cairns auf Reede, am Großen Barriere-Riff, und ließen uns faul den Bauch grillen, als eine fremde deutsche Yacht angeplätschert kam. Das übliche neugierige Ausspähen des Schriftzugs am Heck brachte mich fast zum Ausflippen: „LYC" stand unter dem Namenszug, was nichts anderes bedeuten konnte als Lübecker Yacht-Club!

Das mußte natürlich sofort überprüft werden, und ich schritt unverzüglich zur Kontaktaufnahme. Und wirklich – Heimathafen der MAKULU II war Lübeck, mein altes, manchmal doch schmerzlich vermißtes Lübeck. Keine Frage, daß wir im Handumdrehen an Deck der MAKULU II saßen und das gegenseitige Beschnuppern in vollem Gange war. „Wir kennen euch übrigens längst", mußten wir dabei zu unserer größten Verwunderung von Bordfrau Sabine hören. „Ihr habt doch neulich in der Rush Cutters Bay in Sydney gelegen, oder?"

Das konnten wir nur offenen Mundes bestätigen.

„Wir hatten euch da fast vor der Haustür, aber unsere Bude war gerade voll Besuch, Gäste aus Deutschland. Und als wir endlich bei euch reinschauen wollten, da wart ihr plötzlich auf und davon."

So also lernten wir die Eigner der MAKULU II kennen, zwei echte Kosmopoliten. Denn inzwischen hat die Angabe eines Heimathafens am Heck für Joe und Sabine Dansky eigentlich nur theoretische Bedeutung. Wo waren sie nicht schon „zu Hause"!

Beide in Deutschland geboren – waschechte Lübecker –, mußten sie erst um die halbe Welt reisen, um einander überhaupt zu begegnen. Die schon immer unternehmungslustige Sabine hatte es nach Sydney verschlagen, wo sie als Sekretärin bei der Niederlassung einer deutschen Firma arbeitete. Hier, am anderen Ende der Welt, lief sie dem ehemaligen Molkereigesellen Joe Dansky über den Weg, der zu diesem Zeitpunkt schon auf dem Höhepunkt seiner zweiten Karriere stand und ein kleines Imperium sein eigen nannte.

Schon als 21jährigen hatte es den rührigen Meiereifachmann nicht mehr in bundesdeutscher Enge gehalten. In der begründeten Zuversicht, daß Kühe überall Milch geben, ging er zunächst einmal nach Südafrika, wo er sich ohne falsche Bescheidenheit gleich selbständig machte. In einem vom Schrottplatz aufgelesenen Kessel wurde eigenhändig Joghurt gerührt, eine Gruppe Bantus als Hiwis angeheuert und die Produktion mit einem dreirädrigen Karren mühsam, aber kostengünstig vertrieben.

Als Joe nach einigen Jahren jede Straße in Johannesburg und Umgebung kannte und sich zur Joghurt-Größe Südafrikas hochgerührt hatte, wurde ihm die Sache langweilig. Es drängte ihn, sich woanders umzusehen. So nahm er das erstbeste Angebot wahr und verkaufte den ganzen Quarkladen. Wohlgepolstert mit dem erwirtschafteten Startkapital traf er in Sydney ein, um künftig den australischen *way of life* mit Geschäftigkeit à la Dansky und Fruchtjoghurt anzureichern. Binnen eines Jahrzehnts beherrschte Joe's Mix Milk Production Inc. ein Drittel des australischen Marktes. Joe hatte den Sprung vom „Melkplantscher" zum Großunternehmer geschafft und inzwischen auch sein Pendant gefunden – Sabine aus Lübeck, den Typ Frau, der ebenfalls die Ärmel aufzukrempeln versteht. Zwei verwandte Seelen hatten sich gefunden, die bei aller Arbeitswut nicht vergaßen, dem Leben die schönsten Seiten abzugewinnen und vor allem ihrer gemeinsamen großen Liebe zu frönen: dem Segeln. „Der Laden" lief ja inzwischen so gut wie allein.

Eines Tages – Kronprinz Nils und die Zwillinge Britta und Karen waren aus den Windeln raus – erstanden die Danskys in Finnland einen großen Motorsegler, groß genug, um damit auf angenehme Art die Weltmeere zu überqueren. Denn allmählich betrachtete Joe auch seine Mission auf dem Fünften Kontinent als erledigt und strebte zu neuen Ufern. Nun endlich sollte das heimliche Traumziel in Angriff genommen werden: die USA. Nicht etwa des Geldes wegen. Denn das hatte Joe nun nicht mehr nötig. Aber ein Typ wie er brauchte einfach immer wieder neue Herausforderungen. Nichts war ihm langweiliger als eingefahrene Geleise.

Als Käufer für Joe's Mix fand sich diesmal ein amerikanischer Lebensmittelkonzern. Joe strich die Knete ein und und ging mit seiner Familiencrew an Bord. Noch waren die Kinder im Vorschulalter, und so sehr eilte es mit der neuen Firmengründung im Land der unbegrenzten Möglichkeiten auch nicht. Also gestaltete man den Weg in die Zukunft erst mal gemächlich als Weltumsegelung.

Dies war der Zeitpunkt, als sich am Großen Barriere-Riff unsere Wege kreuzten.

Beim Tauchen, Klönen, Sonnenbaden, bei Landausflügen und an weinseligen Abenden fanden wir ohne Anpassungsschwierigkeiten zu einer harmonischen Gemeinschaft. Gedanklich und emotional segelten die Besatzungen von MAKULU II und SHANGRI-LA auf demselben Breitengrad. Nicht nur die leicht angegraute Altersklasse verband uns, sondern auch unzählige gleiche Interessen.

Es waren herrliche Tage, an denen ich mit Joe die Tauchgründe des Großen Barriere-Riffs unsicher machte. Viele schöne Erlebnisse schweißten uns zusammen. Als endlich das stets wiederkehrende Debakel der Trennung bevorstand, wurde es diesmal besonders schmerzlich. Ständiges Abschiednehmen ist die Kehrseite der Medaille, wenn man wie wir ein Nomadenleben führt. Je intensiver eine neugewonnene Freundschaft, um so nachhaltiger die Leere, wenn die Wege auseinandergehen. Natürlich scheidet man immer mit heiligen Versprechungen, einander unbedingt und ganz bestimmt wiederzutreffen. Und das meint man auch wirklich ehrlich. Aber es führen so viele Kurse über die Weltmeere...

Für MAKULU II fiel am Großen Barriere-Riff der Startschuß zu ihrem Törn nach Java, denn das Visum für Indonesien, drei Monate zuvor beantragt, flatterte Joe und Sabine plötzlich doch noch ins Haus. Und SHANGRI-LA nahm Kurs auf Neu-Guinea.

Als das winzige weiße Dreieck längst hinter der Kimm verschwunden und schließlich auch Joes Stimme im UKW-Empfänger verstummt war, blieb aber wenigstens ein Fünkchen Hoffnung auf ein mögliches Treffen irgendwo im Indik oder auf der Route Südafrika-Karibik. Und wirklich klappte es dann ja auch am Kap. Aber wer hätte zu hoffen gewagt, daß Zufälle sich wiederholen?

Auf Fernando do Noronha also taucht leibhaftig die Familie Dansky wieder auf. Sofort herrscht Festtagsstimmung!

Wie das so ist nach einer Ozeanüberquerung, haben Joe und Sabine in den nächsten Tagen erst mal aufzuklaren und eine Menge am Schiff zu basteln. Ihre Geschäftigkeit steckt uns an. Aus Solidarität beginnen auch wir, einiges schon längst Fällige in Angriff zu nehmen. So ist auf beiden Seiten bald ein gemächliches Werkeln im Gang. Nebeneinander liegen MAKULU II und SHANGRI-LA in der Bucht, von der Inselbevölkerung stoisch ignoriert.

Ein frischer Wind von See her macht hier draußen sogar die Mittagshitze erträglich. Die Kinder haben derweil den Strand für sich vereinnahmt und toben sich aus; es macht direkt Spaß, ihnen zuzusehen. Nils, ebenso flachsblond wie seine beiden Schwestern, ist nun schon sieben, die Zwillinge sind ein Jahr jünger. Der Größe nach aber könnten sie glatt als Drillinge durchgehen: drei braungebrannte kleine Energiebündel.

Am Strand von Fernando do Noronha brauchen sie kaum Beaufsichtigung, unter die Räder kommen können sie hier nicht. Außerdem ist es faszinierend zu beobachten, mit welch traumwandlerischer Sicherheit sich die drei Zwerge bewegen. Ihre Motorik und sensuellen Fähigkeiten sind eben noch nicht durch Fernsehen oder Videorecorder verkümmert. Auch die höchste Palme wird ebenso affenartig erklommen wie die Wanten des Schiffes, lediglich den Pico hat Sabine vorläufig zur Tabuzone erklärt. Das „Abenteuer Kindheit" ist für diese drei Knirpse noch Realität, eine einzige aufregende Begegnung mit den Wundern der Welt, ein zwangloses „Vorschulprogramm", vielleicht wichtiger und wertvoller als alles, was sie später im Leben lernen werden.

Irgendwann am zweiten Tag stört plötzlich ein Mordsgeschrei am Strand die beschauliche Inselruhe. Die Dreikäsehochs am Ufer hüpfen, rudern mit den Armen und gebärden sich wie ausgeflippt. Was zum Teufel ist los?

„Da! Da!" krakeelen sie im Chor und zeigen auf die Bucht hinaus. Wir drehen uns um und trauen unseren Augen nicht: Eine dritte Yacht nähert sich! Und die – das kann doch nicht wahr sein – kennen wir auch!

„Wenn das nicht die CARPE DIEM ist..." ruft Helga fassungslos.

Sie ist es. Die deutsche Familie Maul, Weltenbummler aus Essen – sie gehörten ebenfalls zu unserer „Weihnachtsrunde" in Durban, Südafrika – trudelt in Fernando do Noronha ein. Da haben wir nun gedacht, hier hielte uns nichts länger als eine Nacht, und jetzt mausert sich die Insel zu einem Treffpunkt deutscher Aussiedler!

Die CARPE DIEM, das sind Sieghard und Ute Maul mit ihren beiden 16- und 17jährigen Söhnen. Auch die Mauls sind schon vor Jahren nach Südafrika ausgewandert, wo Sieghard als Tiefbauingenieur Fuß fassen konnte.

Als die CARPE DIEM näherkommt, hat es den Anschein, als ob etwas mit dem Betonboot (Beton war Dipl.-Ing. Sieghard sich schuldig) nicht stimme. Sie liegt so merkwürdig tief...

„Was ist mit eurem Schiff?" fragt Joe denn auch sofort, als zum zweitenmal eine große Begrüßungszeremonie steigt. „Fahrt ihr neuerdings so tief weggeladen wie ein Öltanker?"

„Öl nicht, aber Wasser", grinst Sieghard. „Wir hatten etwas Pech bei St. Helena. Grundberührung." Nun sei sie eben leck, die CARPE DIEM, was die eingespielte Crew jedoch nicht hinderte, mit ihr den Atlantik zu überqueren. Alle zwei Stunden sei eben Lenzen angesagt.

„Macht nichts, daran gewöhnt man sich", kommentieren alle vier gleichmütig das Mißgeschick. Ob sie so allerdings ihrem Wahlspruch gerecht werden können – CARPE DIEM heißt schließlich „genieße den

Tag" –, das ist unter diesen Umständen zu bezweifeln. Doch die fröhliche Gelassenheit der Mauls scheint ungebrochen.

„Alles im Griff auf dem sinkenden Schiff", meint Sieghard lakonisch. „Bis Florida muß sie's noch machen. Dort wollen wir sie aufslippen und abdichten."

Bis Florida! Man rechne einmal aus, wie viele Zwei-Stunden-Intervalle dabei herauskommen. Von St. Helena bis Florida alle zwei Stunden das Schiff am Sinken hindern... Also, ich möchte nicht unbedingt als faul gelten, aber ich weiß nicht, ob mich das Segeln dann noch reizen könnte.

Nun haben wir eine zünftige Clique beisammen! Als an diesem Abend die Dämmerung über dem Südatlantik hereinbricht, steigt eine ausgelassene Strandparty des „deutschen Yachtklubs von Fernando do Noronha". Beflügelt von brasilianischem Wein, füllen wir die Bucht bald mit Gitarrenklängen und mehrstimmigen Gesängen. Später, als das Feuer niedergebrannt ist und keiner mehr Lust hat, für Holznachschub zu sorgen, raffen wir die Flaschen und sonstigen Utensilien zusammen und klettern in die Dingis, um an Bord weiterzufeiern. Wir setzen über zum Ankerplatz, wo die drei Yachten in trauter Eintracht nebeneinander schaukeln. Natürlich ist es wieder unsere Wohnküche, deren Platzangebot alle anderen schlägt, also wird SHANGRI-LA angesteuert. Helga muß sowieso noch einen ausgeben, haben die Mauls festgestellt, denn sie hat ab Mitternacht Geburtstag!

Gesprächsstoff geht den Yachties niemals aus: „Wißt ihr noch damals, Weihnachten in Durban? Ein riesiger Verein waren wir..." – „Zum Glück lagen zwei Kats da, die zu einem großen Partydeck zusammengebunden werden konnten..." – „Und ein ganzes Dingi war mit Eis gefüllt, für die Sektflaschen..." Mit Behagen werden all die schönen Erlebnisse wieder aufgewärmt. Irgendwann zu vorgerückter Stunde verschwindet Sabine nach draußen, um „mal eben nach den Kindern zu sehen" – und steht gleich danach entgeistert wieder auf der Schwelle.

„Unser Dingi ist weg!"

„Das Dingi ist weg!" albert die nicht mehr ganz zurechnungsfähige Gemeinde. „Was heißt ‚das Dingi ist weg'?!"

„Weg! Verschwunden! Nicht mehr da!"

„Sabine, hast du vielleicht ein bißchen zuviel –"
„Mir geht's gut. Ich bin stocknüchtern."
Alles drängelt sich nach draußen. Das Dingi der MAKULU II, ein schönes neues Zodiac-Boot, ist tatsächlich nicht zu sehen.
„Mein Gott, ich weiß doch genau, daß ich es richtig festgemacht habe!" Sabine ist fassungslos.
Nun ja, wer kennt das nicht? Manchmal ist man ganz sicher, dies oder jenes bestimmt getan zu haben, aber in Wirklichkeit hatte man nur den Vorsatz... Sabine jedoch läßt sich nicht beirren. Und wahrscheinlich hat sie recht, diese Handgriffe sind schließlich jedem von uns in Fleisch und Blut übergegangen...
Der Wind ist ablandig. Auch das noch!
„Nun", meint Joe, „bis zur brasilianischen Küste wird es ja noch nicht gedriftet sein. Leute, schreiten wir zum Höhepunkt dieses festlichen Abends – einer Dampferfahrt! Auf zur Suchexpedition!"
Wenig später brummen MAKULU II, CARPE DIEM und SHANGRI-LA unter Motorkraft und mit eingeschalteten Suchscheinwerfern hinaus. Allzu weit kann das unternehmungslustige Schlauchboot ja nicht abgetrieben sein. Unsere Lichtkegel suchen die ganze Bucht ab. Nichts. Wir fahren so weit, bis die kleinen Lichtpunkte von Fernando do Noronha nur noch schwach an der Kimm leuchten – dann gibt Joe über UKW das Signal zum Umkehren. Von dem Dingi fehlt jede Spur.
Erst im Lauf des Vormittags trudeln wir wieder am alten Ankerplatz ein, inzwischen verkatert, müde und ziemlich frustriert. Es sieht so aus, als ob die Danskys ihr Beiboot abschreiben müßten. Zwar gibt es an Bord der MAKULU II noch ein kleines Ersatzdingi, aber ärgerlich ist der Verlust eines so schönen Schlauchboots allemal. Erst recht, wenn man ihn nicht erklären kann.
Sabine zermartert sich das Gehirn. Tagelang gibt das Geheimnis des verschwundenen Dingis zu den verstiegensten Mutmaßungen Anlaß. Aber es scheint sich hier um ein Phänomen zu handeln, das mit den Kräften des Verstandes nicht zu enträtseln ist. Das Schlauchboot der Danskys hat sich eben in Luft aufgelöst – und letztlich rechnet niemand mehr damit, noch jemals auf seine Spur zu stoßen.
Doch die Stimmung im „Klub" bleibt ungebrochen.
Täglich werden Ausflüge unternommen, wird jede Mulde, jeder Hügel der vulkanischen Landschaft erkundet. Schließlich bleibt nur

noch der Pico übrig. Wir finden, daß „der Finger Gottes" uns nicht droht, sondern winkt! Jedenfalls kann er uns nicht einschüchtern, zu groß ist die Herausforderung, ihn zu bezwingen.

Am Fuß des Pfeilers finden wir den Monte do Pico von unten bis oben mit Eisenleitern gespickt. Dem Vernehmen nach hat das Militär hier schon Pionierarbeit geleistet. Etwa vierzig Meter geht es senkrecht in die Höhe, ohne Seil und Sicherung. Wie die Klammeraffen – wenn auch weniger behende und mit mehr Respekt – turnen wir an den Stahlleitern hoch, die fest im harten Fels verankert sind. Mir fällt ein, daß wir unten, am Weg zum Einstieg, ein Blechschild passiert haben.

„Was stand da eigentlich drauf?" frage ich Helga in luftiger Höhe.

„Was wohl? Betreten verboten!"

Nun ja, wer kann schon Portugiesisch?

Unser Kraftakt wird belohnt: Ein überwältigendes Panorama bietet sich von der „Fingerspitze" aus! Wie aus dem Flugzeug überblicken wir die gesamte Insel – ihre menschenleeren, sonnenüberfluteten Strände, das grüne Buschland mit den verschlungenen Linien der Wege, die an die Hügel geschmiegten roten Häuserdächer, die von der Landzunge umschlossene Ankerbucht und die ins Meer versprengten, vorgelagerten Felsen. Dazu drei winzige Punkte im glitzernden Blau – so klein, daß sie glatt in eine Streichholzschachtel passen würden. Das sind unsere Schiffe.

Hemmungslos wird drauflos fotografiert. Das sind Motive, von denen man sonst nur träumen kann. Erst als keiner mehr einen unbelichteten Film in der Tasche hat, machen wir uns an den Abstieg.

Diese Insel, die wir eigentlich ohne Verzug wieder verlassen wollten, ist uns inzwischen ans Herz gewachsen. Zwar lockt auch das nur einen Tag entfernte Atoll dos Rocas, aber noch können wir uns nicht entschließen, den „Yachtklub" von Fernando do Noronha aufzulösen. So sind die bevorstehenden Ostertage ein willkommener Anlaß, unsere Trennung noch ein wenig hinauszuzögern.

Natürlich wird Ostern hauptsächlich ein Fest der Kinder. Wo die Danskys auch ihre Zelte aufgeschlagen haben – deutsches Brauchtum wird gepflegt. Daß Nils, Britta und Karen mit den heimatlichen Traditionen aufwachsen, dafür hat Sabine von Anfang an gesorgt. Also werden auch hier, vor einer Insel am Äquator, am Ostersonntag Schokoladeneier versteckt. Mit vor Aufregung rosigen Wangen durchkämmen die drei Flachsköpfe alle Winkel ihres schwimmenden Heims. Und jede Entdeckung eines Nestes verrät weithin hörbares Entzücken. Später dann verschwinden die Apfelbacken zunehmend unter geschmolzener, bräunlicher Schmiere – entsprechend der Menge verspeister Trophäen.

„Wie gut, daß wir keinen Mangel an Wasser haben", kommentiert Sabine ergeben den Tarnanstrich ihrer Dreierbande.

Nach den Feiertagen wird der Aufbruch ernsthaft vorbereitet. Die CARPE DIEM will direkten Kurs auf Fortaleza an der Nordostküste Brasiliens nehmen. Joe und Sabine dagegen haben es sich anders überlegt: „Wir werden euch zum Atoll dos Rocas begleiten." Joe denkt genau wie ich an die Tauchgründe des Atolls, die bei Unterwasserfreaks als Geheimtip gelten.

Ein paar letzte Einkäufe werden erledigt, frische Limonen, Bananen und andere Vitaminspender füllen unsere Obstkiste. Und dann geht es ankerauf. Diesmal starten wir am Abend, um nach einem nächtlichen Katzensprung das Atoll in den Morgenstunden zu erreichen.

Als Riffpiraten auf Rocas

So flach wie die Koralleninseln der Südsee duckt sich das Atoll dos Rocas ins Meer, mit dem Auge erst zu entdecken, wenn man schon fast einen Fuß an Land hat. Äußerste Aufmerksamkeit ist geboten. Vom Südostpassat geschoben, prallen die mächtigen, langen Atlantikroller schäumend gegen das Riff und umlaufen mit kaum gebrochener Kraft selbst die Leeseite, an der man vergeblich nach einem ruhigeren Plätzchen sucht. Das ist keine Insel, die zum Ankern einlädt oder zum Verweilen. Im Gegenteil, sie scheint sich jedem Annäherungsversuch energisch zu verweigern. Die scharfen Zähne ihres Riffs und die starke Brandung sind ein wirksamer Schutz der gefiederten Bewohner, die sich auf diesem einsamen Kalksockel niedergelassen haben: Die „Rocas" sind ein Vogelparadies!

Schon mischt sich in das Tosen der Brandung das Geschrei von abertausend Seevögeln. Wir halten vor dem Außenriff nach einem hellen, genügend großen Sandfleck zwischen den schwarzen Korallenköpfen Ausschau. Zum Glück gibt es hier nicht wie anderswo oft eine

35

Abbruchkante, an der das Riff wie eine Spundwand steil emporragt und der Meeresboden unvermittelt in einem bodenlosen Abgrund verschwindet. Sanft und flach läuft der Untergrund aus, die verräterischen dunklen Klumpen unter Wasser verlieren sich nach und nach und geben sandige Flächen frei.

Trotzdem bleibt es ein fürchterlich unruhiger Platz, selbst in Lee. Die MAKULU II wird viel mehr gebeutelt als unsere flachen, anpassungsfähigen Rümpfe, die nur wie zwei Bretter auf und nieder schwingen. Aber da eine bessere Position hier nicht zu finden ist, lassen wir schließlich den Anker fallen. Erst mal raus aus diesen Jahrmarktschaukeln und an Land! Es herrscht Hochwasser, so daß sich das überflutete Riff mit den Dingis gefahrlos überwinden läßt.

Am Strand empfängt ein vielstimmiges Kreischkonzert den Besucher. Baßtölpel, Fregattvögel und die verschiedensten Arten von Seemöwen verkünden uns ihr Heimatrecht auf dem Atoll. Es ist Brutzeit – keine Störung erwünscht! Unser siebenköpfiger Invasionstrupp bleibt deshalb vorsichtig am Strand, um die Insel zu runden – und erstarrt schon nach hundert Metern Fußmarsch wie angewurzelt. Wieder waren es die Kinder, die zuerst Alarm schlugen: Auf dem Riff liegt ein Wrack! Unübersehbar eine Totalhavarie, eine in drei Bruchstücke zerschlagene Yacht. Der grotesken Skulptur eines exzentrischen Künstlers nicht unähnlich, ruht dieses Monument eines Fiaskos auf den Korallen – für uns ein warnendes Mahnmal. „Können wir da mal hin?" kräht Nils aufgeregt.

Zunächst warten wir die Ebbe ab, ungeduldig, denn die „großen Kinder" sind genauso neugierig wie die kleinen. Als das Riff endlich trockenfällt, machen wir uns an die Inspektion.

Der Havarist erweist sich als eine Ferrozement-Yacht. Der Name TAURUS prangt am umgekippten Heckfragment, Heimathafen Marseille. Ein weiter Weg, um hier ein klägliches Ende zu finden! Es scheint, wir sind die allerersten, die ihr Grab am Atoll dos Rocas besuchen. Jedenfalls kann noch keiner hier gewesen sein, der mit dem kostbaren Schrott etwas anzufangen wußte. Alles ist noch vorhanden, von keiner Profit witternden Hand durchwühlt und sortiert: die Maschine, der aufgerissene Kiel, Ankerkette und Winden. Überall liegen Bleibarren, Spannschrauben und andere Dinge herum – dort, wohin die Kraft der anrollenden Brecher sie gestreut hat. Mein Herz schlägt hoch. Das ist ja wie Weihnachten! Ein paar Tage Arbeit, dann ab zum nächsten Schrotthändler, und schon sind unserem Sparschwein wieder ein paar beruhigende Pölsterchen angemästet!

„Wann mag das wohl passiert sein?" unterbricht Joe meine Gedankensprünge. „Sieht alles noch ganz neu aus..."

„Wenn du mich fragst", wirft Helga ein, „dann liegt sie noch nicht lange hier. Wer weiß, vielleicht..." Ihr Blick schweift über Strand und Lagune. „Vielleicht sollten wir erst mal nachsehen, ob hier jemand Hilfe braucht?"

Unwillkürlich blicken wir uns betroffen um. Sind die Schiffbrüchigen womöglich noch da? Wo kann die Besatzung geblieben sein, wenn nicht auf dieser Insel? Gibt es hier etwa einen Robinson? Oder mehrere? Wir sammeln die Kinder aus den Trümmern und traben geschlossen zur Insel zurück.

Doch am Strand ist nirgends eine menschliche Spur zu entdecken, nur angespültes Strandgut von der TAURUS. Vielleicht hinter den Dünen? Wer sich hier niederlassen mußte, wird wohl einen geschützten Platz gesucht haben. Wir stapfen den Strand hinauf – und mit kriminalistischem Spürsinn geradewegs ins Ziel: Hinter einer flachen Düne verbirgt sich eine Hütte! Überwältigt vom Scharfsinn unserer Überlegungen, bleiben wir stumm stehen.

Nun ja, Hütte wäre ein bißchen geprahlt. Es ist eher ein phantasievoller Unterstand, ein grob gezimmertes Gerüst aus Treibholzpfählen. Drum herum wurden die Segel der TAURUS gewickelt, was der Unterkunft eine gewisse Ähnlichkeit mit einem Beduinenzelt verleiht.

Nichts rührt sich. Kein Geräusch. Keine Bewegung.

Laut rufend versuchen wir uns anzukündigen, um niemand über Gebühr zu erschrecken. Aber alles bleibt still. Das Nest ist leer. Drinnen findet sich weitgehend die Inneneinrichtung der TAURUS wieder, sogar ein intakter Ofen, der an eine Gasflasche angeschlossen ist. Joe dreht am Hahn. „Die ist noch voll!"

Auf dem festgetrampelten Boden liegen überall ungeöffnete Konservendosen herum, in einer Ecke stapeln sich Getränkekisten. „Durch Hunger und Durst ist hier jedenfalls keiner umgekommen", konstatiert Sabine. Und Helga kann natürlich nicht umhin, mißbilligend den Kopf zu schütteln: „Schlampig. Wenn's bei denen an Bord genauso ausgesehen hat..."

In der Tat wirkt alles seltsam unmethodisch, was da so an zivilisatorischen Rückständen um das Beduinenzelt verteilt ist. Doch fehlt jeder Hinweis auf die Urheber dieser Lotterwirtschaft. Wir finden weder Logbuch noch sonstige Aufzeichnungen.

Noch einmal versuchen wir es mit Rufen. Doch als Antwort läßt sich nur die Vogelkolonie mit Geschrei und Gekreisch vernehmen. Merkwürdig, auf diesen paar Quadratmetern Land kann doch keiner einfach verschwinden! Wir schwärmen aus und suchen das ganze Oval der kleinen Insel ab. Danach steht fest, daß wir wirklich die einzigen menschlichen Wesen auf dem Atoll dos Rocas sind. Die Kollegen von der TAURUS sind weg, gerettet, geflüchtet, auf welche Weise auch immer verschwunden. Und zum Aufräumen hatten sie anscheinend keine Zeit. So widmen wir uns denn guten Gewissens ihrem Nachlaß. Warum etwas umkommen lassen?

Während unsere Bordfrauen die Lebensmittelbestände sichten, wickeln Joe und ich das Segel ab und nehmen uns des Gasofens an. So emsig sind wir ins Sondieren vertieft, daß niemand mehr auf die Kinder achtet, wobei wohl jeder im stillen voraussetzt, daß an so einem Ort kaum etwas passieren kann...

Erst das schrille Alarmgeschrei aus vielen hundert Vogelkehlen reißt uns hoch. Was haben die Viecher auf einmal? Und wo ist unser Trio? Die Mama kapiert als erste. Mit einem Entsetzensschrei läßt Sabine die Konservenbüchsen fallen und spurtet los. Dabei ruft sie etwas wie: „Was macht ihr da? Ihr könnt doch nicht... Ostern ist vorbei!"

Noch etwas begriffstutzig stolpern wir hinter ihr her – und erfassen schlagartig die Bescherung: Mit Plastikschüsseln, die sie sich aus dem Bestand der TAURUS-Kombüse geschnappt haben, tapsen Nils und die Zwillinge völlig vertieft zwischen den Gelegen herum. Mit Feuereifer werden die größten und schönsten Eier gesammelt! Das infernalische Gezeter der beraubten Vogeleltern, ja selbst ihre erbosten Attacken scheinen die Gören nicht auf sich zu beziehen. Strahlend vor Stolz präsentiert Karen ihrem aufgeregten Vater die Beute in ihrer Schüssel: „Sieh mal, da guckt schon ein Küken raus!"

Sabine verdreht die Augen und kriegt Zustände. „Ich werd' wahnsinnig..."

Die drei Eierdiebe verstehen die Welt nicht mehr. Mit absolut unschuldigen Gesichtern gucken sie verstört in die Plastikschüsseln

oder verständnislos auf das hysterische Getue der Erwachsenen. Da holt der Papa tief Luft, geht in die Hocke und zieht seine Sprößlinge zu sich heran. „Also, jetzt hört mal gut zu", sagt Joe. „Einsammeln darf man *nur* Schokoladeneier! Diese hier gehören den Vögeln, die darf man überhaupt nicht anfassen! Seht mal, die Eltern sind schon ganz böse... So, und jetzt werden wir ihnen die Eier wieder zurückgeben."
Den Vögeln die Eier zurückgeben – aber wie? Es stehen keine Namen drauf. Mit vereinten Kräften machen wir uns daran, die gekidnappte Brut zu verteilen, so gut wir das können. Die meisten Eier dürften dabei als „Kuckuckseier" in fremden Nestern gelandet sein. Bleibt nur zu hoffen, daß die ahnungslosen Küken tolerante Adoptiveltern bekamen.

Die seekranke Languste

Die erste Rolle rückwärts über die Dingikante bestätigt – ach was, *übertrifft* bei weitem – alle Erwartungen: das Atoll dos Rocas ist ein Traum, jedenfalls unter der Wasserlinie. Ein Taucherdorado. Das Wasser ist so rein wie Kristall, Fisch gibt's in Masse und Vielfalt. Ganze Völker tummeln sich hier, und unter ihnen wie aufmerksame Wächter ein paar prächtige Riffhaie. Ein verzauberter, erstarrter Dschungel aus sandfarbenen Korallen bedeckt den Grund, und – ich werd' verrückt! – überall ragen aus dem verzweigt wuchernden Gebirge Fühler heraus wie Spieße aus Appetithäppchen: Lobster!

In diesen Höhlen muß eine zahlreiche Einwohnerschaft verborgen sein. Das bedeutet Tauchfreuden für Tage! Beim Mittagessen berichten wir voller Jagdfieber von unserer Entdeckung.

„So viele Fühler..." schwärmt Joe. „Wie der Fernsehantennenwald von Wanne-Eickel! Schatz, mach schon mal Platz in der Tiefkühltruhe."

„Aha", lacht Sabine, „die Lobstermarder vom Barriere-Riff schlagen wieder zu!" Das ist eine Anspielung auf unsere fanatisch betriebenen Tauchgänge in Australien, bei denen der Grundstein für unsere Freundschaft gelegt wurde. Am Großen Barriere-Riff hatten sich die Skipper von MAKULU II und SHANGRI-LA in einen regelrechten Wettkampf hineingesteigert, wer mit welchen Methoden den größten Fangerfolg erzielte.

Die Vorstellung, mit der Harpune bewaffnet irgendein Lebewesen im Wasser zu erlegen, mag manchen braven Angler erschauern lassen. Von uns jedoch wird diese Nahrungsbeschaffung so selbstverständlich praktiziert wie von vielen Seglerkollegen auch. Unsere Vorbilder dabei sind die unterschiedlichsten Naturvölker, die so seit Menschengedenken ihren Speisezettel ergänzen. Wenn wir auf dieses Verfahren zurückgreifen, dann nicht etwa aus sportlichem Ehrgeiz oder Trophäengier, sondern weil es in vielen fischreichen Gewässern die einfachste und schnellste Methode ist. Einem armen Lobster jedoch, der bewegungslos in seiner Höhle kauert, die Pfeilspitze zwischen die Augen zu plazieren und erbarmungslos abzudrücken, das ist barbarisch und deshalb in vielen Ländern verboten (ich gestehe, mich einer solchen Untat schon schuldig gemacht zu haben. Aber nur, wenn unangemeldete Gäste bereits mit knurrenden Mägen über den leeren Tellern saßen).

Jedes andere, „anständige" Verfahren ist aufwendiger an Zeit und Atemluft. Wie etwa das System ohne Hilfsgeräte, vorzugsweise bei kleineren bis mittleren Langusten anzuwenden. Hierfür können zuvor einige Trainingsstunden in Karate durchaus von Nutzen sein, weil – wie bei diesem Kampfsport üblich – ruckartige Bewegungen gefragt sind. Wie der Blitz muß die Hand vorzucken, um die Beute zu greifen, wobei aber die Schwerelosigkeit im Wasser zu berücksichtigen und mit kräftigem Treten für Vortrieb zu sorgen ist. Das setzt einige Übung voraus. Von Vorteil ist dabei auch ein dicker Handschuh, denn wenn man so einen dornigen Kerl an der Unterseite packt, kann er einem durchaus die Hand perforieren.

Anfänger greifen den Lobster meist schüchtern an den Fühlern, die er einem ja wie zur Begrüßung aus seiner Behausung entgegenstreckt. Ein solches „Händeschütteln" kann allerdings den Jagderfolg zunichte machen. Ein kurzes Ziehen – es knackt, und man hat den Fühler ohne Corpus in der Hand. Denn bereits beim ersten Kontakt hat sich die Beute so fest in den Korallen verkeilt wie ein Mauerdübel und läßt sich lieber amputieren statt nachzugeben.

Aber das muß nicht sein. Wendet man den Fühlergriff nämlich mit dem nötigen Feingefühl an, kann auch er zum Ziel führen. Zurück zur

Ausgangsposition: Wir haben den Lobster an den Fühlern gepackt, er sperrt sich wie ein störrischer Dackel und jetzt – nur nicht ziehen! Vorsichtig, ganz lieb beginnt man, die Fühler hin und her zu schwingen, sie in sanftem Rhythmus zu wiegen... Beim erstenmal brechen sie vielleicht noch ab. Dem Ungeübten hilft es mitunter, sich dabei eine passende Melodie, etwa einen langsamen Walzer, zu vergegenwärtigen. Der Rest ist dann nur noch eine Frage der Kondition – oder besser des Lungenvolumens (denn natürlich tauchen wir ohne Sauerstoffflasche). Unter akuter Atemnot Lobsterfühler im Takt zu schwenken, ist gewiß nicht jedermanns Sache. Aber Ausdauer wird belohnt! Nach einiger Zeit merkt man, wie der Tanzpartner seine Stielaugen verdreht: das erste Anzeichen von Seekrankheit. Jetzt heißt es durchhalten! Der Languste wird langsam speiübel von der Schaukelei, sie zeigt sich apathisch und gibt zuletzt jeden Widerstand auf. Willenlos läßt sie sich aus dem Bunker ziehen (wahrscheinlich in der trügerischen Annahme, daß es schlimmer nicht kommen kann).

Meine Lieblingsmethode – weil die effektivste – ist die Jagd mit dem Gaff, dem etwa einen Meter langen Stock, an dessen Ende ein großer Angelhaken sitzt. Zartbeseelte Naturen müssen dabei vielleicht eine gewisse Hemmschwelle überwinden. Man nähert sich dem Opfer langsam mit flachgelegtem Haken und natürlich aus dem Hinterhalt. Und dann muß es wieder blitzschnell gehen: Zack – schon sitzt der Haken fest in der Ritterrüstung! Damit hat der gepanzerte Freund bereits verloren, ab mit ihm ins Beutenetz! Ist ganz einfach. Wenn man's kann.

Für Leute mit viel Zeit und einem Hang zum Lotteriespiel bietet sich der Nylonstrumpf an (für männliche Einhandsegler weniger praktikabel, weil sie selten Damenwäsche mit sich führen). Man nehme also, falls vorhanden, einen Damenstrumpf, stopfe Fischabfälle als Köder hinein und verankere diese Falle mit einladend geweiteter Öffnung im langustenverdächtigen Revier, am besten zur Abendstunde. Es kann durchaus sein, daß sich bis zum nächsten Morgen ein Lobster mit seinen sperrigen Stacheln darin verfangen hat. Eventuell windet sich auch eine Muräne angriffslustig im Gespinst. Sollte Ihnen allerdings auf dem Weg zur Fangstelle ein bestrumpfter Hai begegnen, dann gehen Sie lieber davon aus, daß der Versuch fehlgeschlagen ist.

Sehr viel anspruchsvoller ist übrigens die Jagd auf den Erzfeind der

Languste, den Oktopus. Ihn aufzuspüren und zu erlegen, verlangt einige Raffinesse. Dafür kann man aber gleich zwei Fliegen mit einer Klappe schlagen oder besser: die eine Fliege mit Hilfe der anderen zur Strecke bringen. Den bereits dahingeschiedenen Kraken aufs Gaff gespießt, pirscht man sich an den Lobster heran und legt ihm behutsam die glitschigen Fangarme übers Haupt. Blind vor Panik, nicht erkennend, daß der Gegner mausetot und somit harmlos ist, wird er reflexartig aus seiner Behausung stürzen und mit hektischen Schwanzschlägen das Weite suchen. Jetzt kommt es nur noch darauf an, seine Fluchtrichtung vorauszuahnen und ihn genau ins Netz sausen zu lassen. Dann kann man ihn nach Schmetterlingsfängermanier lässig aus dem Wasser löffeln.

Ein Kescher ist auch vonnöten für jenes Verfahren, das als letztes aufgeführt werden soll. Es hat mit banaler Fischerei eigentlich schon nichts mehr gemein und ist eher den schönen Künsten zuzuordnen.

Wieder kommt der Kescher zum Einsatz, diesmal im Verein mit einem abgebrochenen Besenstiel. Mit letzterem nähert man sich der auserkorenen Languste, aber um Himmels willen nicht von vorn! Sie würde sich augenblicklich ins hinterste Gewölbe ihrer Villa zurückziehen. Nein, angepirscht wird selbstverständlich von hinten und ganz langsam, um keine Panik auszulösen. Geht die Rechnung auf, wird das Opfer, wie unter Langusten so Sitte, dem Neuankömmling seine Aufmerksamkeit zuwenden. Nur sein Interesse soll geweckt werden! Doch damit haben wir schon halb gewonnen, vorausgesetzt, die Atemnot macht uns nicht zu schaffen. Jetzt auftauchen zum Luftschnappen, und das Spiel ist mit Sicherheit verloren. Bei Rückkehr würden wir die Bude leer vorfinden. Also durchhalten! Wie hypnotisiert stiert nämlich unser Lobster auf den hölzernen Eindringling, der sich nun auf das Opfer zu bewegen muß. Prompt legt das Panzertier den Rückwärtsgang in Richtung Ausgang ein, wo der offene Kescher schon in Position gebracht ist.

Natürlich geht das nicht immer so problemlos, wie es sich anhört. Diese Viecher halten nämlich beim Rückwärtsstelzen auch seitliche Ausfallschritte in petto, die es zu parieren gilt. Die echten Koryphäen erkennt man daran, daß bei ihnen der Besenstiel zum Dirigentenstab wird und die Languste im Sambaschritt rückwärts in den Kescher tanzt, der sie dann zum letzten Tango in den Kochtopf befördert.

Logisch, daß bei einem sportlichen Wettkampf das Ästhetische zu kurz kommt. Solche Kunstgenüsse wie ein Langustenballett dauern da einfach zu lange. Um mich gegen Joe, den Lobster-König von Sydney, zu behaupten, benötige ich das Hauruck-Verfahren – mit dem Gaff erbarmungslos zuhacken –, denn schneller kann man der Biester nicht habhaft werden.

Vor dem Atoll dos Rocas liege ich ganz gut im Rennen. Aber auch Joe leert, als ich auftauche, gerade wieder das Fangnetz in sein Aquarium. Die kleinen Vertiefungen im trockengefallenen Riff, die wir uns als Lobstersammelbecken gesucht haben, taugen natürlich nur, solange Ebbe ist. Zwischen ihnen wetzt der Dansky-Nachwuchs in Schiedsrichterfunktion hin und her, um die Beute zu zählen.

Selbst der blutigste Anfänger hätte hier keine Mühe, mehrere Prachtexemplare aufzutreiben. Es gibt sie so reichlich, daß man sie einfach nicht übersehen kann. Ganz anders bei bewohnten Atollen, wo die Lobsterbestände zur Ernährung der Inselbevölkerung herhalten müssen und entsprechend gelichtet sind. Da kann man manchmal lange schnorcheln und immer wieder abtauchen, um unter die unzähligen Vorsprünge der Korallenbänke zu spähen. Denn dies scheue Wild liebt – besonders tagsüber – seine Schutzbunker (merke: Lobster sitzen grundsätzlich nicht auf, sondern unterm Balkon).

Am Atoll dos Rocas dagegen ist das Langustenfangen wie Apfelernten. Doch bald merke ich an diesem Tag, daß ich einen aufmerksamen Zuschauer habe. Ein kleiner, gut meterlanger Riffhai verfolgt mein Tun mit ausdauerndem Interesse. Nichts gegen Publikum generell, aber es kommt immer darauf an, wer es ist... Mehrmals schwimme ich abrupt auf ihn zu, in der Absicht, ihn zu verscheuchen. Jedesmal nimmt er mit ein paar beleidigten Flossenschlägen Reißaus – und ist wieder da, sobald ich ihm den Rücken kehre. Mit neugierigen Barrakudas habe ich das schon erlebt, aber mit Haien? Ich versuche ihn abzuhängen, indem ich nach jedem Auftauchen zum Entleeren des Netzes an einer anderen Stelle wieder ins Wasser gleite. Aber wohin ich mich auch verziehe, mein ständiger Begleiter ist schon da. Mit stetigen, ruhigen Bewegungen patrouillierend, beobachtet er zutraulich mein Unterwassertreiben. Hauptsache, er will nicht auf den Schoß!

Ich habe noch selten Ärger mit den Herren des Riffs gehabt. Sie benehmen sich nur in Kinos und Büchern unanständig. Aber im Zweifelsfall gibt der Klügere nach. Für heute dürfte der Fang sowieso reichen. Mit meinen flossenbewehrten Paddelfüßen übers Riff zurückplatschend, sehe ich, daß Joes Prinzengarde schon unter Gegacker beim Sortieren ist. Aber was heißt hier Sortieren! Ich glaub', ich spinne... Da wandern doch die schönsten Lobster gerade von meinem Becken in Papas Becken! So eine Gemeinheit! Hier wird mir durch Manipulation der Sieg in meiner Paradedisziplin geklaut. Mein Lobsterbecken ist so leer, als hätte ich die meiste Zeit bloß meinen „Jagdhund" Gassi geführt.

Tausche Schrott gegen Bikinis

Als wir nach diesen herrlichen Tagen prall voller Sonne, Salzwasser und Abenteuer den Anker aufnehmen und das Atoll dos Rocas wieder den Möwen, Tölpeln und Fregattvögeln überlassen (die noch an uns denken werden, wenn ihr Nachwuchs schlüpft), da liegt unser Schiff fast so tief im Wasser wie neulich die CARPE DIEM. Und es segelt deutlich schwerfälliger als die MAKULU II. Doch es ist kein unerwünschter Wasserballast, der uns nach unten zieht – wir transportieren einen Schatz! Alles, was auf der unglückseligen TAURUS nicht niet- und nagelfest war, ist in den letzten Tagen noch demontiert worden. Winden, Spannschrauben, Nirodrähte und -beschläge sowie nahezu eine Tonne Bleibarren füllen SHANGRI-LAS Bäuche. Ferner ist unsere Vorratskammer durch eine ansehnliche Batterie Konserven und hochprozentige Getränke bereichert, und auch zwei nagelneue Segel, ein Fernglas und ein Honda-Generator sind dabei abgefallen. Letzterer schien zunächst unbrauchbar, wurde aber nach einigen Tüfteleien und gutem Zureden wieder voll funktionstüchtig. Unser schlechtes Gewissen wegen dieser Plünderei hält sich in Grenzen. Denn soviel ist sicher: In wenigen Monaten werden die Überreste der TAURUS dem Wetter und der See zum Opfer gefallen sein. In Anbetracht dessen möchte ich den Vorwurf der Piraterie entschieden von mir weisen – dies war eine Rettungsaktion!

Tausende von Seemeilen möchte ich mit einer so schweren Fracht ja nicht segeln. Aber diesmal ist's nur ein zweitägiger Sprung hinüber nach Fortaleza, der Küstenstadt im dicht besiedelten Nordosten Brasiliens. Ich bin zuversichtlich, dort alles zu klingender Münze machen zu können, was für uns selbst ohne Gebrauchswert ist. *Monkey business* nennt man das. Wenn über längere Zeit kein Job zu ergattern war, sind wir auf solche Geschäfte schließlich angewiesen. Von irgendwas muß der Schornstein rauchen – auch morgen noch.

Kaum in Fortaleza angekommen, nehme ich also eine meiner vornehmsten Aufgaben als Skipper in Angriff: für die Fortsetzung der SHANGRI-LA-Biographie zu sorgen. Das heißt in diesem Fall: einen Händler zu finden, der mir mein Lager aus feinstem Schrott versilbern kann.

Wohin wendet man sich mit derlei in fremden Häfen? Nach ausgiebiger Sondierung lande ich – na, wo schon – im Yachtklub. Im Dunstkreis der „Szene" halten sich die Leute auf, die mit dem, was ich anzubieten habe, am meisten anfangen können: Selbstbauer! Und zielsicher stoße ich auf einen solchen herab, der sich gerade an der Klub-Bar einen kühlen Drink genehmigt. Solche Bastler, die man an allen Yachtietreffs der Welt findet, erkenne ich an der Nasenspitze. Schließlich war ich selbst mal so einer.

Francisco – seine Stahlyacht reift irgendwo am Stadtrand von Fortaleza ihrem Stapellauf entgegen – springt denn auch sofort begeistert an. „Mann! Kann ich alles brauchen – immer her mit dem Zeug! Was glaubst du, wie teuer das ist, wenn du es regulär kaufen mußt! Allerdings, nun ja…" Das von vielen Arbeitsstunden im Freien gebräunte Gesicht verzieht sich schmerzlich. Mit seinen Finanzen sei das eben so eine Sache, gibt Francisco zu bedenken. Nicht, daß er nicht zahlen könne! Nur eben nicht – mit Geld.

Na, das hätte ich mir wirklich denken können. Die meisten Selbstbauer sind chronisch knapp bei Kasse.

Francisco kommt ins Grübeln, und ich lasse ihm Zeit. Vielleicht fällt ihm ja doch noch eine Quelle ein, die er anzapfen kann? Fehlanzeige. Dennoch scheint er plötzlich das Ei des Kolumbus gefunden zu haben. „Was hältst du", strahlt er, begeistert von seiner Idee, „was hältst du von einem Tauschgeschäft?"

Nun ja. Im Prinzip habe ich nichts dagegen. Manchen Transaktionen gibt ein Hauch von va banque erst die richtige Würze. Wenn es keine zu windige Sache ist? Ich spendiere ihm noch einen Drink. „Was könnten wir denn tauschen?"

„Bleibarren gegen Hängematten."
Hängematten? „Wie kommst du gerade auf Hängematten?"
Also das ist so: Francisco hat einen Bruder, und der Bruder hat einen Freund, und der hat eine Fabrik. Na gut, „Fabrik" ist vielleicht ein bißchen... Jedenfalls eine Produktionsstätte, in der unter anderem Hängematten gewebt werden.

„Weißt du nicht", klärt Francisco mich auf, „daß Fortaleza das Kunsthandwerk-Center von Brasilien ist?" Alles mögliche werde hier gewebt, geknüpft, geflochten. Schöne Stoffe, jede Menge hübscher Sachen. „Sag' mal, wo segelt ihr denn als nächstes hin?"

„In die Karibik", sage ich, „und dann nach Florida. Wieso?"

„Optimal! Hängematten und Bikinis! Genau das richtige. Am besten Tangas. Weißt du, wie teuer solche Fummel in Florida sind? Sündhaft! Da machst du das Geschäft deines Lebens, mit zweihundert Prozent Gewinnspanne! Ohne Übertreibung."

Bikinis? Na, meinetwegen. Tangas? Die Sache läßt sich hören. Und schon habe ich angebissen. Selbst wenn man die Hälfte Franciscos Tauschrausch zurechnet, bleiben immer noch hundert Prozent. Und außerdem ist der Typ in Ordnung.

Am nächsten Tag sehe ich mir mit Francisco die Fabrik an, die dem Freund des Bruders gehört. Offenbar hat Francisco bei ihm Kredit, jedenfalls kommt unser Kompensationsgeschäft zustande. Noch am Nachmittag hält ein verbeulter Pritschenwagen auf der Pier, und unsere Bleilast wird samt dem ganzen Nirozeug umgeladen. SHANGRI-LA schwimmt sichtlich erleichtert auf. Der Gegenwert, der sich bald darauf in staufreundlichen Kartons in unseren unbewohnten Kabinen stapelt, ist zum Glück fast gewichtslos. Wir beherbergen jetzt ein Magazin aktuellster Bademoden sowie ein Sortiment Webmatten in ansprechendem Dessin – ideale Mitbringsel aus der Karibik! Ob wir den ganzen Kram wirklich zu den Preisen losschlagen können, die Francisco mir euphorisch vorrechnet, weiß ich nicht, aber das Risiko hält sich in vertretbaren Grenzen.

„Er wird schon recht haben, der Francisco", ermutigt mich Joe, als wir abends das Geschäft begießen. „Ich hätte es auch gewagt."

„Übrigens, die Mauls sind schon weg", wirft Sabine ein. „Wir haben uns heute nach der CARPE DIEM umgehorcht. Es hieß, sie hat Fortaleza vor drei Tagen verlassen."

„Wahrscheinlich", meint Helga, „hatten sie es nun doch eilig, nach Florida zu kommen und endlich ihr Leck zu reparieren." Wir nehmen es mit Bedauern hin, die Freunde so knapp verpaßt zu haben. Aber niemand von uns ahnt zu diesem Zeitpunkt, daß wir die CARPE DIEM niemals wiedersehen sollen.

So bleibt dieser Abend noch ungetrübt von Dingen, die die Zukunft verborgen hält. Lediglich unsere bevorstehende Trennung mischt einen Wermutstropfen in die Klönrunde, die sich – ein letztes Mal – bis tief in die Nacht hinzieht. Joe strebt nun seinem großen Ziel entgegen: Amerika. Er hat wohl schon zu lange keinen Joghurt mehr gerührt. Im sonnigen Florida – warum soll man nicht das Nützliche mit dem Angenehmen verbinden? – wollen sich die Danskys eine Bleibe suchen und „Yofarm Yoghurt Inc." neu aufziehen.

„Wir wollen auch die Kinder einschulen", sagt Sabine. „Einmal müssen sie das ja doch kennenlernen. Lieber jetzt, solange sie noch verhältnismäßig klein sind. Später wäre die Umstellung vielleicht zu schwierig."

Die drei ABC-Schützen in spe schlummern noch arglos nebenan auf der MAKULU in ihren Kojen, und ich denke, daß sie bis jetzt bestimmt eine herrliche, zwanglose Kindheit hatten.

Morgen also heißt es Abschied nehmen. Während die MAKULU vorauseilt, stehen auf unserem Programm als nächstes die berühmt-berüchtigte Teufelsinsel und dann die bekannten Stationen der Karibik.

Was gibt es noch zu besprechen an solch einem letzten Abend?

„Ach ja – wir waren heute bei den Hafenbehörden, während ihr euren Bikini-Deal abgewickelt habt", erzählt Joe.

Noch auf dem Atoll dos Rocas hatten wir beschlossen, bei erster Gelegenheit die Behörden über das Schicksal der TAURUS und das mysteriöse Verschwinden ihrer Besatzung zu unterrichten.

„Und?"

„Du wirst lachen – die waren besser informiert als wir. Die Crew selbst ist hier gewesen und hat Bericht erstattet. Vier Franzosen aus Marseille. Sie hatten genau wie wir in Lee geankert. Aber dann soll plötzlich der Wind umgesprungen sein, auf West. Der Anker slippte, und ehe sie sich's versahen, saßen sie auch schon auf dem Riff!"

„Ihr Survivaltraining im Zelt hat aber nicht lange gedauert", ergänzt Sabine. „Nur ein paar Tage, dann kam zufällig ein Fischerboot vorbei, das sie aufnahm. Inzwischen sollen sie heil wieder in Frankreich sein."

Glück im Unglück. Warum die Bruchschiffer allerdings ihre sämtliche Habe Wind und Wetter überließen – noch dazu in heilloser Konfusion – dieses Rätsel bleibt ungelöst.

Eine Stunde nach Verlassen der Reede von Fortaleza setzen wir den Spinnaker. Und er bleibt oben. Tag und Nacht steht ein konstanter, leichter Wind aus Ost. Über gut tausend Seemeilen, fast eine Woche lang, zieht uns die große gelbe Blase, unterstützt von einem kaum merklichen Schiebestrom, über ein milchig-grünes Schelfgebiet mit sanft bewegtem Wasser. In zartem Blaßblau stimmt sich der Himmel auf dieses Aquarell aus Pastelltönen ab. Wie unglaublich schön das ist! Die reinste Werbefahrt für Blauwassersegeln!

Nur beim Überqueren der Amazonasmündung wandelt sich vorübergehend das Bild. Die Wassermassen des gewaltigen Stroms kündigen sich mit undurchsichtigem Gelb und schmutzigem Braun an. Es erweist sich als Vorteil, daß wir das riesige Mündungsgebiet tagsüber passieren; denn hier und da wiegen sich Baumstämme in den Fluten des Deltas, die der Fluß irgendwo auf seinem mehr als sechstausend Kilometer langen Weg mit sich gerissen hat. Wachsamkeit ist also geboten, wenn wir nicht mit solch einem Quertreiber kollidieren wollen. Doch am Nachmittag gewinnt das flache Küstenmeer sein typisches Hellgrün zurück, die Gefahr ist vorüber. In der Nacht schweben Lichtpunkte über dem Wasser und kennzeichnen die vielen Krabbenfänger, die auf dem Schelf fischen.

Wir halten uns stets an der Schelfkante, wo an der Hundert-Meter-Tiefenlinie die Strömung am stärksten ist. Mit dem Echolot geht das ganz einfach. Bleibt das rote Signal auf der Armatur aus, brauche ich nur den Kompaß der automatischen Ruderanlage um einige Grade zu drehen, so daß SHANGRI-LA ein wenig auf die Küste zuhält. Erscheint die Leuchtanzeige erneut, gehe ich eine Spur zurück nach Steuerbord, und schon sind wir wieder „auf dem Strich". Wie unkompliziert Segeln doch sein kann! Ein schwereloses Schweben – als wolle SHANGRI-LA an ihrem Luftballon einfach abheben. Man könnte ausflippen vor Begeisterung! Das einzige, was unseren Überschwang in Grenzen hält und die Aktivitäten an Bord merklich dämpft, ist die drückende Hitze. Da achterlicher Wind und Fahrt einander nahezu aufheben, hoffen wir vergeblich auf etwas kühlende Ventilation. Aber man muß sich ja nicht viel bewegen...

Am sechsten Tag geht es auf die Küste Französisch-Guayanas zu. Und da tauchen sie auf – drei kleine, grüne, rundliche Eilande: die Îles du Salut, die „Heilsinseln". Ein Name, den viele tausend Menschen, die einst vor uns hier anlandeten, nur als grausamen Zynismus verstanden haben können. Denn sie erwartete hier eine irdische Hölle. Nicht das Heil wurde den Gefangenen der Îles du Salut zuteil, sondern ein Leidensweg, der für viele mit dem Tod endete. So ist es folgerichtig, daß diese Tüpfelchen im Atlantik, unweit der Küste von Cayenne, meist nur bekannt sind als die „Teufelsinseln" – benannt nach der kleinsten unter ihnen, der Île du Diable, damals Endstation für lebenslängliche und politische Gefangene. Die Île Royale und die Île du Saint-Joseph vervollständigen das „teuflische" Trio. Galt die erste mit dem Lager der Zwangsarbeiter noch als vergleichsweise erträglich, so beherbergte Saint-Joseph das Zentrum der Hölle: das Zuchthaus.

Ohne einen gewissen Henri Charrière, den sie „Papillon" nannten, wäre sicherlich weder die düstere Geschichte dieser Inseln je um die Welt gegangen, noch würde SHANGRI-LA heute hier ankern. Wie könnten wir am Originalschauplatz eines so schaurig-berühmten Epos der Weltliteratur vorbeisegeln?

Ob noch etwas zu entdecken sein wird – Spuren aus jener erst wenige Jahrzehnte zurückliegenden Epoche, da Frankreich unzählige Häftlinge in seine überseeische Besitzung Guayana deportieren ließ, Strafgefangene, für die die Teufelsinseln zum Alptraum und Verderben wurden? Von der Reede aus ist nichts als dichter, grüner Urwald zu erkennen, so verschlungen und verwachsen, daß wir Einzelheiten nicht ausmachen können.

Wie muß einem Mann zumute gewesen sein, der hierher kam mit der Aussicht, diesen Ort nie mehr zu verlassen? „Morgen werde ich nach den Îles du Salut eingeschifft", heißt es bei Papillon. „Zuerst habe ich zwei Jahre Zuchthaus auf der Île du Saint-Joseph zu verbüßen. Ich hoffe, den Spitznamen, den ihr die Bagnosträflinge gegeben haben – *die Menschenfresserin* – Lügen strafen zu können..."

Unser Ankerplatz ist brauchbar. Nur wenig tänzelt SHANGRI-LA im von der Abendbrise bewegten Wasser. Die Sonne steht bereits tief, für einen Ausflug ist es zu spät. Und eigentlich zieht uns noch gar nichts an Land. Auf dem Vordeck sitzend, blinzeln wir versunken in die letzten roten Strahlen, gedanklich noch nicht ganz auf festem Boden... Schließ nur die Augen, und du schwebst, fliegst noch immer hinter dem großen gelben Ballon ins Blaue, in die Unendlichkeit...

Als die Sonne wegtaucht, bekommt der dunkelgrüne Buckel von Saint-Joseph etwas Unheimliches. Oder bilden wir uns das nur ein? Die Nacht wird so schwül wie der Tag. Unter hauchdünnen Leintüchern dösen wir schweißnaß der noch schlimmeren Hitze entgegen.

Am Morgen Windstille. Nicht der leiseste Hauch. Beim ersten Tageslicht stehe ich auf. Die See glänzt glatt wie eine Plastikfolie, und SHANGRI-LA liegt unbeweglich darin – wie eingegossen. Ein seltsam drückendes Schweigen lastet über der Bucht. Das Deck ist so klitschnaß, als wäre ein Tropenschauer niedergegangen; dicke Tautropfen beginnen zu verdampfen. Die Sonne steht eine Handbreit über der Île du Saint-Joseph, die wie ein vollgesogener Schwamm sichtbar Dunst ausatmet.

Ich fühle mich jetzt schon schlapp. Ein paar Salztabletten sollte man wieder mal nehmen, vielleicht wird es dann besser.

Eigentlich ist es noch nicht Zeit fürs Frühstück, aber liegen kann ich nicht mehr. Also schlurfe ich in die Pantry und fange an, mit hundertfach geübtem Griff die Utensilien für die morgendliche Pfannkuchenschlacht aus den Regalen zu holen. Von Helga ist noch nichts zu hören. Sie wird erst auf Geruch reagieren. Wenn Pfannkuchen Nr. 1 verführerisch duftend und deutlich hörbar auf den Teller klatscht, wird sie ohne Anlauf am Tisch hocken, bereit zum Kalorienbunkern. Während der Skipper mal wieder Mädchen für alles... Aber um der Wahrheit die Ehre zu geben: Häufiger ist es umgekehrt. Bei ihr erwartet mich ein Frühstück, ganz wie es sich nach ernährungswissenschaftlichen Gesichtspunkten gehört: mit Müsli und Knäckebrot, Haferflocken, Ei, Kaffee und Grapefruit. Aber mal ehrlich: Kann ein Tag besser beginnen als mit ofenfrischen Pfannkuchen, dick mit Mangomus bestrichen? Selbstgemachtem Mangomus natürlich, das wir in Brasilien kiloweise eingekocht haben. So ein Frühstück kann ich leicht ein, zwei Stunden lang ausdehnen. Und wenn ich wie heute nicht recht in Schwung komme, sowieso.

So dauert es denn an diesem Morgen seine Zeit, bis wir uns bei der zweiten Kanne Kaffee richtig auf den Tagesplan eingestimmt haben. Nach dem Frühstück – es ist inzwischen früher Nachmittag geworden – werfen wir uns in Jeans und Buschhemd (lieber im Dschungel nicht zuviel nackte Haut zeigen), behängen uns mit Kameras und Stativen und pullen im Dingi zu den Ufersteinen von Saint-Joseph hinüber.

Papillon betrat als erstes die Insel Royale, wo von Bagnosträflingen aus riesigen Quadersteinen eine Mole angelegt worden war, eine Arbeit, die unter mörderischsten Bedingungen – Hunger, Krankheit und Hitze – viele Menschenleben forderte. Von diesem Hafen aus verfrachtete man die Häftlinge mit Ruderbooten zu den beiden anderen Inseln.

Die Löwenkäfige von Saint-Joseph

Wir zerren das Dingi auf die Böschung, und nach wenigen Schritten hat uns das Grün verschluckt. Doch was vom Wasser her wie verfilzter Dschungel wirkte, erweist sich überraschend als bequem begehbar. Der Weg zum ehemaligen Zuchthaus ist sogar richtig besucherfreundlich und führt geradewegs ans Ziel: zu den Bagnos. Plötzlich wachsen überall Mauern aus dem dichten Laub, ein riesiger, überwucherter Gebäudekomplex tut sich vor uns auf. Die ganze Insel scheint nur aus den Häusern der Strafkolonie zu bestehen, über die sich wie ein grüner Riesenkrake der Urwald stülpt.

„So groß habe ich mir das nicht vorgestellt", flüstert Helga. Seltsam, daß wir unwillkürlich flüstern. Kann uns denn jemand hören? Sind wir wirklich allein in diesem unheimlichen Labyrinth aus zum Teil eingestürzten Mauern? Raschelt da nicht etwas? Und sind es tatsächlich nur die Schatten der Urwaldpflanzen, die sich bewegen?

Die Zellen sind unvorstellbar klein, 150 winzige Löcher von wenigen Quadratmetern. Hier gab es nur Einzelhaft, totale Isolation. Allein das zahlreiche Ungeziefer leistete den Insassen Gesellschaft. Unfaßbar, daß dies nicht etwa ein Relikt aus dem Mittelalter, sondern aus der jüngsten Vergangenheit ist, der Strafvollzug Frankreichs, auf dessen Boden die Menschen- und Bürgerrechte geboren wurden.

Wir wandern durch einen schmalen Gang, von dem rechts und links wie Zwinger die Kerkerlöcher abgehen, steigen dabei immer wieder über eingestürztes Mauerwerk. Auch das Dach fehlt hier und da, so daß von oben gedämpftes Tageslicht hereinfällt. Die Zellen besitzen keine Decken, sondern sind oben mit Gitterstäben verschlossen – „Löwenkäfige" heißen sie bei Papillon. An manchen Mauern sind naive Zeichnungen von Sträflingshand zu erkennen, verzweifelter Ausdruck unterdrückten menschlichen Mitteilungsbedürfnisses. *Die Menschenfresserin*... Gewiß verschlang sie nicht nur harmlose Eierdiebe. Mörder und andere Ganoven schweren Kalibers saßen in Saint-Joseph ein. Doch sollen auch Leute hier gelandet sein, die sich in Paris nur eines Fahrraddiebstahls schuldig gemacht hatten – von „unliebsamen Elementen" ganz zu schweigen.

Immer weiter dringen wir in das Labyrinth vor. Die Luft steht. Nur das Brummen und Summen von Moskitos und Fliegen ist zu vernehmen. Längst kleben uns die Haare an Stirn und Kopfhaut, dunkle Flecken durchnässen das Hemd unter den Armen, gesäumt von weißen, salzigen Rändern. Hier lebte Papillon: „Mein Name und meine Adresse: Nummer 234, Gebäude A... Schon beim Eintreten hat man begriffen: Wenn man hier lebend herauskommen will, muß man sich den unmenschlichen Verordnungen fügen... Ich sehe mir die Zelle an... Links eine Pritsche mit einem Keil aus Holz. Eine Decke, ein Betonblock in der Ecke als Hocker, ein Handbesen, ein Eisenbecher, ein Holzlöffel, eine senkrechte Eisenplatte, mit welcher der metallene Kloketteimer dahinter durch eine Kette verbunden ist... Im Hintergrund der Zellen läuft überhängend ein meterbreiter Steg für die Posten... Das Tageslicht fällt nur bis zu diesem Steg herein. Unten in der Zelle sieht man sogar am hellen Tag kaum etwas."

Die Biographie des Henri Charrière weist ihn nicht als besonders sensiblen Zeitgenossen aus („Weil ich ein ausgepichter Abenteurer gewesen bin, war es so leicht, rund um meine Person ein Netz von Lügen zu spinnen"), doch *die Menschenfresserin* droht auch ihn, den Ausbrecherkönig, den sie den „Schmetterling" nennen, zu zerbrechen: „Wie viele Minuten habe ich hier zu verbringen, in diesem eigens für wilde Tiere angefertigten Käfig, mit mir allein?"

Ich fotografiere. Hier gibt es Motive über Motive. Ich weiß nicht, in welche Richtung zuerst mit dem Objektiv: Gitterstäbe, halb herausgebrochen, bedrohen uns wie Spieße. Wilde Luftwurzeln durchbrechen das Mauerwerk. Verstrickte Lianen winden sich über Geländer und

Laufgänge. Aus den Zellen wachsen schenkeldicke Bäume in die Höhe, deren Kronen das sonnige Himmelsblau darüber zu diffusem Zwielicht filtern.
„Iiihh!" Helga macht plötzlich einen Satz aus einer Nische.
„Was ist denn?"
„Eine Ratte! Ist mir direkt über den Fuß gelaufen!"
„Hat sie dich gebissen?"
„Ach was."
„Na dann... Stell dir vor, du wärst mit ihr in einer Zelle eingesperrt." Zur Zeit Papillons konnte alles, was im Dschungel kreucht und fleucht, durch die Gitterstäbe in die Kerker der Gefangenen gelangen. Daneben litten die Sträflinge an Krankheiten ohne medizinische Versorgung, an Schwäche durch Unterernährung, unerträglicher Hitze, Vereinsamung, Verzweiflung... Nicht viele hielten durch wie Papillon, der Pariser Asphaltlöwe, verurteilt für einen Mord, der ihm niemals nachgewiesen werden konnte und den er sein Leben lang bestritt. Er gab die Hoffnung nicht auf: „Mein Nachbar links hat Selbstmord begangen, sie tragen ihn fort. Es war der fünfte Häftling, der innerhalb von zehn Wochen aus meiner Umgebung verschwunden ist. Ich komme nur lebend heraus, wenn ich niemals bestraft werde. Die Strafen bestehen nämlich darin, für eine gewisse Zeit einen Teil oder sogar die ganze Nahrung entzogen zu bekommen, wovon man sich niemals erholt."

Henri Charrière bleibt am Leben und gelangt in die Freiheit zurück, weil sein Verstand nicht versagt. Anders als die achtzigtausend Menschen, die in einem knappen Jahrhundert – bis 1945 – hier und im *Camp de la Transportation* auf dem Festland elend zugrunde gingen.

Auf Royale, so werden wir noch entdecken, gibt es einen kleinen Friedhof – für das Personal und dessen Angehörige. Häftlinge dagegen wurde nicht bestattet. Man warf sie bei Sonnenuntergang ins Meer zwischen Saint-Joseph und Royale, an einem Ort, wo es von Haifischen wimmelte.

Vive la France!

„Ich halte diesen fauligen Gestank nicht mehr aus", sagt Helga. „Laß uns endlich verschwinden. Das hier ist die Hölle."
Es ist spät geworden, die Bäume werfen jetzt lange Schatten über

das finstere Gemäuer. Wir müssen uns sputen, wenn wir den Pfad wiederfinden wollen, auf dem wir gekommen sind. Noch ehe wir das Dingi erreichen, hat uns die Dunkelheit eingeholt, und plötzlich erwacht der Dschungel: Er kreischt und wimmert, schreit gellend, knackt und knirscht wie altes Tauwerk... Dazu ein grausiges Schluchzen und Seufzen, als ob die gequälten Seelen der Teufelsinseln ihr allnächtliches Klagelied anstimmten. Wir merken gar nicht, daß wir rennen und dabei laut sprechen wie verängstigte Kinder. Überhastet springen wir ins Schlauchboot und pullen ruckartig zur SHANGRI-LA, deren vertraute Silhouette uns Schutz und Geborgenheit verspricht.

KARIBISCHES EIS...

Empfangsbahnhof Barbados

Zielhafen: Bridgetown, Barbados! Ohne Verzug nehmen wir jetzt Kurs auf die östliche Insel der Kleinen Antillen, die für Europäer als „erste Adresse" in der Karibik gilt. Und das in doppeltem Sinn: Als Touristikhochburg steht sie bei den neuerfundenen „Aktivurlaubern" ganz oben in der Gunst und ist außerdem fast immer erster Stützpunkt der europäischen Segler, die von den kanarischen Inseln aus den Sprung über den Atlantik wagen. Barbados – das ist noch immer der Empfangsbahnhof der Karibik. Und wie jeder gleich beim Einklarieren merkt, wissen die Behörden hier die Vorliebe des segelnden Volkes für Barbados außerordentlich zu „schätzen" – der Sparstrumpf muß gehörig angezapft werden.

Was *uns* hierher zieht, sind weniger die vielgepriesenen Attribute wie „ewiger Sommer", „traumhafte Strände" und „paradiesische Vegetation" als vielmehr persönliche Angelegenheiten. 500 000 Besucher pro Jahr, bei denen der Dollar locker sitzt – wenn das kein vielversprechender Markt für Hängematten und Bikinis ist! Und dann sind da noch Doug und Janet, unsere alten Freunde von der SABBATICAL, die vor rund einem Jahr in Bridgetown endgültig vor Anker gegangen sind. Schon lange steht die Einladung, und als Insider wissen die beiden sicherlich Rat, wie man unser Sortiment auf der Insel am besten unter die Leute bringt.

In der Carlisle Bay von Bridgetown fällt unser Anker inmitten eines Dorfes von Blauwasserseglern. Die meisten sind frisch von jenseits des Atlantiks importiert und in der Phase, in der man die erste schwere Prüfung, nämlich das Loslösen von der Heimat, schon hinter sich hat. Doug und Janet dagegen sind mit ihrer munteren „Jugendmannschaft" – Heather, Jonathan und Jennifer – längst auf dem umgekehrten Trip. Zum ersten Mal treffen wir „Ehemalige" aus der Yachtieszene, die den Neubeginn geschafft und die alten Fäden wieder aufgenommen haben. Wie ist das – findet man wirklich zurück zu den alten Gewohnheiten? fragen wir sie. Wie lebt es sich mit einer Weltumseglervergangenheit?

„Gut!" strahlt Janet, die einen rundum zufriedenen Eindruck macht. Wir sitzen in ihrem herrlichen, licht- und luftdurchfluteten Haus, zu Füßen die türkisgrüne karibische See, und plaudern von vergangenen Tagen. Von Tahiti, von Fidschi, von all den vielen gemeinsamen Freunden aus jener Zeit. Fehlt ihnen das alles nicht? Haben sie noch Kontakte zu der Seglerclique von damals?

„Ihr seid die ersten, die wir wiedersehen", erzählt Janet. „Ob uns was fehlt? Natürlich, unsere Weltumsegelung war wunderschön, und ich möchte keinen einzigen Tag davon missen. Aber alles hat eben zwei Seiten." Richtige Freizeit, meint Janet, habe sie eigentlich seit Jahren erst jetzt wieder. An Bord habe es doch rund um die Uhr Arbeit gegeben: mit den Kindern, der Kocherei, der Bootsunterhaltung...

„Bis auf die Arbeit am Boot mußt du das alles doch auch hier tun", wirft Helga ein.

„Aber es ist viel leichter! Die Kinder nimmt mir die Schule weitgehend ab. Und dann die Waschmaschine und die anderen praktischen Geräte – was für ein Luxus das ist, weiß ich erst jetzt zu schätzen!" Nein, sagt Janet mit Nachdruck, sie genieße das Landleben ganz bewußt und in vollen Zügen.

Und Doug? Seine Anwaltspraxis läuft seit der Wiedereröffnung auf Hochtouren. „Die SABBATICAL habe ich schon sechs Monate nicht mehr gesehen. Sie ist aufgeslippt. Wir kommen ja doch nicht dazu, sie zu benutzen. Allerdings..." Ein kleiner entschuldigender Seitenblick zu Janet. „Manchmal, wenn ich an das Schiff denke, dann kommen mir schon gewisse Träume..."

„Was für Träume?"

„Oh, weite, wilde Träume!" Ein herzliches Lachen geht durch die Runde.

Die meisten Anpassungsschwierigkeiten hatten wohl die Kinder. „Aber seit sie die Schule nicht mehr als Gefängnis betrachten, sondern als ein Gebäude, wo auch ihre Freunde ein- und ausgehen, sind die Probleme behoben."

Es wird eine lange Nacht an diesem ersten Tag in Bridgetown. Natürlich erzählen wir von unseren letzten Stationen – von Fernando do Noronha, dem Atoll dos Rocas, von Fortaleza – und beim Stichwort Hängematten fällt Doug ein: „Du, da weiß ich Abhilfe! Die Dinger wirst du los, gar keine Frage! Ich rufe einige Leute an – irgendeiner beißt garantiert an."

Auf Dougs Wort kann ich mich verlassen. Und so sortiere und entstaube ich gleich nach dem Nachhausekommen wohlgelaunt mein Warenlager.

In der Seglergemeinde Carlisle Bay werden wir schnell Mitglieder, schon deshalb, weil an einigen Booten der „Adenauer", die deutsche Flagge, weht. Für die deutschen Yachties sind wir keine Unbekannten mehr. Meine Veröffentlichungen und Vorträge scheinen da ihre Wirkung getan zu haben. Jedenfalls kennt man die SHANGRI-LA und betrachtet sie als eine Art Informationszentrale, in der seglerisches Know-how gehandelt wird. Doch nach kurzer Zeit habe ich den Eindruck, daß wir von diesen Weltumseglern der neuen Generation viel mehr lernen können als sie von uns. Ich staune, wie die heute an so ein Unternehmen herangehen – gut vorbereitet, perfekt ausgerüstet und finanziell rundum abgesichert... Dagegen war unser Start damals und der vieler unserer Freunde von geradezu abenteuerlicher Naivität!

Das Abenteuer suchen gewiß auch diese „neuen" Globetrotter der Meere noch immer, doch darf es offenbar nicht mit Risiko verbunden sein. Inzwischen muß so etwas wie eine Trendwende in Weltumseglerkreisen stattgefunden haben. Die Liebe zur See und Segelei, die Suche nach ursprünglicher, unverfälschter Natur und das Praktizieren eines einfachen, bescheidenen Lebensstils sind nicht mehr die Leitmotive der Blauwassersegler, die neben uns ankern. Sie könnten meine Nachbarn, Bekannten oder Schulkollegen von früher sein, Normalbürger, die für eine gewisse Frist ihre Büros verlassen haben, um es mal mit einer Weltumsegelung als modischem Hobby zu versuchen. Das ist eine Form des Segeltourismus, bei der alles nach bestimmten Detailplänen, Normen und Verhaltensmustern läuft: Die Gespräche drehen sich um Bordelektronik, Kapitalanlagen und Mietwagenpreise. Ich weiß nicht, mir fehlt da etwas... Wo sind sie nur geblieben, die anderen Yachties, diese Farbtupfer der Szene? Ich vermisse die begeisterten

Ozeansegler, darunter die liebenswerten Spinner, die kauzigen Typen, die Clowns auf den Planken, die ihnen die Welt bedeuten... Gibt es sie nicht mehr, die echten Exoten – oder manchmal auch Chaoten – mit ihren Abenteurerbooten, deren einzige Sicherheit ihr Improvisationstalent, ihre erlernten Fähigkeiten und Fertigkeiten sind? Nein, was ich hier sehe, mag alles sehr schön und sehr perfekt sein, ist aber doch von einem Hauch Langeweile umgeben, eine Einheitssuppe, der das Salz fehlt.

Auch nach einer Woche Barbados können wir noch keinen aus der alten Garde entdecken. Es scheint fast, daß die weltumsegelnden Originale alle abgemustert haben. (Vielleicht hätte man sie rechtzeitig unter das Artenschutzabkommen stellen sollen?) Oder ist es möglich, daß sie Barbados mit seinem Schickeriagehabe gar nicht mehr anlaufen? Wir aber müssen noch eine Weile in diesem teuren „Garten Eden" der Karibik bleiben, denn noch immer liegt unser Warenangebot abrufbereit auf Lager.

Doch unser Freund Doug hält Wort. Eines Morgens rauscht ein Motorboot heran und kommt schneidig längsseits. Daraus klettert Doug zu uns an Bord, im Schlepptau einen älteren, kaffeebraunen Herrn, den er uns als Geschäftspartner offeriert: makellos heller Tropenanzug und ebensoviel Gold am Gebiß wie an den gepflegten Händen. Der Gentleman erweist sich als Profi. Man kommt rasch zur Sache, *time is money*.

Menge? Qualität? Routiniert werden einige Proben aus den Kartons gezupft, wird hier der Schnitt, dort die Knüpfart einer Matte mit Sachverstand begutachtet; schon liegt ein Taschenrechner auf dem Tisch, und geübte Finger beginnen ein virtuoses Stakkato auf der Tastatur. Ich kann zwar nicht ganz folgen, aber die Summe, die zum Schluß dabei herauskommt, läßt mir den Atem stocken: es ist mehr, als ich in meinen kühnsten Träumen zu hoffen gewagt habe!

Jetzt nur nichts anmerken lassen – wir sind in der Karibik. Es gehört zu den Spielregeln, daß ich mich leicht enttäuscht zeige. Sollte mich doch wundern, wenn Goldkralle sich nicht noch einen gewissen Spielraum gelassen hätte... Meine Rechnung geht auf: Der Preis wird nach oben begradigt, und das Geschäft ist unter Dach und Fach. Ich möchte einen Luftsprung machen – aber natürlich erst, wenn unser Handelspartner außer Sicht ist.

Für den guten Francisco in Fortaleza werde ich eine Gedenkminute einlegen, und heute abend wird gefeiert. „Doug!" brülle ich ihm hinterher, als das Boot ablegt. „Sag Janet Bescheid: heute abend Dinner im Crane Beach Hotel! Keine Widerrede, ihr seid eingeladen!" Da sitzen wir nun also auf unserer ersten Karibikinsel, diesem gepfefferten Paradies. Und was haben wir gemacht? Das Kapital, mit dem wir angekommen sind, verdoppelt! Da auch Paradiese selten klassenlos sind, können wir nun um einige Kategorien angenehmer leben.

Meine Güte, so fein sind wir schon lange nicht mehr ausgegangen! Beinahe wäre der Abend zuletzt noch an der Kleiderordnung gescheitert. Aber zum Glück kann Helga das „Tahiti-Kleid" herrichten, das von einer polynesischen Künstlerin damals geschneidert, eingefärbt und mit lustig springenden Delphinen bemalt worden war. Das an keiner westlichen Mode orientierte Gewand (ihr einziges) hat schon auf diversen Partys Gesprächsstoff für die Damen geliefert.

Und ich? In meiner dunklen Hose, auf der sich andeutungsweise Bügelfalten schlängeln, und mit dem schlichten Oberhemd bin ich vielleicht ein etwas nüchterner Kontrast zu Helga. Aber schließlich kann ich hier nicht gut in meinem Pareo, dem blümchenbedruckten polynesischen Hüfttuch, auftreten. Also bleibt es ganz schlicht beim Konfirmandenlook.

„Aha, der Aufreißertyp aus den frühen Sechzigern!" tönt es denn auch aufmerksam beobachtet von einem Nachbarboot, als ich in meinem Stadtdress ins Dingi klettere. Daß es so schlimm ist, hätte ich nicht gedacht. Aber was soll's, dieser Abend gehört uns! Nach langer Zeit mal gepflegt ausgehen, sich bedienen lassen, ein köstliches Menü mit eiskaltem Planter's Punch abzuschließen – so unangenehm ist das nicht. Wenn man die Preise übersieht, die das Niveau des Gebotenen weit übertreffen, dann kann man so einen Abend durchaus genießen, zumal auch Doug und Janet beste Laune mitgebracht haben.

Helga und ich sind nicht die einzigen Deutschen im illustren Crane Beach. Aus dem gedämpften Stimmensalat läßt sich unschwer germanischer Zungenschlag herausfiltern, und zwar an einem Nachbartisch. Auch dort werden deutlich die Ohren gespitzt. Ich hab's fast geahnt – auf dem Rückweg von der Toilette erwischt mich einer der Herren vom Nebentisch. „Ach, entschuldigen Sie... Habe ich recht

gehört, Sie sind Weltumsegler? Wir bekamen nämlich zufällig Ihre Unterhaltung mit... Wissen Sie, das interessiert mich sehr. Darf ich Sie zu einem Drink einladen?"

Er darf. Heute kann mich nichts erschüttern. Ich pilgere mit dem Mann an die Bar und bestelle mir einen Cuba libre.

Bilde ich mir das nur ein oder trifft mich wirklich ein mitleidiger Blick? Ich mag nun mal Cuba libre. Mein Gönner aber führt mir vor, wie der Insider in einer Bar auf Barbados zu bestellen pflegt. Es folgt ein längeres Diktat an den Keeper mit den gewünschten Zutaten für seinen Lieblingsdrink, der natürlich eine Sonderanfertigung nach Geheimrezept sein muß. Der Barkeeper quittiert es mühsam beherrscht mit unwilligem Nicken.

Ich nippe zufrieden an meinem Cuba libre, den man natürlich auch Cola mit Rum nennt. Der Experte aber kann das nicht mitansehen. „Gib dem Herrn mal 'n paar *Ice Caps* – du weißt schon."

Zwei glasklare Eisstücke plumpsen in mein Glas, und der Spender nickt befriedigt. „Wissen Sie, was Sie da jetzt im Glas haben? Echtes Grönlandeis! Jawohl, zwei kleine, original grönländische Eisberge! Phantastisch, was?"

Dazu mache ich bestimmt nicht das passend ehrfürchtige Gesicht. „Ist hier die einzige Bar auf Barbados, die was taugt", erläutert mein Gegenüber. „Nur hier kriegen Sie importiertes Grönlandeis. Hören Sie mal... Dieses Klicken! Das schaffen normale Eiswürfel nicht. Dieses Eis wurde unter Millionen Tonnen Gewicht zusammengepreßt. Und die Lufteinschlüsse, allerkleinste Bläschen, werden jetzt beim Abtauen frei – ein Markenzeichen für echtes Gletschereis. Das sind einige tausend Jahre, die da in Ihrer Cola schmelzen! So was hat natürlich seinen Preis..." (Wie großzügig!)

Ich nippe wieder, diesmal ganz vorsichtig und mit der erforderlichen Andacht, und sehe zu, wie sich außen am Glas kleine Wassertropfen bilden und zu Rinnsalen formen. Fasziniert starre ich auf die zwei kleinen, leise knisternden Eisklumpen. Und es liegt wohl an diesem Eis in meinem Cola-Rum-Glas, weshalb ich mich an die nun folgende Konversation so genau erinnere.

Der Traum vom Aussteigen

„Ich muß Ihnen sagen, ich beneide Sie! Weltumsegeln – ich wünschte, das könnte ich auch!" Der aufgeschlossene Unternehmertyp im jugendlich-dynamischen Mittelalter, sorgfältig durchgestylt mit modisch aktuellem Lässiglook, prostet mir anerkennend zu.

Aha, denke ich, jetzt kommt's, und stelle mich seelisch ein auf die mir geläufige Auseinandersetzung mit dem Möchtegern-Weltumsegler der gehobenen Klasse. Ich kann mich kaum an einen längeren Landaufenthalt oder Hafen erinnern, wo nicht mindestens ein verhinderter Globetrotter der Beschreibung unserer Reiseroute mit einer Mischung aus Wehmut und Faszination gelauscht hat. Und spätestens, wenn wir bei der Südsee angekommen sind und womöglich noch das Stichwort „Tahiti" fällt, erreicht die Verzückung ihren Höhepunkt.

Drehbuchgerecht fällt denn auch mein Gesprächspartner in der Crane-Beach-Bar ein: „Genau das war schon immer mein Traum!" bekennt er enthusiastisch. „Abhauen! Alles einmal hinter sich lassen und um die Welt segeln – oder zumindest in die Südsee..." Das habe er ja schon immer vorgehabt. Aber irgendwann sei der Zug eben abgefahren. Und jetzt wäre so etwas für ihn ja unmöglich... Schon spult sich das Band ab, warum man den großen Traum leider begraben mußte:

Als Familienvater mit zwei schulpflichtigen Kindern könne er eben nicht machen, was er wolle. Den Kleinen zuliebe müsse man zurückstecken und realistisch sein.

„Kinder haben Sie?" hake ich nach. „Wie schön für Sie. Und denen wollen Sie ein so wunderbares Erlebnis vorenthalten? Diese einmalige Chance für ihre Persönlichkeitsentwicklung?"

Die Irritation ist perfekt.

„Na, Sie sind gut! Sie wollen doch nicht sagen, daß Sie, wenn Sie Kinder hätten, jetzt auch noch Weltumsegler wären!"

Du müßtest das Dansky-Trio mal sehen, denke ich und sage laut: „Und ob ich das wäre! Sie können mir glauben, da wäre ich bei weitem nicht der einzige."

Kaum einer dieser Theoretiker kann sich vorstellen, wie viele Yachties im geschlossenen Familienverband unterwegs sind, Paare, die nicht etwa *trotz*, sondern eher *wegen* ihrer Kinder diesen Lebensstil wählen.

Die Schule? Es ist ein verbreiteter Irrtum anzunehmen, die armen Sprößlinge seien der völligen Verblödung preisgegeben, nur weil sie nicht jeden Morgen pünktlich um acht zur nächsten U-Bahnstation und zur Schule traben. Denn erstens gibt es für solche Fälle wie weltumsegelnde Pennäler die passenden Lehrinstitutionen – die Correspondence School für englischsprachige Kinder und das Fernlehrwerk des Auswärtigen Amtes für deutsche Haupt-, Real- und Oberschüler. Zweitens erhalten diese glücklichen Kinder darüber hinaus einen Anschauungsunterricht, der sich keineswegs auf Geographie beschränkt und der sie an Reife den Gleichaltrigen daheim weit überlegen macht. Daß sie auch noch körperlich topfit werden, versteht sich von selbst.

Natürlich brauchen Kinder Sozialkontakte. Deshalb müssen weltumsegelnde Familien ihre Reise ganz anders gestalten als wir von der SHANGRI-LA. Lange Landaufenthalte sind für sie noch wichtiger als für uns, um den Kindern Freundschaften zu ermöglichen. Sogar gelegentliches Einschulen in dem einen oder anderen Land sollte man planen. Eine Weltumsegelung kindgerecht zu gestalten, das fanden wir bei vielen Familien als gelöste Aufgabe vor. Immer wieder bekannten Eltern, daß sie gerade die beglückendsten Erlebnisse der Reise ihren Kindern verdanken. In ihrer noch intakten Unbekümmertheit, unbelastet von den heute verbreiteten Verhaltensstörungen, knüpfen sie mühelos Kontakte, selbst in den fremdartigsten Gegenden. Sprach- und Kulturbarrieren reißen sie spielend nieder. Sie finden so leicht Wege zueinander – die sie dann den Erwachsenen ebnen.

Wegen seiner Kinder also will der Jungunternehmer zu Hause bleiben? Kein Argument! Aber natürlich hat er noch mehr Gründe auf Lager. Fast habe ich den Eindruck, daß er sich zur Erhaltung seines Seelenfriedens einen ganzen Katalog mit Rechtfertigungen angelegt hat. Da sei zum Beispiel seine berufliche Position zu berücksichtigen. Was denn an dieser Position so hinderlich sei, erkundige ich mich einfältig.

„Immerhin bin ich der Chef meines eigenen Betriebes. Fahrschule, müssen Sie wissen."

„Wunderbar! Das trifft sich ja bestens! Eine günstigere Voraussetzung, um für eine Zeitlang auszusteigen, läßt sich kaum denken. Ich wünschte, *ich* hätte damals dieses Glück gehabt, dann wäre mir vieles leichter gefallen."

Entwaffnet mustert er mich und fragt sich jetzt wahrscheinlich, ob ich ihn falsch verstanden oder einfach keine Ahnung habe. Günstige Voraussetzung? Aber – er hat doch im Betrieb alle Fäden in der Hand!

„Und diese Fäden können Sie nicht eine Weile in andere Hände geben? Ihre Fahrschule ließe sich doch bestimmt verpachten. Sie können nicht auf Weltumsegelung gehen, ohne sich von irgend etwas trennen zu müssen. Und wenn es nur die Verantwortung ist. Da Sie die Firma nicht gleich verkaufen, nur verpachten müßten, wäre das ein vergleichsweise geringer Preis. Außerdem würden Sie so weiterhin geregelte Einkünfte beziehen – ein finanzieller Background, an den der Durchschnittsyachtie nicht im entferntesten denken kann!"

Und dann halte ich ihm mein eigenes Beispiel vor Augen: Als Beamter verfügte ich über alle soziale Sicherheit, die dieser Staat überhaupt zu bieten hatte. Trotzdem legte ich sie ab wie ein zu eng gewordenes Gewand, und es schien mir kein zu großes Opfer zu sein. Ähnlich ging es den meisten: Sie konnten sich ihren Wunschtraum nur erfüllen, indem sie sich von allem trennten – angefangen bei Wohnung, Auto und anderem bisher Selbstverständlichem. Und keine verpachtete Firma arbeitete inzwischen für sie weiter. Sie mußten zusammenkratzen, was sich auftreiben ließ, und wenn es verbraucht war, lebten sie fortan von der Hand in den Mund, erkämpften sich ihren Freiraum immer wieder aufs neue. Es war wie ein Drahtseilakt ohne Netz.

Ein solches Leben sollte man nur wählen, wenn man sich darüber klar ist, daß es zunächst eines bedeutet: Verzicht. Verzicht auf die Segnungen der Überflußgesellschaft. Man unterwirft sich einem völlig veränderten Konsumverhalten, muß seinen Lebensstil so radikal ändern, wie es sich die meisten Möchtegern-Abenteurer gar nicht ausmalen können. Das fängt beim abendlichen Fernsehbier an und hört bei der modischen Wintergarderobe noch lange nicht auf. Man nimmt Abschied von nahezu allen Gewohnheiten des Landlebens. Dazu gehört das Eingebundensein in bestimmte Gruppen, die Umwelt, in die man hineingewachsen ist: Familie, Freundeskreis, Nachbarschaft, Kollegen, Tennisklub, Stammtisch, Sauna – man gehörte dazu... Und dies ist wohl auch das Hauptargument im Entschuldigungskatalog meines Gegenübers: Was werden sie sagen, wenn man einfach fortgeht für lange Zeit, plötzlich alle Bindungen zerschneidet? Wird man sie nach einigen Jahren wieder anknüpfen können? Das gelingt nicht immer. Der Freundeskreis, der Klub mögen vielleicht nachher noch dieselben sein. Aber man selbst ist höchstwahrscheinlich ein anderer, ein Außenseiter. Jedenfalls wird man von den anderen als solcher gesehen, vielleicht sogar mit einer Spur Gekränktheit. Hat man sich nicht damals deutlich von allen distanziert? Hat man sie nicht in Frage gestellt, sogar abgelehnt? Sonst wäre man doch wohl hiergeblieben! Und was hat man dafür eingetauscht? Eine etwas unscharfe Fata Morgana von Freiheit und Abenteuer. Aus dem Alter sollte man doch eigentlich heraus sein!

Solcher und noch ganz anderer Kritik muß sich stellen, wer das warme Nest verläßt. Das macht wahrscheinlich nur denen nichts aus, die auf irgendeine Weise schon vorher Außenseiter waren, die schon immer andere Wertvorstellungen hatten als die Masse.

Mein Gesprächspartner an diesem Abend ist keiner von denen, die ihre Lebensform wirklich ernsthaft in Frage stellen und alles abzuwerfen bereit sind. O ja, viele träumen ihn, den Traum von der großen Freiheit, aber sie möchten ihn umsonst haben... Einschränkungen? Wer hat heutzutage noch Übung darin, sich einzuschränken? Der Möchtegern-Aussteiger kann sich gedanklich mit fast allem identifi-

1 Zwischen den Rümpfen der SHANGRI-LA ergeben sich ungewöhnliche Ausblicke.

2 Verträumte Ankerbuchten findet man trotz Massentourismus zur Genüge in der Karibik.

3 Britta, Nils und Karen auf dem Wrack der TAURUS

4 Die Hütte der Schiffbrüchigen

5 Lufttemperatur 35 Grad, Wassertemperatur 29 Grad, leichte Brise, wolkenlos...

6 Unser Dingi, Fähre zwischen Schiff und Strand

7 Fast eine Woche lang zieht uns die große gelbe Blase.

8 Vom Dschungel überwuchert ist das Zuchthaus auf der Teufelsinsel.

9 Auf geht's in die Karibik!

zieren: Segeln über die weiten Ozeane, aufregend fremde Länder besuchen – nur ein Gedanke ist ihm ganz und gar fremd: seinen jetzigen Lebensstandard aufzugeben.

„Glauben Sie nur nicht", fahre ich in meinem Anschauungsunterricht fort, „daß wir den ganzen Tag in der Sonne liegen oder uns in solchen Hotelbars herumdrücken können. Man muß nämlich arbeiten, um eine Yacht in seetüchtigem Zustand zu halten, manchmal sogar hart arbeiten."

Bei meinem Jungunternehmer wird eine gewisse Betroffenheit spürbar. Beneidet er uns immer noch?

„Sehen Sie mich ruhig mal genauer an", versetze ich ihm den Gnadenstoß. „Dieses Hemd hat mir mein Bruder aus seinem Schrank gestiftet, und die Hose ist fünfzehn Jahre alt. Eine jüngere habe ich zur Zeit nicht. Wenn's hochkommt, habe ich in den Jahren der Weltumsegelung zweihundert Mark für Kleidung ausgegeben. Mehr war nicht drin – aber auch nicht nötig."

Etwas betreten blickt er an seinem schicken Blouson herunter, denkt vielleicht an seine kostspielige Mitgliedschaft im Fitnessklub und daran, daß alle drei Jahre ein neuer Wagen in der Garage steht. Ich weiß, er kann sich kaum vorstellen, daß ich von all dem nichts vermisse, daß ich mich leichten Herzens für derlei Einschränkungen entschieden habe, weil sie für mich keine sind. Aber ich will nicht verschweigen, daß mir etwas anderes schwerfiel: die Trennung von Familie und Freunden. Eine meiner größten Sorgen gilt der Pflege alter, gewachsener Bindungen. Doch *alles* konnte ich nicht haben. Ich mußte wählen und habe es nie bereut. Aber menschliche Bedürfnisse sind unterschiedlich, und jeder muß sich seine eigenen Prioritäten setzen.

Der tausend Jahre alte Gletscher in meinem Glas ist verschwunden. Ein letzter kleiner Schluck.

„Hat mich gefreut, Sie kennenzulernen. War wirklich sehr nett und äh – aufschlußreich."

„Danke für den Drink. Also, das mit dem Grönlandeis war unglaublich. Bestimmt einmalig..."

Ich entdecke Helga, Janet und Doug draußen auf der Terrasse, einen letzten Drink zum Ausklang in der Hand. Aus luftiger Höhe schauen wir von dem Felssockel, auf dem das Hotel liegt, hinunter aufs Meer. Die Brandung ist nur als leises Rauschen zu hören. Eine kühlende

Abendbrise fächelt unsere Gesichter, und der schwere Duft von Orchideen erfüllt die Luft. Orion und der Große Bär funkeln am samtenen Nachthimmel. Das Gespräch ist verstummt. Wir sitzen entspannt zurückgelehnt, vergessen die Zeit und lassen uns von einer karibischen Bilderbuchnacht verzaubern. Leise sickert das Klimpern einer Steelband aus dem Hotel zu uns heraus, der blecherne, perlende Rhythmus alter Zeiten – der unverwechselbare Sound der Karibik.

„*Oh island in the sun, willed to me by my father's hand...*" Insel unter der Sonne, aus meines Vaters Hand an mich weitergegeben: Wie vertraut mir das ist. Unwillkürlich schließe ich die Augen, und sofort ist sie wieder gegenwärtig, die Zeit damals, als ich zum erstenmal die Stimme Westindiens hörte und ihrem Reiz verfiel.

Vierundzwanzig Jahre ist es her. Es war gar nicht so einfach, als Leichtmatrose auf einen Westindiendampfer zu kommen, denn diese Stellen waren rar. Wer musterte schon ab von Schiffen, die regelmäßig ins Matrosenparadies fuhren? Aber Geduld und Glück brachten mich ans Ziel. Erst dampfte ich mit der Hapag in die Häfen von Venezuela, Kolumbien und Mexiko – und dann mit Kühlschiffen, den weißen „Bananenjägern" von Bruns, kreuz und quer zwischen den Antillen. Barbados, Martinique, Dominika, Antigua und einige andere Inseln sah ich schon in meiner Sturm- und Drangperiode als 17jähriger Seemann, Orte, deren Geschichten, Bilder und Stimmungen sich mir unauslöschlich einprägten.

Westindienfahrt – das war ein einziges wildes, herrliches Fest, das farbenprächtige, pralle Leben der Karibik. Es brachte Begegnungen mit Menschen aller Schattierungen von Weiß bis Hellbraun, von Braun bis Pechschwarz. Dazu milde Luft, malerische Palmenstrände und grüne Berge, der süße schwere Duft von Papayas, Mangofrüchten, Ananas und Orangen auf den grellen, lauten Märkten – und natürlich der Karneval, diese Orgie aus Rhythmus und Phantasie, angefacht von der temperamentvollen Sinnesfreude des karibischen Völkergemischs. Aber auch die stillen Sonnenuntergänge, die Abende von so unvergleichlichem Zauber wie der heutige…

„Noch einen Drink? Einen letzten *for the road?*" reißt mich Doug aus meinen Seemannsträumen.

Okay, aber das ist wirklich der letzte. Es wird Zeit zu gehen. Der Große Bär ist bereits hinter den nördlichen Horizont gefallen, dafür

strahlt jetzt das Kreuz des Südens zum Greifen nahe. Das Glas mit verlockenden Früchten in einer farbenfrohen Flüssigkeit läßt bei mir ganz leise eine Alarmglocke schrillen. Heißen diese Getränke auf der Karte nicht aus gutem Grund *Wallbanger* oder *Barbados Bomb*? Und so wirken sie auch: Der erste, sagt man, macht neugierig, der zweite weckt auf, der dritte bringt Stimmung und der vierte den Knock-out. Was sich wie Fruchtsaft trinkt, wirkt im Körper wie Nitroglycerin. Daß sie hochexplosiv war, die Mischung, weiß man erst am nächsten Morgen. Und ich gestehe es: Eben das passiert mir in dieser lauen Nacht im Crane Beach Hotel.

Auslaufen nach Martinique am anderen Morgen? Als uns Doug und Janet am Vormittag auf Wiedersehen sagen wollen, kann ich gerade noch mit matter Geste abwinken. Feuerpause. Kein Auslaufen. Alle Segel und Maschinen auf null... Vielleicht morgen. Oder übermorgen. Ach nein, da ist Wochenende. Irgendwann wird's schon klappen. Wenn es ein Wort gibt, das wirklich nicht in die Karibik paßt, dann ist es „Hektik".

Im Seglerdorf der Anse Mitan

Ein kleines Stück Südfrankreich auf der anderen Seite des Atlantiks – solche oder ähnliche Gedanken mögen manchem durch den Sinn gehen, der zum erstenmal nach Fort de France, der Hauptstadt Martiniques, kommt. Und in der Tat: Da weht viel Atmosphäre von der Côte d'Azur herüber. Ein unverkennbar mediterran-französisches Flair mischt sich in das karibische Gepräge der Plätze und Gassen, ein stets präsenter Hauch von Knoblauch und frischen Baguettes, von Camembert und Bordeaux – und von Dior. Ein wenig mehr Gepflegtheit als anderswo im karibischen Raum kennzeichnet die Menschen in den geschäftigen Straßen: Paris läßt grüßen.

Daß die Hand der Grande Nation in vielerlei Hinsicht herüberreicht in ihr westindisches Übersee-Département, das spürten wir schon beim Einklarieren: Selten ging die Abfertigung in diesem Teil der Welt so problemlos und zügig vonstatten, eben ganz nach europäischer Gewohnheit. Kein Wunder, befinden wir uns doch auf französischem Terrain – und somit innerhalb der EG!

Wir fühlen uns auf Anhieb wohl.

Im Hafen von Fort de France können wir zu unserer Freude einen Motorroller mieten, und so dauert es nicht lange, bis die SHANGRI-LA-Crew – einen milden Fahrtwind um die Ohren – auf der Nationale 3 nach Norden knattert. Mit dem zwar etwas lauten, aber praktischen Untersatz begeben wir uns auf Erkundungstour. Und wir sehen sie so von ihrer schönsten Seite, die von Touristen, Träumern und Künstlern gleichermaßen geliebte „Blüteninsel", deren Ruhm nicht nur auf ihrer Lokalheldin, der in Trois-Îlets geborenen, kreolischen Gemahlin Napoleons, Kaiserin Josephine, gründet, sondern vor allem auf dem seltenen Liebreiz von Vegetation und Landschaft.

So hingerissen sind wir von dem Ausflug, daß ich am Abend in Fort de France sofort mit dem Verleiher um den Preis für zwei volle Wochen Motorroller zu feilschen beginne. Die erste Tuchfühlung mit Martinique, der Schönen, hat uns auf den Geschmack gebracht, und wir wollen noch weitere Ausfahrten unternehmen – eine Absicht, die völlig unerwartet durchkreuzt werden soll. Bereits in der nächsten Viertelstunde werden wir alle Pläne über den Haufen werfen...

Während ich noch auf der Pier über die Miete für die Maschine verhandle, läßt mich plötzlich ein durchdringendes Brüllen von irgendwoher aufmerksam werden. Auf der anderen Straßenseite mache ich eine Gestalt aus, die mehrere Luftsprünge vollführt.

„Burghard! Hallooo! Burghard!"

Den verrückten Igelkopf kenne ich doch! Und tatsächlich, ganz in unserer Nähe, bloß ein paar Armlängen entfernt, steht Peter – Peter Malou, diese irre Marke! Er war unser Nachbar an so vielen Ankerplätzen zwischen Tahiti und Südafrika, daß es mir wohl leichter fiele, die Orte aufzuzählen, wo wir *nicht* auf Rufweite nebeneinander lagen. Peter Malou, der keineswegs mit Nachnamen Malou heißt, sondern auf den Schweizer Familiennamen Löhrer hört. Aber wer merkt sich den schon in der internationalen Yachtieszene, die sich mit dem deutschen Idiom stets etwas schwertut? Und da die Peters an den großen Seglertreffs meist mehrfach vertreten sind, hängt man ihnen, um Verwechslungen zu vermeiden, einfach den Namen ihres jeweiligen Bootes an. Deshalb muß es sich der Skipper der MALOU eben gefallen lassen, von aller Welt nur „Peter Malou" genannt zu werden.

Augenblicke nach der Entdeckung fällt uns die wohlbekannte Figur, braungebrannt wie gewohnt und im abenteuerlich zerschlissenen Habitus, unter Freudenschreien um den Hals.

„Mensch, ihr seid auch da! Dann sind wir ja komplett! Ihr müßt unbedingt rüberkommen in die Anse Mitan – was glaubt ihr, wer schon alles hier ist! Die JOBEY DOH mit Keith und Pene aus Rhodesien... Kennt ihr doch? Natürlich kennt ihr die! Und dann die ATTEA mit Bob und Nancy aus den USA und unsere Norweger mit der GOLDEN ORCHID! Und jetzt ihr noch – Mann, das ist toll!"

Tut mir leid um den Motorroller, aber nun sieht alles anders aus. Nur wenige Minuten nach diesem überfallartigen Wiedersehen geht SHANGRI-LA ankerauf und verholt quer über die Bucht, zu der gegenüberliegenden großen Halbinsel. Und noch nicht wieder ganz trocken, fällt unser Anker inmitten des Seglerdorfes der Anse Mitan, um für mehrere Wochen unten zu bleiben. Denn hier liegt er richtig.

Tage voller Wiedersehensfreude... Es ist, als seien wir nach langer Abwesenheit endlich zurückgekehrt in die Gemeinschaft, zu der wir gehören.

Die Bucht von Mitan ist einer der bekanntesten Yachttreffs in der Karibik, eine Oase, wo sich die großen Karawanenstraßen kreuzen. Und wie in einer Karawanserei geht es auch zu, hier herrscht ein ständiges Kommen und Gehen. Charterboote und Blauwasseryachten steuern diesen beliebten Rastplatz an, aber viele bleiben auch als Dauerlieger und werden *Live-aboards*, Mitglieder des kosmopolitischen Freundeskreises der um den Globus driftenden Yachties.

Weil SHANGRI-LAS Kurse so häufig von den üblichen Seglerrouten abwichen, war unser Kontakt zu den meisten lange unterbrochen. Folglich sitzen wir nun jeden Abend auf einem anderen Boot, bemüht, mit unseren Erlebnissen und Geschichten da wieder anzuknüpfen, wo sie die Trennung im Pazifik oder Indik unterbrach. Schon bald wieder bildet SHANGRI-LA den Stammtisch der Gemeinde. Und gleich nebenan liegt, so wie es immer war, die MALOU. Alles ist so herrlich vertraut, ganz wie in alten Zeiten.

Beruhigend: Es gibt sie also doch noch, die schon vermißten Charakterköpfe, die kauzigen Einzelgänger, die unverwechselbaren Originale, die sich kompromißlos dem Leben auf Schiffsplanken verschrieben haben. Allen voran unseren Peter, der sicherlich eine der bemerkenswertesten Metamorphosen hinter sich hat: vom gutsituierten Hotelmanager (tätig in ersten Häusern der Schweiz) zum seefahrenden Vagabunden. Vom Nadelstreifenanzug, Schlips und Kragen zu einem sogar unter Yachties auffallenden Gammellook. Peter muß man einfach gesehen haben: Das batikartig verschossene T-Shirt ist zweifellos noch dasselbe wie in Papeete, nur hat sich die ehemals feuerwehrrote Farbe unter intensiver Sonneneinwirkung inzwischen partienweise in Zitrusgelb verwandelt. Seine ausgefransten Jeans, nach und nach zu Bermudashorts gestutzt, zeigen mehr, als sie verdecken, denn die zahlreichen Flicken sind auch nicht mehr das, was sie mal waren. Dazu Plastiklatschen, die selten fehlende schwarze Zigarette zwischen den Lippen und die jeder Nachahmung trotzenden, abstehenden blonden

Strähnen, die so verblüffend an den Igel Mecki erinnern – das ist Peter Malou! Auf einem Foto aus seinem früheren Leben sieht Peter Löhrer so aus, als würde er zu einem Peter *Malou* sagen: „So ein Penner wie du kommt mir nicht über die Hotelschwelle!"

Helga kann seine Hose nicht mehr sehen. „Bevor sie vielleicht im falschen Moment ganz auseinanderfällt, Peter, nähe ich dir eine neue!" Spricht's, kramt ein Stück Stoff aus ihren unerschöpflichen Requisiten, und schon surrt die Nähmaschine.

Neben der MALOU zu liegen, heißt immer auch, das Ohr unmittelbar am Tagesgeschehen zu haben: Peter ist die Nachrichtenzentrale jedes Seglerdorfes, in dem er sich gerade aufhält. Kein Tag, an dem er nicht zu festgelegter Stunde in seiner Höhle verschwindet, um am HAM-Radio, dem Amateurfunkgerät, mit Gott und der Welt zu plauschen. Immer wird die Sende- und Empfangszeit mit dem Anreißen des Generators eingeläutet, denn zunächst muß Saft in die Batterien. Eine gute Stunde später erscheint dann wie ein Eichhörnchen aus dem Bau der Meckikopf mit den abstehenden Drahthaaren (womöglich dienen sie ihm als Antennen?) wieder in der Luke. Und jetzt beginnt die „Tagesschau", das aktuelle Programm für Blauwassersegler.

„Die Yacht CHIANTI hat ganz in der Nähe von Suva auf Fidschi drei Golden Cowries (seltene und teure Porzellanschnecken) gefunden!"

Aha.

„Wußtet ihr schon, daß man in Niafu auf Tonga jetzt aufslippen kann?"

Nein, zu unserer Zeit gab's das noch nicht.

Und dann, eines Tages, kommt die Meldung, die zumindest auf der SHANGRI-LA einschlägt wie eine Bombe.

Peter taucht aus der Versenkung auf. „Kennt zufällig jemand eine CARPE DIEM? War ein Betonboot..."

War?

„Wir kennen eine CARPE DIEM", sagt Helga.

„Aus Südafrika?"

„Mann, sag schon, was ist mit ihr?"

„Oh, tut mir leid, Freunde von euch? Die sind nachts auf ein Riff in den Bahamas gelaufen. Ihr Boot ist wie ein Stein gesunken."

Wir sind wie vor den Kopf geschlagen. Also haben es die Mauls doch nicht geschafft bis Florida! Doch Gott sei Dank weiß Peter auch zu berichten, daß Sieghard, Ute und den Jungs nichts passiert ist. Nur mit dem, was sie auf dem Leibe hatten, haben sie sich auf eine Insel retten können, wo die US Coast Guard sie einsammelte. Inzwischen sei die Besatzung der CARPE DIEM schon wieder in Deutschland.

So schnell, so verteufelt schnell kann das gehen... Von den Yachten, die in unserem Gästebuch verewigt sind, müssen wir nun die neunte mit einem schwarzen Kreuzchen versehen!

In erholsamem Müßiggang verbringen wir die Wochen in der Anse Mitan. Nach der anstrengenden Segelei der vergangenen Monate schlafen wir nun, bis uns die beginnende Vormittagshitze erste Schweißperlen auf die Stirn treibt. Das ist der Moment, sich zur morgendlichen Waschung über die Reling direkt ins Karibische Meer zu rollen. Während des Bades halten wir dann den ersten Plausch mit den Nachbarn, die es auch nicht vor neun aus den Kojen getrieben hat. Nach ausgedehntem Frühstück heißt es Schiff aufklaren (sehr gemächlich), anschließend Strandbummel und „Szene checken" (noch gemächlicher). Regelmäßig am späten Nachmittag trudelt der harte Kern des Seglerdorfes in einem der Bistros an der Strandstraße ein. Und hier geschieht es, daß zu unserer größten Freude und Überraschung wieder so ein neu-altes, wohlbekanntes Gesicht erscheint. Wer steht da am Tresen, breit und mit schwarzem Wuschelkopf, und nippt genüßlich am Sundowner? Kein anderer als Katastrophen-Rudi!

Unser alter, stets vergnügter Chaot aus Österreich! Rudi, der Bruchsegler, Rudi, der Alptraum der Meere, Rudi, den man keinem in der Runde erst vorzustellen braucht. Vom „langsamsten Segler der Welt" haben sie alle irgendwann schon gehört. Würde man Medaillen vergeben für die längsten Segeltörns zwischen Hafen A und Hafen B – Rudi, Skipper der SÜDWIND, bekäme sie alle. Nur Schiffbrüchige in Rettungsinseln und Schwimmer seien noch langsamer, heißt es. Von Durban/Südafrika bis Kapstadt/Südafrika, das ist verbürgt, brauchte Rudi vier Jahre (SHANGRI-LA zwei Wochen). Jeder Hafenmeister in der Kapregion, auf die SÜDWIND und ihren Skipper angesprochen, lehnt sich erst mal in seinem Stuhl zurück und lacht lauthals.

Rudi, das ist der Mann, mit dessen Stories sich mehrbändige Abenteuerserien füllen ließen; jeder Leser würde sich fasziniert, doch voller Zweifel fragen, ob das nicht alles bloß Seemannsgarn sei. Ist es aber nicht. Denn bei Rudi gerät nach irgendeinem unergründlichen Naturgesetz jedes Abenteuer grundsätzlich zum Debakel.

Ich erinnere mich noch an unsere erste Begegnung in Lüderitz, dem verschlafenen Hafen am Rand der Namibwüste. Weit und breit keine andere Yacht, nur ein paar verrostete Langustenfänger, die SÜDWIND und wir. Zuerst dachte ich, die Yacht wäre gestrandet und von ihrem Eigner als Schrott zurückgelassen worden. Doch dann tauchte aus dem Chaos an Deck dieser gutgelaunte, kugelrunde Teddybär auf, der „Rudi aus Wien".

Sämtliche Einzelteile seiner Maschine sowie die komplette Inneneinrichtung der Kajüte waren an Deck festgelascht. Zum Lüften? I wo! Nach dem Bekunden ihres Eigners stand die SÜDWIND „unmittelbar vor dem Auslaufen". Schon wurde die Survivaltonne klargemacht, ein von Rudi entwickeltes seemännisches Zubehör. Es handelt sich dabei um ein blaues Plastikfaß, bis zum Rand vollgestopft mit allerlei Delikatessen: seiner Notration für den Fall eines Schiffbruchs. Und in diesem Zustand (keineswegs die unglückselige Ausnahme, wie wir glaubten, sondern bei der SÜDWIND der absolute Normalfall) ließ sich Rudi, als wir von Lüderitz ausliefen, von der SHANGRI-LA vor die Küste schleppen. Zum Aufräumen, meinte der fröhliche Skipper, hätte er ja auf See noch massenhaft Zeit...

Auf St. Helena, wo er zunächst als verschollen galt, sahen wir ihn dann wieder. Erneut hatte sich ein Törn unprogrammgemäß in die Länge gezogen: Unterwegs vom Großbaum invalide geschlagen (einige Rippen waren eingedrückt), hatte sich Rudi zum Zweck der Rekonvaleszenz „krankschreiben" und die Yacht mitten auf dem Südatlantik sich selbst überlassen müssen.

Und nun steht er hier, an einer Bar auf Martinique, unverwüstlich wie eh und je.

„Gut siehst du aus, Rudi! Und schlank bist du geworden."

„Kein Wunder, Mann – seit Brasilien hab' ich nichts als Ärger!"

Du lieber Himmel, was war denn nun schon wieder los?

Also, das war so: Wegen irgendeiner blödsinnigen Verwechslung sei er doch tatsächlich im Gefängnis gelandet. In Brasilien, einfach eingelocht! Nun, die Sache ließ sich aufklären. Doch kaum wieder draußen und zurück an Bord, passierte ihm das nächste Malheur: Seine Freundin (nanu, die kannten wir ja noch gar nicht!) rutschte auf der steinigen

Hafenpier aus und mußte im Krankenhaus operiert werden – womit die Zweisamkeit beendet war, denn anschließend flog die Dame genervt heim nach Europa. Doch es fand sich rasch Ersatz: Eine Freundin der Freundin nahm deren Platz ein und begab sich mit Rudi auf den Törn nach Barbados, der – wie konnte es anders sein – zu einer Odyssee geriet.

Bereits nach wenigen Tagen brach der Mast, mochte der Kuckuck wissen, wieso. Doch für Rudi war das nichts Neues, diese Übung hatte er schon zweimal in seiner Laufbahn durchexerziert. Dann setzt man eben an dem Stummel ein Notrigg mit einer kleinen Fock, mit der sich immerhin die Meeresströme austricksen lassen.

In Barbados, so gibt der Seefahrtskünstler jetzt zu, seien sie dann doch etwas ermattet angekommen. Sie blieben einige Wochen, um sich zu erholen, und Rudi machte sich an die Reparatur des Mastes: „Hab' einfach vier lange Bretter um die Bruchstelle genagelt, verstehst du? Und dann mit Tauen 'nen schönen Verband drumgewickelt!"

Kann ich mir vorstellen. Es muß ungefähr so ausgesehen haben wie ein notdürftig geschienter Arm beim Erste-Hilfe-Kurs. Daß das Großsegel auf diese Weise nicht gesetzt werden konnte, störte Rudi nicht weiter. Das ging ja bisher auch nicht. Aber eine größere Fock ließ sich nun anbringen, und die reichte aus, um gemächlich bis vor die Tore von Fort de France zu driften.

Voilà – und da war er nun!

„Herübergekommen", gibt Katastrophen-Rudi etwas kleinlaut zu, „bin ich allerdings mit der Fähre. Ich wollte jemanden bitten, ein Auge auf uns zu haben, wenn wir in die Anse Mitan verholen. Du weißt schon, ohne Maschine zwischen all den Ankerliegern... Könntet ihr vielleicht –?"

Das sind wir den Ankerliegern schuldig! „Klar, Rudi. Wann?"

„Morgen nachmittag?"

„Geht in Ordnung. Wir passen auf, wann du kommst, und picken dich dann auf."

Am Spätnachmittag des nächsten Tages – ich habe schon wiederholt mit dem Glas hinüber nach Fort de France gepeilt – blinkt endlich ein einsames Vorsegel von drüben. Das muß er sein. Wer sonst? Die Fock ist schon von weitem als krumme Banane zu erkennen. Ankerauf und nichts wie ihm entgegen!

Das also war einmal die SÜDWIND? Als sie näherkommt, fällt uns vor Schreck nichts mehr ein. Als adrettes Schiffchen kannten wir sie ja nie, aber das, was wir nun ins Dorf von Anse Mitan schleppen, ist wirklich nur noch ein Wrack. Der Bugspriet zeigt nach oben wie ein halbgeöffnetes Klappmesser, wodurch das Vorstag wie ein Springseil schwingt. Von dem Rest reden wir gar nicht erst. Man sieht diesem gequälten Schiff an, was es durchgemacht haben muß... Und etwas geniert hockt der Eigner dieses Sperrmüllhaufens an Deck, sich auf charakteristische Weise verlegen die Hände reibend. Mein Urteil steht mir anscheinend ins Gesicht geschrieben.

„Jo mei", entschuldigt sich der Bruchskipper, „Pech, gell? So was kann passieren. I werd' einen Batzen Geld reinstecken müssen."

Einen Batzen Geld? Wohin? Wenn je ein Schiff mausetot war, dann ist es die SÜDWIND! Da ist nichts mehr zu retten. Sie ist am Ende, ein für allemal, das muß selbst der größte Optimist auf den ersten Blick sehen. Jeder kapiert es. Nur nicht Rudi.

„Also, erst mal mach' ich jetzt alles flüssig, was sich nur irgendwie verscheuern läßt. Mit dem Geld fahr' ich dann heim und nehm' irgendeinen Job an. Vorübergehend. Wenn ich g'nug zusammen hab', komm' ich dann her und mach' sie wieder flott!"

Au wei, Rudi...

Susanne, die Bordfrau auf Zeit, weiß jedenfalls, was die Stunde geschlagen hat. Während Rudi noch irrationale Zukunftspläne schmiedet, schielt sie längst auffällig nach anderen Schiffen und sammelt rührig Informationen über Eigner und Reiseziele. Kein Zweifel, Susanne will umsteigen. Doch Rudi, von seltener Blindheit geschlagen, läßt sich nicht beirren. Wie eine Strandkrabbe, die sich eingebuddelt hat und Unmengen von Sandklumpen aus ihrer Höhle wuchtet, sieht man ihn das mobile Inventar aus seiner Ruine baggern. So hemmungslos aktiv wie in diesen Tagen haben wir den SÜDWIND-Skipper noch nie erlebt. Wäre er doch im Basteln genauso betriebsam gewesen! Denn das ist es, was Segler vor allem sein müssen: Handwerker! Nur wer immer wieder Spaß daran hat, sich den technischen Problemen zu stellen, wer begreift, daß Pflege, Reparaturen, Instandsetzung am Schiff niemals abreißen, wird sich auf Dauer auf See behaupten können. Es ist Rudis Pech, daß diese Kombination – Segler und Bastler – auf ihn nicht zutrifft. Abenteurer und Entertainer schon eher.

Der Räumungsverkauf auf SÜDWIND hat also begonnen. Und erstaunlicherweise finden sich für einige Ausrüstungsgegenstände sogar mutige Abnehmer.

Wir sitzen gerade bei Peter Malou, als ein aufgekratzter Rudi angerudert kommt. „Es klappt, Leute! Zwei Vorsegel sind noch zu haben und die Anker. Wie wär's – habt ihr Bedarf?" Eigentlich nicht.

„Übrigens, ich hab' schon einen Platz für die Heimfahrt gefunden! Drüben in Fort de France liegen drei Tschechen, die gehen nach den Azoren. Da kann ich höchstwahrscheinlich mit. Ja, und Susanne bring' ich als Köchin auf einem Charterdampfer unter, auf der RAPTURE, bis ich zurückkomme. Alles geritzt! Was sagt ihr nun?"

„Wirklich toll, wie du das alles schaffst. Und nun sollen wir dich wohl abschleppen in die Marina?"

„Das wäre nett. Aber erst übermorgen, dann bin ich soweit."

Zwei Tage später karren wir die traurige SÜDWIND oder das, was noch von ihr übrig ist, verschämt an Fort de France vorbei in den hintersten Winkel der Bucht. Jedes geübte Auge erkennt sofort, daß es sich um einen Trauerzug handelt: Die SÜDWIND wird zur letzten Ruhe geleitet, Nur Rudi ist das noch nicht klar.

Auch der Platz, den er in der Marina zugewiesen bekommt, scheint ihn nicht besonders stutzig zu machen: den Friedhof. Dort, wo Masten, Teile von Aufbauten und hier und da eine Bugspitze aus dem Wasser ragen wie bizarre Grabsteine, nach denen schon die Mangroven greifen. Nach Fäulnis und Sumpf riecht es in diesem abgelegenen Winkel, wo die Wracks liegen. Das einzige, was hier noch lebt, sind Moskitos und Kakerlaken.

Doch unser Rudi macht so schwungvoll am Schlengel fest wie ein Cowboy, der sein Pferd anleint, um sich mal eben einen kurzen Drink im Saloon zu genehmigen. An Deck herrscht unverändert das totale Chaos aus Tauwerk, Fendern und Segeln (so viel hat sich wohl doch nicht verkaufen lassen). Schon taucht der Struwwelkopf hinunter in die Kajüte, um gleich darauf wieder zu erscheinen, zwei Plastiktüten, aus denen kunterbunte Wäschestücke quellen, sowie eine aus allen Nähten platzende Reisetasche in Händen. Und dann steht Rudi bei uns an Deck: „Alles klar! Bin fertig, wir können los!"
Helga fällt aus allen Wolken. „Du kannst doch nicht... Ja, sag mal, willst du denn nicht wenigstens das Schiebeluk zumachen?"
Rudi schmollt wie ein gescholtenes Kind. „Ach", winkt er ab, „nicht nötig. Das machen doch alles die Leute von der Marina, darum brauche ich mich nicht zu kümmern."
Helga guckt mich nur erschüttert an.
„Komm", sage ich, „wir gehen besser noch mal rüber und machen alles dicht."
Maulend trollt sich Rudi wie ein Bär, den man aus dem Mittagsschlaf geholt hat. Bevor er wie befohlen das Luk zuzieht, habe ich Gelegenheit, einen letzten, unvergeßlichen Blick ins Innere der SÜDWIND zu werfen. Und die Frage, die mich noch den ganzen Tag beschäftigen wird, lautet: Ist das Schiff in letzter Zeit unter Beschuß geraten und da drinnen womöglich eine Granate explodiert – oder handelt es sich hier vielleicht um einen genialen Trick? Denn der erste Einbrecher, der diese Kajüte betritt, wird sofort bedauernd kehrtmachen in der Überzeugung, die Konkurrenz sei schon dagewesen.

Helga packt. Schapps und Schubladen stehen offen, und der Inhalt, dreimal gewendet, wird nach Notwendigem, Brauchbarem und Überflüssigem sortiert. Meine Bordfrau verläßt mich. Doch zum Glück steht lediglich ein vierwöchiger, schon lange geplanter Besuch bei den Lieben in Deutschland auf dem Programm. So wie es auch mich von Zeit zu Zeit drängt, die Bindungen zu Verwandten und Freunden nicht abreißen zu lassen, will Helga in Hamburg „Familienpflege" betreiben.

Für ein, zwei Tage also wird das Easy-going auf SHANGRI-LA von Aufbruchstimmung und leichter Hektik abgelöst. Denn nicht nur Helgas Abreise will organisiert, sondern auch die Ankunft eines Gastes vorbereitet sein. Als Urlauber kommt nämlich Jörg aus der Heimat herüber, mein alter Freund aus der Schulzeit, den ich fast zwei Jahre nicht mehr gesehen habe.

Den Tag, an dem Helga mit Air France über Paris in Richtung Hamburg abfliegt (da wir uns in „Frankreich" befinden, zahlt man Inlandtarif!), kann ich gleich auf dem Flughafen von Fort de France vertrödeln; denn einige Stunden später trifft Jörg per Jumbo auf derselben Route, nur in umgekehrter Richtung ein. Sie müssen sich in der Luft begegnet sein. Mein abschiedsbedingter Trübsinn wird also umgehend durch Wiedersehensfreude neutralisiert. Was gibt es alles zu erzählen nach dieser langen und ereignisreichen Zeit...

Europablaß und erholungsbedürftig, muß Jörg sich in der karibischen Sonne erst mal akklimatisieren, deshalb werden die nächsten Tage ganz gemächlich mit Schlafen, Schwimmen, Klönen und gemütlichen Streifzügen durch das „Quartier" verbracht. Schnell ist Jörg in unseren Zirkel integriert und findet den richtigen Draht zu Peter Malou, Keith und den anderen. Schade, daß er Katastrophen-Rudi verpaßt, der dem Vernehmen nach inzwischen bei seinen Tschechen angemustert hat.

Am dritten Tag erklärt Jörg: „Heute gebe ich meinen Einstand! Der Sundowner geht auf meine Rechnung. Wo gehen wir hin? Wie wär's mit dem tollen Hotel da hinten?" Natürlich hat er sich zielsicher das Exklusivste ausgesucht. Die Warnung, daß im Meridien vor allem die Preise erstklassig sein werden, schreckt Jörg nicht ab, und so zieht am späten Nachmittag die Stammbesatzung unseres Klubs – wir zwei mit Keith und Peter Malou – zur über dem Meer gelegenen, traumhaft schönen Terrasse des Meridien.

Für den armen Keith wird der Gang am Strand entlang mal wieder zur Tortur. Denn hier aalen sich reihenweise frisch eingeflogene Touristinnen aus den USA, Kanada oder Europa im Sand, offensiv an ihre flugs geangelten, dunkelhäutigen Boyfriends gedrängt: Sextourismus mit umgekehrten Vorzeichen! Hier suchen nicht nur John aus Liverpool oder Uwe aus Oldenburg Urlaubsfreuden inklusive exotischer Bettabenteuer. Hier pochen Elfriede, Susy, Nancy, oder wie sie

heißen, auf Gleichberechtigung und demonstrieren, wie man doppelte Moral ad absurdum führt. Und das dem armen Keith, geboren als Weißer in Rhodesien! *Shocking!* „Jesus Christ!" enfährt es ihm jedesmal aufs neue. An diesen Anblick kann Keith sich einfach nicht gewöhnen, zu tief verwurzelt sind in ihm die Direktiven der Rassentrennung. Doch ehe das Thema ausufern kann, sind wir am Ziel angelangt. Wir steigen die Stufen zum Meridien empor, wo Peter Malou zur Tagesordnung übergeht: „Netter Schuppen nicht?"
Das ist eine sehr schweizerische Untertreibung.

Wir mischen uns unters illustre Volk, und ich denke: Könnte doch einer von diesen feudalen Jet-set-Gästen ahnen, daß derlei luxuriöses Ambiente für unseren „Struwwelpeter" einmal das täglich' Brot war. Heute wäre er in diese Kulisse ohne Helgas Hose gar nicht erst hineingelangt.

Französisch herrscht vor in dem internationalen Sprachensalat, der den mondänen Rahmen füllt, doch wie könnte es anders sein: auch die Heimat ist bereits vertreten. An der Bar führt kein Weg an zwei Landsleuten vorbei, zwei unübersehbaren Zeugnissen bundesdeutscher Reiselust.

Man kommt ins Gespräch. „Ich bin der Egon – das ist Christian. Ist an eurem Tisch noch Platz?"

Wir rücken zusammen, was unumgänglich ist, denn Egon und Christian brauchen Platz für vier. Sie sind keine Typen mit asketischen Ambitionen. Beim zweiten Planter's Punch kennen wir die wesentlichen Aspekte ihrer Biographien: Zwei alte Studienkollegen, mittlerweile gut in den Vierzigern, der eine Baustoffhändler, der andere Immobilienmakler, gönnen sich einmal pro Jahr gemeinsame Ferien vom etwas angestaubten Eheleben. Geld? Spielt keine Rolle. Genug, um die Puppen tanzen zu lassen!

„Ja, ja", nickt Peter verständnisvoll, „die kreolischen Gazellen..."
Egon kratzt sich grinsend hinterm Ohr. „Leider alles halb so wild. Jedenfalls in diesem Jahr. So was von tote Hose hier... Na ja, hübsche Gegend, aber sonst..."

Soll das heißen, die grazilen, verlockend dunklen Schönheiten Westindiens springen in diesem Jahr nicht so recht an?

„Ach", seufzt Christian, der Experte, „wenn du willst, kriegst du ja immer was, nicht? Aber..."

Aber die zahmen, zutraulichen Gazellen haben es sich angewöhnt, prompt die Hand aufzuhalten.

„Dann hätten wir ja gleich nach Hamburg auf die Reeperbahn fahren können! Nee, so war das nicht gedacht..."

Gedacht hatten sich die beiden Freizeit-Playboys, daß ihnen die geschmeidigen, kaffeebraunen Mädchen von Martinique rudelweise in die Arme hüpfen würden. Vielleicht war jedoch bei dieser Übung ihre Wampe etwas im Wege? Mit ausladendem Mollenfriedhof um die Mitte ist man eben bei der Damenwelt, auch der exotischen, selten um seiner selbst willen begehrt. Die Hoffnungen, mit denen Egon und Christian ins karibische Traumparadies gejettet waren, erwiesen sich als etwas überzogen. Und nun? Nun machen sie Urlaub. „Wie man halt Urlaub macht."

„Und ihr? Was macht ihr hier so?"

Wir berichten von uns. Vom Seglerdorf in der Anse Mitan, von der SHANGRI-LA, den Jahren auf See, von unseren Segeltörns. Und da werden sie auf einmal immer stiller, die beiden verhinderten Aufreißer. Sie kriegen ganz verräterisch verklärte Augen, und schließlich ist es Christian, der das Schweigen bricht.

„Mensch, das hört sich ja phantastisch an!" platzt er heraus. „Könnt ihr uns nicht auf einen Törn mitnehmen? Bei vier Kabinen an Bord, da habt ihr doch Platz für zwei Passagiere!"

Egon scheint auf dieses Stichwort nur gewartet zu haben. Was ein gewiefter Geschäftsmann ist, der hat seine Kalkulation sofort im Kopf: „Zwei Wochen. Charter. Tausendfünfhundert Mark pro Woche. Vollpension!"

Stille. Alles glotzt mich an.

Total überfahren, suche ich stumm Hilfe bei Jörg, aber auch der lauert auf meine Reaktion. Was soll ich sagen? Ich peile Christian an, der mir strahlend zunickt. Tausendfünfhundert. Pro Woche. In meinem Kopf klingelt die Registrierkasse. Eigentlich sind die beiden doch ganz nett.

„Abgemacht?" bohren Egon und Christian unisono.

„Allerdings", gebe ich zu bedenken, „haben wir an Bord keine Damen."

„Weiber!" Christian winkt großzügig ab. „Auf Schiffen sollen die ja nur Unglück bringen. Also, läuft unser Geschäft?"

Ich kann nicht widerstehen. „Okay, abgemacht. Ab morgen früh, ja?
Wir müssen erst die Kabinen herrichten."
Die beiden freuen sich wie die Schneekönige, und ich muß sagen, ich bin über die lukrativen Aussichten auch nicht gerade traurig.

„Mann, Burghard", sagt Jörg später, als wir mit dem Dingi zurück zur SHANGRI-LA pullen, „einen Urlaub so leicht zu finanzieren – das passiert uns so schnell nicht wieder!"

Wie recht er damit hat, können weder Jörg noch ich in diesem Moment wissen...

Zwei Sextouristen specken ab

Am anderen Morgen reißt mich zu ungewohnt früher Stunde eine plötzlich ins Bewußtsein springende, panikartige Erkenntnis aus dem Schlaf. Es hält mich nicht mehr in der Koje.

„Jörg, wach auf! Wir müssen was bereden. Gleich jetzt!"

Eine Viertelstunde danach, das Dorf um uns liegt noch in tiefer Ruhe, wird auch Jörg bei einem Pott Kaffee hellwach, als ich ihm eröffne: „Wir haben ein Problem: Helga ist nicht da."

„Ist mir bekannt. Und?"

„Kannst du kochen, ich meine richtig, für Chartergäste?"

„Ach du lieber Himmel!" stammelt Jörg. Der Groschen ist gefallen.

„Tja, Alter, unsere Gäste haben Vollpension gebucht. Die wollen was essen für ihr Geld."

Wir starren uns eine Weile dumpf an, allmählich den ganzen Schrecken unserer Situation ahnend. Wie ein Horrorfilm laufen alle denkbaren Küchenkatastrophen vor meinem geistigen Auge ab.

Jörg, der Pragmatiker, geht in sich. „Jetzt nur keine Panik! Mein Gott, irgend etwas bringt doch jeder zustande. Laß mich mal überlegen... Soßen. Ja, Soßen krieg' ich hin. So ein oder zwei. Und du?"

Kleinlaut gestehe ich: „Ich hab' nur Übung in Pfannkuchen."

„Na, dann können wir uns ja fabelhaft ergänzen." Das ist genauso sarkastisch gemeint, wie es sich anhört. „Aber an der Quantität kann es nicht scheitern. Auf jeden Fall ist mehr an Bord, als wir alle zusammen aufessen können. Und ausladen kannst du sie nicht, die sind jetzt schon beim Packen. Irgendwie schaffen wir es – ich, der Soßenkönig von

Lübeck, und du, der Meister des Eierteigs, wir werden doch zwei Leute abfüttern können! Wenn wirklich alle Stränge reißen, dann geht uns eben leider der Herd kaputt, und es gibt kalte Platten. Im Garnieren bin ich ganz toll!"

Die Idee mit dem Herd beruhigt mich kolossal. Das wäre im äußersten Falle die Rettung...

Pünktlich entert unser Zuwachs zur verabredeten Stunde gut gelaunt die SHANGRI-LA. Schnell ist das Gepäck verstaut, man macht sich mit den Örtlichkeiten an Bord vertraut, und dann gibt es ein erstes gemeinsames Frühstück (was das geringste Problem ist). Egon und Christian sind in ansteckend ausgelassener Stimmung, froh, der Langeweile des Hotellebens entronnen zu sein (hoffentlich, denke ich, werdet ihr nicht reumütig zurückeilen zu den Fleischtöpfen der Profis). Allmählich lockert sich auch bei uns Junghoteliers die Spannung.

Gegen elf (je eher daran, um so eher davon) werden die Passagiere aufs Sonnendeck verbannt, und wir nehmen den Kampf auf mit Töpfen und Pfannen und all den Tücken, die Fett und Mehl, Wasser, Fleisch und Gemüse bei höheren Temperaturen zu entwickeln pflegen. Als schließlich der Augenblick der Wahrheit kommt, ist mir ziemlich warm. Unsere beiden Versuchskaninchen – sie löffeln. Unverzagt. Nur zunehmend schweigsamer. Keiner sagt etwas, aber – ich schwöre es – noch nie ist ein Schweigen so beredt gewesen! Ich finde, es lastet wie eine drohende Wolke über dem Küchentisch. Meine feurigen Frikadellen wirken sich deutlich dezimierend auf unsere Bierbestände aus. Doch bis auf ihren unverschämten Durst bleiben unsere Gäste sehr höflich.

Das schmutzige Geschirr vom Tisch räumend, ist mir eines absolut klar: Jetzt müssen wir ihnen etwas bieten, sofort! „Abwaschen kommt später", raune ich Jörg zu. „Nichts wie Segel setzen!"

Und das Ablenkungsmanöver klappt. Als wir ankerauf gehen und nach St. Lucia auslaufen, sind alle kulinarischen Unzulänglichkeiten vorerst vergessen. Es herrscht ein Bilderbuch-Segelwetter, und die Passagiere können sich gar nicht beruhigen vor Begeisterung. Der Tag ist gerettet!

Und morgen? Erst mal schlafen.

Müßig zu erwähnen, daß das nächste Mittagessen, mit noch größerer

Mühe zelebriert, dem ersten an Peinlichkeit in keiner Weise nachsteht. Nein, so geht das nicht weiter. Das machen die doch keine vierzehn Tage mit! In der Nacht, aus den Passagierkabinen dringt tiefes Schnarchen, tritt unter Geheimhaltung erneut der Krisenstab zusammen, und nun entwickeln wir einen langfristigen Schlachtplan. Die Notlösung mit dem Herd habe ich gestrichen. Zu unwürdig.

„Soviel ist sicher: Bessere Köche werden wir in den zwei Wochen nicht", konstatiert Jörg mit bewundernswerter Selbsterkenntnis.

„Ergo müssen wir am anderen Ende ansetzen: Wenn es keinen Spaß macht, bei uns zu essen, dann müssen sie eben Spaß daran finden, bei uns *nicht* zu essen!"

Schlankheitskur heißt die Parole! Es läßt sich ja nicht leugnen, daß unsere Gäste die sowieso nötig haben.

Am nächsten Tag tritt das Projekt unauffällig in die erste Phase. Unter sichtlicher Mühe nehmen wir uns so extrem viel Zeit für die Speisenvorbereitung, daß Egon schließlich planmäßig das Mitleid packt: „Mensch, ihr habt ja nichts vom Tag. Kommt doch raus in die Sonne! Ich dachte, wir tauchen heute zusammen? Macht euch nur nicht so viel Arbeit! Wir können doch irgendeinen kleinen Happen essen."

Zu gütig! Aber heute zieren wir uns noch, wie es sich gehört.

Nächster Punkt des Plans: Auf Jörgs Anraten wird als Apéritif lauwarmer Gin kredenzt. („Das betäubt garantiert die Geschmacksnerven!")

Und tatsächlich, die Unlust bei Tisch steigert sich unverkennbar. Die Vorrunde ist gewonnen, als sich das Spiel anderntags nach gleichem Muster wiederholt. Nun ist die Zeit gekommen, den zweiten Gang einzulegen. Jörg ist der bessere Schauspieler; sein Part beginnt mit der beiläufigen Bemerkung: „Mensch, Egon – die Seeluft bekommt dir! Dein Bauch wird weniger!" Was der so Gepriesene zwar noch mit Unglauben, aber doch geschmeichelt registriert. Worauf Jörg am nächsten Tag den zweiten Pfeil abschießt, indem er sich zu der Behauptung versteigt, es kämen bei Egon nun schon deutlich Muskeln zum Vorschein. „Nicht, Burghard?" Drehbuchgerecht falle ich lobend ein: „Tatsächlich! Steht dir gut, Egon. Wirklich, es macht irgendwie – jünger."

„Findet ihr?" Nun kann der solchermaßen Gefeierte seinen Stolz nicht mehr verbergen und streicht sich geschmeichelt über die noch immer quellenden Wölbungen. Das ist der Moment, in dem Christian seinen noch halbvollen Teller beiseiteschiebt...

Der Sportsgeist ist geweckt, der Konkurrenzneid ausgebrochen. Von nun an entwickelt sich alles in geradezu atemberaubendem Tempo. Egon und Christian steigern sich in einen gnadenlosen Hungerwettstreit hinein. – Abspecken ist angesagt! Der Geist, den wir gerufen haben, macht sich selbständig.

Federnd springen sie morgens aus der Koje – zur Frühgymnastik auf dem Achterdeck. Frühstück? „Kann man bei euch Müsli haben?" Kaffee? Nur schwarz, bitte! Anschließend wird geschwommen, als gelte es, für Olympia zu trainieren. Um die Mittagszeit wird ein kalorienreduzierter Imbiß geordert (die Küche bleibt kalt!), und auch der Rest des Tages vergeht mit einem konsequenten Abmagerungsprogramm.

Das ist mehr, als wir zu hoffen wagten...

Mittlerweile liegt SHANGRI-LA in Soufrière, einer Bucht von St. Lucia, doch keine Verlockung an Land kann die Schlankheitswelle an Bord bremsen. Wir sehen es mit Staunen.

„Das grenzt an Nahrungsverweigerung", flüstert Jörg mir zu.

„Wie lange, denkst du, halten sie das durch?"

Sie halten durch. Und die Stimmung ist bei alledem hervorragend. Natürlich sparen wir nicht mit Beifall für unsere beiden Bodybuilder, und als einer von uns versehentlich den Namen Arnold Schwarzenegger fallen läßt, da kennt der Ehrgeiz keine Grenzen mehr. Die scheinheilige Frage: „Was möchtet ihr denn heute mittag essen?" wird nur noch mit Gesten entsetzter Abwehr beantwortet.

An dem Tag, als wir nach Martinique zurücksegeln und der Urlaub unserer beiden strammen Jungs seinem Ende zugeht, entdecken Jörg und ich zum ersten Mal einen kleinen, blauen, gestickten Anker auf Egons Badehose; auch die Vorderansicht von Christians Beinkleidern ist zum Vorschein gekommen.

Zwei gebräunte Mittvierziger von sprühender Dynamik, mit ganz unbedeutenden Bauchansätzen überm Gürtel, verlassen elastischen Schrittes die SHANGRI-LA – und winken noch sehr lange zurück. Ihre Chancen bei den Damen wären nun erheblich besser, doch dafür bleibt ihnen keine Zeit mehr. Mit dem reinsten Gewissen der Welt fliegen die beiden Abenteurer heim in Mutters Arme.

Westindische Perlen – Glanz und Glitter

Das Bordleben hat zu seinem gewohnten Gleichmaß zurückgefunden. Helga ist wieder da und Jörg mit viel Wehmut und Karibikbräune nach Hause geflogen.

Über Rudi lauten die letzten Meldungen, er sei nun tatsächlich auf einer tschechischen Yacht mit drei Mann Stammbesatzung gen Europa gestartet. Die Vermutung, daß er seine eigene Yacht nicht wiedersehen wird, soll sich schon bald bestätigen: Wegen nicht bezahlter Liegegebühren wird die arg ramponierte SÜDWIND von der Marina verkauft.

Wir aber mögen uns von der Karibik noch lange nicht trennen. Für ganze eineinhalb Jahre soll die Anse Mitan von Martinique SHANGRILAs Heimathafen werden. Von hier aus segeln wir den Antillenbogen zunächst nach Norden ab und besuchen die Inseln über dem Winde: Dominica, Guadeloupe, Antigua und die Virgin Islands bis Puerto Rico, von wo es wieder zurück nach Fort de France geht. Nach einigen Tagen in der vertrauten Runde der Anse Mitan und frischer Verproviantierung starten wir in die andere Richtung: südwärts die Inseln entlang – von St. Lucia über St. Vincent und die Grenadines bis Trinidad. Wenn die Bordkasse es nötig hat, nehmen wir auf der einen oder anderen Etappe Chartergäste mit, öfter jedoch alte Freunde aus Deutschland, die in ihren Ferien mit uns inselhüpfend durch die Antillen ziehen.

Für mich sind die ersten dieser Reisen mit herben Enttäuschungen verbunden, glaubte ich doch, mein Paradies aus seliger Matrosenzeit wiederzufinden – „meine" Karibik von damals, wie sie zwanzig Jahre lang in meiner Erinnerung lebendig geblieben war. Doch welche Ernüchterung erwartet mich!

Um es vorwegzunehmen: Inzwischen ist mein Anfangsurteil längst korrigiert, sind die ersten – negativen – Eindrücke durch eine Fülle gegenteiliger wieder ausgeglichen. Wahrscheinlich war ich einfach mit zu großen Erwartungen zurückgekommen, wollte Erlebnisse und Empfindungen der Vergangenheit beschwören in der Annahme, das Zauberreich meiner Jugendjahre unversehrt wiederzufinden, ohne zu bedenken, daß die zeitliche Distanz die Traumbilder mit rosaroten Schleiern verhängt. Außerdem: Was hatte ich denn als siebzehnjähriger Matrose tatsächlich von der Karibik gesehen? Roh zusammengezimmerte Bars, in denen es von schokoladenbraunen Schönheiten wimmelte und die Flasche Rum zu einem Spottpreis auf den Tisch gestellt wurde. Der Calypso und die sanften, leidenschaftlichen Kreolinnen, süß und feurig wie der dunkelbraune Rum – das war das Westindienbild der Matrosen. Die Realität aber hinter diesem Klischee, die wirtschaftlich und politisch chaotische Lage der Inseln, ihre Übervölkerung, die Arbeitslosigkeit, das Elend – was habe ich damals davon wahrgenommen und begriffen?

Rührt meine jetzige Ernüchterung also daher, daß mein Blick heute offener ist für die Wirklichkeit, oder gibt es sie einfach nicht mehr, die Karibik meiner Erinnerung? Wo sind die Gastfreundlichkeit und Herzlichkeit dieser liebenswerten Menschen mit ihrem ansteckenden, freien Lachen, wo ihre Dörfchen ohne Hektik, wo die noch unverbauten, einsamen Buchten und Strände geblieben? Heute weiß ich: Es gibt sie alle noch. Es ist noch lebendig, jenes anziehende Wesen, das ich immer mit Westindien verbunden habe. Doch zunächst bleibt es uns

verborgen, zunächst stoßen wir auf soviel Unfreundlichkeit, soviel unverhohlene Ablehnung, ja Aggression, daß ich nach den ersten Törns geneigt bin, das Revier möglichst bald wieder zu verlassen. „Die Karibik? Kannst du vergessen. Sündhaft teuer, abgebrühte Typen – das Allerletzte!" Solche und ähnliche Sprüche haben wir schon öfter unter Seglern gehört, und wir können in den ersten Monaten nicht umhin, in dieses Klagelied mit einzustimmen. Erst als wir beginnen, unsere Touren sorgfältiger zu planen, weniger befahrene Routen zu wählen, auch unbequemere Ankerplätze an der Luvseite der Inseln und risikoreichere, riffgespickte Laguneneinfahrten in Kauf zu nehmen – da entdecken wir die Karibik, die wir suchten: unberührt, ursprünglich und von liebenswürdigen, entgegenkommenden Menschen bewohnt.

Mit der Zeit wird mir klar, daß ich mich von meiner vergleichenden Betrachtungsweise lösen muß. Denn nichts ist hier so unsinnig wie ein Vergleich. Um die „Perlenkette" der Antillen überhaupt beurteilen zu können, muß man sie „aufknüpfen", muß man jedes einzelne dieser Schmuckstücke gesondert betrachten.

Eigentlich kann jede Aussage, die mit den Worten „*die* Karibik" beginnt, von vornherein nur falsch sein. Denn diese konträre Region verträgt einfach kein Pauschalurteil. Auch der werbeträchtige Slogan: „Die Karibik, das schönste Segelrevier der Welt" stimmt nicht uneingeschränkt. Sie *ist* wunderschön, hier und dort, aber anderswo auch sehr schlimm. Nirgendwo sonst liegt soviel Gegensätzliches so dicht beieinander. Jede Insel muß als Welt für sich betrachtet werden. Nichts ist auf Martinique so wie auf ihrer Nachbarinsel Dominica, nichts hat Cuba mit Puerto Rico gemein. So nahe sie auch beieinander liegen, so wenig verbindet sie. Das ist kein Wunder, denn die gesellschaftlichen, wirtschaftlichen und politischen Gegebenheiten sind aus jeweils völlig unterschiedlichen historischen Voraussetzungen entstanden. Wie viele verschiedene Nationen haben die Kette der Antillen zerrissen, die Perlen unter sich aufgeteilt und ihnen ihren Stempel aufgedrückt! So wurde eine ursprüngliche geographische Einheit für immer zersplittert.

Auffallend ist, daß die ehemals britischen Kolonien heute die ärmsten sind – und diejenigen, über die der Karibiksegler am meisten klagt. Es sind jene Inseln, die immer wieder durch Freibeutermanieren der Bevölkerung von sich reden machen, wo der Besucher sich ausgenommen und ausgenutzt fühlt. Doch ist es nicht genau das, was diese Völker von ihren Kolonialherren gelernt haben? Man braucht nur in die Geschichte zurückblicken: Wie der Bananendampfermatrose sich mit seiner dunkelhäutigen Braut abgab, so behandelten die Kolonialmächte ihre überseeischen Besitzungen. Und was hat der Eroberer, der übers Meer gekommen war, mit seiner exotischen Geliebten getan? Er hat sie verehrt und verprügelt, ausgehalten und ausgenutzt, sie beschenkt und gedemütigt – und immer bevormundet und belehrt. Bis er schließlich verschwand und sie sich selbst überließ. Wen wundert es da, daß die westindische Braut, mit den Jahren gereift, einen ebenso launischen Charakter entwickelte wie ihr Zwingherr? Daß sie sich gefällig gibt oder gleichgültig, und daß sich manchmal auch ihr Zorn entlädt?

Entsprechen wir, die Fremden von jenseits des Meeres, nicht perfekt dem Feindbild, das die historische Erfahrung den Menschen der Karibik eingeprägt hat? Wir mit unseren nach Geld stinkenden Yachten, wir „Nichtstuer" mit dem Habitus der besitzenden Klasse? Endlich kann man sich an uns schadlos halten! Und wenn sich die Aggressionen mit dem ungestümen Temperament des karibischen Völkergemischs entladen, dann kommen solche Auswüchse zustande, wie auch wir sie jetzt erleben müssen.

Einmal wird uns schlicht das Dingi geklaut. Ein anderes Mal – wir liegen in Soufrière, den Anker im schwarzen Sandgrund, die Heckleine an einer Kokospalme – schneidet man uns in der Nacht die Leinen durch. Wie sich herausstellt, hat sich zuvor die Crew eines Nachbarboots hartnäckig geweigert, ein paar Dollar „Schutzgeld" an eine Gruppe Jugendlicher herauszurücken, die sich in der Bucht unangefochten als Hafenmeister fühlen. Der Denkzettel war zu befürchten, allerdings nicht, daß man gleich ein paar andere Yachten pauschal mitbestrafen würde.

Kriminalität und Aggressivität sind unbestreitbar Schattenseiten der Karibik. Doch sollten sie nicht den Blick trüben für all den Charme, die Gastfreundlichkeit, das Entgegenkommen, die daneben auch gedeihen und für die ich viele Beispiele anführen könnte. Da sitze ich etwa eines Tages in Rousseau, der Hauptstadt von Dominica, auf dem Markt und beobachte gebannt das bunte Treiben, als unvermittelt eine

gewaltige dunkle Mammy auf mich zusteuert: *„Hey, Jonny, you like Mangos?"* Noch ehe ich antworten kann, habe ich eine Tüte reifer, duftender Mangos im Arm – und die Mammy ist im Gewühl verschwunden.

Oder: Ich bin unterwegs in der Dominikanischen Republik, mit dem Überlandbus auf der Straße nach Santo Domingo. Wer einmal mit einem dieser offenen, stets vollgestopften Busse gereist ist, eingekeilt zwischen der Masse Volk mit Kindern, Haustieren und allerlei sperrigen Waren, der erlebt mehr von Westindien als jeder andere. Ich hocke also hoffnungslos eingeklemmt zwischen meinen Mitreisenden – einen sabbernden Säugling im rechten Arm, die Knie unterm Kinn, weil meine Füße auf zwei Bananenstauden ruhen, und die Schultern zusammengequetscht –, bedrängt vom mächtigen Oberarm meiner schwitzenden Nachbarin, die mit ihrem gewaltigen Melonenbusen notgedrungen zwei Sitzplätze braucht. Bewegen geht nicht, Umfallen geht nicht, nur flach atmen geht. In dieser hilflosen Lage spüre ich eine Hand auf der Schulter. Dann tippt mein Hintermann mir ins Kreuz und – hält mir meine Geldbörse vor die Augen. *„Hey, you lost your money, man!"*

Auch das ist sie, *die* Karibik.

Wenn sich überhaupt etwas Definitives über diese unendlich komplexe Ansammlung von Inseln und Menschenrassen sagen läßt, dann dies: „Die" Karibik ist so oder so – und immer auch das Gegenteil davon.

STOPOVER IN FLORIDA

Ein Angebot aus Miami

Wieder einmal liegen wir in unserem „Heimathafen", dem Seglerdorf der Anse Mitan. Es ist Vormittag, und ich bemühe mich gerade, das Surfboard aufzutakeln, als Helga vom Einkaufen und Postholen zurückkommt. Schon von weitem schwenkt sie ein Kuvert: „Joe und Sabine haben geschrieben!"

Seit einiger Zeit schon sind die Danskys in Miami Beach ansässig. Nachdem sie zunächst per Wohnmobil kreuz und quer durch die Staaten gezogen waren (auf der Suche nach einem geeigneten Standort für die künftige Joghurtfabrik), blieben sie letztlich in Florida hängen. Zu verlockend waren das Klima und die Möglichkeit, dem geliebten Segelsport nachgehen zu können – mit den Bahamas vor der Haustür! Regelmäßig haben Joe und Sabine uns auf dem laufenden gehalten: über ihre Vorbereitungen, das neue Unternehmen aufzuziehen und über das Glück, mit dem sie eine Villa in Miami Beach zum Spottpreis erwerben konnten. Nun verfügen sie über das, was man eine Topadresse nennt: Surfside, ein Grundstück an der Lagunenseite mit Privatanleger für die Yacht!

Briefe von Freunden bringen immer sämtliche Aktivitäten bei uns zum Erliegen. Ich lasse das Surfboard Surfboard sein und stürze mich auf die Post.

„Hallo, Shangri-laner!" steht da in Sabines Handschrift. *„Ihr werdet es nicht glauben, aber nun haben wir uns doch entschlossen, unsere Zelte hier abzubrechen und nach New York zu ziehen! Joe ist mittlerweile zu der Erkenntnis gekommen, daß der optimale Sitz der Firma NY wäre. Er hat schon alles in die Wege geleitet – Visabeschaffung, Arbeitserlaubnis usw. – und ein Haus gefunden, das in Frage kommt – am Wasser*

natürlich! Der Long Island Sound soll ja im Sommer sehr schön sein, aber wenn ich an Herbst und Winter denke, wird mir ganz anders! Die MAKULU haben wir letzte Woche verkauft. Leider oder Gott sei Dank. Unsere Preisvorstellung mußten wir zurücknehmen. Man bot uns von einer Kaffeeplantage in Costa Rica über Eigentumswohnungen in Florida bis zum Flugzeug alles mögliche an, nur kein Bargeld. Nun geht die MAKULU nach Houston in Texas. Ihr könnt Euch vorstellen, wie traurig die Kinder waren. Aber monatelang unbeweglich am Steg in der prallen Sonne, das war bestimmt auf die Dauer nicht das richtige. Und damit zu Euch! Wir haben nämlich ein Attentat auf Euch vor: Habt Ihr nicht Lust, für ein paar Monate bei uns einzuziehen und das Haus zu hüten? (Ihr wißt doch – die Bahamas liegen nur ein Wochenende entfernt!)

Mit dem Verkauf haben wir einen Makler beauftragt, aber der meint, bei unserer Preisvorstellung wird sich alles sehr lange hinziehen. Und wir wollen auf keinen Fall inzwischen an Fremde vermieten. Macht doch mal ein bißchen Urlaub von der SHANGRI- LA – sie kann hier gleich den Platz der MAKULU einnehmen. Wir würden alles weiterlaufen lassen, Telefon bleibt angemeldet usw. Kostet Euch natürlich keinen Cent! Ihr würdet uns einen großen Gefallen tun, da ich mit dem Umzug nach New York genug um die Ohren habe. Außerdem stinkt es mir, potentielle Käufer durchs Haus zu führen. (Wäre das nicht ein Job für Burghard?) Bitte schreibt ganz schnell, was Ihr von dem Angebot haltet, wie Eure weiteren Pläne sind usw.

Am besten, Ihr überlegt nicht lange, sondern kommt her! Nils, Britta und Karen reden viel von Euch. Sie kommen in der Schule gut mit, deshalb habe ich auch keine Bedenken wegen einer erneuten Umschulung nach New York. Aber wenn ich ganz ehrlich bin – ich hab' doch manchmal Heimweh nach Sydney.

Laßt Euch herzlich umarmen, Grüße von allen, und denkt nicht lange nach, kommt!

Eure Sabine

Nachdem wir den Brief gespannt überflogen haben, lesen wir ihn noch einmal gründlich.

„Sag schon! Was hältst du davon?" drängt Helga in einem Tonfall, den ich genau kenne. Wenn diese mühsam bezwungene Ungeduld in ihrer Stimme mitschwingt, weiß ich immer, daß ich mal wieder hinter den weiblichen Gedankensprüngen herhinke. Ich sehe meine Bordfrau an und begreife: Die Würfel sind eigentlich schon gefallen. Und wie recht sie hat! Eineinhalb Jahre Karibik reichen wirklich. Es wird Zeit, daß etwas Neues passiert. Einmal geweckt, steigert sich meine Begeisterung von Minute zu Minute. USA, Florida, Miami Beach – wie vielversprechend das nach neuen Abenteuern klingt! Und wir wollten doch sowieso den Danskys nachreisen.

Im Handumdrehen bricht an Bord eine schon lange nicht mehr gesehene Betriebsamkeit aus. Die SHANGRI-LAner gehen in die Startlöcher: einkaufen, aufklaren, Peter Malou verabschieden – und zwei Tage später sind wir unter Segeln, eilen dem rasch abgeschickten Antwortbrief hinterher, der bereits nach Florida unterwegs ist und unser Kommen ankündigt.

Polizei an Bord

Wer hätte geglaubt, daß unser Empfang in den Vereinigten Staaten ganz ähnlich ablaufen würde wie eine Szene aus „Miami Vice"? Heute weiß ich: Die Realität ist manchmal gar nicht so weit davon entfernt.

Eigentlich haben wir selber schuld. Was müssen wir uns auch bei stockfinsterer Nacht, um Schlag ein Uhr, wenn ehrliche Bürger schlafen, in die USA einschleichen?

SHANGRI-LA gleitet durch den Government Cut, die Hafeneinfahrt von Miami, als plötzlich Motorengeräusch in der Dunkelheit rasch näherkommt. Und dann – nur wenige Meter von uns entfernt – flammt Blaulicht auf und ohrenbetäubendes Sirenengeheul zerreißt die Stille: Polizei. Schon ergeht über Megaphon an uns die Aufforderung zu stoppen. Die Barkasse kommt längsseits, und ehe wir uns versehen, sind vier Uniformierte auf unser Deck gesprungen. Alles geht so schnell, daß wir völlig überrumpelt sind. Taghell ist der Schauplatz von den Scheinwerfern des Polizeibootes erleuchtet. Der Officer, der das Kommando führt, erweist sich als dunkelhäutig, weiblichen Geschlechts und – eisig. Man hält sich nicht mit Artigkeiten auf. Korrekt aber knapp stellt die Hüterin des Gesetzes ihren Trupp vor, dann die obligatorischen Fragen: Woher? Wohin? Die Schiffspapiere, bitte!

Jedes Blatt wird sorgfältig studiert, aber schließlich für okay befunden. Na also. Alles hat seine Ordnung. Nun können wir wohl weiterfahren? O nein, gibt die Dame zu verstehen, der Pflicht sei noch nicht Genüge getan. Man sieht sich veranlaßt, eine Durchsuchung vorzunehmen: „Machen Sie bitte keine Schwierigkeiten." Durchsuchen, jetzt? Das Schiff auf den Kopf stellen? Ach, du ahnst es nicht! Wir dachten eigentlich, in den frühen Morgenstunden gemütlich bei Joe und Sabine vor der Haustür zu liegen...
Im Zeitraffer überschlage ich, wie man das in solchen Situationen zu tun pflegt, die Sünden meines Lebens. Worauf wollen die hinaus? Um es gleich vorwegzunehmen: Heute, nach langem Aufenthalt in Florida und in Kenntnis der örtlichen Verhältnisse, wundern wir uns über den Empfang in dieser Nacht längst nicht mehr. Miami gilt als einer der Hauptumschlagplätze für Drogen und somit als Sammelpunkt der dunkelsten Elemente. Wir werden noch erleben, daß hier der Kampf gegen die Kriminalität im Alltag eine herausragende Stelle einnimmt. Kein Bürger, der nicht auf irgendeine Weise damit in Berührung kommt, wird doch die Bevölkerung immer wieder durch Plakate und Broschüren zur Mithilfe bei der Polizeiarbeit aufgefordert: „Kennen Sie jemanden, der größere Summen in bar statt mit Kreditkarte bezahlt? Der häufig zwischen Florida und den Bahamas hin und her pendelt? Achten Sie auf Boote, die an abgelegenen Plätzen be- und entladen werden!"
In der Nacht unserer Ankunft erfüllen wir zwar nur *eines* der Kriterien, durch welche Kriminelle sich zu verraten pflegen – wir halten uns „zu ungewöhnlicher Stunde in den Gewässern vor Miami auf" –, aber das genügt. Die eiserne schwarze Lady läßt mich nicht länger im unklaren.
„*Weapons?* Haben Sie Waffen an Bord?"
Von daher also weht der Wind. *No!* Da kann ich sie wirklich beruhigen. Sehen wir etwa aus wie ein Schlachtschiff? Auf der SHANGRI-LA gäbe es keinerlei *weapons*, beeile ich mich blauäugig zu versichern. Gerade rechtzeitig ist mir eingefallen, meine Fremdsprachenkenntnisse zu verbergen (Dummstellen hat sich schon öfter bewährt) und im denkbar deutschesten Englisch zu radebrechen.
Die Polizeiamazone durchbohrt mich mit Blicken. Dann ein Nicken,

zwei Mann verschwinden rechts und links in den Vorderkabinen. Während die Befehlshaberin uns im Auge behält, beginnt der vierte, Teller, Pfannen und Konserven aus den Schapps zu räumen.

Waffen? Ach herrje, das Kleinkalibergewehr! Seit Australien ruht es in der alleräußersten Versenkung.

Helga vermeidet es, mich anzusehen. Aus den Kabinen dringt das Klappen von Schranktüren und Schubladen. Jetzt nimmt einer die Bodenbretter hoch, und einen Moment später steht er auch schon im Salon und knallt triumphierend zwei angestaubte Kartons auf den Tisch: meine Munition.

„*What's this?*"

Mist. Soviel ist klar: denen die Dinger als Mottenkugeln zu verkaufen, brauche ich gar nicht erst zu versuchen. Mir bleibt nur eins: die naive Tour. Wahrheitsgemäß gebe ich also zu Protokoll, es handle sich hierbei um Patronen. Für ein Kleinkalibergewehr.

„Aha", stellt die oberste Ordnungswächterin bündig fest. Nun, demnach sei wohl auch die dazugehörige *weapon* an Bord, nicht wahr? Her damit!

Ich lache herzlich wie über einen gelungenen Scherz. Eine Waffe? Na, wenn sie meint? Betont guter Dinge verschwinde ich in die Achterkabine und krame meine Knarre hervor. Doch das vierköpfige Prisenkommando reagiert auf meine Belustigung ohne jeden Humor.

„Wenn ich mich recht erinnere..." beginnt die Anführerin eisig, „dann sagten Sie, es gäbe keine Waffen an Bord. Als was würden Sie dies bezeichnen?"

Jetzt gilt es, die Rolle durchzustehen. Es gelingt mir, ein gerüttelt Maß Verwirrung an den Tag zu legen. Was das hier ist? Nun, was schon – eine *gun* nennt man dergleichen wohl auf englisch. Aber *weapons*, radebreche ich mühsam, seien doch etwas anderes, nicht wahr? Kanonen etwa oder Raketenwerfer, die halte ich für *weapons*. Aber dieser Spatzentöter hier – ich bitte Sie! Damit sei zuletzt auf einen Ziegenbock in Australien geschossen worden.

Die Blicke, die gewechselt werden, schwanken jetzt zwischen Zweifel und Ärger. Der Typ, der die Patronen unterm Fußboden gefunden hat, schnüffelt sachkundig an der Mündung meines Rostprügels und nickt den Kollegen zu. Mit Waffen kennen sie sich aus. Okay, meine Aussage könnte stimmen.

Die Chefin zuckt ergeben die Achseln, winkt dem Trupp und tritt leicht gereizt den Rückzug an. Der Jungsheriff übernimmt es, mich dämlichen *Kraut* darüber aufzuklären, was von uns in Miami erwartet wird: „*All right*, Sie ankern dort." Mit dem Fingernagel ritzt er ein Kreuz in unsere Hafenkarte. „Sie verstehen? Morgen früh melden Sie sich als erstes bei Zoll und Imigration zum Einklarieren. Und führen Sie die Waffe vor! Die muß angegeben werden, verstanden? Sollten Sie Miami zwischenzeitlich verlassen, etwa in die Bahamas oder Keys, müssen Sie bei jeder Rückkehr erneut einklarieren. Okay?"

Alles klar. Damit steigt auch er zurück auf die Barkasse, nicht ohne uns bei Zuwiderhandlung diverse Strafen angedroht zu haben. Das Boot dröhnt davon, und wir atmen auf. Folgsam werfen wir den Anker am befohlenen Platz. Um die Danskys aus dem Bett zu scheuchen, ist es jetzt ohnehin schon zu spät.

Das fängt ja gut an, mit uns und Amerika. Und da heißt es doch immer, gerade der Umgang mit Waffen werde in den USA eher lax gehandhabt. Wie befohlen, führt unser erster Weg am anderen Morgen zur Zollpier von Miami. Wieder kommt ein Staatsvertreter an Bord, diesmal mit einer dicken Mappe Papier unterm Arm. Eine Menge Fragen sind zu beantworten, seitenweise Formulare auszufüllen, aber von *weapons* ist keine Rede. Doch ich bin gut instruiert. Als alles andere bewältigt ist, lege ich brav meine Knarre samt Patronenschachteln auf den Tisch.

„Ich habe diese Waffe anzumelden."

Der Mann guckt das Kleinkalibergewehr an und dann mich. „Wie bitte?"

„Ich möchte diese Waffe anmelden."

Obwohl mein Englisch jetzt wieder passabel ist, scheint er mich nicht recht zu verstehen.

„Man hat mir gesagt, ich muß das Gewehr deklarieren", nehme ich einen erneuten Anlauf.

Der Zöllner greift nach dem Corpus delicti, dreht und wendet es nach allen Seiten und bricht in schallendes Gelächter aus. „*Wer* hat das gesagt?"

„Die Polizei!" Ich berichte von unserem nächtlichen Empfangskomitee, was augenblicklich eine wegwerfende Geste und eine unwirsche Grimasse zur Folge hat. „Die Federal Police, natürlich! Diese

Spinner lernen es nie! Idioten!" Ich scheine da in ein Wespennest gestochen zu haben. „Hören Sie, Mann!" Der Beamte versucht sich zu fassen. „Hören Sie, Sie wollen mir doch nicht weismachen, daß dies die einzige Waffe ist, die Sie an Bord haben?"

„Ich schwöre es."

Nun wandelt sich das Unverständnis in Befremden. „Um Himmels willen, wen wollen Sie denn mit dieser Hühnerknarre erschrecken? Lassen Sie sich's gesagt sein: Gehen Sie in das nächste Waffengeschäft und besorgen Sie sich schnell etwas Anständiges. Ich rate Ihnen zu einem handlichen Revolver und einem soliden Gewehr. Danach werden Sie sich besser fühlen. In Miami ist das nun einmal nötig. Leider... Sie verstehen." Kopfschüttelnd legt er meinen Ziegentöter zurück auf die Tischplatte.

„Und was mache ich damit?" frage ich noch einmal zaghaft. „Nicht deklarieren?"

„Dieses Prachtexemplar? Versenken, Mann. Am besten gleich."

Der letzte Stempel knallt auf die Dokumente. Und damit sind wir ordnungsgemäß in die USA eingereist.

„Hoffentlich", sagt Helga, „kommt nicht noch einer mit einer dritten Version."

Surfside Nr. 13

Ich habe ja schon manches gesehen, doch an etwas wie Surfside Nr. 13 kann ich mich nicht erinnern.

In den ersten Stunden im Haus der Danskys fehlen uns vor Überwältigung die Worte. Es entpuppt sich als eine Hollywoodkulisse ungeahnter Dimensionen und architektonischer Ausschweifungen, als eine luxuriöse Gratwanderung zwischen Kunst und Kitsch. *Hier* also sollen wir Hausmeister spielen? Wir fühlen uns wie Hochseevögel, die sich total verflogen haben. Jäh herausgerissen aus der bescheidenen Welt der Karibiksegler und in ... Ja, in was eigentlich hineinkatapultiert?

„Sag's ruhig", grinst Joe angesichts unserer Fassungslosigkeit. „In ein Raumschiff Enterprise mit den letzten Kulturschätzen des Planeten Erde an Bord!"

Das ist nicht ganz abwegig. Den langgestreckten Winkelflachbau umrahmt eine offensichtlich in Millimeterarbeit gepflegte Gartenanlage mit makellos gestutzten Rasenteppichen, Palmen und Blumenrabatten. Und schon beginnt der Streifzug durch die Kunstgeschichte.

Betritt man andächtig den Plattenweg zum großen, holzgeschnitzten Eingangsportal, so schickt als erstes Mexiko seine ornamentalen Grüße: Umgeben von einem monströsen Relief mit „aztektischen" Motiven, beherrscht Montezuma den Zugang zum Haus, so daß man einen Tempel hinter diesen Türflügeln erwartet.

Die gewaltige Maske allerdings, die linker Hand den Pfad bewacht, bemüht sich mit Glubschaugen und Wulstlippen um eher afrikanisches Gepräge. Über ihre Zunge, dem Besucher freundlich zur Begrüßung herausgestreckt, plätschert munter Wasser in ein großes Natursteinbecken. Unbeeindruckt ziehen darin fette Goldfische ihre Kreise zwischen sorgfältig verteilten Lavasteinen. Immergrüne Ranken umkränzen das Stilleben, und zur Krönung wird das Ganze nachts von rotgelb-grünen Richtstrahlern illuminiert.

Hinterm Haus liegt der alles beherrschende, nierenförmige Swimmingpool mit Sprungbrett. Die Umrandung bilden locker gruppierte Gipsfiguren, darunter eine pseudorömische Göttin mit halbem Arm, die ungerührt einen kräftigen Strahl ins Türkisblau speit. Aber auch der asiatische Kontinent ist am Schwimmbecken vertreten – ein Betonangler mit chinesischem Strohhut hält seine Leine ins Wasser. Gespenstisch blicken dazu ein paar riesige, unbewegte Gesichter aus den Hibiskusbüschen, ebenso langohrig wie -nasig. Kein Zweifel, die gibt es sonst nur noch auf der Osterinsel.

Im Inneren des Hauses setzt sich das Nebeneinander des Unvereinbaren mühelos fort. Zunächst ist es die Weitläufigkeit, die beeindruckt, und die – wie soll man sagen – bestechende Farbgestaltung. Es sind Räume von gewaltigen Abmessungen, optisch noch erweitert durch Spiegelwände, während hier und da schmiedeeiserne Gitter vom Boden bis zur Decke für eine gewisse Unterteilung sorgen. An den Wänden Seidentapeten, die keine Schattierung des Regenbogens unterschlagen. Lindgrün grenzt unbekümmert an Pink, Himmelblau kollidiert mit Orange. Im Hauptwohnraum stehen erstaunlich schlichte Sitzgarnituren aus feinstem Leder auf blankem Marmorfußboden, zu spartanisch, um unergänzt zu bleiben. Goldglänzend nimmt deshalb ein kolossaler, grinsender Buddha die Stirnwand ein. Er ziert einen Schrein, hinter dessen Türen allerdings nicht der erwartete Hausaltar zum Vorschein kommt, sondern eine Batterie Flaschen hochprozentigen Inhalts. Es ist die Bar, in der außerdem noch die Schaltzentrale für allerlei neckische Lichtspiele versteckt ist. Auf Knopfdruck senkt sich stufenlos Dämmerung über den Saal, und aus der Decke schwebt eine Leinwand herunter. Fertig ist das Kino.

Unnötig zu erwähnen, daß im Wohn- und Schlaftrakt, im Dienstbotenflügel und in den Gästezimmern Pop-Art neben Ming-Dynastie anzutreffen ist, Jugendstil neben französischem Empire und Renaissance. Als habe ein Magier in die Hände geklatscht und gerufen: Kulturepochen aller Länder, vereinigt euch! Einzig Höhlenzeichnungen auf dem Verputz vermisse ich. Aber was nicht ist, kann ja noch werden.

„Nett habt ihr's hier", sage ich schwach, meine Jeans vorsichtig auf die Kante des Ledersofas plazierend und mich hilfesuchend am Begrüßungsdrink festhaltend.

Sabine will sich ausschütten vor Lachen. „Mach dir nichts draus, Burghard! Wir haben uns schließlich auch daran gewöhnt. Manche Amis stehen nun mal auf so was, für die ist das hier der Gipfel von Stilgefühl und Lebensart. Wenn die Bude nicht so unglaublich günstig gewesen wäre – auf das ganze Brimborium hätten wir gern verzichtet."

„Wieso in aller Welt habt ihr dieses Panoptikum so billig bekommen?"

„Das", sagt Joe, „wirst du gleich verstehen. Komm mit, ich zeig' dir was." Er führt mich in den Gästetrakt, wo wir in einem der Badezimmer landen. „Hier, sieh dir das an!"

An einer Stelle ist die Wand aufgerissen, dicke Kabelstränge treten hervor und verschwinden wieder unter dem Putz. „Hier laufen sie weiter", sagt Joe und zeigt an der Außenwand entlang und unter der Terrassentür hindurch. Wir treten nach draußen. Erst jetzt sehe ich, daß an der Rückseite des Hauses der makellose Rasen durch einen schnurgeraden Graben zerteilt ist, in dem die Kabelstränge wieder freiliegen.

„Was sind das für Leitungen?"

„Wie die Anlage im einzelnen funktioniert hat, kann ich dir nicht sagen. Aber was du hier siehst, sind die Überreste einer Funkzentrale. Unser Vorgänger, ein Kolumbianer – nach außen hin seriöser Ge-

schäftsmann –, hat von hier aus sein Kokain-Imperium dirigiert!"
„Ein Dealer?"
„Dealer ist gut. Der muß eher ein Potentat der Branche gewesen sein, einer der ganz dicken Fische. Aber die Tarnung – beste Adresse im vornehmen Vorort von Miami – hat auf Dauer doch nicht funktioniert. Die Fahnder sind ihm auf die Schliche gekommen. Ehe sie ihn schnappen konnten, war der Vogel allerdings ausgeflogen. Hat sich noch rechtzeitig in die Heimat abgesetzt."
Das also ist der Haken: Surfside Nr. 13 ist mit einem „Makel" behaftet. Inmitten nobelster Nachbarschaft hatte sich hier ein Gangsternest etabliert. Nachdem die Sache aufgeflogen war, erzählt Joe, habe sich die Geschichte wie ein Lauffeuer in der Gegend verbreitet – womit der Ruf des Hauses ruiniert war. Über Nacht sei die Villa praktisch unverkäuflich geworden. Kein Interessent wollte die Anrüchigkeit dieser Adresse auf sich abfärben lassen. So habe sich der Makler letztlich genötigt gesehen, das Objekt samt Einrichtung zum Schleuderpreis anzubieten. Und der einzige, den die Vorgeschichte dieses Palastes einen feuchten Kericht scherte, war Joe Dansky, der „ahnungslose" Australier.
„Der Makler hat mich zwar für blöd gehalten", grinst Joe, „aber was denkst du, wie egal mir das war! Stell dir bloß die Wertsteigerung vor, wenn das Haus erst mal ‚sauber gewohnt' ist! Deshalb möchte ich ja auch, daß ihr eine Weile hierbleibt, verstehst du? Nachher kräht doch kein Hahn mehr danach, wer der Vor-Vorbesitzer gewesen ist. Bis dahin wächst buchstäblich Gras über die Sache – nicht nur über die Kabelstränge im Garten!"

Daß es fast ein Dreivierteljahr dauern soll, unser komfortables Rentnerdasein, mit dem wir Joes Kokain-Villa „sauber wohnen", hätte ich an diesem ersten Tag wohl kaum geglaubt.
Bald übersiedeln die fünf Danskys nach New York, und wir bleiben allein in dem riesigen Haus in Surfside, dem Millionärsvorort von Miami. Allein bis auf den Gärtner und einen regelmäßig aufkreuzenden „Pool-boy", der das Schwimmbad in Schuß hält. Unseren Einwand, wir hätten doch genügend Zeit, die Arbeiten in Haus und Garten selber zu verrichten, hat Joe rundweg abgelehnt: „Das Personal gehört zum Image. Ein Haus wie dieses, noch dazu in dieser Gegend,

ganz ohne Bedienstete – das wäre ja schon wieder verdächtig!" Wenigstens für die Außenarbeiten, die sich unter den Augen der Nachbarn abspielen, müsse man seine Leute haben. Na schön, dann lassen wir es uns also gutgehen, wir Pseudokapitalisten!

Während SHANGRI-LA an unserer makellos gestrichenen Holzpier liegt, die das Grundstück zur Lagune hin begrenzt, bereit für herrliche Ausflüge in die sonnigen Florida-Keys oder die Bahamas, versucht ihre Crew, zwischen Buddha, antiken Göttern und Pop-Art heimisch zu werden. Gleichzeitig sind wir um unauffällige Eingliederung in die hochkarätige Nachbarschaft bemüht. Mein Gott, was für eine Glitzerwelt uns hier umgibt! Gleich gegenüber, auf der anderen Seite unseres kleinen Stichkanals, liegt auf einer Halbinsel der feudale Country Club, Tummelplatz des millionenschweren Jet-sets, abgeschirmt von allen Normalverbrauchern und bewacht wie Fort Knox. Ringsum stehen die Prachtvillen der Klubmitglieder. Der professionelle Herzensbrecher Julio Iglesias gehört ebenso zu unseren Anrainern wie der weltbekannte Klopfsauger Hoover. Überhaupt wimmelt es nur so von Schauspielern und Popgrößen, Ölmagnaten und Fabrikanten, von blaublütigem und Finanz-Adel. Wer Wert darauf legt, seinen Namen im „Who's Who" zu finden, unterhält in Surfside seinen Erst-, Zweit- oder Fünftwohnsitz.

Aber wie schwer muß es doch fallen, mit soviel Geld unterm Kopfkissen ruhig zu schlafen! Kein militärisches Sperrgebiet könnte hermetischer als der Klub von der Außenwelt abgeriegelt sein. Ein perfektes elektronisches Überwachungssystem mit automatisch gesteuerten Kameras an sämtlichen Ecken und Enden schützt das Areal. Zusätzlich patrouillieren rund um die Uhr Polizeiboote um das Milliardenghetto. Der Aufwand hat immerhin Erfolg: Während in anderen Vierteln von Miami die Gewalttaten derart überhandgenommen haben, daß einzelne Stadtteile schon eigene Bürgerwehren zum Schutz der Bevölkerung aufstellen, soll hier in den letzten zwanzig Jahren kein Einbruch in den Country Club gelungen sein. Doch zu welchem Preis! Aus Furcht vor Entführungen dürfen die Kinder niemals auf der Straße spielen, geschweige denn den Schulweg allein zurücklegen! Grundsätzlich werden sie nur mit dem Wagen hin- und zurücktransportiert. Man verschanzt sich, so weit es geht, auf seinem Elfenbeinturm. Was für ein Leben!

Von der ständigen Polizeipräsenz im Kanal profitieren allerdings auch wir, denn SHANGRI-LA steht somit ebenfalls unter Aufsicht. Zwei der Cops, die zur Bewachung des Viertels eingeteilt sind, lernen wir beim Klönschnack an der Pier etwas näher kennen und weihen sie in den Zweck unserer Anwesenheit und in unsere Herkunft ein – was den Kontakt wesentlich verbessert. Bob und Gary legen fortan des öfteren zum Small-talk an unserem Steg an.

Für unsere unmittelbaren Nachbarn allerdings scheinen wir trotz aller Anpassung ausgesprochen suspekt zu sein – oder doch zumindest schwer einzuordnen. Eine plausible Biographie muß her, eine Identität, die in die Landschaft paßt. Also: Wer oder was kann man schon sein, wenn man in Surfside Nr. 13 residiert? Filmproduzent natürlich! Das leuchtet ein. Nach und nach lassen wir diese Version durchsickern, und sie ist ja auch kaum gelogen: Jede Menge Super-8-Streifen haben wir schon gedreht. Als dann ein deutscher Bekannter seinen aus Stuttgart nach Miami überführten Mercedes 500-SEL vorübergehend bei uns abstellt, da die Papiere noch nicht eingetroffen sind, ist die Fiktion nahezu perfekt: ein Benz der Sonderklasse vor der Tür und die Privatyacht hinterm Haus, das paßt hier zusammen.

Die Gemüter beruhigen sich. Nur wir selber gefährden hin und wieder unbedacht die mühsam errichtete Fassade. Wenn etwa Helga, der Macht der Gewohnheit folgend, im Garten Wäsche aufhängt; oder wenn ich mit ölverschmierten Fingern und im Schweiße meines Angesichts eigenhändig Wartungsarbeiten am Schiff verrichte. Auch daß der Wagen stehenbleibt und man uns mit Einkaufstüten beladen zu Fuß (!) nach Hause pilgern sieht, gilt hier als ausgesprochen anomal. „Man" geht eben nicht zu Fuß in Surfside, ausgenommen vielleicht zwischen Terrasse und Pool. Und nur bei Nr. 13 flattern nach Zigeunerart die Hemden draußen auf der Leine.

„Ist mir wurscht!" begehrt Helga kategorisch auf, die sich in ihrem Betätigungsdrang nicht länger einengen lassen will. Aber der Höhepunkt kommt, als unser hauptamtlicher Gartengestalter eines Tages zu seinem Entsetzen frisch angelegte Gemüsebeete hinterm Haus vorfindet. Das läßt sich wirklich nur noch mit der allgemein bekannten Tatsache erklären, daß Filmleute schrullige Typen mit abartigen Gelüsten sind. Die „*crazy Germans*" – vor dieser Titulierung rettet uns nun nichts und niemand mehr.

Dann und wann entfliehen wir dem goldenen Käfig, überlassen die Villa der Aufsicht von Bob und Gary und der Alarmanlage und segeln, frei von allen Zwängen, auf herrlichen Routen die Inselkette der „Keys" entlang – ganz hinunter bis Key West, dem letzten, äußersten Inselzipfel Floridas, der schon auf halbem Weg nach Havanna liegt. Das ist eine Zeit der Erholung, des Müßiggangs, der Entspannung.

Nach fast neun Monaten kommt der Anruf von Joe, der das Ende der Bequemlichkeit einläutet und den Besuch der Maklerin ankündigt, die schon die ganze Zeit versucht, die Villa an den Mann zu bringen. Viele Interessenten haben unser Idyll nicht gestört in den vergangenen Monaten, nun aber, meint Joe, habe sie einen ernstzunehmenden Kunden (als Domizil von „Filmproduzenten" ist das Haus tatsächlich wieder in die Klasse der gesellschaftsfähigen Objekte aufgerückt).

Wir sehen unserem Auszug ohne Bedauern entgegen. Obwohl es auch seine angenehmen Seiten hatte, weckt das dauernde Pensionärsdasein allmählich doch die Lust auf neue Aktivitäten.

Zunächst ist es nur der Manager des Käufers in spe, mit dem die

Agentin eines schönen Tages durch die Hallen trabt, Joes Kunstgalerie wie sauer Bier anpreisend. Der Manager ist zufrieden. Sein Klient, der „bekannte argentinische Sänger Elio Roca" (nie gehört), werde begeistert sein.

Joe reist zur Übergabe aus New York an. Und schon fällt auch Elio Roca selbst, aus Buenos Aires kommend, nebst Gefolge in Surfside ein.

Nun herrscht Leben in der Bude. Denn zum Troß des Troubadours gehören nicht nur die Gemahlin und drei rehäugige, süße Kinder, sondern selbstverständlich auch Lehrerin, Kindermädchen, Köchin und Fahrer sowie der bereits bekannte Manager. Eine südamerikanische Großfamilie! Da trällern vertraute spanische Vokabeln durch die Flure, und das Haus ist von temperamentvoller Lautstärke erfüllt.

Wir ziehen aufs Schiff um, werden aber freundlich aufgefordert, unbedingt am Steg liegenzubleiben. Denn der Roca-Clan besitzt zwar drei Autos, aber keine Yacht. Der Sängerknabe erweist sich als zugänglicher Typ von lateinamerikanischer Großzügigkeit und Herzlichkeit. „Mehr Menschen, mehr Freude, mehr Sicherheit!" Nach dieser Elio-Devise werden wir in das Familienleben miteinbezogen.

Von seinem Nachbarn Iglesias mag der „Heino der Pampas" ja noch einige Millionen Dollar entfernt sein, aber er betrachtet Miami, das voll spanisch sprechender Menschen ist (die „zweitgrößte kubanische Stadt nach Havanna"), als geeignete Startrampe für sich. Womit er goldrichtig liegen dürfte. Der Manager tut das Seine, um Dukatenesel Elio den potentiellen Fans in Florida zu empfehlen. Als Auftakt gibt's eine riesige Einweihungs-Grillfete für alles, was an Presse- und sonstigen Medienleuten greifbar ist, ein echt argentinisches *Asado*, das wir tatkräftig mitgestalten. Als wir das Fest dann noch mit Anekdoten unserer eigenen Argentinien-Abenteuer bereichern und Elios Heimat hochleben lassen, sind wir endgültig die *„muy buenos amigos"*. Und die Sympathie beruht wirklich auf Gegenseitigkeit.

Doch allzulange wollen wir die Gastfreundschaft des neuen Hauseigentümers nicht mehr beanspruchen. Auch brauchen wir dringend einen Platz zum Aufslippen, denn SHANGRI-LA muß aus dem Wasser. Eine Schönheitskur ist notwendig. Längst hat die Floridasonne ihre Farbe stumpfgebrannt, und das Unterwasserschiff ist eine dicht besiedelte Seepockenkolonie.

Im nur wenige Meilen nördlich gelegenen Fort Lauderdale, dem

Wassersportzentrum Floridas, finden wir die besten Gegebenheiten für unsere Zwecke. Das „Venedig Amerikas" wird diese Stadt genannt, denn sie hat ein Kanalnetz von 270 Meilen (die berühmtere Lagunenstadt an der Adria hat nur eines von 45 Meilen). Fort Lauderdale – das ist praktisch nichts anderes als eine Ansammlung von Marinas, Yachtausrüstern und Märkten für Gebrauchtboote. Kein Haus, hinter dem nicht irgendein Wasserfahrzeug zu finden ist. Hier sind wir richtig.

Am Kanal in Surfside gibt es einen Abschied von argentinischer Dramatik: Küßchen rechts, Küßchen links, Umarmungen und langes, langes Winken. Dann ist er beendet, unser Abstecher in die Welt der Reichen und Schönen, die weiterhin ihre Tage damit verbringen werden, um ihr Leben und ihre Millionen zu bangen.

Ray, das Pulverfaß mit Zeitzünder

Das Nonplusultra mag sie nicht gerade sein, gleichwohl ist sie für Blauwasseryachten und solche, die es werden wollen, ein annehmbares Quartier: die Riverbend Marina von Fort Lauderdale, jener Stadt, die bis in die entlegenste deutsche Provinz zum Begriff wurde, seit das nationale Oberschenkelwunder „kleines dickes Müller" hier seine Kicker-Karriere sang- und klanglos, aber gut honoriert aushauchte.

Für uns ist Fort Lauderdale weniger ein Boden zum Geldscheffeln als zum Geldausgeben. Deshalb haben wir die „Riverbend" gewählt, die in dem Ruf steht, die billigste Marina im sonst so kostspieligen Mekka der Segler zu sein. Kein Wunder, daß sie Yachties aus der gesamten Karibik anlockt. Ein quirliges Volk ist in der „Flußschleife" versammelt, ein schillernder, munterer Querschnitt durch alles, was sein Dasein unter Segeln verbringt oder künftig verbringen will. Denn es sind bemerkenswert viele Selbstbauer, die hier ihren Platz zum Werkeln und Wohnen gefunden haben. Werkstätten und Ersatzteillager, wohin man blickt; allgemein herrscht hemdsärmelige Verbundenheit.

SHANGRI-LA liegt endlich hoch und trocken wie viele der anderen Boote auch. Unser Heim schreit nach frischem Lack, aber vors Anstreichen haben die Götter das Abschleifen gesetzt, ganz zu schweigen davon, daß von den Dieselmaschinen bis zum Pumpklosett ziemlich alles dringend der Überholung bedarf.

Wenn etwas Spezielles beschafft werden muß und wir nicht wissen, wie und wo es am billigsten kriegen, dann findet Ray garantiert einen Weg. Ray ist dieser Typ, der eines schönen Tages in einer Staubwolke auf seiner Yamaha angedonnert kam. Ray hat undurchsichtige Verbindungen und kennt sich auch auf Pfaden aus, die man besser nicht genau beleuchtet.

Zuerst hatten wir ja einige Kommunikationsprobleme. Stumm und etwas unbeholfen, aber zäh wie Kleister, drückte sich der Fremde bei unserem Schiff herum, die Füße stets da, wo man gerade hintreten wollte. Erst nach geraumer Zeit rückte er damit heraus, daß sein eigener Kat – „fast wie eurer, bloß 'n bißchen abgewandelt" – in einer benachbarten Marina liege und anscheinend etwas mühsam seiner Vollendung entgegenstrebe. Er könne den einen oder anderen Rat gut gebrauchen...

„Okay, fühl dich hier wie zu Hause. Ich bin Burghard."

Einmal ermuntert, steht Ray Mannings fortan schon vor dem Frühstück auf der Matte. Als dies zum Dauerzustand zu werden droht, entschließen wir uns leicht genervt, ihn auf den Feierabend zu verschieben: „Am besten kommst du heute abend mit auf die VAHINE, dann können wir in Ruhe klönen."

Der norwegische Kat VAHINE dient – das hat sich bald eingebürgert – allabendlich als Klubhaus für die vielköpfige Mehrrumpfclique. Denn hier ist SHANGRI-LA endlich einmal nicht die Exotin unter lauter Kielyachten, sondern nur eine Nummer in einer ganzen Flotte von Katamaranen und Trimaranen. Da die VAHINE bei vierzehn Meter Länge mit rund neunzig Quadratmetern über das größte Partydeck verfügt, haben nun Runö und Ingvild – statt wie sonst wir – die Meute auf dem Hals. Sie tragen es mit echt norwegischer Gelassenheit. Wer vom Polarkreis kommt, ist mit einem starken Naturell gesegnet und nicht so leicht aus der Fassung zu bringen.

Fortan gehört also auch Ray zu der Clique, die pünktlich bei Sonnenuntergang – frisch geduscht, den Sechserpack Bier als Mitgliedsbeitrag unterm Arm – aus allen Winkeln der Marina zusammenströmt, um die VAHINE zu besetzen. Da wird dann mit Ausdauer Seemannsgarn gesponnen, daß sich die Balken biegen, werden die Ereignisse vieler

Segeljahre hervorgekramt. Rückblickend wird dabei – je später der Abend, je stürmischer – aus mancher Brise ein Orkan, und man wundert sich eigentlich, daß sie alle noch leben.

Da man für diesen Klub keine anderen Voraussetzungen mitbringen muß als Skipper oder Crewmitglied eines Kats zu sein, reiht sich Ray ohne weiteres ein. Allerdings ist der knochige, politisch rechts außen angesiedelte Texaner nicht eben *everybody's darling*, kein Typ, dem auf Anhieb die Sympathien zufliegen. Ray ist der typische „Ledernakken" aus dem US-Arsenal menschlicher Kampfmaschinen, die eiserne Faust Amerikas, wie aus Reagans Bilderbuch entsprungen: Bürstenhaarschnitt und in Statur und Mimik so kantig wie im Charakter. Seine einzige Leidenschaft sind Waffen. Etwas Bedrohliches – oder Bedrohtes – scheint von ihm auszustrahlen.

Über Rays Weltanschauung geht die Runde meist mit friedfertiger Neutralität hinweg: „Komm, Mann, trink lieber dein Bier..." Nur meine Bordfrau, stets unverzagt für Wahrheit und Gerechtigkeit streitend, stürzt sich immer wieder beherzt in völlig fruchtlose Dispute mit ihm. Daß hier zwei Leute nicht dieselbe Sprache sprechen, hat nichts mit Deutsch und Englisch zu tun...

„Meine Güte, dieser Typ!" schüttelt sich Helga, als wir am Ende eines Klubabends unsere friedliche heimische Kajüte betreten. „Was für irre Aggressionen der in sich aufgebaut hat! Ich kann das nicht ertragen: ‚Alle Schwulen am nächsten Baum aufhängen und alle Nigger gleich dazu...' Wenn der sein eingeschränktes Weltbild entfaltet, krieg' ich jedesmal eine Gänsehaut! Und dann dieses Geprotze mit seiner Pistolensammlung!"

„Ist doch alles nur Gerede. Laß ihn quatschen", versuche ich mich als Unparteiischer. „Ray muß so verbraucht werden, wie er ist. Wir können alle unseren Stall nicht verleugnen. Tiefstes Texas, wo er herkommt. Und dann noch Vietnam..."

Als sie auf die Vietkong einhauen durften und mußten, bekamen Leute wie Ray endgültig ihren Stempel aufgedrückt. Er gehört denn auch zu denen, die mächtig stolz darauf sind, einer der „Veteranen" zu sein. Sie scheinen alle gezeichnet zu sein, manche angeknackst fürs Leben, andere mit geschärften Sinnen und lebenslangem Zweifel an jeglicher Obrigkeit oder, je nach persönlicher Voraussetzung, in ihrer Law-and-order-Mentalität bestätigt. Unser Ray gehört zur letzteren

Kategorie. In seiner Schwarz-weiß-Vorstellung ist kein Platz für andere Schattierungen. Nur wer zu den „Guten" zählt, hat eine Existenzberechtigung, obwohl kurioserweise sein eigenes Umfeld mehr im Dunstkreis der Unterwelt zu finden ist. Bei ihm verträgt sich das eben: der Sheriffstern am Hemd und die Joints in der Hosentasche.

Seltsamerweise trägt Ray, für den Toleranz eigentlich ein Fremdwort ist, uns das ständige Opponieren nicht nach. Im Gegenteil, er quittiert es sogar dauernd mit Gefälligkeiten und unwiderruflicher Anhänglichkeit. Manchmal tut mir der Kerl fast leid. Er weiß wohl, daß er nicht der Liebling der Nation ist, aber er weiß nicht, warum. So scheint alles ein Haschen nach Freundschaft und Sympathie zu sein: ob er uns sein unbestreitbares Organisationstalent aufdrängt oder bei jeder Gelegenheit spontan seine tatkräftige Unterstützung anbietet.

Als Zielscheibe seiner Aggression hat sich Ray ein Opfer erkoren: Jim, den Eigner seiner Marina. Der hat offensichtlich Pech, er gehört für Ray nicht zu den Guten. Der Mann scheint alles in sich zu vereinen, was Ray an negativen Eigenschaften aufzuzählen weiß. Okay, die allgemeine Verdächtigung, daß Jims Mieteinnahmen überwiegend für Whisky ausgegeben werden, ist nicht ganz von der Hand zu weisen. Denn eigentlich hat ihn noch keiner anders als mit glasigen Augen gesehen. Und auch Rays unermüdliches Gemecker, die Duschen und Klos seien unzumutbar, scheint nicht ganz abwegig zu sein... Aber Jim sind eben Spinner wie Ray schnurzegal, so lange sie pünktlich zahlen.

Als Prellbock für Ray muß hin und wieder der „Manager" herhalten. Mit diesem Titel schmückt sich der chronisch verschwitzte Hausmeister, der im klebrigen Dunst seines Büros darauf wartet, daß es von alleine Abend wird. Seine Aufgabe besteht im wesentlichen darin, den Hof abends zu- und morgens aufzuschließen. Im übrigen läßt er das Volk gewähren und legt Beschwerden zu den Akten.

Ray kann darüber fuchsteufelswild werden. Und regelmäßig am Zahltag, wenn er Jim die achtzig Dollar Miete verächtlich auf den Schreibtisch knallt, verschärft sich die schwelende Feindseligkeit zum lautstarken Wortgefecht. Dann explodiert Rays Haß auf alle „minderwertigen Elemente" und „versoffenen Ärsche". Er schreit: „Ich verlang 'n anständiges Klo für mein sauer verdientes Geld! Aber was tust du mieses Schwein – du rennst damit in die nächste Kneipe! Man sollte dich umlegen! Yeah, umlegen sollte man dich! Ich bringe dich noch um, Mann, und deinen lahmarschigen Manager dazu!"

Jedesmal liegt eine handfeste Keilerei nach bester Westernart in der Luft. Die ganze Marina ist gewöhnlich Ohrenzeuge. Wenn einer Mut hat, steckt er dann vorsichtig den Kopf zur Tür rein und sagt: „Los, Ray, wir fahren in die Stadt. Kommst du mit?"

Endlich stehen wir – mit schwieligen Heimwerkerhänden, aber hochbefriedigt – vor dem vollendeten Werk.

„Ist sie nicht schön?"

„Wie neu!"

Immer noch und immer wieder können wir uns liebevoll erwärmen für das maritime Gefährt, das unser Wohnsitz ist – keine Notunterkunft, sondern ein Zuhause mit mobiler Einsatzfähigkeit.

In frischem Orange glänzen SHANGRI-LAS Schwimmer; alles blitzt und ist wieder voll funktionsfähig. Und kaum hat sich die Überholung ihrem Ende zugeneigt, da hat es sich auch schon wieder bemerkbar gemacht, dieses altbekannte Kribbeln in der Seele. Schon viel zu lange haben wir Staub und Asphalt unter den Füßen. Es drängt uns nach Wasser, Wind und Weite, nach Tauchen und Fischen, nach der Gelöstheit, der Sanftheit geruhsamer Segeltage.

Gemeinsam mit der VAHINE rüsten wir zur Reise in die Bahamas. Alles überflüssige Gepäck, das im Moment nicht vonnöten ist, wird aussortiert und kann bei den Freunden in der Marina zurückbleiben. Für einige Wochen Schönwettersegelei genügt die Barfußausstattung.

Kurz vor dem Auslaufen steht Ray tiefbetrübt auf der Schwelle.

„Hab' gehört, ihr wollt nun tatsächlich weg?"

Helga, die Proviantliste zwischen den Zähnen, kontrolliert unsere Einkäufe; die Pyramiden vor dem Eingangsschott müssen schnellstens abgetragen und raumsparend auf Kombüse und Stauräume verteilt werden.

„Ja, Mann", schnaufe ich, „wie du siehst. Wir sind schon so gut wie unterwegs. Wollen mal ein paar Wochen tauchen, ausspannen und den Werftstaub loswerden. Erst geht's rüber nach Nassau, dann wahrscheinlich zu den Berry Islands oder so. Mal sehen."

„Tja, dann…" druckst Ray herum, „also, dann sehen wir uns wohl nicht wieder…" Sein Blick kehrt sich nach innen, und ohne Vorwarnung versteigt er sich zu einer rührend ernsthaften Abschiedsrede. Sie

gipfelt in dem Bekenntnis: „War eine verdammt gute Zeit mit euch, ehrlich. Werde euch nicht vergessen. Hoffe, ihr vergeßt auch den alten Ray nicht ganz..."
„Mann, Ray, jetzt hör aber auf! Wir fahren doch bloß in Urlaub! In ein paar Wochen sind wir wieder hier."
Doch Ray, mit einer Träne im Knopfloch, läßt sich nichts vormachen. „Erzähl mir nichts, Burghard. Ihr seid Weltumsegler. Wenn ihr erst Wind in den Segeln habt, blickt ihr nicht mehr zurück. Es gibt viele Häfen, und eine Marina ist wie die andere. Schätze, Freunde findet ihr überall..."
Rays poetische Ader macht mich vollends ratlos. Was soll man dazu sagen? Der hat ja heute die reinste Weltuntergangsstimmung! Ich will ihm noch erklären, daß wir unsere ganze Bagage und das zweite Dingi durchaus wieder abholen wollen, doch da wuchtet mir Helga mit der ihr eigenen Sanftheit schon den nächsten Karton vor die Brust.
„Müßt ihr jetzt unbedingt Reden halten? Komm, pack an, Seemann! Und das Waschpulver bitte nicht wieder zwischen die Nudeln!"
„Tja, Ray, du siehst ja. Mach's gut solange und bau schön weiter, wir wollen was sehen, wenn wir zurückkommen. Bye-bye!"
„Bye", gibt Ray ohne Überzeugung zurück. „Viel Spaß." Damit zieht er von dannen, wie immer nicht wissend, wohin mit den zu lang geratenen Armen.
Ich sehe ihm noch lange nach.

BAHAMA-DRAMA

Flottillensegeln in den Berry Islands

„Total versaut!" stelle ich mit wachsender Verdrossenheit fest und sehe meine Vorurteile bereits bestätigt. Genau das habe ich im stillen befürchtet: daß die „freundlichen Bahamas", vom Massentourismus überschwemmt, ihren Charme längst abgenutzt haben. Dieser Zollmensch hier ist der lebende Beweis. Er scheint alle Einreisenden als eine Art Landplage zu betrachten, die man, da man sich ihrer nicht erwehren kann, am besten ignoriert.

Das *Custom's Office* auf Bimini besteht wie vielerorts aus einer schmucklosen Einzimmer-Bude. Die senkrecht über dem Eternitdach stehende Mittagssonne hat das zellenartige Gehäuse auf Backofentemperatur aufgeheizt. Ein überforderter Ventilator surrt mit wenig Erfolg gegen die feuchte Heißluft und die Ausdünstungen einer Handvoll Menschen an. Ich fühle mich wie durch die Mangel gedreht. Flach und stoßweise atmend, dampfe ich ergeben vor mich hin, schwankend zwischen Apathie und panischer Atemnot. Während der letzten Dreiviertelstunde sind die pappigen Dokumente in meinen Fingern eine klebrige Verbindung mit der Haut eingegangen, ebenso wie Hemd und Hose.

Der Zollhäuptling hat sich derweil in lebenswichtige Papiere vertieft und weigert sich, vom Rest der Welt Notiz zu nehmen. Jetzt klingelt auch noch das Telefon. Erleichtert lehnt er sich zurück und entspannt sich bei einem Privatgespräch. Und ich verwünsche mein Mißgeschick, nicht zehn Minuten früher erschienen zu sein, bevor unseligerweise das Wasserflugzeug landete, aus dem zehn Passagiere in Bermudashorts kletterten. Zehn auf einen Schlag! Zehn Pässe, die von diesem Einzelkämpfer alle umständlich aufgeblättert und nach längerem Studium gestempelt werden mußten. Kein Wunder, daß er nun völlig erledigt ist.

Als ich gerade an der Toleranzgrenze angekommen bin, erhebt er sich überraschend. Hoffnungsvoll schiebe ich, da ich an der Reihe bin, unsere Pässe über den Tresen. Doch da fährt eine Hand gebieterisch durch die Luft und verscheucht mich schroff aus dem amtlichen Dunstkreis. Und das ist der Moment, wo mein kümmerlicher Rest Energie in einem Wutanfall verpufft...

„*Be cool, man!*" amüsiert sich ein dunkles Gesicht hinter mir über den zeternden Sailor. Ich muß einsehen, daß diese Aufforderung zwar angesichts des Thermometers ziemlich paradox, aber doch das einzig Vernünftige ist. Es hilft alles nichts. Der Zoll wird jetzt vorübergehend geschlossen. Es ist Zeit für ein Bierchen, und wer was will, kann ja wiederkommen. Nach wie vor illegal, weil nicht einklariert, finde ich mich draußen in der sengenden Glut wieder.

„Vom Massentourismus versaut! Was kann mich hier auch anderes erwarten, wo die Fremden einfallen wie die Heuschreckenschwärme!" Mißmutig stapfe ich zurück zu unserem Liegeplatz, wo Runö und Ingvild mich mit ahnungsvollem Grinsen erwarten – die waren nämlich schon mal hier. „Beim zweiten Mal bist du drauf gefaßt, Burghard", meint Ingvild. An dem unerschütterlichen skandinavischen Gleichmut der beiden verpufft mein Zorn im Nu.

Um es gleich vorwegzunehmen: Ich werde mein negatives Urteil ebenso revidieren wie manches andere und bald erkennen, daß – dem ersten Eindruck zum Trotz – doch die Insider recht haben, die von den Bahamas schwärmen. Aber sie hatten mir einmütig davon abgeraten, ausgerechnet auf Bimini einzuklarieren. „Da kriegst du ein ganz falsches Bild. Die unfreundlichsten Behördenmuffel, die du dir denken kannst."

Heute weiß ich es: Unfreundlichkeit ist durchaus keine typische Eigenschaft der Insulaner. Aber Bimini ist schon aus rein geographischen Gründen normalerweise die erste Anlaufstation für alles, was von Miami oder Florida herübergesegelt kommt. Lange gehörten die Bimini Islands, an der Peripherie des Archipels gelegen, zu den *Out Islands* – was als hinterwäldlerisch zu verstehen war. Aber spätestens seit Hemingway diese „Inseln im Strom" weltberühmt machte, streckte die Freizeitindustrie auch hierher ihre Klauen aus. Aus den Stiefkindern, den unterentwickelten *Outs*, wurden werbeträchtig die *Family Islands*.

Müssen das Zeiten gewesen sein, als die Inselpünktchen an der Florida-Straße nur den Piraten des 17. Jahrhunderts ein Begriff waren, die hier der spanischen Silberflotte auflauerten! Und noch während der Prohibition war Bimini höchstens ein Geheimtip für Alkoholschmuggler, die auf den Bahamas unbehelligt ihre Stützpunkte unterhielten. Heute aber ist hier einer der *Ports of Entry*, wo die Zugvögel um behördliche Aufenthaltsgenehmigung anstehen.

Im Lauf des Nachmittags hat sich der Zöllner genügend regeneriert, um den Stempel auch in unsere Papiere zu hauen, und wir lassen sein Büro aufatmend hinter uns.

Wir sind zum Segeln gekommen, aber auch neugierig auf die sagenhaften Tauchgründe zwischen dieser Unmenge verstreuter Eilande. Mit „etwa 800" wird die Zahl der besiedelten Bahama-Inseln angegeben. Außerdem ragen noch an die 2400 unbewohnte Tüpfelchen – *Cays* genannt – aus dem flachen Seegebiet, wegen seiner Untiefen ein rechtes Zitterrevier für die Schiffahrt. *Baja mar*, wovon sich der Name des Archipels ableitet, bedeutet denn auch nichts anderes als „flaches Meer".

Wir fliegen! Eben wie eine Tischplatte ist die Große Bahama-Bank, und wir fliegen nur so darüber hin!

Eigentlich gehörte es sich, daß der Nordostpassat vom Atlantik stetig über die Bahamas streicht; untypisch also die Situation an diesem Tag: Ein kraftvoller Westwind fegt uns hinüber wie zwei Papierflieger. VAHINEs und SHANGRI-LAs Rümpfe scheinen kaum ihr Element zu berühren. Mit fast gleicher Geschwindigkeit – VAHINE ein Stück vorweg – schweben wir vier Meter über dem hellgrünen Parkett. Immer ist Grund zu sehen, wenn man über Bord schaut, sandiger Grund.

Die Dunkelheit kommt früh und ziemlich unvermittelt am nördlichen Wendekreis. Es ist gegen sieben Uhr abends, als wir das North-West Channel Light querab haben und uns nur noch fünfzehn Meilen vom Ankerplatz vor Chub Cay trennen – der ersten Insel, die am Anfang einer bogenförmigen Kette kleiner Sand- und Koralleneilande liegt, der Berry Islands.

Wenig später fällt unser Anker vor der Chub Cay Club Marina. Nur für eine Nacht, denn der Wind ist günstig, um Ost zu machen. Das muß ausgenutzt werden. So geht es schon am nächsten Morgen weiter. Alder Cay, Little Harbour Cay, Great Stirup Cay heißen die Stationen der folgenden Wochen, und auf der gleichen Route wird es auch wieder zurückgehen.

Die Berry Islands werden in dieser Zeit so etwas wie unser Privatrevier. Keinen Ankerplatz, der im Yachtman's Guide beschrieben wird, lassen wir aus und finden noch viele neue hinzu, die uns dank unseres geringen Tiefgangs ganz allein gehören.

Besonders Alder Cay wächst uns ans Herz, weil sein weißer Puderstrand eine Bucht mit sanft säuselnden Palmenkronen umkränzt und uns an die Südsee erinnert. Ein paar Riffe in der Nähe sichern den Langustennachschub und die Frischfischversorgung. Außerdem kriechen jede Menge Conches auf dem sandigen Grund herum. Diese rosig schimmernden, riesigen Flügelschnecken mit dem eigentümlichen Pilzgeschmack sind aus der örtlichen Küche nicht wegzudenken und bereichern auch unseren Mittagstisch. (Da den Insulanern die vermeintlich potenzfördernde Wirkung der großen Schnecken nicht auszureden ist, fürchten die Zoologen angeblich bereits um den Fortbestand der Art.) Conches jedenfalls lassen sich in jeder nur denkbaren Variante konsumieren, ob in der Suppe oder als Salat, gekocht oder in Fett gebacken.

Runö und Ingvild machen in diesen Wochen bei uns einen Lehrgang in Selbstversorgung und sind wißbegierige Schüler – schon deshalb, weil ihre eigene Weltumsegelung noch bevorsteht. Da kann so mancher kleine Tip Gold wert sein. Denn was nützt das reichhaltigste Nahrungsangebot eines Südseeatolls, wenn man es nicht zu gebrauchen weiß? Das fängt bei den Kokosnüssen an.

„Wie machst du die auf?" will Runö wissen.

„Nur nicht drauf herumklopfen!"

Die braunen, also reifen Nüsse, unter den Palmen zu finden, müssen zuerst von der Faserhülle befreit werden. Das geht mit einem simplen Trick: die Frucht auf einen spitzen, harten Stock aufspießen, dann ein kurzer Dreh vom Körper weg, und schon platzen die Fasern ab und der Kern liegt frei.

Ein Kapitel für sich sind die Früchte aus dem Meer. Zum Beispiel Lobster reinigen geht leichter, als es aussieht: Ich trenne das Schwanz- vom Rumpfteil. Dann wird ein Fühler abgebrochen und sein stumpfes

Ende in den Mastdarm gesteckt. An den kleinen Dornen, die wie Widerhaken wirken, lassen sich die Eingeweide leicht herausziehen.

Bei der Conch empfiehlt es sich, mit dem spitzen Teil der Machete oben in die dritte Windung der Schnecke zu schlagen, dann mit einem scharfen Messer in das Gehäuse zu fahren, den Fuß durchzutrennen und das Tier herauszuschütteln. Nun braucht man nur noch die Innereien abzuschneiden, die Haut abzuziehen und – den Muskel weichzuklopfen! Sonst kaut man nämlich auf einer Schuhsohle.

Es dauert nicht lange, und unsere Norweger sind präpariert fürs Survival auf einsamen Koralleninseln.

Die gemeinsamen Erlebnisse dieser Wochen – Tauchen und Segeln am Tage, herrliche Abende am Lagerfeuer – schweißen uns vier schnell zusammen. Diesmal ist alles anders als in den früheren Abschnitten unseres Vagabundenlebens. Es hat sich so selbstverständlich ergeben, daß es uns zunächst gar nicht bewußt wird. Aber irgendwann in einer stillen Stunde spricht Helga es wie beiläufig aus.

„Es ist eigentlich schön mit Runö und Ingvild", meint sie schlicht, „findest du nicht? Wir sind wie eine Großfamilie."

Sicher gab es das früher schon hin und wieder, daß wir mit anderen Yachten gemeinsam die eine oder andere Strecke zurückgelegt haben, doch immer nur für begrenzte Zeit, dann trennten sich unsere Wege. Immer wieder liefen die Reiserouten auseinander, ließen sich Pläne nicht vereinbaren, und gerade geknüpfte Freundschaftsbande wurden jäh wieder zerschnitten – in den meisten Fällen für immer. Nun bewährt sich zum ersten Mal eine an Land besiegelte Freundschaft auf See, überdauert nicht nur die Zeit des Hafenaufenthalts, sondern findet ihre Fortsetzung täglich an unzähligen gemeinsamen Ankerplätzen.

„Flottillensegeln" bedeutet diesmal nicht nur, daß ein zweites Boot stets in Sichtweite ist, es bedeutet auch, harmonisch eingebunden zu sein in eine schützende Gruppe, gemeinsame Zukunftspläne zu schmieden. Schon verstehen wir uns als *eine* Crew, verteilt auf zwei Schiffe.

Helga und ich sind nicht mehr allein aufeinander fixiert – jeder hat auch andere Ansprechpartner. Erst jetzt merken wir, wie gut und wichtig das ist und wie es unser Leben bereichert. Denn wenn unser Alltag sich auch in den weiten Räumen der Weltmeere abspielt, so findet er überwiegend doch auf wenigen Quadratmetern statt.

Jetzt haben wir die zwischenmenschlichen Beziehungen gefunden, die wir sonst auf See entbehrten: ein Umstand, der uns ohne Einschränkung gefällt, obwohl er auch einen Aspekt hat, an den wir bisher nicht gedacht haben: Von jetzt an entstehen, wohin wir auch segeln, kaum noch Kontakte zur einheimischen Bevölkerung. Seltsamerweise dauert es eine ganze Weile, bis uns dies überhaupt auffällt – was nur heißen kann, daß wir eigentlich nichts vermissen. Tatsächlich suchen wir gar nicht mehr so sehr die Berührung mit Fremden. Es scheint, daß wir uns genug sind in unserem Clan. Hier, auf den Cays der Bahamas, sind wir jedenfalls nicht mehr wie damals im gastfreundlichen Südamerika oder in den Inselstaaten des Südpazifiks das Häuflein Fremder, das man wie heimatlose Küken gerne unter seine Fittiche nahm. Eine „geschlossene Gesellschaft" braucht nicht bemuttert zu werden. Wir tun einfach, was auch die meisten Bahama-Touristen tun: Sonne, Sand und Wasser genießen. Unser Robinsonleben – Tauchen, Schnekkensammeln, Kochen, Klönen, Reparieren – füllt uns auf heitere und angenehme Weise aus.

Niemals fehlt es uns an Gesprächsthemen. Immer wieder ist es für Helga und mich faszinierend, wenn Runö und Ingvild, diese beiden in sich ruhenden Menschen, die soviel charakteristische skandinavische Ausgeglichenheit ausstrahlen, von ihrer Kindheit im norwegischen Kristianssand erzählen. Da werden Bilder beschworen, die für uns fremd und reizvoll sind, die zum Träumen und Phantasieren anregen.

Da sitzen wir nun an einem Palmenstrand und sehen im Geiste die kühle, klare Schönheit nordischer Landschaften, Bilder von ganz untropischer, spröder Kargheit, in schweren, melancholischen Farben. Träume werden wach von gletscherbedeckten Bergen, die mit ihren wild-erhabenen Umrissen jäh ins Meer abfallen. In ein rauhes Meer, grau und schwermütig wie das Land, das die Heimstätte eines großen seefahrenden Volkes war: der Wikinger.

Während Runö, ehemals Bergmann in Spitzbergen, passionierter Skiläufer und von einem genügsamen Leben geprägter Naturbursche, am Strandfeuer von einsamen, tiefen Fjorden erzählt, von ewigem Eis, von riesigen Rentierherden und Nächten unter dem Nordlicht, da gewinnt in uns ein Gedanke immer klarere Konturen: daß sieben Jahre Passatsegelei, vorwiegend auf den Sonnenkursen der Weltmeere, geradezu nach einem Kontrastprogramm verlangen.

Im Nachhinein scheint es mir gar nicht mehr so verwunderlich, daß der Wunsch, den Kurs der SHANGRI-LA in arktische Regionen zu lenken, gerade in der Kontrastwelt der Koralleninseln entstand. Den Sommerurlaub an tunesischen Badestränden plant man ja auch im novemberkalten Hamburg. Jedenfalls schieben sich fortan vor all die Sonnenseligkeit immer häufiger, immer deutlicher ganz entgegengesetzte Bilder, die uns nicht mehr loslassen.

Eine Idee ist geboren: der Impuls, uns an die Spuren Leif Erikssons und seiner beherzten Zeitgenossen zu heften, die vor tausend Jahren in ihren offenen Drachenbooten den Kampf mit Eis und Strömung aufnahmen und den Unbilden des Nordatlantiks trotzten – nur den Sternen vertrauend, die sich ihnen in den Nebeln des Nordmeers oft genug entzogen.

Im Vergleich zu solchen Pionierleistungen dürfte die „Wikinger-Route" in heutiger Zeit dank der Segnungen des technischen Fortschritts kein unkalkulierbares Experiment mehr sein. Wir werden es wagen! Wie eingebrannt spukt dieser Plan von nun an in unseren

Köpfen. Weit, weit nach Norden soll unser Weg führen, in eine neue und fremde Sphäre. Gewiß nicht heute und nicht morgen, denn uns ist klar, daß wir dafür eine Ausrüstung von bisher ungekanntem Aufwand brauchen. Doch irgendwann in absehbarer Zeit soll dieser Gedanke Gestalt annehmen.

Zunächst jedoch heißt es zurück in die Realität der Berry Islands, wo das In-den-Tag-hinein-Leben seinem Ende entgegengeht. Runö und Ingvild müssen rechtzeitig in Nassau sein, sie erwarten zwei Chartergäste aus Norwegen. Gemeinsam geht es hinüber zur Hauptstadt der Bahamas, wo wir uns für eine Woche trennen. Die VAHINE verholt nach West Bay, wo sie näher zum Flughafen liegt, während wir zwei uns das touristische Pflichtprogramm von Nassau vornehmen.

Hier, am Sitz der Regierung, schlage das Herz der Bahamas, heißt es. Vor allem aber – soviel offenbart sich uns auf den ersten Blick – hämmert in der Metropole auf New Providence der Schrittmacher des Tourismus'. Zu den vier Losungsworten der Inseln *Sea, Sun, Sand* und *Gambling* könnte man für Nassau noch hinzufügen: *Shopping!* In den Morgenstunden kommen sie an, die großen Kreuzfahrtdampfer auf Karibik-Rundreise, und schütten ihre Touristenfracht auf die Pier – gleich vor den „Strohmarkt", eine der Hauptattraktionen der Stadt, wo schon die ersten Yankee-Dollars den Besitzer wechseln, für einen Strohhut, eine Strohtasche, eine Strohpuppe oder was sonst als typisches Souvenir an den einen Tag im Ferienparadies Nassau erinnern soll. Und dann ergießen sie sich in die Stadt, die Massen in den grellbunten Shorts. Zu Tausenden drängen sie sich im Haupteinkaufszentrum, der Market Plaza, die „Uncle Sams" mit den wohlgefüllten Brieftaschen. Wie ein riesiger knallbunter Tausendfüßler wälzt es sich durch Duty-free-Läden und Boutiquen, durch Souvenir- und Coffeeshops. Denn die Einheimischen von Nassau beherrschen sie perfekt, die Hohe Schule des Fremdenverkehrs!

Keine Frage, daß die „Geldsäcke", ausgeschüttelt bis zum letzten lockeren Cent, hier nicht weniger übers Ohr gehauen werden als irgendwo sonst, aber – mit welchem Charme! Freundlichkeit und Verbindlichkeit sind obligatorisch; man scheint sich stets der Tatsache bewußt zu bleiben, daß rund zwei Drittel der Bevölkerung direkt oder indirekt vom Tourismus leben. Der Fremde begegnet hier nicht dem unverhohlenen, brutalen *rip-off*, wie es sich in manchen vergleichbaren „Kellnerstaaten" eingebürgert hat, wo nur für das Heute gelebt und genommen wird, was zu kriegen ist. Nassau mit seiner langen Touristik-Tradition hat längst verstanden, daß es darauf ankommt, sich mit Diplomatie diese goldene Einnahmequelle zu erhalten. Die Einwohner der Metropole haben einen langen Atem, wenn es gilt, den Johns und Bobs den Kitsch aus Taiwan für die Schwiegermutter in South Carolina anzudrehen. Das geschieht mit soviel liebenswürdiger Überzeugungskraft, daß letztlich alle zufrieden sind oder zumindest keiner ernsthaft böse sein kann.

Verläßt man das Zentrum des Spiel- und Shoppingrummels, zeigt sich erst der eigentliche Liebreiz der Hauptstadt, der Charme ihrer Vergangenheit. Da finden sich noch liebevoll gehegte Relikte aus der Kolonialzeit: der Gouverneurspalast in Operettenrosa, alte Hotelkästen (nach dem Geschmack der US-Gäste ebenfalls in Bonbonfarben gehalten) und ehrwürdige Villen mit den geschnitzten, verschnörkelten Geländern, den Türmchen, Balustraden und Zinnen des klassischen Kolonialstils. Nicht nur als architektonische Kuriositäten werden sie erhalten, sondern als ein Ausdruck der Nostalgie, der Sehnsucht nach der alten Welt.

Zwei Tage lang bummeln wir uns die Füße wund. Doch das Pflastertreten und vor allem die Menschenmassen sind wir nicht mehr gewöhnt. Schon am nächsten Abend flüchten wir aus dem Trubel der Stadt, versprechen Runö und Ingvild, sie in einer Woche wieder hier zu treffen, und nehmen Kurs auf die Ruhe und Einsamkeit von Salt Cay.

Jacques' Malheur

Langsam dreht sich SHANGRI-LA am Anker im klaren, gleißend gesprenkelten Türkis. Hier, in Lee von Salt Cay, herrscht friedvolle, erholsame Stille.

Auf dem Achterdeck dösend, nehme ich das Fernglas zur Hand und richte es auf ein Objekt, das mich schon seit einiger Zeit fesselt: ein scheinbar herrenloses Schlauchboot, das schon bei unserer Ankunft mutterseelenallein an derselben Stelle lag.

„Komisch, das Dingi da drüben", murmelt Helga zerstreut beim Gemüseputzen und spricht damit meine Gedanken aus. „Weit und breit kein Mensch zu sehen. Da wird doch nichts passiert sein?"

Drüben tut sich absolut nichts. Im Okular verrät das Boot lediglich bedenklich schlaffe Konturen.

„Was es da auch soll", sinniere ich, „bald ist die Luft raus. Wenn sich nicht bald einer drum kümmert, taugt es nur noch als Fußmatte."

Als wären meine Worte gehört worden, taucht just in diesem Moment eine mit Speer bewaffnete Hand hinter dem Wulst des Bootes auf (wie Poseidon) und läßt einen langen, offensichtlich schweren Gegenstand hineinplumpsen. Gleich darauf macht sich die obere Hälfte einer braungebrannten, schwarzhaarigen Gestalt eilig an dem schrumpfenden Bootskörper zu schaffen. Praktisch veranlagt ist dieses amphibische Wesen ja – es bedient sich einer Tauchflasche mit Anschluß zu der defekten Luftkammer. So braucht es nur das Ventil aufzudrehen, um dem Boot neues Leben einzuhauchen.

„Da ist ein Taucher am Werk!" verkünde ich Helga im Vorbeieilen, denn ich bin bereits auf dem Weg nach unten zu meinem Tauchanzug samt Zubehör. Noch nie konnte ich tatenlos sitzen bleiben, wenn irgendwo unter Wasser Aktivität herrschte! In voller Montur hüpfe ich wenig später über Bord und pulle mit unserem Dingi hinüber. Neben der Gummiwurst, die sich jetzt wieder verlassen auf den Wellen wiegt, tauche ich ab, nicht ohne zuvor einen neugierigen Blick hinein geworfen zu haben: Schrotteile! Dachte ich's mir doch. Da unten wird anscheinend hart gearbeitet.

In knapp zehn Meter Tiefe ist ein Wrack auszumachen, ein von Flora und Fauna besiedeltes Kanonenboot, das, nach seinem Zustand zu urteilen, vermutlich im zweiten Weltkrieg hier zur Ruhe kam. Im Augenblick ist es mit seiner Ruhe allerdings vorbei, denn der Taucher, von dem schon von weitem Luftblasen künden, setzt der Schiffsruine mit einer groben Säge zu.

Ich tippe ihm vorsichtig auf die Schulter und unterstreiche die stumme Begrüßung mit freundlicher Pantomime. Er nickt ein wenig irritiert, und ich packe kurz entschlossen mit an. So rackern wir uns in stillem Einvernehmen ab, Hand in Hand: Er sägt, ich halte fest, dann säge ich, und er hält fest.

Nach einer Weile fällt mir das hinfällige Schlauchboot ein, und ich deute besorgt nach oben. Wir greifen die Beutestücke und paddeln an die Oberfläche. Am Wulst des Dingis hängend, gelingt es uns endlich, uns miteinander bekannt zu machen.

„*I am French*", grinst der Taucher. Und dann kann er gerade noch kundtun, er heiße Jacques, als die Gummiwurst beängstigend schlappmacht. Hastig dreht er erneut die Preßluftflasche auf. Zahllose Flicken künden von der Vergänglichkeit des Materials, aber sie können nicht verhindern, daß das Boot alle fünfzehn Minuten deutlich an Substanz verliert. Ich möchte wissen, wie lange Jacques das Geduldspiel schon betreibt. Doch er zuckt nur lächelnd die Achseln – es sei ihm egal, man gewöhne sich daran.

Nachdem das Schlauchboot für die nächste Viertelstunde gerettet ist, beeile ich mich zu versichern, daß ich mich keinesfalls als ungebetener Teilhaber ins Geschäft drängen wollte, sondern daß Schrottauchen einfach eine bevorzugte Beschäftigung von mir ist, bei der ich immer gern neue Erfahrungen sammle. Jacques' Befriedigung darüber kann ich ihm nicht verdenken, denn er braucht zweifellos das Geld. Nun freut er sich über zwei hilfreiche Hände bei dem mühseligen Job.

Als ehrenamtlicher Mitarbeiter finde ich mich allmorgendlich, sobald das gescheckte Dingi erscheint, an der Abbruchstelle in der Tiefe ein. Zu zweit schaffen wir ganz schön was weg. Da werden mit dem Hammer Bullaugen losgeklopft, wird hier eine Kupferleitung abgesägt, dort ein Messingrohr gekappt, und die bunten Unterwasserbewohner, deren Märchengarten wir berauben, sehen uns dabei etwas pikiert zu. Bei allzu heftigen Hammerschlägen schießen sie empört davon, doch die Neugier treibt sie bald wieder zurück.

Abends, nach unserer letzten Überstunde, schmeißt Jacques den Außenborder an und brummt zur Insel, um den Tagesertrag in Sicherheit zu bringen.

Die gemeinschaftliche Mühsal schmiedet uns schnell zusammen. Der Franzose ist ein gerngesehener Gast am Mittagstisch der SHANGRI-LA und ein unterhaltsamer Kauz beim Feierabendplausch. Wer sich sein Brot damit verdient, Buntmetalle von Schiffswracks in tropischen Gewässern abzuklopfen, der hat im Leben schon einiges hinter sich und kann allerhand erzählen. Für Jacques, den ehemaligen Marinetaucher, führte der Weg über eine gescheiterte Ehe geradewegs in den Bankrott. Nun lebt er von der Hand in den Mund und ist darauf angewiesen, seine Schrotternte zu verkaufen. Das ist eine kräfteverschleißende Arbeit und nicht ohne Gefahr für Leib und Leben.

Doch soll sich zeigen, daß der Taucherjob auch unerwartet heitere Seiten haben kann. Einmal – wir rackern wie immer an unserer feuchten Arbeitsstelle – kündet schon von fern ein Summen die Annäherung eines Bootes an. Auftauchen ist also jetzt nicht ratsam; wir bleiben tunlichst im Schutz der Tiefe und warten. Und dann erleben wir ein Schauspiel, das alle Effekte von Kasperletheater, Panoptikum und Geisterbahn in sich vereint: Ein Glasbodenboot auf Sightseeingtour karrt eine Fuhre Touristen heran und schaltet genau über uns die Außenborder ab, damit die Insassen durch den gläsernen Schiffsboden zwei Originaltaucher in Aktion beobachten können. Jacques und ich starren ebenso neugierig hinauf wie die anderen herunter...

Bei Gott, das können nur Amerikanerinnen sein! Verzerrt durch Wasser und Plexiglasscheiben, spuken da oben greulich entstellte, grell geschminkte Fratzen mit Schmetterlingsbrillen. Sie scheinen zwischen mächtigen Knien und ebensolchen Waden zu tanzen. Die Clownmünder formen sich zu runden ‚Ahs' und ‚Ohs' und zähnebleckenden Grimassen. Mit glitzernden Klunkern bestückte Krallen winken uns zu...

Jacques und ich müssen so lachen, daß uns fast die Mundstücke aus den Zähnen fliegen. Unwillkürlich fallen mir frühere Zoobesuche ein. Aber auf welcher Seite der Scheibe sind hier die Affen?

Die Zeit vergeht in gut eingespieltem Gleichmaß. Und dann, an einem ganz gewöhnlichen, keinerlei Unheil verratenden Tag passiert es. O nein, nicht daß uns das Dingi mangels Auftrieb doch noch abgebuddelt wäre! Für diese Eventualität waren wir stets gewappnet. Aber manchmal kommt es eben zu blöd.

Ich muß wohl ausnahmsweise verpennt haben; denn während Jacques schon wieder bei der Arbeit ist, kämpfe ich an Bord noch mit dem Reißverschluß des Tauchanzugs.

Da zerreißt ein trommelfellzerfetzender Knall den sonnigen Morgen. Noch ohne zu begreifen, registriere ich nur offenen Mundes, daß Jacques' Dingi nicht mehr existiert. Er selbst driftet hilflos rudernd in der Strömung.

Als Helga aus der Kajüte fragt: „Was war 'n das?", bin ich schon ins Beiboot gesprungen.

„Schnell! Maschinen an und Anker hoch! Ein Unglück ist passiert!" Atemlos pulle ich Jacques entgegen und brülle dabei etwas wie: „Was ist los, Jacques? Mensch, was ist geschehen?"

Und schon bin ich da. Ein aus dem Mund blutender Jacques paddelt mir, schon von der Tauchflasche befreit, mit einem Arm entgegen, den anderen kraftlos mit sich ziehend.

„Dieser – dieser Beknackte mit – mit dem Speedboot", lallt er mühsam. „Der Schwell... Ich – ich konnte nicht mehr – an die Flasche..."

„Nicht sprechen, Freund, ich helfe dir."

Ich ziehe ihn zu mir heran und sehe bestürzt in sein grotesk entstelltes Gesicht. Die Schneidezähne stehen nach innen in die Mundhöhle, was mich flüchtig an einen Tigerhai denken läßt. Vielleicht ist sogar der Oberkiefer gebrochen. Und dann fällt mir auf, daß Jacques' rechter Arm völlig verdreht am Körper hängt...

Und Blut – überall Blut. Den Arm hat's übel erwischt. So kann ich Jacques unmöglich ins Dingi zerren. Hilfesuchend blicke ich mich nach der SHANGRI-LA um, die sich schon in Bewegung gesetzt hat. Jacques' gesunden Arm über den achteren Dingirand geklemmt, pulle ich ihr aus Leibeskräften entgegen. Trotzdem scheint es mir wie eine Ewigkeit, bis Helga heran ist und die SHANGRI-LA aufstoppt. Jacques macht mittlerweile einen völlig desorientierten Eindruck und ist der Bewußtlosigkeit nahe. Wie bekommen wir ihn bloß an Bord?

„Hier, nimm den Rettungshaken, schnell! Ich picke die Talje oben in den Großbaum, dann können wir ihn reinhieven."

Helga hat mal wieder die Übersicht behalten. Während ich mit einer Hand Jacques am Dingi und mit der anderen das Boot an SHANGRI-LA festhalte, arbeitet sie oben an Deck. Schon kommt der Rettungshaken herunter – und gleich darauf schwebt ein blutüberströmter Bruchtaucher über dem Wasser. Sekunden später liegt er auf dem Achterdeck, und mit beiden aufröhrenden Maschinen geht's nach Nassau. Jacques muß ins Krankenhaus, so schnell wie möglich.

An der Pier liegt ein kleiner Inselschoner, an dessen Reling zwei Gestalten lehnen. Als ich wild nach einer Ambulanz schreie und sie die regungslose Figur auf unserem Deck erkennen, deren nasses T-Shirt nur noch ein einziger blutroter Lappen ist, kommen sie augenblicklich in die Gänge. SHANGRI-LA ist noch nicht richtig am Schoner vertäut, da stoppt schon ein Krankenwagen auf der Pier; Sekunden später startet er mit Blaulicht und Geheul und braust mit Jacques davon.

Wir setzen uns erst mal hin. Der Freund ist versorgt. Das einzige, was wir im Moment noch für ihn tun können, ist, zurück zum Riff zu segeln und seine Tauchflasche, Werkzeuge und verstreuten Utensilien zu bergen.

Zwei Tage später – wir liegen wieder in Nassau neben der VAHINE, die mittlerweile ihre Chartergäste an Bord hat – besuchen wir Jacques im Hospital.

Er sieht noch wüst aus, ähnelt sich selbst aber schon ein bißchen. Zwar sind die Lippen noch dick geschwollen, doch die Zähne stehen wieder vertikal. Sein rechter Arm verschwindet unter dicken, weißen Verbänden.

Aber Jacques ist schon wieder fast der alte: „Macht euch nur keine Sorgen, ich überleb's bestimmt. Ist schon alles geregelt, auch das mit den Krankenhauskosten. Bloß mein Tauchgerät – ob das noch im Wrack liegt?"

„Geht alles okay, Jacques. Dein Zeug ist schon bei uns an Bord. Nichts ist verlorengegangen. Aber jetzt sag – wie ist das überhaupt passiert?"

Ich kann mir noch immer keinen Reim darauf machen, was sich in diesen unglückseligen Sekunden eigentlich abgespielt hat.

„Das Motorboot", berichtet Jacques, „alles lag nur an diesem blöden Motorboot."

Ja, ich erinnere mich an den Flitzer, der kurz vor dem Knall mit Spitzengeschwindigkeit an uns vorbeigekurvt ist: einer dieser Formel-Eins-Typen, der seiner Braut imponieren wollte. Der habe genau auf ihn zugehalten, während Jacques gerade am Schlauchbootrand hing, um die Tauchflasche zu schließen...

Die Mosaiksteinchen in meinem Kopf fügen sich plötzlich zu einem klaren Bild zusammen: Da rast dieser Spinner vorbei. Und der Schwell, den sein Boot verursacht, wirft Jacques vom Wulst zurück ins Wasser. Ungehindert strömt weiter Luft in die schon prall gefüllte Gummihülle. Als es ihm gelingt, sich wieder hochzuziehen, ist es schon zu spät: Das Schlauchboot zerplatzt wie ein Luftballon, nur etwas lauter und mit schwerwiegenden Folgen. Die Bodenplatte schießt Jacques mitsamt den Schrotteilen darauf entgegen. Instinktiv muß er sich den Arm schützend vors Gesicht gehalten haben. Aber was sind schon menschliche Knochen gegen schwere Metallbrocken, die explosionsartig in die Gegend geschleudert werden? Jacques' Arm, von einem Messingrohr oder dergleichen geknickt, kracht gegen die Schneidezähne, die unter der Wucht ebenfalls nachgeben.

Es waren nur Sekunden – aber an ihren Folgen wird Jacques noch wochenlang leiden. Die Ärzte haben es ihm schon klargemacht: Tauchen ist auf absehbare Zeit nicht drin; womit Jacques vor bitteren finanziellen Problemen steht.

Viel ist es nicht, was wir für den Freund tun können. Als der Tag unserer Abreise gekommen ist, lassen wir unseren Tauchkompressor in seinem Schuppen zurück. Er braucht ihn nötiger als wir, und wir werden die Tauchgründe tropischer Gewässer bald verlassen. Für Jacques aber ist Tauchen kein Sport, es ist sein Broterwerb. Beschwerlich und oft genug ein Wagnis – aber etwas anderes käme ihm gar nicht in den Sinn.

Ein Supermarkt unter Wasser

Ein sympathisches Architektenehepaar aus Oslo wohnt jetzt bei Runö und Ingvild auf der VAHINE und spricht zum Glück fließend englisch. In Nassau haben sich die beiden inzwischen die Beine vertreten, nun streben sie nach Wind und Seewasser. Segeln ist erwünscht! Und wir haben uns für diesen Zweck wieder die Berry Islands vorgenommen.

Ein verträumter Fünfzig-Meilen-Törn, nicht der Rede wert, so meinen wir, als es mit handiger Brise beim ersten Tageslicht ankerauf geht. Doch schön und mit Ostwind verlaufen nur die ersten dreißig Meilen, dann ist der Spaß vorbei. Die Brise stirbt – und die Sonnenseite der Segelei wird zugeklappt. Voraus tauchen dunkle Wolkengebirge auf. O Mann, das sieht überhaupt nicht gut aus. Vielleicht hätte man doch zur Abwechslung mal den Wetterbericht hören sollen, statt sich auf das sprichwörtlich beständige Bahamaklima zu verlassen. Was uns nun frontal ins Gesicht bläst, ist ein klassischer „Norder", der die ach so lässigen Damen und Herren Weltumsegler mit pfeifenden Regenböen aus ihrer Sorglosigkeit reißt.

Reffen! Ran an die Kreuz! Jetzt gibt's Arbeit! Was als vergnügliche Kaffeefahrt anfing, wird zur kraftraubenden, verdrießlichen Tretmühle. In langen ruppigen Kreuzschlägen quälen wir uns mühsam nach Norden.

Der Wind ist noch heftiger geworden, fast ein Sturm – es wird höchste Zeit, daß wir unter Landabdeckung kommen. Endlich – im letzten Tageslicht – wird Chub Cay sichtbar. Im Gänsemarsch halten VAHINE und SHANGRI-LA auf die Küste zu. Die Seen schrumpfen auf kleine fransige Schuppen zusammen, und die grüne Farbe des Wassers signalisiert, daß es schnell flacher wird. Jetzt heißt es aufpassen. Denn zwischen uns und dem sicheren Ankerplatz haben die Götter noch eine Fußangel in die See versenkt: die Diamond Rocks, eine Riffkette, die wir lieber bei guter Sicht umfahren hätten.

Wir passieren sie in respektvollem Abstand, dabei stets die geringe Wassertiefe im Auge behaltend: Vorsichtsmaßnahmen, die sich als keineswegs übertrieben herausstellen. Denn schon wird uns ein Mahnmal dramatisch präsentiert.

Da liegt es hinter dem Riff, zwischen der Insel und den Diamond Rocks, taucht in der zunehmenden Dunkelheit wie ein strahlender Weihnachtsbaum auf: eine fremde Yacht, deren Gebaren uns selbst bei dem schwindenden Licht sofort alarmiert. Weit übergeneigt, unter gerefftem Großsegel, mit leuchtenden Positionslampen und komplett illuminierten Fenstern, krängt sie heftig im starken Schwell des Nordwinds, der selbst hinter dem Riff kaum an Wirksamkeit einbüßt.

Grundberührung! Kein Zweifel, sie sitzt fest. Da fehlt selbst die sprichwörtliche Handbreit Wasser unterm Kiel!

Dem lieben Gott zum hundertsten Mal für unseren geringen Tiefgang dankend, pirschen wir uns etwas nervös heran und nehmen die Kalamität leicht aufgeschreckt in Augenschein.

Es ist eine große Yacht, ein Nobelkahn vom Typ schwimmendes Wochenendheim für notleidende Zahnärzte. Helga hat bereits die Suchscheinwerfer eingeschaltet, denn hier ist in der Tat Hilfe vonnöten. Wenn wir auch an ein nächtliches Abbergen des Schiffes zwischen den unbekannten Sänden kaum denken können, so sollte doch wenigstens die Crew für die Nacht in Sicherheit gebracht werden.

Wir brüllen gegen den Wind an, um denen da drüben die nahende Rettung zu verkünden. Doch niemand reagiert. Keine Seele zeigt sich an Deck, nichts bewegt sich im Innern. Merkwürdig. Es spricht doch alles dafür, daß jemand zu Hause ist (oder hat der letzte vergessen, das Licht auszumachen?) Helga richtet die Scheinwerfer genau auf die Bullaugen, und ich tute ins Nebelhorn, daß selbst ein Penner im Delirium aus der Koje fallen müßte.

Nichts tut sich. Wir suchen das Boot mit Argusaugen ab.

„Der Fliegende Holländer?" Helga guckt mich fragend an.

Was sollen wir machen? Das Ganze sieht aus, als habe die Havarie erst vor zwei Minuten stattgefunden.

„Die sind schon los, Hilfe holen." Diese Vermutung tönt über UKW von der VAHINE herüber. „Wir können ja doch nichts tun! Ist mir auch zu gefährlich. Im Nu sitzen wir selber irgendwo drauf!"

Es scheint wirklich wenig ratsam, hier bei Sturm und Dunkelheit zwischen tückischen Sänden und messerscharfen Korallenköpfen zu operieren. Allem Anschein nach haben die Pechvögel sich ja auch schon selber geholfen und sind mit dem Dingi bereits auf und davon. Runös Urlauber, matt von dem ungewohnten Segeltag, haben mit langen Gesichtern und mäßiger Begeisterung einer abendfüllenden Seenotübung entgegengesehen und atmen nun verstohlen auf, als wir uns einigen, die an Backbord liegende Bucht anzulaufen.

Wir drehen ab, und wenig später ankern wir sicher im Schutz der Chub Cay Club Marina. Am anderen Morgen zeigt sich die Welt wieder in karibisch-blauer Ordnung; glasklar glänzt das Wasser unter herausfordernd strahlendem Bahamahimmel! Glatt und friedlich schimmert die Bucht, und in der Frühstücksrunde auf VAHINE rührt sich neuer Unternehmungsgeist. Über das Tagesprogramm bestehen keine Differenzen, es lautet ganz klar: erstmal nachsehen, was der Havarist vom Vorabend macht. Jetzt wäre es leichter möglich, ihn in freies Wasser zu ziehen.

Schon beim Verlassen unserer Bucht hält alles neugierig Ausschau. Wir nähern uns abermals den Diamond Rocks, und dort ist die Überraschung groß. Sie entlockt allen ein einstimmiges bedauerndes: „Ohhh..." Von der Yacht, die gestern noch mit einer simplen Schleppleine abzubergen gewesen wäre, sind nur noch der Mast und das Kajütdach zu sehen! Sie muß in der Nacht auf die Felsen gedriftet und leckgeschlagen sein.

Sie ist gesunken!

An der Unfallstelle herrscht mittlerweile Betriebsamkeit. Eine stattliche Motoryacht dümpelt in der Nähe, umwieselt von einer ganzen Schlauchbootflotte. Wir zählen fünf Taucher, die emsig beschäftigt sind, aus dem Wrack heraufzuholen, was noch brauchbar ist. Bei dem angegrauten Mittfünfziger auf dem Motorboot, der die ganze Aktion lautstark dirigiert, handelt es sich zweifellos um den Unglücksraben, der eben noch Eigner einer Segelyacht war. O Mann, Wracktauchen! Da rührt sich ja schon wieder meine alte Piratenseele...

„Hallo! Kann man vielleicht helfen?" rufe ich scheinheilig hinüber.

Zahnarzt ist er keiner, aber ein wohlgenährter Pseudo-Onassis aus New Orleans, der nebst ebenso stattlicher Gattin den Stegplatz in seiner Weekend-Marina verlassen und sich einmal in abenteuerliches Gewässer gewagt hat. Ist prompt schiefgegangen.

Dankend lehnt er mein Angebot ab. Bei dem bereits mehrköpfigen Aufgebot sei weitere Hilfe nicht erforderlich. Viel werde von der

Einrichtung sowieso nicht mehr verwendbar sein. „Macht nichts!" Er entblößt gutgelaunt die Goldkronen. „Da weiß man doch endlich, wofür man die Versicherungsprämien zahlt, oder? Ha ha ha!"

Ich erinnere mich nicht, schon mal jemanden so unerschüttert über den Verlust seines Schiffes gesehen zu haben. Ob er noch eins in Reserve hat?

Auf der Motoryacht sammeln sich nach und nach die zutage geförderten Habseligkeiten, die anscheinend zur Grundausstattung eines US-Freizeitseglers gehören: Mikrowellenherd und Fernseher, Videorecorder und Staubsauger, dazu zwei elektrische Nähmaschinen. Letztere veranlassen Helga zu der Feststellung, daß man eben nur durch Sparsamkeit zu etwas komme: „Du siehst, sogar solche Leute säumen sich ihre Hosen selber um!"

Ich aber frage mich, ob sie auch ein bordeigenes Kernkraftwerk hatten, um ihren voll elektrifizierten Haushalt zu speisen.

Spät am Abend treffe ich den obdachlosen Millionär am Strand von Chub Cay wieder.

„Wie sieht's aus?"

„Oh, bestens!" freut er sich. Die Bergung sei beendet. Nun ja, alles sei zwar etwas naß geworden, aber vielleicht doch noch zu gebrauchen. Was naß ist, trocknet ja wieder, oder? Ha ha ha!

„Schon alles raus?" erkundige ich mich staunend. Die Taucher müssen ja ganze Arbeit geleistet haben.

„Ach wo", räumt er ein, „alles natürlich nicht!" Aber der Rest sei nicht der Rede wert. „Dafür kommt sowieso die Versicherung auf! Wozu soll man sich abrackern mit dem Müll? Lohnt die Mühe nicht. Das Wrack ist freigegeben, von mir aus könnt ihr's ausschlachten. Holt euch, was ihr noch brauchen könnt."

Ich bedanke mich artig und ahne, daß ich morgen sehr früh aufstehen werde. Nur eines interessiert mich noch: Wie konnte das Malheur überhaupt passieren? Mir will immer noch nicht in den Kopf, daß diese Havarie nicht zu vermeiden gewesen wäre.

„Tja", resümiert er, sich hinterm Ohr kratzend, „war ja 'n ganz schöner Wind gestern, nicht? Und da haben Liz und ich gedacht, nichts wie hinter die Rockies, da wird es ruhiger sein."

Bis jetzt ganz vernünftig. Danach allerdings haben sie die erste von mehreren Unterlassungssünden begangen: An den Umgang mit

10 In Landnähe steuern wir von Hand.

11 Bei den endlosen Nähten des Spinnakers macht sich die Handnähmaschine bezahlt.

12 Das tägliche Duschbad

13 An der Luvküste von Dominica

14

15

14 Siesta unterm Feuerbaum
15 Während des Segelns haben wir mit der Schleppangel meistens Erfolg.
16 Sie wurden unsere besten Freunde, die Norweger Runö und Ingvild mit ihrer VAHINE.
17 Kuhreiher
18 Hibiskusblüte
19 Tritonschnecke

20 Palmen rauschen im Passat.

21 Monte do Pico, der drohende Finger Gottes auf einer unserer Lieblingsinseln

schwerem Ankergeschirr nicht gewöhnt, brachten sie, um jeden schweißtreibenden Kraftaufwand zu vermeiden, nur ein Ankerchen mit Leine aus (zu Hause in Louisiana geht das ganz prima). Tja, was soll man sagen, da hat doch der Anker im Sand keinen richtigen Halt gefunden. Der Wind muß einfach stärker gewesen sein. Zumindest lag das Boot samt Anker plötzlich ganz woanders, und dann gab es auch schon diesen eigenartigen Ruck, begleitet von einem kratzenden Geräusch...

Doch das war für unseren Skipper noch kein Grund zur Panik. Man ist ja schließlich mit UKW ausgestattet. So forderte er dann Hilfe in der nächstgelegenen Marina an, von wo auch prompt ein starkes Motorboot angerauscht kam und die Yacht mühelos freizog, zurück an ihren alten Ankerplatz.

Was Skipper und Liz sich danach gedacht haben, bleibt allerdings ihr Geheimnis. Offenbar darauf vertrauend, daß nach dem Gesetz der Wahrscheinlichkeit nicht zweimal in einer halben Stunde dasselbe Unglück passiert, wurde erneut geankert – wiederum nur mit leichtem Geschirr! Müßig zu erwähnen, daß sie in kürzester Zeit abermals im Sand festsaßen.

Das war nun aber doch peinlich! Noch einmal die Marina zu rufen und um eine Wiederholung der Aktion zu bitten, trauten sie sich jedenfalls nicht.

„Dann seid ihr also still und leise an Land gerudert und habt zur Warnung das Licht angelassen", folgere ich.

Erstaunt fixiert er mich. O nein, sie seien noch die halbe Nacht an Bord geblieben! Er habe sich gedacht, daß er genausogut den Sturm und die Nacht abwarten und sich am nächsten Morgen mit eigener Maschinenkraft freibaggern könne. Erst als die Yacht später noch weiter abgetrieben und schließlich unsanft aufs Riff geschrammt sei, habe man sich ins Boot begeben.

Mir fallen fast die Ohren ab.

„Mann Gottes, wir sind doch gestern bei euch vorbeigekommen! Wir haben gerufen und getutet und euch in die Fenster geleuchtet! Wo habt ihr denn gesteckt?"

Es ist nicht zu übersehen, daß er sich bei der Dummheit seines Lebens ertappt fühlt. In die Enge getrieben, tritt der Sonntagsschiffer die Flucht in die Ahnungslosigkeit an. „Sag bloß!". Nein, sie hätten eigentlich nichts bemerkt oder gehört. Der Wind war ja auch so laut. Und unsere Scheinwerfer? Da grübelt er. Wenn er sich recht erinnere, habe er vielleicht mal so was wie einen Lichtschein wahrgenommen....

Mir wird alles klar. Es ging einfach über ihren Stolz, sich schon wieder aus der Patsche helfen zu lassen. So zogen sie es vor, stumm in der Kajüte zu hocken und sich vor der Blamage blind und taub zu stellen. Ich überschlage im Kopf, daß dieser Dünkel sie ungefähr dreihunderttausend Dollar kostete... Aber nein, dazu hat man ja die Versicherung! Nun, dann wollen wir uns nicht genieren und uns der achtlos versenkten Reste annehmen...

Bei Sonnenaufgang sind Runö und ich schon unten im Wrack, tauchen unter dem schmierigen Ölteppich, der inzwischen in weitem Umkreis die Unfallstelle bedeckt. Das Maschinenöl ist ausgelaufen.

Die fünf Taucher vom Vortag haben ein Schlachtfeld hinterlassen. Wir kommen uns vor wie verspätete Sammler am Sperrmülltag. Und doch finden wir noch wahre Schätze, denn auf ihre Speisevorräte haben die beiden Trockensegler verzichtet. Zuerst bin ich erstaunt, daß mir der Kühlschrank leer entgegengähnt (amerikanische Kühlschränke sind niemals leer, die kommen schon gefüllt auf die Welt!), bis ich mich meiner verschütteten Physikkenntnisse erinnere. Natürlich, es schwabbelt alles unter der Decke! Ich brauche nur nach oben zu greifen, um mehrere Päckchen Erdnußbutter und Margarine sowie diverse plastikverpackte Salate einzufangen. (Merke: In einer abgebuddelten Kombüse schwimmt das Beste immer oben!)

Runö wird unten in den Bilgen fündig, die noch vollgestopft sind mit Konserven. Natürlich haben sich die Dosenetiketten im Wasser abgelöst, aber das kennen wir bereits von der TAURUS. Die Rätsel lösen sich schon nach und nach. Von „Huhn mit Curry" bis zu „Ananas in *heavy sirup*" werden wochenlang die köstlichsten Menüs auf unseren Tisch kommen. Selbst der Champagner für die bevorstehende Silvesternacht fehlt nicht. Und aus der Tiefkühltruhe rette ich eine Ladung T-Bone-Steaks, mit der ein ganzes Holzfällercamp vor dem Hungertod bewahrt werden könnte.

Wir sind tagelang beschäftigt, und die Chartergäste plündern diesen Supermarkt begeistert mit. Einmal im Leben Pirat spielen – wer darf das schon?

Der Hauptanteil der Beute gehört VAHINE; denn SHANGRI-LA ist seit dem Atoll dos Rocas noch randvoll. Bei Runö und Ingvild stapeln sich neben Lebensmitteln bald Berge von Beschlägen, Schubladen, Teppichböden und Tauwerk. Es ist wie im Schlaraffenland. Einzig mit dem Inhalt des Kleiderschranks läßt sich wenig anfangen. Es muß ungefähr Damengröße 52 sein, was Louisiana-Liz getragen hat. Da passen Helga und Ingvild gemeinsam rein. Bloß — wie sieht das aus?

Wie starb Ray Mannings?

„Das reinste Kaperschiff!" meint Helga belustigt.

Ihr Blick gilt der VAHINE. Mit einigen hundert Kilo erbeuteter Gemischtwaren an Bord schippern Runö und Ingvild uns voraus in den Hafen. Salzwassergetränkt und sonnendurchglüht, lassen wir mit heimatlichen Empfindungen die Blicke über die vertraute Riverbend-Marina schweifen. Wir sind wieder unter uns, nachdem die beiden Osloer Urlauber, in Nassau abgesetzt, den Rückflug nach Europa angetreten haben. Auch für uns ist die Ferienzeit vorläufig beendet. Landaufenthalt bedeutet Arbeit, und diesmal steht ein besonders umfangreiches Pensum auf dem Programm.

Gut gelaunt winken ein paar Freunde von ihren Booten. „Die sehen endlich ihr Vereinslokal wieder angepaddelt kommen", denke ich laut. „Runö und Ingvild sind wahrscheinlich vermißt worden — aber die VAHINE ganz bestimmt!"

Kaum daß wir festgemacht haben, treibt mich die Neugier des Heimkehrers um. „Wie ein Hund", bemerkt Helga trocken, „der schnüffelt auch erst mal alle Ecken ab, wenn er nach Hause kommt."

„Ich bin dafür, daß wir als erstes gleich zu Ray fahren", schlägt Runö vor. „Ich will diese Secondhand-Waren loswerden. Und wenn hier einer weiß, wo wir das Zeug am besten verscherbeln können, dann Ray."

„Einverstanden."

Die Weiblichkeit beim Aufklaren zurücklassend (sie sind froh, freie Bahn zu haben, geben es aber nicht zu), fahren wir hinüber in die Nachbar-Marina.

Auf Rays Baustelle ist alles still. Er scheint nicht da zu sein. Wir steigen aus und sehen uns um.

Alles wirkt ungeheuer ordentlich. Keine Harzpötte in der Gegend verstreut, über die man sonst bei jedem Schritt stolperte. „Oha", murmelt Runö respektvoll, „hier ist Systematik ausgebrochen! Den hat wohl der Ehrgeiz gepackt."

„Ray? Hallo!"

Nichts rührt sich. Verlassen wie ein halbfertiges Monument stehen die beiden Katamaranrümpfe da.

„Er muß unterwegs sein, der Campingbus ist nicht da", stellt Runö fest. Rays martialisch dekorierter VW-Bus dient ihm normalerweise als Wohnung. Vielleicht hat er die Arbeit unterbrochen und sich ins Hinterland aufgemacht?

Hinten am kleinen Stichkanal, wo einige Boote als schwimmende Wohnwagen liegen, taucht aus seinem Seelenverkäufer der Manager auf und trottet in einiger Entfernung über das Gelände. Ich winke ihm grüßend zu. Er zögert – seltsamerweise habe ich den Eindruck, daß er den Kopf einzieht –, ringt sich nur ein zurückhaltendes Nicken ab und steuert unschlüssig aufs Büro zu. Was habe ich dem getan? Runö zuckt die Achseln.

„He, ihr zwei!"

Jetzt hat uns Ross entdeckt, der schräg gegenüber an seinem Trimaran bastelt.

„Hallo, Ross!" Wir schlendern hinüber. „Weißt du, wo Ray steckt? Wir haben eine ganze Fuhre Yachtausrüstung zu verhökern."

„Ray?" Ross blickt erstaunt von einem zum anderen. „Ihr – ihr wollt zu Ray?" Umständlich wischt er sich mit einem Lappen die Finger ab. Dann folgt noch so ein befremdeter Blick. „Sagt mal, wie lange wart ihr eigentlich weg?"

„Vier Wochen. Wieso?"

„Da habt ihr wohl keine Zeitung gelesen?"

„Was ist denn los?"

„Ray ist tot." Und nach einer Pause fügt er hinzu: „Schon eine ganze Weile."

Ich bin genauso stumm wie Runö. Mir fällt nichts ein. Einen Augenblick ist mir, als ob ein eiskalter Wind alle Gedanken aus meinem Gehirn geblasen hätte.

„Das gibt's doch nicht..." Ungläubig forschen wir beide in Ross' Gesicht. Wie konnte denn das passieren? Wir haben ihn neulich erst... Er war doch vor kurzem noch... Ray ist tot?

„*Everything cool, man?*" schnarrt es über den Platz.
Verstört fahre ich herum. Die Hände in die speckigen Hüften gestemmt, steht der stramme Platzwart jetzt unter seiner Tür, beunruhigt unsere Reaktion belauernd.
„Was meint er damit?" frage ich verwirrt.
Ross aber bedenkt ihn mit einer wegwerfenden Handbewegung.
„Alles klar. Keine Panik." Und zu uns: „Der weiß schon, warum er die Bannmeile einhält. Er war es, der Ray erschossen hat."
„Erschossen?"
Um mich herum dreht sich alles. Ich starre entgeistert zur Tür mit dem angeblichen Manager hinüber, der uns – jetzt langsam zu seinem Boot zurückschleichend – noch immer mißtrauische Blicke zuwirft.
„Alles unter Kontrolle hier", beruhigt Ross ihn noch einmal. In Zeitlupentempo verkrümelt sich der andere, und mein Blick fällt auf die Ausbeulung an seinem hinteren Hosenbund. War die immer da? Kein Zweifel, der Typ ist bewaffnet! Bei unserem Erscheinen hat er sich präpariert für den Fall einer versuchten Blutrache! Diese Erkenntnis läßt uns noch eine Nuance blasser um die Nase werden.
„Wieso läuft er dann frei herum?" wispert Runö.
„Tja, also..." seufzt Ross, „das ist eine ziemlich lange Geschichte. Er hat die Auflage, sich jeden Tag auf dem Polizeirevier zu melden. Aber ich muß euch das der Reihe nach erzählen, es ist nämlich ein ganzer Roman. Also: Es war am Zahltag, und Ray hat seinen üblichen Indianertanz mit dem Besitzer aufgeführt. Ihr kennt ja die Story. Jim stand bei ihm ganz oben auf der Schwarzen Liste. Ray mit seiner Stinkwut war ja schon irgendwie pathologisch. Und an dem bewußten Tag ist er endgültig ausgeflippt..."
Was an jenem denkwürdigen Tag auf den gewohnten Rabatz zwischen Ray und dem Eigner der Marina folgte, muß sich laut Ross so zugetragen haben: Nachdem die halbe Marina mal wieder ratlos das jähzornige Gebrüll mitangehört hat, sieht man Ray wutentbrannt aus dem Büro stürmen. Er spricht mit niemandem und marschiert schnurstracks zu seinem VW-Bus, um bald darauf ebenso zielstrebig zurückzukehren. Jim hat, den Frühstücksschnaps schon im Gehirn, inzwischen das Büro verlassen, sitzt bereits in seinem offenen Cabriolet und schickt sich an, den Zündschlüssel zu betätigen, als Ray unvermutet wieder auf der Bildfläche erscheint. Wortlos tritt er an die Fahrerseite und drückt

Jim seine Smith & Wesson gegen die Schläfe. Der Schuß fällt, noch ehe Jim schreien kann...

„Es war entsetzlich." In der Erinnerung atmet Ross tief durch. „Jim ist der halbe Schädel weggeflogen. Keiner mochte nachher das Auto anrühren."

Mir kribbelt die Kopfhaut vor Entsetzen. Runö schluckt trocken. Und dann?

Natürlich schreckt der Knall auch den letzten Yachtie in der Marina auf. Alle Selbstbauer kommen verstört aus ihren Löchern, und auch der Manager wirbelt aufgescheucht aus seiner Kajüte, erfaßt mit einem Blick die Lage – und taucht reflexartig wieder unter. Danach geht alles furchtbar schnell. Wie ein Wiesel rennt Ray, nachdem er die Jagd nun einmal eröffnet hat, hinüber zum Stichkanal. Der Manager erwartet ihn unter Deck. Und für das, was dann passiert, gibt es leider nur einen Zeugen: den Überlebenden. Ray, sagt der Mann, habe zweimal von oben in die Kajüte gefeuert, glücklicherweise ohne ihn zu treffen. Was hätte er anderes tun sollen, als in Notwehr zurückzuschießen? Etwa auf Rays dritten Versuch warten?

Die inzwischen aus ihrer Erstarrung erwachten und herbeigeeilten Yachties finden Ray oben am Niedergang liegend. Ein Projektil ist ihm in die Schulter gedrungen, ein zweites hat seine Bauchschlagader zerfetzt.

„Ray ist in sehr kurzer Zeit verblutet", beendet Ross seinen Bericht. „Niemand hätte ihm helfen können." Und nach einer Weile, während wir in betäubtem Schweigen verharren: „Wenn ihr mich fragt, war das für ihn die beste Lösung... Was hätte ihn anderes erwartet als der elektrische Stuhl oder lebenslänglich?"

Runö und ich, spitz im Gesicht und flau im Magen, vor unserem geistigen Auge nichts als frisches Blut, lassen gedankenverloren die Blicke über den Platz wandern, der so aussieht wie immer. Auf einmal komme ich mir vor wie ein Statist in einem schlimmen Trapper- und Indianerschinken. *High Noon* in Miami, Wildwest im Yachtie-Milieu... Das ist doch alles völlig irreal! Solche Geschichten von Mord und Totschlag füllen zwar – und hier in Florida mehr als sonstwo – jeden Tag die Zeitungen, aber da gehören sie ja auch hin. Doch nicht in mein Leben!

Und dann fällt mir Rays traurige Abschiedsrede ein. Er war über-

zeugt, daß er uns nicht wiedersehen würde. Wieso eigentlich?
   Nein, ich will nicht glauben, daß er das Geschehen voraussah; das würde bedeuten, daß er kaltblütig den Vorsatz gefaßt hätte, Jim umzubringen, diesen verkorksten Säufer, den Ray, der Mann des Faustrechts, zum Sündenbock für die Unzulänglichkeit der Welt gestempelt hatte. Jim, seinen Lieblingsfeind, dem er oft genug die Pestilenz an den Hals gewünscht und offen mit Gewalt gedroht hatte. Doch wer hätte das jemals ernstgenommen? War diese Hinrichtung vorhersehbar? War sie geplant – oder das furchtbare Ergebnis einer Psychose? Wie auch immer: Ray war ein Waffennarr, ein Choleriker, aufgewachsen in einem Umfeld, in dem seit je das Recht des Stärkeren gilt. Ich fürchte fast, er war wirklich ein Kandidat für die Todeszelle...
   Langsam kehre ich in die Gegenwart zurück, und mein Blick bleibt an Rays unfertigem Katamaran hängen, der verwaist auf seinem Platz steht. Hätte Ray doch *diese* Art der Freiheit erreicht, denke ich: die Freiheit der Ozeane, die er kennenlernen wollte. Vielleicht hätte das Meer seine Aggressionen besänftigt.
   Verworrene Empfindungen im Kopf, jeder in seine Gedanken versunken, fahren wir zurück in die Riverbend-Marina.

Runö ist in der nächsten Zeit damit beschäftigt, auf den Flohmärkten der Stadt seine Schätze abzusetzen. Auf der SHANGRI-LA indessen kommt nun voll zum Ausbruch, womit die Norweger uns angesteckt haben: der „Arktisbazillus". Wir wissen noch nicht, daß diese Krankheit chronisch und unheilbar sein wird, doch schon entwickelt sich, gleichsam als Vorstufe, eine Vorstellung, die ganz von uns Besitz ergreift: Sie muß wahr werden, die Reise in den hohen Norden, warum also nicht gleich? Unverzüglich beginnt das Planen, werden kühne Berechnungen für Aus- und Umrüstung des Schiffes erstellt, entstehen Einkaufslisten und Arbeitsprogramme. Und als wie gerufen das Honorar für mein erstes Buch eintrifft, sind die letzten Bedenken zerstreut.
   Äußerlich ist unsere nicht mehr ganz junge Lady vom letzten Werftaufenthalt noch bildschön, doch innerlich dürfte sie den Anforderungen der Arktis kaum gewachsen sein. Es wird zwei Monate dauern, um SHANGRI-LA zu modifizieren. Als besonders aufwendig gestaltet sich die Verstärkung der Steven im Wasserlinienbereich. Mit zusätzlichem 4-cm-Massivlaminat hoffen wir, sie in die Nähe von Eisbrecher-

qualität zu bringen. Alles stehende Gut muß erneuert werden. Zwei Vorsegel führen die Anschaffungsliste an. Und als notwendige Hilfen bekommt sie einen Satellitennavigator und ein Radargerät. Natürlich wird alle greifbare Literatur über die nordöstlichen Regionen Kanadas und über Grönland systematisch ausgewertet.

Wie sich zeigen soll, werden all diese Vorbereitungen, soweit sie das Schiff betreffen, den Anforderungen voll gerecht werden. Daß wir in bezug auf die Mannschaft – oder ihren Kälteschutz – doch einige Unterlassungssünden begehen, wird uns erst unterwegs bewußt. Wessen Vorstellungsvermögen reicht auch in Florida bei 30 Grad im April für arktische Temperaturen aus? Unseres offensichtlich nicht. Denn arg- und ahnungslos verzichten wir auf den Einbau einer Heizung in der Zuversicht, daß es im Sommer dort oben so schlimm schon nicht sein würde...

Die Wochen vergehen, die letzten in Florida, und noch immer habe ich dies inzwischen schon recht ramponierte Stück Papier in der Jeanstasche. Manchmal fällt es mir in die Hände. Dann schaue ich es mit schlechtem Gewissen an, denke „morgen" – und stecke es wieder weg. Ross hat mir den Zettel in die Hand gedrückt an dem Tag, als wir von Rays Tod erfuhren, mit der Bemerkung: „Ich habe hier die Telefonnummer von Rays Mutter. Sie ist Witwe, arbeitet bei einer Fluglinie. Ray war übrigens ihr einziges Kind... Ich finde, ihr solltet euch mal bei ihr melden." Er und Runö hatten ganz selbstverständlich mich angeguckt und auffordernd genickt.

„Ich? Wieso denn ich?" Meine Nackenhaare sträubten sich vor Unbehagen.

„Na hör mal, zu dir und Helga hatte er doch einen besonders guten Draht! Jedes zweite Wort bei ihm war SHANGRI-LA. Er sagte immer, ihr seid seine einzigen wirklichen Freunde. Was meinst du, was er seiner Mutter alles von euch erzählt hat! Es würde ihr bestimmt guttun, ein paar Beileidsworte von euch zu hören."

Da hatte ich schon angefangen, mich zu schämen. „Also gut, wenn ihr meint? Ich rufe bei Gelegenheit an."

Und nun gehe ich immer noch schwanger mit diesem Zettel und meinen guten Vorsätzen. Schließlich packt Helga mich bei der Ehre: „Komm, gib dir einen Ruck! Ich fand den Burschen ja auch nicht

gerade zum Verlieben, aber das steht jetzt auf einem anderen Blatt."
So hocken wir denn endlich nebeneinander an dem Schreibtisch des Riverbend-Büros, und ich halte mit gemischten Gefühlen den Hörer in der Hand, nicht ahnend, daß es eines der unvergeßlichsten Telefonate meines Lebens werden soll.
„Was soll ich ihr denn sagen?"
„Na was schon? Du stellst dich vor: Burghard, der gute alte Freund von Ray und..."
„Bißchen übertrieben was?"
„Spielt jetzt keine Rolle ... Und du sprichst ihr dein – unser – Mitgefühl aus."
Gut. Ich stelle mich also vor, aber sehr viel weiter komme ich nicht. Denn die Stimme am anderen Ende sprudelt drauflos, so munter plätschernd wie ein Wasserfall und ebenso unaufhörlich. „Ah! Börghard, *my dear*! Ja, Raymond hat mir erzählt – ihr seid seine besten Freunde, du und wie? Helga! Ja, ich kenne euch, natürlich! Also – was sagt ihr zu dieser Geschichte? Das ist doch wohl 'n Ding, daß..."
„Tja, ich wollte Ihnen nur sagen", versuche ich, mich zum Grund meines Anrufs vorzutasten, „ich wollte Ihnen nur sagen, daß es uns allen sehr leid..."
„*Well*, eigentlich ja schade um Ray", nimmt mir die bemerkenswerte Mama plaudernd das Wort aus dem Mund, und ihr Tonfall ist so aufgeräumt, als schwatze sie von Nachbars Party. Aber einer wie Raymond – unverhohlen schwingt Stolz in ihrer Stimme – der sterbe nun mal nicht im Bett und schon gar nicht als Tattergreis! *Yeah*, sie habe es immer gewußt, daß ihr Ray etwas Besonderes ist – war. Jawohl. Nur hätte sie eher mit einem Motorradunfall gerechnet – „er fuhr ja wie ein Henker" – oder damit, daß ihn in Vietnam der Heldentod ereilen würde. Na, immerhin sei er durch eine Kugel gestorben wie ein Mann!
Ich glaube, ich höre nicht richtig.
„Ach Gott, war die Beerdigung schön! Das hätte Raymond erleben sollen! All die alten Vietnamkämpfer, soviel Militär am Grab, einfach wundervoll! Schade, daß ihr nicht dabeisein konntet, es hätte euch bestimmt gefallen!"
Helga neben mir macht mit ganz falschen Vorstellungen ein tieftrauriges Gesicht. „Wie geht's ihr?"

Ich lege die Hand auf die Sprechmuschel. „Sie ist kreuzfidel."

„Wie bitte?"

„Das Begräbnis muß 'ne gelungene Veranstaltung gewesen sein."

„Aber das eine sag' ich dir", Mutters Stimme hat inzwischen keine Pause gemacht, „ich werde noch herausfinden, wie sich das Ganze wirklich abgespielt hat! Verlaß dich drauf! Diesen Quatsch, den sie mir bei der Polizei erzählt haben, glaub' ich hinten und vorne nicht. Und diese Schmierfinken vom *Miami Herald* drucken den Schwachsinn auch noch schwarz auf weiß!"

„Sie meinen, daß mit dem Hergang der – der Tat – ich meine, mit der Sache – etwas nicht stimmt?"

„Etwas?" wiederholt Rambos Mutter entrüstet. „Gar nichts stimmt! *Never.* Dieser Kerl in dem Boot soll in Notwehr geschossen haben? Daß ich nicht lache! Das ist wirklich der größte Witz!"

Sie sagt tatsächlich ‚Witz'. Und dann klärt sie mich darüber auf, wenn ihr Ray zuerst geschossen hätte (und natürlich würde er immer als erster ziehen!), hätte kein anderer mehr Gelegenheit gehabt, zurückzuballern.

„Unter normalen Umständen" – was meint sie damit? – „hätte so ein Wurm gar keine Chance gegen Ray gehabt. Also muß an der Sache was faul sein. Mein Sohn konnte schon als Knirps aus der Hüfte feuern – und treffen! Mein Raymond soll zweimal abgedrückt und ihn verfehlt haben? *Jesus Christ!* Das ist die gemeinste Verleumdung, die ich je gehört habe. Aber ich habe schon dafür gesorgt, daß da nichts unter den Teppich gekehrt wird! Die Sache wird noch einmal aufgerollt, da kannst du ganz sicher sein!"

Helga versucht unterdessen stirnrunzelnd, in meiner entgeisterten Mimik zu lesen.

„Rays Ehre soll wiederhergestellt werden", flüstere ich. „Anscheinend hat sie Anzeige erstattet. Sie will nicht zulassen, daß Ray als lausiger Schütze in die Polizeiakten eingeht."

„…Abgesehen davon", Rays streitbare Mama ist noch längst nicht fertig, „war da noch dieser Unsinn mit dem Kaliber der Waffe. Angeblich soll es ja eine 45er gewesen sein, mit der Ray – umgebracht wurde. So ein Blödsinn! Mann, weißt du, was passiert, wenn du von einer 45er in die Schulter getroffen wirst?"

„Ich – äh – hatte noch keine Gelegenheit…"

„Um die eigene Achse drehst du dich! Mindestens eineinhalbmal, und dann fliegst du noch einige Meter rückwärts. Aber Ray lag da am Niedergang, nicht? Wieso denn, he? Wieso ist er nicht gegen die Reling geflogen?"

Ich muß ihr gestehen, daß ich es nicht weiß. Um von dem Makel meiner Unkenntnis abzulenken, frage ich vorsichtig, wie sie denn die andere Sache sehe: daß ihr Raymond zuvor den Eigner der Marina – nun ja, wie soll man sagen – abgeknallt hat?

Zum erstenmal zögert Mrs. Mannings. *Well,* das müsse man so sehen: Ihrem Raymond sei Gerechtigkeit nun mal über alles gegangen. So sei er eben gewesen, nicht? Und dieser andere – „der wird schon irgend so ein hinterhältiger Ganove gewesen sein, einer von diesen *damned crooks*", die ihren Ray ausgenutzt und um sein gutes Geld betrogen haben. Diese Typen brauchen sich doch nicht zu wundern, wenn...

Ich enthalte mich weiterer Kommentare. Ja, er sei schon einer gewesen, ihr Ray, sage ich nur noch und meine es ganz anders, als sie denkt.

Um eine Lektion über die Vielfalt des menschlichen Gemüts bereichert, lege ich still und bedächtig den Hörer auf und atme ganz tief durch.

Vom Arktisbazillus befallen

Die Vorbereitungen und Renovierungsarbeiten laufen auf Hochtouren. Es ist bereits Ende April – Zeit, daß wir fertig werden und uns auf den Weg machen. Denn die Reise, die wir uns diesmal vorgenommen haben, erfordert die exakte Einhaltung eines ausgeklügelten Zeitplans – zu kurz ist der Sommer im Nordmeer, jede Verzögerung könnte später einen verfrühten Abbruch des Unternehmens durch plötzlichen Wintereinbruch bedeuten.

Allmählich nähert sich SHANGRI-LA ihrem Eisbrecherstatus – da pocht im ungünstigsten Augenblick ein fremder, ungebetener Besucher an die Bordwand.

„*Hello! Nice boat!*"

Wie könnte es anders sein: Gerade habe ich Harz angerührt, das schnellstens verarbeitet werden muß, bevor es abbindet. „*Yes, thank you*", ist deshalb alles, was ich mir als Antwort abringe. Doch großzügig übersieht der Typ meine emsige Aktivität. Schon geht die übliche Fragerei los: Länge? Breite? Segelfläche? Aha. Maschinen – wie viele? Wie stark? Hundert PS? Nicht schlecht. Kann man mal einen Blick hineinwerfen? Gleich werde ich wahnsinnig.

Zum wiederholten Male denke ich, daß es doch am sinnvollsten wäre, SHANGRI-LAs Daten samt Konstruktionszeichnung öffentlich auszuhängen.

Bedauernd strecke ich dem Ausfrager meine mit Harz und Glasmatte verklebten Finger entgegen: „*Sorry.* Heute keine Museumsführung. Wegen Renovierung geschlossen!"

Er begreift. Okay, alles klar! Ob er morgen wieder vorbeischauen könnte? In Gottes Namen, wenn's sein muß... Und er kommt tatsächlich morgen wieder. Er ist auch übermorgen da, und überübermorgen und an den folgenden Tagen...

Mittlerweile wird klar, worauf sein Interesse abzielt. Als Yachtmakler wittert er eine saftige Provision – er habe da nämlich einen „ernsthaften Kunden", der unsere nicht mehr junge, aber frisch herausgeputzte Lady zu kaufen gedenkt.

Fein. Aber SHANGRI-LA steht nicht zum Verkauf. Ich erkläre es einmal und noch einmal. Nein, wirklich, er verschwende nur seine Zeit – dieses Schiff sei unverkäuflich. Das verständnisvolle Nicken, das ich dafür ernte, verleitet mich Ahnungslosen zu der Annahme, die Angelegenheit sei nun erledigt. Von wegen!

Gewöhnt daran, daß seine Kunden mit derlei Tricks versuchen, den Preis in die Höhe zu treiben, hält der gewiefte Makler lediglich die zweite Verhandlungsrunde für eröffnet. Wir sind den Burschen noch längst nicht los. Die Vorstellung, irgendein Boot in Fort Lauderdale sei *nicht* für Geld zu haben, will absolut nicht in seinen Schädel. Seit Jahren vermakelt er Yachten und weiß es genau: „Man kann jedes Boot kaufen!" Es sei nur eine Frage des Preises...

Der Ärmste versteht die Welt nicht mehr, als wir ihn bei einem Gebot von fünfhunderttausend Dollar freundlich, aber bestimmt vom Platz komplimentieren. Unsere Zuversicht, es werde nun wieder Ruhe an Bord einkehren, erweist sich allerdings als trügerisch. Anderntags nämlich tritt der Klient persönlich auf den Plan! Und nur die Tatsache, daß der Mann ausgesprochen sympathisch ist, hindert mich daran, mit Harzpötten nach ihm zu schmeißen.

Wir debattieren nächtelang.

Nein, die SHANGRI-LA lassen wir uns nicht abspenstig machen. Letztlich sieht er es ein: *Dieses* Boot wird er nicht kaufen können. Doch ein gleiches muß es sein, ein ganz ähnliches, am liebsten ein Abziehbild der SHANGRI-LA! Schon wird ein Fragenkatalog erstellt über die Besonderheiten der Konstruktion und die Erkenntnisse, die wir damit gesammelt haben. Wieder einmal geht die Diskussion um die Eigenschaften von Mehrrumpfbooten im allgemeinen und die der SHANGRI-LA im besonderen. Und die Ernsthaftigkeit des Amerikaners bewirkt, daß wir selbst uns unvermutet die Frage stellen: Wie würde SHANGRI-LA eigentlich aussehen, würden wir ihren Bau heute noch einmal in Angriff nehmen – mit all den Erfahrungen aus der Praxis? Soviel ist klar: Man kann keinen zehn Jahre alten Entwurf – noch dazu einen „Erstling" – ohne Einschränkung und Verbesserung weiterempfehlen. Welche Veränderungen aber müßte ein Neubau aufweisen? Was würde *heute* den Katamaran unserer Wünsche kennzeichnen?

Ich weiß, wir werden kein neues Schiff bauen. Und doch bin ich auf einmal in die Konstruktionsproblematik eines neuen Kats verstrickt. Denn der finanzkräftige Interessent von Fort Lauderdale meint es ernst, und ich sehe da eine reizvolle Aufgabe: Wir vereinbaren, daß ich bei meinem nächsten Deutschlandaufenthalt einen Konstrukteur mit den Plänen für SHANGRI-LA II beauftragen werde.

Nun aber wird die Zeit knapp. Bevor uns noch weitere potentielle Käufer in Versuchung führen, bringen wir unsere Werftarbeiten zu Ende. Es heißt, Florida endgültig zu verlassen, und wieder einmal wird es ein Abschied mit einem dicken Kloß im Hals. Obwohl Miami und Fort Lauderdale wahrhaftig nicht die anziehendsten Städte waren, die wir auf unserer Weltumsegelung ansteuerten, haben wir doch in der langen Zeit unseres Aufenthalts wie schon so oft Wurzeln geschlagen, die nun ausgerissen werden müssen: eine Prozedur, die immer wieder schmerzhaft ist, denn es sind ja nicht die Städte, sondern die Menschen, die uns das Fortgehen schwer machen.

Daß wir uns auch von Runö und Ingvild trennen müssen, war nicht vorgesehen. Ursprünglich wollten sie, die eigentlichen Anstifter unserer „Wikinger-Reise", dieses Abenteuer mit uns gemeinsam bestehen, doch das Schicksal trat dazwischen: Das überraschende Angebot, als Matrose und Stewardess auf einem norwegischen Kreuzfahrtschiff anzuheuern, mochten sie nicht ausschlagen. Zu günstig war die Gelegenheit, und wir konnten ihnen eigentlich nur dazu raten, denn solch dollarträchtige Jobs gibt es für Yachties schließlich nicht zuhauf. Ob wir sie wiedersehen werden? Der Wunsch bleibt und die Hoffnung – doch nicht die Zeit für Tränen. Es ist Mai geworden, und wir müssen uns sputen, wenn wir den eisfreien Sommer nutzen wollen.

Adios, Farewell, Bye-bye...

Ein letztes Mal motoren wir um die Flußschleife, aber wir drehen uns dabei nicht um. Achteraus liegt der Abschiedsschmerz, voraus ein neues großes Abenteuer.

SHANGRI-LA AUF DER WIKINGER-ROUTE

Am Blauen Band nach Norden

Die Amerikaner werden ja um so manche Dinge beneidet. Ob's immer angebracht ist, sei dahingestellt. Auf eines jedoch trifft es zu: den Intracoastal Waterway, das „Blaue Band der Ostküste". Mit wenigen Unterbrechungen erstreckt sich dieser herrliche Binnenwasserweg von Key West, dem südlichsten Ende Floridas, bis fast hinauf an die kanadische Grenze – meist nur eine knappe Meile hinter dem Atlantikstrand verlaufend. Überwiegend besteht das „Blaue Band" aus natürlichen, ineinander übergehenden Wasserläufen – Flüssen, Haffs, Buchten und Seenplatten–, nur an wenigen Stellen durch Kanäle ergänzt, die Flußläufe und Buchten miteinander verbinden. Auch ist er kein in sich geschlossenes Binnenwassersystem: zahlreiche Inlets – schmale Durchfahrten – ermöglichen die Passage vom und zum offenen Atlantik.

Schon um die Jahrhundertwende waren die Kanalbauten fertiggestellt, damals vor allem für die Frachtfahrt. Heute ist der Intracoastal so etwas wie ein Highway der Sportschiffer, die Rennpiste der Speedboote und Motorsegler. Ideal ist das Befahren besonders für Boote mit geringem Tiefgang – ein Dorado also der Mehrrumpfsegler! Zahlreiche flache, versandete Stellen, vor allem in den Inlets, bringen dagegen tiefgehende Kielyachten immer wieder in Verlegenheit – sie werden die lange Strecke von über 2000 Meilen kaum ohne Grundberührung bewältigen. Da gilt es schon, sich peinlich genau an die Markierungen zu halten und die Kurven nicht zu schneiden! Mehrfach müssen wir auf unserem Weg nach Norden, den wir segelnd, motorsegelnd oder motorend zurücklegen, festgefahrene Yachten freischleppen. An manchen Tagen häufen sich solche Pannen derart, daß wir uns vorkommen wie der Einsatzwagen vom ADAC!

Es sind Tausende von Motorbooten und Yachten, die sich alljährlich zu Beginn des Herbstes aus den Neuengland-Staaten in Bewegung setzen und auf dieser geschützten Küstenstraße nach Süden schippern, um im warmen Florida, auf den Bahamas oder in der Karibik zu überwintern. Und mit gleicher Regelmäßigkeit gehen die maritimen Zugvögel wieder auf Nordkurs, wenn sich im Mai/Juni in der Karibik die Hurrikanzeit ankündigt.

Wir sind vor dem eigentlichen Run aufgebrochen, noch sind die Geschwader der Karibikrückkehrer nicht in Sicht. Trotzdem herrscht dichter Verkehr auf dem Intracoastal. Mehrmals stündlich bringen uns winkende Überholer kräftig ins Schaukeln, wenn sie PS-stark an uns vorbeirauschen. Vor den niedrigen Dreh- und Klappbrücken, von denen einige nur zu bestimmten Zeiten geöffnet werden, trifft man sich dann wieder.

Allein am ersten Tag zählen wir achtzehn Brücken zwischen Fort Lauderdale und West Palm Beach, können einige davon allerdings ohne Aufenthalt passieren. In der Regel gilt hier, wenn Land- und Wasserweg sich kreuzen, Vorfahrt für Wasserfahrzeuge.

Sich im System des Waterway zu verirren, ist nahezu unmöglich: Die Beschilderung schien uns idiotensicher. Ohnehin ist man nur tagsüber unterwegs. An den Abenden findet sich alles in den Marinas ein – bis auf die Sparsamen, die zum Nulltarif außerhalb des Fahrwassers nächtigen.

„Ist es nicht schön hier? *Beautiful, so beautiful!*" Unsere Ankernachbarn, auch wenn sie die Strecke schon mehrmals bewältigt haben, werden nicht müde, Lobeshymnen auf den Intracoastal anzustimmen. In der Tat: Die auf vielen Abschnitten noch unverfälschte Schönheit dieser Wasserstraße ist beeindruckend. An grün bewaldeten Ufern stehen Pelikane und Reiher Spalier, und hin und wieder kreuzt ein Alligator träge unsere Bahn.

Die Stille und Einsamkeit unberührter Natur wechselt mit lebhaftem Betrieb, wenn der Waterway die Städte durchschneidet und wir den Anwohnern direkt durch die Hinterhöfe und Gärten fahren.

Über mangelnde Abwechslung können wir uns wirklich nicht beklagen. Was uns allerdings auf die Nerven geht, ist das dauernde

22 Auf der Straße der Eisriesen
23 Die gefährlichen Schneidewerkzeuge liegen unter Wasser.

24 Nebelbänke erschweren den Landfall.
25 Wetterküche Labrador
26 Treibeis versperrt uns den Weg.
27 Drei weiße Pyramiden...
28 Trockengefallen in Frobisher Bay
29 Eine Nebelbarriere am Fjordausgang

25

26

29

30 SHANGRI-LA in den Torngat
31 Die notgelandete B-26

Motoren. Unentwegt ist die Mühle in Gang, die Diesel schluckt und Lärm erzeugt. Erst als wir den Indian River erreichen, der eigentlich besser Indian Lake heißen sollte, hat das Gebrumm ein Ende.

Zwischen drei und fünf Meilen mißt der Indian River in der Breite und fast hundert Meilen in der Länge. Wir durchpflügen ihn bei halbem Wind und genießen es, endlich wieder zu segeln. Bald wird unsere Sehnsucht nach der Weite der See übermächtig: mal wieder Tag und Nacht durch den Wind rauschen, ohne Brücken und Verkehrsschilder, ohne Schranken! Nichts sehen, fühlen und schmecken als Atlantikluft und Wasser! Wir haben wohl zu lange in Fort Lauderdale gelegen.

Als wir die Meilen bis Neufundland mit unserem Zeitplan vergleichen, wird klar, daß uns sowieso keine andere Wahl bleibt: Nur draußen können wir Meilen machen, wo uns der Golfstrom hilfreich nach Norden schiebt.

Die nächste Ausfahrt ist also unsere – und das Space Center von Cape Canaveral, das mit seinen Abschußrampen an Steuerbord über die Büsche grüßt, wird das letzte, was wir von Florida sehen. Durch den Inlet Ponce de Leon geht's hinaus in den Atlantik – und nun kommen wir voran! Großes Aufatmen. In vollen Zügen saugen wir die Frische ein. In nur drei Tagen braust SHANGRI-LA unter Vollzeug bis hinauf nach Cape Hatteras, wo der warme Golfstrom und der eisige Labradorstrom aufeinandertreffen. Das Kap gilt als Wetterküche und macht seinem schlechten Ruf auch gleich alle Ehre: von Blitz und Donner begleitet, verkriechen wir uns doch noch einmal im schützenden Intracoastal.

Es folgen zwei Tage Motorsegeln durch würzig duftende Pinienwälder, bis wir bei Norfolk, dem großen Kriegshafen an der Chesapeake Bay, der „Ostsee" der Amerikaner, erneut blaues Wasser aufsuchen. Bei nur leichten Winden kämpft sich SHANGRI-LA nach Norden, bis wir endlich Sandy Hook, den „Sandhaken", runden, wo wir einen Ankerplatz für die Nacht finden und uns auf unseren Lorbeeren ausruhen können: New York ist erreicht!

In zehn Tagen haben wir eine Strecke bewältigt, die andere jahrelang und immer wieder bereisen, ohne jemals alles gesehen zu haben. Sicher sind wir an unendlich viel Sehenswertem vorbeigesegelt, doch wir müssen weiter. Jeder Tag, den wir hier verbummeln, wird uns in Kanada fehlen.

Schon naht der Sommer – wenn es uns auch bei 20 Grad jetzt noch fröstelt. Wir sind eben auf Florida-Temperaturen eingestellt.

Am anderen Morgen winken uns fünf Figuren vom Strand zu, zwei große und drei kleine: die Danskys! Ihre Begrüßung gilt zwei Kurzurlaubern, die noch am selben Tag die Skyline von Manhattan passieren, durch den East River motoren und erst vor New Rochelle im Long Island Sound erneut ankern.

Drei Tage gönnen wir uns bei Joe und Sabine – Tage mit geballtem Sightseeing-Programm in Manhattan und Abende, an denen wir erschöpft, aber selig in trauter Runde alles wieder aufwärmen: vom Barriere-Riff bis Sydney, vom Atoll dos Rocas bis Surfside Nr. 13... Es gäbe noch viel zu klönen, aber wir bleiben eisern und segeln am vierten Tag durch den Long Island Sound, das Hausrevier der New Yorker Segler, mit raumen leichten Winden Richtung Newport weiter.

Wieder einmal merken wir verdutzt, daß auffallend viele Segler stramm an uns vorbeiziehen und die SHANGRI-LA abhängen. „Merkwürdig", meint Helga, „so eine lahme Ente haben wir doch gar nicht!" Das Rätsel löst sich, als einige Yachten dichtbei passieren – und sich durch Motorengeräusch verraten! Für Segeln pur scheinen Amerikaner wenig Geduld zu haben, es ist üblich, zusätzlich die „eiserne Genua" zu setzen.

Kühler ist es geworden, jedenfalls für unsere Begriffe. Der kalte Labradorstrom drückt in die offene Trichtermündung des Long Island Sound, ein frischer Vorbote für Kommendes. Mit starken Tidenströmen, Dunst, Nebel und wechselhaften Winden ist nun zu rechnen. Siebzehn Grad zeigt das Außenthermometer. Nach jahrelangem Tropensegeln kratzen uns die Pullover am Hals, und die Pudelmütze juckt auf der Kopfhaut. Wir frösteln selbst in der Sonne. Nicht nur das Wetter, auch die Landschaft mutet mehr und mehr norddeutsch an und erinnert uns an heimatliche Törns vor Nord- und Ostseeküste.

Provincetown auf der Landzunge von Cape Cod wird unser letzter Ankerplatz vor dem 300-Meilen-Sprung nach Nova Scotia und somit die letzte Station in den USA. Nach problemlosem Törn über den Golf von Maine ist das Zielland erreicht: Kanada.

Auch Halifax empfängt uns zur Einstimmung mit Schmuddelwetter und kriechender Kälte, damit wir ja nicht vergessen, daß wir hier etwas Wichtiges zu erledigen haben: die Ausrüstung ergänzen. Schon seit

Tagen dämmert uns, daß wir mit unserer schicken Après-Ski-Kostümierung allenfalls in St. Moritz Furore machen könnten, für die Polarzone aber kaum gewappnet sind. Auf Helgas Einkaufsliste, die mittlerweile auf zwei DIN-A4-Seiten angewachsen ist, steht ganz oben: „Warme Sachen!" Und am Ende – vorläufig: „Drei Flaschen Sherry!"

Der Platz, den man uns am Anleger des Marine-Museums zuweist, ist geradezu ideal: mitten in der Innenstadt, wo die vielen Yachtausrüster, Supermärkte, Schiffshändler und Bottle Stores in greifbarer Nähe aufgereiht sind. Im Army Store, der ausgemusterte Militärklamotten anbietet, werden wir schnell fündig: Hier lagert neben Stahlhelmen, Feldbestecken und Feueräxten ziemlich alles, was zum Überleben im hohen Norden von Nutzen ist.

Mit zünftigen Faserpelzen, Mützen Marke Waldschrat und Fischerhandschuhen zu 9,50 Dollar das Paar wären wir anderswo bestimmt nicht gesellschaftsfähig, sind aber für unser Vorhaben bestens ausstaffiert. Als Glanzstücke der Ausrüstung stehen jetzt zwei Paar durch Luftpolster temperierte Stiefel mit Filzinnenschuhen im Schrank. Fehlen noch Seekarten, Handbücher und neue Seenotsignale. Und los geht's!

Es „schmuddelt" immer noch, und feuchte Kälte kriecht in alle Winkel (die neuen Faserpelze kommen gleich zu Ehren), als wir die wolkenverhangene Küste entlang nach Cape Breton Island segeln, das nur durch eine schmale Passage von Nova Scotia getrennt ist. Dort machen wir noch einmal Pause, denn die Insel ist bekannt für ein Kuriosum der Natur: Der in ihrer Mitte gelegene Bras d'Or Lake bildet eine Mikroklimazone, in der nahezu mediterrane Temperaturen herrschen. Als wir die Schleuse am Südende des Sees passieren, reiben wir uns sprachlos die Augen. Die dicht bewaldeten Ufer, von denen intensiver Nadelduft herüberweht, liegen wie verzaubert im strahlenden Sonnenschein, und sommerlich warme Luft schlägt uns entgegen. Vergessen ist der naßkalte Atlantik, eilig pellen wir uns aus der Eiszeit-Kleidung.

Zwei Tage verbringen wir an und auf dem weitläufig zergliederten Binnensee, tanken soviel Sonne, wie es nur geht, räkeln uns wohlig an der Bar des Yachtklubs im Städtchen Baddeck und saugen das Paradies Bras d'Or Lake in vollen Zügen auf – in dem Bewußtsein: So warm wird's in diesem Jahr für uns nie mehr werden! Denn wenn wir den

See an seinem Nordende verlassen, liegt vor uns die Cabot Strait, hinter der die rauhen Gefilde Neufundlands warten.

Mögen sie uns gewogen sein wie vor langer Zeit den unerschrockenen Gesellen, die wie fremde Götter über das Meer kamen und deren Spur tausend Jahre Sturm, Eis und Schnee verwehten.

Newfies, die Ostfriesen Kanadas

Voraus liegt Cape Ray, für die SHANGRI-LA der erste Zipfel Neufundlands! Ein Fischerboot kommt uns von dort entgegengeknattert. Freundlich-verhaltene Begrüßung durch ein paar zünftig vermummte Decksfiguren; man weist uns zuvorkommend ein, verklart uns ein wenig umständlich den günstigsten Liegeplatz, „nur" 15 Meilen nördlich.

Gegen Abend ist die besagte kleine Bucht mit einem noch kleineren Fischerdorf erreicht und unser Dampfer an seinem Liegeplatz. An der Pier: fünf Mann hoch auf vorgeschobenem Beobachtungsposten. Unbewegte Mienen, stämmige, wie holzgeschnitzte Gestalten (auf den ersten Blick fallen mir ihre Kollegen im fernen Süden Neuseelands ein – wie sich die Bilder gleichen). Stumm wie Denkmäler, knorrige Pfeifen in den Blutsverwandtschaft verratenden Nußknackergesichtern, beobachten sie mit gezügelter Neugier unser Festmachen. Keine Unfreundlichkeit drückt ihre Pose aus, aber angeborene Zurückhaltung. Erst mal abwarten, was denn das für Hochseevögel sind, die sich hierher verirrt haben...

Als unser Anlegemanöver unter ihren kritischen Blicken gelungen ist, scheint sie das denn doch zur vorsichtigen Kontaktaufnahme zu ermutigen. Einer löst sich aus der Gruppe, kommt, die Arme in den Abgründen der Latzhose versenkt, mit behäbigem Seemannsgang herbeigeschlendert. Ungefähr so breit wie hoch, steht er da und weiß nicht recht, wie anfangen.

„*Nice boat*", stellt er schließlich statt einer Begrüßung lakonisch fest. Feines Boot. Da gebe ich ihm recht.

Nun hat er schon mal herausgefunden, daß man sich mit uns

verständigen kann. Woher wir denn wohl kommen? Aus Deutschland? *Oh – yeah!*
„Long trip?"
„Doch, das kann man wohl sagen."
Wie lange es denn gedauert habe, über den Atlantik zu segeln?
„Eigentlich zwanzig Tage", sage ich, „aber wir kommen jetzt nicht von dort. Wir sind schon neun Jahre unterwegs auf Weltumsegelung."
„*Oh... Yeah*", kommt es wieder aus dem Bauch, und die Pfeife kippt bedenklich über die Unterlippe. Fürs erste scheint ihm das zu genügen, denn er tritt unvermutet den Rückzug an. Die Köpfe seiner im Hintergrund ausharrenden Truppe geraten in Bewegung, verwunderte Blicke streifen uns, während der Anführer Bericht erstattet. Dann schubst ihn die Schar erneut nach vorn.
„Wie lange", will er jetzt ganz genau wissen, „hat's gedauert über den Atlantik?"
Etwas ratlos sage ich meinen Vers noch einmal auf, und er kehrt, zufrieden mit seinem Wissen, zu dem staunenden Fußvolk zurück, das jetzt freundlich lächelnde Zahnlücken in unsere Richtung entblößt. Dabei fällt bei allen eine eigentümlich schiefe Kopfhaltung auf, als seien in diesem Dorf verkürzte Halsmuskeln erblich. Bei mir setzt sich der Verdacht fest, daß auf Neufundland selten mehr als zwei Fragen auf einmal gestellt und beantwortet werden.

Ohne daß ich mich einer Diskriminierung schuldig machen will – irgend etwas scheint dran zu sein an den vielen Geschichten, die über die „Newfies" im Umlauf sind. Zugegeben, ich bin da nicht ganz unbelastet, füllen doch die Witze über die „Ostfriesen Kanadas" ganze Bücher. In den meisten müssen sie es sich gefallen lassen, wegen einer gewissen Langsamkeit ihrer kleinen grauen Zellen verulkt zu werden. Es heißt, es fehle schon seit Generationen an frischen Genen in dieser abgelegenen, spärlich bevölkerten Gegend. Später wundert es mich deshalb nicht, daß im Telefonbuch fast ausschließlich die Namen Campbell und Stuart auftreten.

Ohne einem Vorurteil Vorschub leisten zu wollen, muß ich gestehen, daß unser Empfangskomitee diesem Bild durchaus gerecht wird. Aber wie überall, wo das Leben karg ist und die Menschen aufeinander angewiesen sind, zeigt sich auch hier bald eine Menge Herzlichkeit und Hilfsbereitschaft.

Die Newfies verstehen sich, obwohl kanadische Staatsbürger, immer noch in erster Linie als Neufundländer — im wahrsten Sinne des Wortes ein Volk für sich. Daß sie auch Kanadier sind, ist für sie von sehr untergeordneter Bedeutung. Zahlenmäßig stellen sie unter den Volksgruppen Kanadas nur eine kleine Fraktion, und so ist die Region denn auch unendlich dünn besiedelt.

In aller Herrgottsfrühe, zu beinahe noch nachtschlafender Stunde, brechen die Fischkutter zum Fang auf. Und im Kielwasser des letzten Bootes verschwinden auch wir vor Tau und Tag aus dem Hafen. An Schlaf war sowieso nicht mehr zu denken, seit um 04.30 Uhr der Arbeitstag mit lautstarken Aktivitäten auf der Pier begann. „Ach du liebe Zeit", hatte Helga im Halbschlummer gemurmelt, „die sind wohl aus dem Bett gefallen..."

Nicht nur durch die Zurufe von Boot zu Boot waren wir munter geworden, auch davon, daß wir mit zunehmendem Ehrgeiz die Sprache zu erraten versuchten, in welcher die Unterhaltungen da draußen geführt wurden. War das Englisch? Eigentlich anzunehmen. Aber es ließ sich nicht restlos ergründen. Verstehen konnten wir kein einziges Wort.

Der Variantenreichtum der englischen Sprache beherrscht noch unsere morgendliche Diskussion, als wir beschwingter Stimmung, eine wärmende Tasse Tee in Händen, bei leichtem Westwind in den erwachenden Tag ziehen.

Er verspricht sichtlich, ein schöner Segeltag zu werden!

Am Vormittag frischt der Wind mächtig auf und kommt wie gerufen aus Südwest, schiebt uns unserem Ziel an der Westküste Neufundlands mit ordentlichem Druck entgegen. Das gefällt unserer SHANGRI-LA! Heute zeigt sie mal wieder, was in ihr steckt. Wir brauchen aber auch jede Meile, wenn wir das Leuchtfeuer von South Head und damit die Bay of Islands noch bei ausreichendem Tageslicht erreichen wollen. Doch an einem Tag wie diesem ist das kein Problem.

Hundertzehn Seemeilen beträgt die Distanz, die der Stechzirkel auf der Seekarte abgreift, als unser Ankergeschirr am Abend in die Bucht von Woods Island Harbour gerauscht ist. Gut gemacht, altes Mädchen! Eigentlich müssen wir auch den Newfies dankbar sein, die uns vor dem ersten Hahnenschrei aus den Federn holen.

Natürlich ist Woods Island Harbour wie die meisten *Harbours* hier gar kein Hafen, sondern weiter nichts als eine Bucht, in der sich ruhig und geborgen ankern läßt. Jetzt haben wir nur noch einen Katzensprung bis Corner Brook, der kleinen Stadt, in der – planmäßige Ankunft vorausgesetzt – übermorgen Kurt und Steffi zu uns stoßen sollen, die beiden Experten in Sachen Wikinger und geübten Dokumentarfilmer aus Kiel. „Auf den Spuren der Wikinger" – unter diesem Titel wollen wir einen Streifen fürs Fernsehen drehen auf unserer Expedition, welche die Route des legendären Leif Eriksson zurückverfolgen wird bis dorthin, von wo er einst in die Neue Welt aufbrach: Grönland.

Nur bescheidene zwölf Seemeilen landeinwärts haben wir bis zum Treffpunkt noch vor uns, zwölf Seemeilen vorbei an sanft geschwungenen, saftiggrünen Berghängen. Es ist eine Riesenbucht, durch die wir am nächsten Morgen kreuzen. Tief streckt sie ihre Finger in das idyllische, hügelige Land hinein. Eine phantastische Gegend für wochenlange Segelabenteuer! Diese Landschaft haben wir doch schon mal gesehen... Ja, dies ist ein Duplikat der Nordostküste Neuseelands. Und nicht nur die Bilder gleichen sich – sogar die Namen sind identisch. Bay of Islands heißt auch das bekannte Segelrevier im Nordosten von „God's Own Country", das uns so vertraut ist. Neuseeland – Neufundland, Bay of Islands hier wie dort. Diese Ähnlichkeiten können nicht zufällig sein, die Welt ist eben doch ziemlich klein!

Eine leichte Seebrise pustet den Spinnaker auf. Hinter der großen gelben Blase schweben wir über eine silberne Kräuselsee, auf der die Morgensonnenstrahlen blitzen. Was für ein Tag! Welche schlichte, frische Schönheit der Natur! Selbst wenn hier schon das Endziel unserer Reise wäre, hätte sie sich gelohnt. Neufundland, du bist ein Traum!

Aber wer redet schon vom Ende – es ist erst der Anfang! Und morgen beginnt ein neues Kapitel für uns und SHANGRI-LA, denn morgen wird mit Steffi und Kurt Leben in die Bude kommen.

Dort, wo ein Schornstein dicke weiße Wolken ins Blaue bläst, zeichnen sich schon schwach die Umrisse von Corner Brook ab. Bei der Annäherung verändern sich Wasser und Luft rapide. Der ganze Zauber, die Poesie dieses verklärten Morgens unter Sonne und Segeln endet abrupt in der prosaischen Wirklichkeit von Corner Brook. Genauer gesagt angesichts der Papierfabrik, deren Ausdünstungen buchstäblich zum Himmel stinken. Nicht nur die Luft ist hier unappetitlich. Das Wasser, vor wenigen Minuten noch dunkelblau, erbleicht stufenlos von Dunkelgrau über Braun bis zu kränklichem Graugelb. Es erinnert an die Farbe billigen Toilettenpapiers und verrät damit denn auch die Ursache: Genau das wird hier schließlich produziert.

Mittlerweile liegen wir an der Quelle der Brühe, an der Holzpier der Säge- und Papiermühle. Mißmutig belege ich die letzte Leine – als just in diesem Augenblick oben ein stark hecklastiges Taxi hält.

Ja – ist denn das möglich? Kurt und Steffi springen leibhaftig aus dem Wagen! „Hallo, da sind wir! Es kann losgehen!"

Haben wir uns im Datum geirrt?

Wir sind völlig perplex. „Mensch, wo kommt ihr denn jetzt schon her? Wolltet ihr nicht morgen…?"

Die Wellen der Freude und Aufregung schlagen hoch. Die Erklärung für diese angenehme Überraschung greift da noch nicht so ganz… Daß sie in Halifax eine frühere Maschine erwischten, daß sie gar nicht mit dem geplanten Flug von Frankfurt gekommen sind, daß Steffi eigentlich noch einen Tag länger arbeiten – wieso länger? Ach, das ist ja jetzt egal! Jedenfalls sind sie da. Und erst einmal müssen Koffer,

Taschen, Kisten, Kartons und Stative ausgeladen werden. Wie haben sie das komplette Filmstudio bloß ins Taxi gekriegt? Und den Frachtraum des Flugzeugs hatten die beiden wohl alleine gepachtet?

„2800 Mark für Übergepäck bezahlt!" strahlt Kurt und ist schon dabei, eine Kamera aus ihrem Spezialkoffer zu holen. Es herrscht gerade Niedrigwasser, so daß jedes Gepäckstück vorsichtig am Tampen, Hand über Hand, auf die SHANGRI-LA gefiert werden muß: eine Aktion, die den leidenschaftlichen Filmer reizt, augenblicklich mit der Arbeit zu beginnen. Auf 16-mm-Negativfilm festgehalten, mit Halbtotale und Nahaufnahmen, bildet das Gepäckverladen den Auftakt unserer Dreharbeiten. Jetzt wissen wir, was in den nächsten Tagen und Wochen bei uns Trumpf sein wird. Statt des sonst üblichen Seglerlateins wird man auf SHANGRI-LA hauptsächlich Vokabeln wie Akku, Stativ, Objektiv und dergleichen hören.

Schon am nächsten Tag steigen wir voll ein ins Programm. Nur noch einige Einkäufe, dann geht's in der Frühe los nach L'Anse aux Meadows, der ersten Siedlung, die unsere wikingischen Spurenleger auf dem amerikanischen Kontinent errichteten.

Die Nordmänner in der Neuen Welt

Die erweiterte SHANGRI-LA-Crew begibt sich auf die verwehten Spuren jener ganz frühen Newfies, die nur für einen Atemzug der Zeitgeschichte auf der Insel verweilten und nicht heimisch werden konnten.

Vieles über die „Nordmänner", diese wagemutigen Seeteufel, mag immer noch im Dunkel der Geschichte verborgen sein. Ebenso vieles ist jedoch verbrieft und gesichert – vor allem, daß sie bereits vor rund tausend Jahren die Neue Welt erreichten (daß ein gewisser genuesischer Fremdarbeiter in spanischem Sold namens Columbus ihnen fünfhundert Jahre danach die Schau gestohlen hat, ist sozusagen eine Ironie der Historie). Ein Zweig des Lorbeerkranzes gebührt den Wikingern ganz gewiß, die zuvor schon Grönland erkundet und darauf Fuß gefaßt hatten.

Daß der ruhmreiche Leif Eriksson allerdings allein als der große Entdecker zu feiern sei – dem widerspricht die Wiking-Saga. Sie weiß nämlich von einem noch nicht einmal zwanzigjährigen Knaben zu berichten, von Bjarni Herjolfsson, der als erster mit einem Drachenboot die Labradorsee bezwungen haben soll – und das mehr oder weniger unfreiwillig. Schon fünfzehn Jahre vor Leif, dem Sohn des „roten Erik", machte sich Jung-Bjarni von Island auf, um, wie es heißt, in Grönland seine Eltern wiederzufinden, die im Zuge einer früheren Expedition dorthin ausgewandert waren. Das „grüne Land" mit seinen fischreichen Flüssen, seinen von fetten Robben bevölkerten Küsten und dem damals offenbar günstigeren Klima als heute (in guten Jahren sollen dort sogar Äpfel gereift sein) war der Generation des roten Erik verlockend genug erschienen, um es zu besiedeln.

Bjarni Herjolfsson also findet seine Eltern in einer der beiden grönländischen Siedlungen – jedoch erst nach einem historisch höchst bemerkenswerten Umweg, auf dem er und seine Mannen mehrere Male Land sichten. Bloß sieht keines dieser Gestade so aus, wie man ihnen Grönland geschildert hat: berg- und gletschergekrönt. Die erste Küste, die sich zeigt, besteht nur aus Wald und kleinen Hügeln, kann also das verheißene Land nicht sein, weshalb die Mannschaft sich auch gar nicht erst die Mühe macht, an Land zu gehen (sie hätten in diesem Fall als erste Europäer Neufundland betreten). Auch als sie nach längerer Orientierungslosigkeit in Nacht und Nebel zum zweiten und dritten Mal Land sehen, kommt ihnen das Bild nicht grönländisch genug vor. Eine günstige Südwestbrise bringt sie dann schließlich doch noch ans Ziel.

Ob dem Jungsegler Bjarni seine navigatorischen Seitensprünge etwas peinlich gewesen sind? Jedenfalls soll er die Geschichte seiner Irrfahrt erst viele Jahre später zum Besten gegeben haben. Für Leif Eriksson war dies Anlaß genug, sie auf ihren Wahrheitsgehalt zu überprüfen. Er organisierte flugs eine Expedition, die der Route Bjarnis folgte – allerdings in umgekehrter Richtung –, und fand die unbekannten Gestade wieder, die sein Vorgänger gesehen, aber nicht betreten hatte: das „Land der flachen Steine" – Helluland, von dem man annimmt, daß es das heutige Baffin Island war. Und er findet das „Mark"- oder „Waldland", die Labradorküste. Die Neufundlandinsel – „mit größeren Lachsen, als man je gesehen hat" – erscheint Leif und seiner Crew am einladendsten. Daß sie sie allerdings „Vinland" oder Weinland nennen, ruft heute einige Zweifel hervor. Ob es dort tatsächlich jemals Trauben gab oder ob diese Behauptung eher auf die

Wirkung des mitgeführten Gerstensaftes zurückgeht, läßt sich nicht mehr mit Sicherheit sagen.

In Kalamitäten geraten die Pioniere und die ihnen folgenden Siedler, als sich eines Tages herausstellt, daß andere schon viel früher da waren: „kleine, häßliche Menschen in Fellbooten, mit wirrem Haar, großen Augen und breiten Gesichtern..." Bereits ihre erste Begegnung soll in Mord und Totschlag ausgeartet sein – zuungunsten der indianischen Seite, die sich aber später bei passender Gelegenheit revanchierte.

Nur der Unordentlichkeit einiger Nordmänner ist es zu danken, daß der Beweis für ihre Anwesenheit der Nachwelt überhaupt erhalten blieb. Als sie nämlich nach Jahren ihre Siedlung bei L'Anse aux Meadows an der Nordspitze der Insel wieder aufgaben und über das Meer dorthin verschwanden, woher sie gekommen waren, blieben – vielleicht im Eifer des Aufbruchs – ein paar Gegenstände ihres persönlichen Besitzes einfach liegen. Sehr zum Entzücken der Archäologen.

Nahezu alle Wikingerforscher haben die Siedlung wesentlich weiter südlich vermutet, irregeführt durch den Namen Vinland. Erst dem Norweger Helge Ingstad ist es vergönnt, den Gegenbeweis anzutreten.

Unermüdlich fährt er in den fünfziger Jahren unseres Jahrhunderts mit seinem Fischkutter die Küsten ab, auf der Suche nach einer Spur seiner Vorfahren. In L'Anse aux Meadows machen ihn die Bewohner auf eine merkwürdige Ansammlung rechteckiger, mit Gras überwachsener Erdwälle aufmerksam, die im Halbkreis nebeneinander liegen – Häuserfundamente aus grauer Vorzeit! Der Platz scheint dem Forscher so geartet, daß er den seefahrenden Wikingern gefallen haben muß: die Häuser mit Blick auf die See, ein kleiner Bach zur Frischwasserversorgung, die Bucht geschützt und das Ufer so flach, daß Boote leicht aufgeslippt werden konnten... Doch die Grabungen sind enttäuschend. Die Scherbenvielfalt anderer archäologischer Fundstätten fehlt hier völlig. Die Menschen, die einst diesen Ort verließen, hatten offensichtlich nicht die Absicht, zurückzukehren. Sie nahmen alles mit. Bis auf ein paar Dinge wie rostige Nägel, die beim Bootsbau übrig geblieben waren, ist gründlich aufgeräumt worden. Und vielleicht wäre sich die Wissenschaft ihrer Sache noch immer nicht ganz sicher, hätte nicht eine der reiselustigen Normanninnen ihre Gewandspange vergessen. Diese konnte ohne jeden Zweifel der wikingischen Kultur zugeordnet werden.

L'Anse aux Meadows pflegt heute mit einem liebevoll hergerichteten Museum das Andenken seiner längst verschollenen Bewohner. Zwei der Häuser hat man nachgebaut: aus Erdwällen, Grassoden und Torf, das Dach von einem Holzfirst getragen, drinnen eine einfache Feuerstelle. Sie lebten an Land, wie sie zur See fuhren: mit Sinn fürs Praktische.

Das Land, das Gott dem Kain gab

„... Verflucht seist du, verbannt von deinem Ackerboden, der seinen Mund aufgetan hat, um das Blut deines Bruders von deiner Hand aufzunehmen. Wenn du den Ackerboden bebaust, soll er dir fortan keinen Ertrag mehr geben..."

Mit diesen Worten der Verdammnis berichtet das Alte Testament über Schicksal und Sühne des ersten Mörders der Menschheitsgeschichte. Wo auf den Karten dieser Welt jener hoffnungslos unfruchtbare, lebensfeindliche Boden zu finden sei, auf dem der biblische Täter ein Leben lang in der Verbannung darben und somit seine Strafe finden sollte, darüber mögen Experten streiten; der französische Entdecker Jacques Cartier meinte offenbar, ihn gefunden zu haben. „Das Land, das Gott dem Kain gab!" Mit diesem vernichtenden Attribut, so versichert die Überlieferung, habe er seinem Entsetzen Ausdruck verliehen, als er im Jahre 1531 die Südküste von Labrador erblickte.

Welchen Vergleich hätte der gute Mann wohl gezogen, wäre er zuerst mit der *Nord*küste des Landes konfrontiert worden! So aber muß sich ihm das Bild geboten haben, das beim Überqueren der Belle Isle Strait auch vor unserem Bug auftaucht: ein hügeliges Land mit dichtem Waldbestand, scheinbar leblos hinter schweigendem, undurchdringlichem Grün. Davor wie ein Befestigungswerk nackte, verstreut ins Meer greifende Schärenklumpen.

Gar so erschütternd können wir den Anblick eigentlich nicht finden, allerdings sind wir nicht ganz so unvorbereitet wie die seefahrenden Wegbereiter der damaligen Zeit. Aber auch die frühen Wikinger-Entdecker, nicht eben verweichlicht in ihren rauhen heimatlichen Gefilden, waren da weniger empfindsam als der Franzose des 16. Jahrhunderts. Erschien ihnen diese Küste auch nicht reizvoll genug für einen ersten Siedlungsversuch, so läßt ihre schlichte und treffende Benennung „Markland" – Waldland – doch darauf schließen, daß sie keineswegs von solchem Horror gepackt wurden wie später Cartier.

Seit dem frühen Morgen, einem wolkenlos blauen Morgen, liegt L'Anse aux Meadows hinter uns.

Mit unterschwelligem Unbehagen, wie es einen beim Anblick von Grabmalen befällt, haben wir uns an dem schaurig markanten Wrack der LANGLY CRAIG vorbeigestohlen. Rot vor Rost, wie ein monumentales Warnzeichen, liegt es auf einer der Inseln vor der Bucht von L'Anse aux Meadows hoch auf dem Fels – unglaubliche zehn Meter über der Wasserlinie. Was für ein gewaltiger Sturm muß das Schiff dort hinaufgeschleudert haben! Mit aufgerissenem Bug, der an das verzerrte, scharf gezackte Maul eines Hais erinnert, gähnt der verrottete Schiffskadaver kontrastreich in diesen traumhaften, sonnigen Tag. Mit leichtem Nordostwind geht es auf Am-Wind-Kurs hinein in die Belle Isle Strait, die Neufundlands Nordspitze von Labrador trennt, dem „Goldenen Arm", benannt nach dem französischen *Bras d'Or*. Ob diese Definition oder eine der zahlreichen anderen wie *Terra dos Labradores* –

„Land der Arbeiter" – wirklich zutreffend ist, wird sich mit letzter Sicherheit wohl nicht mehr klären lassen. Für uns ist nur wichtig: Wir sind jetzt endlich auf der historischen Wikingerroute Leif Erikssons, den sie den „Glücklichen" nannten.

Und hier nun das Großereignis, das früher oder später kommen mußte, die „Begegnung der dritten Art": unsere ersten Eisberge! In der Meerenge ziehen sie uns entgegen, majestätisch, von grandioser, erhabener Schönheit, aufgereiht wie eine Kette gleißender, schimmernder Barockperlen.

Etwa drei Jahre lang sind diese Eisriesen schon unterwegs; von ihrer Geburtsstätte, den Abbruchkanten der grönländischen Gletscherfelder, driften sie südwärts über die Davis-Straße, um hier schließlich zu vergehen und wieder zu dem Stoff zu werden, von dem sie gekommen sind. Der Süden Labradors wird ihr Friedhof. Da wir ihrer Lebensreise nordwärts entgegenziehen, werden sie von nun an für uns zum alltäglichen Bild gehören. Wir werden uns an sie gewöhnen. Den allerersten allerdings, eine riesige, nahezu formvollendete Pyramide, bestaunen wir in ehrfürchtiger Erstarrung wie Kinder den Weihnachtsbaum. Dann, in etwa siebzig Meter Abstand, nehmen wir die Segel weg und lassen uns langsam, unter vielen „Ohs" und „Ahs", vorbeitreiben. Eine Sensation nach all den Jahren der Tropensegelei! Mit Maschinenkraft umrunden wir das Prachtstück wie eine Jagdtrophäe, fieberhaft filmend und fotografierend, als käme eine solche Gelegenheit nie wieder. Der Kap-Hoorn-Felsen, in Eis gegossen, denke ich unwillkürlich. Wieder zurück auf dem alten Kurs und unter Segeln, sichten wir dann die nächsten Juwelen, nicht weniger imposant als das erste Schaustück.

Als SHANGRI-LA an diesem Abend zum erstenmal an einen ruhigen Ankerplatz zwischen den Schären der Festlandküste gleitet und Helga schon die inzwischen unvermeidlichen Wärmflaschen für die Nacht vorbereitet, da ist die Aufregung des Tages noch lange nicht verarbeitet, sondern wird immer wieder mit: „Hast du gesehen...?" und: „Ist dir aufgefallen...?" rekapituliert.

Der neue Tag erwacht mit klirrender Kälte, aber wieder sonnig, unter blankgefegtem Himmel. Ein Fischer motort knatternd in unser Frühstücksidyll und pausiert zu einem kleinen Klönschnack. Nachdem der knackige Newfie sich vom Anblick unseres zweiteiligen Schiffes

erholt hat *("Laaard Dschiises...!")* – Herr Jesus – offenbar quälte ihn zunächst die Befürchtung, auch noch am hellichten Tag alles doppelt zu sehen –, meint er, nach seiner Wetterprognose befragt, in der landesüblichen Einsilbigkeit, es könne durchaus „ein bißchen neblig werden".

Mann! So etwas nennt man Understatement. Es *wird* neblig – und nicht nur ein bißchen! Wir haben die Nase noch nicht lange im Wind, da zieht sich schon die Sonne hinter milchige Schleier zurück. Und schon bald fängt ein beängstigend graues, nässendes Nichts uns ein. Vom Heck aus gesehen, scheinen die Schwimmerspitzen sich aufzulösen, verflüchtigen sich in undurchsichtigem, wattig-gestaltlosem Gewaber. Das bedeutet im Klartext: keine zwölf Meter Sicht! Weiter draußen wird es besser, aber unter hundert Meter Sichtweite bleibt es.

Nebel ist uns nichts Unbekanntes, doch hier gesellt sich etwas hinzu, das wir in dieser Kombination noch nicht erlebt und eigentlich auch nicht für möglich gehalten haben: Ein heftiger Ostwind kommt auf, der jedoch die undurchdringliche Masse keinen Meter von der Stelle rückt! Nebel und Wind – zwei Faktoren, die einander nach aller Schulweisheit ausschließen sollten.

Unter Radar, das von jetzt an permanent in Betrieb ist, tasten wir uns unsicher voran, jedesmal aufs neue in Schock und Erschauern verfallend, wenn aus der Waschküche wie Geisterschiffe die Eisberge heranschweben. Als unheimlicher Spuk erscheint in der mattgrauen Wand zunächst ein konturloser weißer Fleck, der dann langsam festumrissene Gestalt annimmt. Spätestens in diesem Moment wird es höchste Zeit, das Feld zu räumen.

Da unsere Radarerfahrung gleich null ist, vergeht der Tag unter ausgesprochenem Streß – und läßt uns die kommenden Wochen und Monate insgeheim fürchten. Leise Zweifel am Sinn des ganzen Unternehmens, ob nun bewußt oder unbewußt, stehen jedem ins Gesicht geschrieben (doch soll es nicht nach Norden hin mit dem Nebel viel besser werden als hier?).

Die folgende Szene mit immer derselben Rollenverteilung wird nun zum gewohnten täglichen Bild: Kurt und Steffi stehen vorne am Bug festgekrallt, mit rotgeränderten Augen ins Trübe stierend, um sich nähernde Growler rechtzeitig auszumachen. Denn von ihnen, den kleineren „Kälbern" der Eisberge, geht die eigentliche Gefahr aus, da sie zu flach sind, um vom Radarstrahl erfaßt zu werden. Helga steht mit ähnlichen Indianeraugen am Ruder, und ich in der Kajüte starre mit gereizten Tränenkanälen auf die Glühwürmchen, die den Radarschirm bevölkern. Die Küste zeichnet sich darauf als geschlängelte Lichtlinie ab, soviel ist klar. Und ich weiß auch, das Gerät gibt absolut präzise die Entfernungen zu allen erfaßten Hindernissen an. Aber sind diese verdammten Leuchtkäfer nun Inseln oder Eisberge? Aus ihnen werde ich einfach nicht schlau. Um es herauszufinden, steuern wir kurzerhand auf das nächste Lichtornament zu und vergleichen seine Position mit der Seekarte. Und siehe da: Das Glühwürmchen ist ein Eisberg. Und was für einer! Ein Gigant, der sich schon durch enorme Kälteausstrahlung verrät, ehe er sich aus der grauen Masse schält. Nun wissen wir es wenigstens: Zwischen Felsinseln und solchen aus Eis macht unser neuer „Fernseher" keinen Unterschied. „Ich fand ‚Blindekuh' schon immer reichlich blöd", bekundet Helga, mißtrauische Blicke in die uns umschließende, kompakte nasse Watte werfend.

„Aber unser ‚Blindenhund' ist absolut zuverlässig, wie du siehst. Du mußt dich nur mal mit ihm anfreunden", versuche ich Unerschütterlichkeit zu verbreiten und spurte zurück in mein elektronisches Kontrollzentrum.

Der Satellitennavigator spuckt gerade unsere Position aus, wie er es hier stündlich tut. Die Daten brauchen dann nur noch in die Karte eingetragen zu werden. Ich stelle mir vor, was wohl ein Leif Eriksson dazu sagen würde, und meine Hochachtung vor ihm und seinen verwegenen Genossen wächst immer mehr. *Wir* wären doch jetzt mit Augapfelnavigation völlig aufgeschmissen! Allerdings komme ich mir manchmal vor wie in einem Simulator – mit lauter Technik als einzigem Bezug zur verborgenen, dem Auge entzogenen Umwelt.

Am Abend versichert uns der Radarschirm, daß wir uns in einer netten, kreisrunden Ankerbucht befinden. Vielleicht kriegen wir sie ja auch noch in natura zu sehen? Das Echolot ertastet fünfzehn Meter Wassertiefe. Wir ziehen den Schlickhaken in den Grund und machen so bald wie möglich unsere gequälten Augen zu.

Fisch gegen Fleisch

Nach verhältnismäßig ruhiger Nacht im Schutz der Schären erwartet uns ein Wunder, der Zauber des Nordens, an dem wir uns noch oft in den kommenden Wochen berauschen werden. Der Vorhang ist aufgezogen worden, der Nebel ebenso gründlich weggewischt wie der Wind verstummt – als habe nichts dergleichen je existiert. Statt dessen umgibt uns eine kaum faßbare gläserne Klarheit, ein Strahlen von beispielloser, beinahe schmerzhafter Intensität: eine lichte Atmosphäre, die alles überflutet, ihren Widerschein selbst in die schattigen Winkel wirft und sie erhellt. Sie rückt die Hügel zum Greifen nahe heran, löst das Bild in seine Bestandteile auf, besänftigt das sonst so abweisend kühle Grün der Waldhänge, nimmt selbst den Felsen ihre Bedrohlichkeit. So indiskret durchsichtig kann die arktische Luft sein, daß sie eine Sichtweite ermöglicht, die es in südlicheren Gefilden niemals gibt.

Es wird sich immer wieder zeigen, daß Labrador nur diese beiden Extreme kennt: die komplett verhangene Waschküche oder die kristallklare Transparenz. Dazwischen gibt's nichts. Labrador ist ein Entweder-oder-Land, das sich auf keinen verschwommenen Kompromiß einläßt.

Unser Ankerplatz entpuppt sich als eine große, kraterförmige Naturbucht, an deren Ufer – gestern noch gnädig verhüllt – eine alte Walfangstation den melancholischen Eindruck einer Müllhalde vermittelt. Hawke Harbour heißt der Ort in unserem Segelhandbuch für Labrador, und auch die Station ist eingezeichnet, allerdings mit dem Vermerk *abandoned*, verlassen.

„Sieht aus wie'n Schrottplatz für überdimensionale Konservendosen", findet Kurt. Riesige Kessel, zusammengebrochene Tanks, Rohr-

leitungen und Maschinenhäuser rosten hier einsam vor sich hin. Nein, nicht ganz einsam! Auf der anderen Seite der Bucht, dem Schrottplatz genau gegenüber, stehen vier kleine Hütten an die Felsen geschmiegt, zur Wasserseite hin auf Pfählen gebaut. Davor liegen ein paar offene Boote mit Außenborder. Wir wollen schon den Anker lichten, da rotten sich am Ufer ein paar Figuren zusammen, klettern in eines der Boote und brummen zu uns herüber: allesamt in dicke, wattierte Jacken gestopft, fünf einheitliche schwarze Struwwelköpfe, Mundwinkel nach oben gebräßt – also Begeisterung signalisierend –, unverkennbar eine Newfie-Sippe. Während des kurzen arktischen Sommers gehen sie hier, in diesem gottverlassenen Outport, dem Fischfang nach.

Wo sie daheim sind? In Bonne Bay! Zu ihrer sichtlichen Freude können wir ihnen erzählen, daß wir genau dort Station gemacht haben auf unserem Weg hierher. Und ohne Übertreibung geraten wir gleich ein wenig ins Schwärmen über die Küste Neufundlands, die ihre Heimat ist. Da strahlen die Augen und verraten eine ganze Portion Heimweh. Keine Frage, sie wären nicht hier, gäbe es zu Hause nur ausreichende Arbeitsmöglichkeiten. So wie viele andere Newfoundlanders sind sie darauf angewiesen, den Lebensunterhalt für das ganze Jahr während der Lachssaison zu erwirtschaften.

Alljährlich im Frühsommer nimmt ein Küstenmotorschiff ganze Familien mitsamt Kindern, Hund und Katz' und Motorbooten an Bord und klappert nordwärts die Labradorküste ab, wo die Leute jeweils auf ihren Stationen – den Outports – abgesetzt werden; manchmal zwei, drei Sippen gemeinsam, anderswo wie hier nur eine. Liegt der Posten in Reichweite einer größeren Siedlung, dann kann die Fischausbeute direkt in die modernen Tiefkühlanlagen einer Fabrik wandern. Die abgelegeneren Stationen dagegen werden etwa alle zwei Wochen vom Versorgungsschiff angesteuert, das sowohl Proviant anliefert als auch den Fang mitnimmt (die Eiswürfel zum sachgerechten Zwischenlagern der verderblichen Ware schwimmen ja massenhaft vor der Bucht herum).

Die letzte Saison, so berichten die fünf von Hawke Harbour, sei mies gewesen, ungewöhnlich mies: nur sechshundert Dollar Verdienst für den ganzen Sommer. Und im Winter? Nun ja, *on the doll* natürlich – arbeitslos. Was sonst? Vielleicht mit etwas Glück ein bißchen auf Dorschfang. Aber im großen und ganzen sind die Fischerdörfer an den Fjorden und Buchten Neufundlands im Winter von Arbeitslosen bevölkert.

Helga erkennt mit ihrer ebenso pragmatischen wie sozialen Ader die günstige Gelegenheit für ein beide Seiten zufriedenstellendes Geschäft.

„Wir würden gern ein paar Lachse kaufen", erklärt sie ohne Umschweife der Newfie-Sippe, die noch mit verstohlenen Seitenblicken die absonderliche Konstruktion der SHANGRI-LA studiert. Ob sie Fische zu verkaufen haben? *Dschüses!* Nichts gibt's in den Outports so reichlich wie Fisch. Aber – verkaufen? Na ja, ein Tauschhandel, gesteht die Initiatorin, wäre auch ihr eigentlich lieber: Fisch gegen Fleisch! (Klar, alle Tage Lachs ist auch keine Delikatesse mehr.)

Helga, die aktuellen Bestände unseres Magazins stets abrufbereit im Gehirncomputer, stellt sofort halblaute Überlegungen an: „Wir haben noch all diese Konserven auf Lager, die aus der gesunkenen Yacht von Chub Cay..." (Meine Güte, unsere Tauchgänge in den Bahamas – Lichtjahre scheinen sie entfernt zu sein und waren doch erst vor ein paar Monaten!)

„Die ohne Etiketten?" wende ich etwas verschämt ein. „Wir wissen doch selber nicht genau, was da drin ist."

„Hm. Na ja, genau nicht…"

„Am Ende ist es womöglich – Fischsuppe?"

Plötzlich haben wir vier Mühe, ein aufsteigendes Glucksen im Hals zu unterdrücken.

„Wir geben ihnen die ganz großen", entscheidet Helga salomonisch, „und auch so viele, daß sie selbst beim größten Mißgriff nicht enttäuscht sind."

„Hier, das kann eigentlich nur Huhn in Aspik sein."

Der Handel geht über die Bühne. Zwei prachtvolle Lachse wandern in unsere Pützen, und die Newfies sacken freudestrahlend unsere Konservenbüchsen ein, die mit dem Überraschungseffekt. Helga kramt in bester Absicht und eingedenk südseeinsulanischer Tauschgeschäfte noch ein paar T-Shirts als Zugabe hervor, aber die wehren sie entsetzt ab. Nicht etwa wegen unvereinbarer Geschmacksunterschiede, nein, „soviel" wollen diese Pfundskerle in ihrer Grundehrlichkeit einfach nicht annehmen. Das wäre „kein faires Geschäft". Immerhin können wir ihnen noch eine Riesenflasche Ahornsirup aufdrängen – auch ein Andenken an den Havaristen von Chub Cay. Kurioserweise handelt es sich um ein kanadisches Erzeugnis, das somit seine Rundreise vollendet hat: vom Herkunftsland Kanada an Bord einer amerikanischen Luxusyacht in die Bahamas befördert, dort mit ihr an den Diamond Rocks der Berry Islands kläglich gescheitert und vorübergehend in vier Meter Wassertiefe gelagert, wurde es im Zuge einer Entrümpelungs-Tauchaktion geborgen und in der Vorratskammer der SHANGRI-LA wieder in kanadische Gefilde transportiert.

Die Fischerfamilie von Hawke Harbour ist selig über die klebrige Kostbarkeit, wir aber mögen unsere Frühstückspfannkuchen lieber mit Honig.

Unter langem Winkewinke auf beiden Seiten nehmen wir den Anker auf und verlassen die Bucht, ehe sie Gelegenheit haben, ihre *surprise party* – Überraschungsfeier – mit unseren Konserven einzuläuten.

Weiter schlängelt sich unsere Kurslinie nordwärts, immer an den schrundigen Schären entlang. Wir tasten uns durch all die *runs* und *tickles*, die *rigolets* und *rattles* – so die sonderbaren Bezeichnungen für die schmalen Durchfahrten zwischen den Inseln.

Die idyllischen Fjorde des „Marklandes" gleichen einander nur in der regungslosen Unberührtheit ihrer Natur, denn hinter jeder Biegung bietet sich eine andere Komposition aus Wasser, Wald und Fels. Beinahe atemberaubend ist die Stille über diesen Wasserarmen zwischen schweigenden grünen Wäldern. Gegen den Wind abgeschirmt, erreichen die tief ins Land schneidenden Buchten sogar sommerliche Temperaturen, während an der Mündung die Eisberge vorbeiziehen. Dort bei Dunkelheit herumzustreifen, wäre unverantwortlicher Leichtsinn. Deshalb verlassen wir erst nach Tagesanbruch unsere nächtlichen Schlupfwinkel und mogeln uns wieder unter die allgegenwärtigen weißen Riesen. Weiter draußen versuchen wir einmal zu zählen, wie viele Eisberge sich in unserer Sichtweite befinden. Bei sechzig Stück wird der Versuch abgebrochen. Weniger als zehn sind es bei keinem Rundblick.

Welch eine magische Faszination und gefährliche Verlockung geht von diesen glitzernden Monumentalskulpturen aus, den Glamour Stars der Nordmeere, von denen jedes Jahr rund 2500 an dieser Küste entlang südwärts paradieren – hin zum warmen Golfstrom, der ihr Verderben ist. Es heißt, daß manche die Höhe eines 45stöckigen Gebäudes erreichen, was nur begreiflich wird, wenn man sich klarmacht, daß sie lediglich zu einem Achtel aus dem Wasser ragen. Das sichtbare Volumen entspricht demzufolge immerhin der Höhe von mindestens fünf Stockwerken – wovon wir uns zweifelsfrei überzeugen können.

Immer wieder muß ich mich der Versuchung erwehren, das zu wagen, wovor wir wiederholt eindringlich gewarnt worden sind: mal an so einer schwimmenden Insel anzulegen. Ich möchte sie anfassen, am liebsten darauf herumklettern, die geheimnisvollen Nischen, Spalten, Torbögen und Grotten erkunden, aus denen manchmal ein seltsames kühles Licht zu leuchten scheint. „Abstand halten!" haben uns die Fischer einmütig ermahnt. „Abstand und Ausguck halten und ständig Ruder gehen!" Nicht nur von den stahlharten Schneidewerkzeugen, welche die Giganten unter der Wasserlinie verbergen, geht Gefahr aus. Häufig brechen ohne Vorwarnung auch ganze Erker und Türme ab und stürzen unter Gepolter herunter. Permanent ist so ein Monstrum in Verwandlung. Immer wieder hört man es plötzlich irgendwo krachen oder splittern wie Kristallglas, wenn Spalten aufreißen und Bruchstücke abplatzen. Selbst wenn nur Risse entstehen, geschieht dies unter Knacken und Donnern.

Die sonst so stummen Majestäten können also auch recht laut werden. Ungeheure Spannungskräfte müssen in der gepreßten, granitharten Substanz des Eises gebunden sein. Einmal beobachten wir, wie so einem weißen Gebirgsmassiv aus etwa zehn Meter Höhe buchstäblich ein gewaltiger Zacken aus der Krone fällt. Es hört sich an wie Felsgedonner in einem Steinbruch. Die teils märchenhaft skurrile, teils verblüffend vertraute Gestalt, in der die Gletscherabkömmlinge dahersegeln, regt unwillkürlich die Phantasie an. Das hat man doch schon einmal irgendwo gesehen?

„Da kommt Helgoland ganz in Weiß!" ruft Helga aus.

Ganze „Fußballstadien", eine „Ritterburg", eine „Kathedrale" mit zierlichen Türmen, funkelnd wie mit abertausend Diamanten besät, gleiten an uns vorüber... Und auch immer wieder völlig transparente, ausgewaschene „Salatschüsseln" und gläserne „Kronen" von den Ausmaßen eines Einfamilienhauses. Außerdem sind da noch die Gekenterten; sie zeigen ihre von der Strömung gerundete Kehrseite und müssen sich von uns solche Spitznamen gefallen lassen wie „Badende Venus", „Nilpferd", oder „Schlafender Elefant".

Am Nachmittag des dritten Tages säumt deutlich ein langgezogener heller Streifen das Ufer. Der „Wonder Strand", der einzige Sandstrand der gesamten Labradorküste. Schon in der Wiking-Saga wird dieses 56 Kilometer lange Unikum erwähnt. Zwei Tage südlich des Strandes, so berichtet Leif Eriksson, befinde sich die Wikingersiedlung, also das heutige L'Anse aux Meadows. Die Angabe erscheint uns absolut präzise. Wir haben zwar einen halben Tag länger gebraucht, aber man kann ohne weiteres davon ausgehen, daß die Drachenboote der Nordmänner schneller segelten als unser Fahrtenkatamaran.

Wir haben den Wunderstrand in Sicht, das bedeutet: noch zwanzig Meilen bis Cape Porcupine. Hinter dem Kap setzt sich der Sandstreifen noch ein Stück fort, und dann werden wir schon bald an der Einfahrt zum Hamilton Inlet stehen, dem tiefsten Einschnitt der Labradorküste. Ein Seitenarm des Fjords weitet sich zum Lake Melville, an dessen Ende – 130 Meilen tief im Landesinneren – unser Ziel Goose Bay liegt, die „Großstadt" Labradors.

NEBEL, EIS UND TOLLE TYPEN

Die seltsamen Vögel von Goose Bay

Ein Barackenlager. Was könnte es auch anderes sein?

Langweilige Ansammlungen unscheinbarer Holzschachtelbauten in immer derselben, ebenso plan- wie phantasielosen Anordnung, das ist es, was man im Norden gemeinhin unter einer „Stadt" versteht. Goose Bay macht da keine Ausnahme.

Wollte man mit aller Gewalt irgend etwas an diesem Panorama, in das wir unter Motor hineinschippern, reizvoll finden, so sind es höchstens die Hügel, in die der Ort sich bettet und deren urwüchsige Bewaldung sich jenseits des Horizonts in unabsehbarer Ferne verliert.

Nur eine einzige Straße verbindet Goose Bay mit dem Hinterland (falls es überhaupt ein Hinterland gibt, das diesen Namen verdient). Sie führt nach Churchill Falls und weiter nach Esker an die einzige Eisenbahnlinie, die Labrador sozusagen tangiert. Die Hauptverbindung zur Außenwelt ist der Luftweg. Genaugenommen bezieht die Stadt überhaupt erst ihre Existenzberechtigung aus dem großen Flughafen der NATO-Streitkräfte, den sie beherbergt. Oder ist es vielleicht eher umgekehrt – beherbergt der Flughafen ein Kaff namens Goose Bay? Wie auch immer, unbestritten leben die paar tausend Seelen dieser Gemeinde vom Stützpunkt, den Kanadier, Briten, Deutsche und sonstige Bündnisgenossen als Trainingscamp für ihre Tiefflugkünstler benutzen.

Indirekt, wenn man so will, sind die NATO-Flieger auch der Grund unseres Aufkreuzens. Denn bei ihnen wollen wir unseren alten Freund Dieter treffen, der morgen aus Deutschland nach Goose Bay kommen soll. Dieter, der als ziviler Wetterfrosch in Diensten der Bundeswehr steht. Er soll sich hier in der kanadischen Walachei bei einem Fortbildungslehrgang mit den Tücken arktischer Meteorologie befassen: eine geradezu schicksalhafte Gelegenheit für einige fröhliche Heimatabende auf SHANGRI-LA! Unser Treffen ist seit Monaten verabredet.

Es ist unser fünfter Tag seit L'Anse aux Meadows. Nach zwei weiteren Nächten in dem 130 Meilen langen Fjord erreichen wir die Stadt bei abendlichem Zwielicht. Die Szenerie des Hafens ist ein Witz, ein absolut ungewohnter, verblüffender Anblick: Nicht etwa Boote, wie jeder vernünftige Mensch in einem Hafen erwarten würde, liegen an den Muringtonnen vertäut, sondern – Flugzeuge! Da dümpelt eine knallrote Twinotter neben der anderen! Andere Länder, andere Anforderungen. Wasserflugzeuge sind eben, vom Kanu abgesehen, die einzig brauchbaren, ja unverzichtbaren Transportmittel in den unzugänglichen Weiten des kanadischen Buschs mit seinen unzähligen Seen und weitverzweigten Wasseradern.

Wir fühlen uns mit dem Boot fast wie ein Kuckucksei im fremden Nest. Belustigt bugsieren wir SHANGRI-LA zwischen dem ganzen Geflügel hindurch und gehen, da es für eine Erkundung schon zu spät ist, über Nacht an eine Muring, versteckt hinter dem Schiff der Coast Guard, das hier stationiert ist.

In der Frühe verholen wir an die Pier. Sie ist so großzügig dimensioniert, daß sogar größere Frachtschiffe anlegen könnten. Wir müssen die Leinen weit stecken, der Tidenhub beträgt hier bereits gut zwei Meter.

Redlich ausgeschlafen, ist die SHANGRI-LA-Crew nun auf Publikumsansturme vorbereitet – und die lassen auch nicht lange auf sich warten. Bald tauchen erste Figuren in der Morgensonne bei den Schuppen auf, reiben sich die Augen und verharren zuerst mit ungläubiger Mimik. Doch dann greift die Sensationslust um sich! Einer rennt als Melder davon, und es dauert nicht lange, da hat sich die Pier mit allerhand neugierigem Volk gefüllt. Das erste Beschnuppern ist in vollem Gange. Eine Segelyacht in Goose Bay – ja, gibt's denn das? Einmal erst, ein einziges Mal – darüber werden unter den Grüppchen sofort lebhafte Erinnerungen ausgetauscht – war eine Yacht hier zu Besuch. Eine kanadische im vorigen Sommer, aber sonst? Noch nie! Und nun zwei Jahre hintereinander das gleiche Ereignis! Obendrein noch *so* ein Boot, ein komisches *double boat*! In Nullkommanichts herrscht Jahrmarktstimmung auf der Pier.

Irgendwann, wir schütteln Hände und tauschen Freundlichkeiten aus, drängelt sich ein breites Gesicht von nicht zu definierendem Inuit- oder Indianerschnitt aufgeregt in die erste Reihe. Er sei hier der Hafenmeister – „der neue, seit vorigen Montag" – und müsse uns dringend auffordern, baldigst sein Büro aufzusuchen! „Klar, Mann, machen wir", freue ich mich und schüttle auch ihm in der allgemeinen Begrüßungseuphorie die Pranke, nicht ahnend, daß hier einer ernsthaft den Amtsschimmel reiten will. Vielmehr fühle ich mich freundlich eingeladen. Wer würde denn am Rande der bewohnbaren Welt, wo das Erscheinen einer Segelyacht eigentlich in den Bereich der Utopie gehört, auch Wert auf Formalitäten legen? Finessen wie Paßkontrollen und Liegegebühren läßt man sich erfahrungsgemäß nur an solchen Orten einfallen, wo es auch einen Sinn ergibt.

Der nächste, der sich bekanntmacht, ist Harvey; lässig schlendert er heran, ist von offenkundig gelassener Gemütsart. Harvey, drahtig, strohblond, mit wasserhellen Augen, die einen leichten Dauerglimmer verraten, ist Kommandant der Coast-Guard-Station von Goose Bay.

In fast allen Häfen, die wir im Lauf der Jahre anliefen, fand sich irgendein guter Geist, der sich um uns kümmerte. Daß Harvey der gute Geist von Goose Bay wird, kristallisiert sich schon in den ersten Minuten heraus. Als Antwort auf unsere Erkundigung, was denn die Wetterberichte für die nördlichen Regionen verheißen, entführt er uns unverzüglich in sein Büro drüben, gleich hinter dem Coast-Guard-Dampfer.

„Da, seht euch das an! Sieht ziemlich mies aus, was?" Damit deutet unser Gönner auf einige Kartenwerke, die seinen Schreibtisch bedecken. Verwirrt senken wir die Köpfe über die höchst absonderlichen Zeichnungen. Böhmische Dörfer, nichts als böhmische Dörfer... Und ich dachte immer, ich könnte Karten lesen. Selbst Navigator Helga zieht irritiert die Stirn kraus. Mit einiger Phantasie sind die Küstenlinien zu erkennen, und die kleinen akkuraten Pyramiden kann man sich als Symbole für Eisberge erklären. Was aber bedeuten die unzähligen aufgemalten „Eier", die mit lauter rätselhaften Ziffern gefüllt sind?

„Ihr kennt euch nicht aus mit Eiskarten", errät Captain Harvey unschwer. „Macht nichts. Das bring' ich euch bei. Also, hier" – sein Finger liegt rechts neben der Nordküste Labradors –, „das sind alles starke Treibeisfelder. Ziemlich dicht, die Sache. Langanhaltende Nordostwinde haben den ganzen Mist gegen die Küste gedrückt. Die Lage ist im Augenblick äußerst ungünstig. Ihr kommt vierzehn Tage zu spät."

Zu spät? Ich höre wohl nicht richtig? Unaufgeklärt wie wir sind, haben wir natürlich geglaubt, je weiter der Sommer fortgeschritten sei, um so besser auch die Eissituation. Doch unser neuer Freund Harvey schüttelt entschieden den Kopf. „O nein, die Eissituation hängt während des ganzen Sommers völlig von Wind und Strömung ab – und beide waren noch vor zwei Wochen sehr viel günstiger. Da hättet ihr problemlos nach Norden durchrauschen können. Jetzt ist alles blokkiert. Aber macht euch nichts draus, einmal wird's auch wieder frei. Ihr bleibt eben ein bißchen bei uns, Goose Bay ist doch auch ganz schön! Hier, nehmt das und amüsiert euch damit. Wir sehen uns noch. Wenn ihr etwas braucht, Harvey ist für euch da!" Spricht's und drückt uns die aktuellen *Ice Conditions*, Eismeldungen der Zentrale Ottawa, in die Hand, mit dem dazugehörigen Code, um all die Zahlen in den „Eiern" zu entschlüsseln. Ich fürchte, wir werden noch ein paar Nachhilfestunden brauchen, um daraus schlau zu werden.

Die weltweit gleichen Konsumtempel, die lückenlos den Bedarf des täglichen Lebens decken, dazu Banken, Kirche, Hotel, eine Schule – die Gesichtslosigkeit Goose Bays grenzt ans Häßliche.

Zu viert marschieren wir die unvermeidliche Main Street hinunter, die genauso aussieht wie jede Hauptstraße hier. Was sie von den anderen Straßen Goose Bays unterscheidet, ist ihr Teerbelag. Fast alle Wege enden letztlich irgendwo im Nichts. Um so erstaunlicher, wie viele Autos auf diesem engbegrenzten Fleckchen Zivilisation herumfahren!

Unter den Fußgängern sind ein paar Indianer. Sie haben sich der tristen Szenerie angepaßt. Die meisten, denen wir begegnen, sind kaum noch imstande, geradeaus zu gehen. Der Fluch des Feuerwassers... Schon hier dämmert uns, welch traurig hohen Stellenwert der Alkohol im Alltag des Nordens hat. Wir werden noch oft damit konfrontiert werden: Der Schnaps als tägliches Brot besonders der Ureinwohner dieser Region ist das Dauerproblem der Sozialbehörden. Ein deprimierender Aspekt, den wir in allen Häfen – noch verstärkt in denen Grönlands – immer wiederfinden werden.

Aus einem der Supermärkte an der Hauptstraße tritt eine jüngere blonde Frau, wird unserer ansichtig und läßt beinahe ihre Einkaufstaschen fallen. Es folgt ein Aufschrei, der mich fürchten läßt, Tarzans Jane vor mir zu haben. Vorsichtig mäßigen wir den Schritt. Und dann, jeder Widerstand ist zwecklos, fällt diese Frau, das unbekannte Wesen, uns der Reihe nach um den Hals, außer sich vor Entzücken. „Willkommen, willkommen! Phantastisch, euch wiederzusehen!" Ein leichter, aber deutlicher Schnapsdunst ist auch bei ihr nicht wegzuleugnen.

Wer unterliegt denn nun einem Irrtum? Die Gesichter meiner Crew geben mir recht: Wir haben die Dame ganz bestimmt noch nie gesehen. Aber man will ja nicht unhöflich sein. „Hallo. Äh... Wir kennen uns?"

Die Blonde läßt sich nicht beirren: „Halifax! Schiffahrtsmuseum! *You know?* Wir sind uns vor dem Schiffahrtsmuseum begegnet!"

Leichte Verlegenheit macht sich breit. Wir bemühen uns, Ratlosigkeit durch Freundlichkeit zu kompensieren. Aber Susan, so heißt die Dame, beschreibt Zeitpunkt und Ort unseres Zusammentreffens so detailliert, daß an der Sache wohl etwas dran sein muß. Im Zentrum von Halifax, wo täglich eine Traube Schaulustiger die Pier vor SHAN-

GRI-LA bevölkerte, wo uns Muttis beim Einkaufen, Geschäftsleute in der Mittagspause und Schulkinder mit Fragen nach dem Wohin und Woher löcherten, in einer dieser Ansammlungen muß das Gesicht von Susan gesteckt haben. Doch aufgefallen ist sie uns dort nicht.

Wir räumen entgegenkommend ein etwas schwaches Erinnerungsvermögen ein und sind prompt für den Rest des ersten Tages beschlagnahmt, warmes Abendessen inbegriffen. „Peter wird sich riesig freuen!"

Noch weiß Peter, Susans Angetrauter, nichts von seinem Glück. Aber wir erfahren schon mal, daß er Manager des Goose Bay Airports und obendrein Segler sei. Unversehens sitzen wir alle geknautscht in einem Kleinwagen, in dem uns Susan – Promille hin, Promille her – über die staubigen Pisten ihrem Eigenheim entgegensteuert. Während dieser Fahrt gibt es nun kein Entkommen mehr vor dem, was Susan als verbale Sturzflut über uns ausgießt: ihren ganzen himmelschreienden Frust über Goose Bay, dieses *goddamn'fucking* Kaff, dieses „Pestloch am Arsch der Welt", in dem zu vegetieren sie derzeit verdonnert sei. Kein halbwegs normaler Mensch könne hier leben... Wobei man unter „normalen" Menschen wahrscheinlich Stadtmenschen zu verstehen hat, Großstadtpflanzen wie Susan, die ohne Parties und rauschendes Nachtleben dem seelischen Verfall preisgegeben scheinen (womit sich Susan über diese Entbehrungen hinwegtröstet, ist bereits deutlich geworden).

Goose Bay, durch Susans Brille gesehen, die alles andere als rosarot gefärbt ist, wirkt allerdings wirklich desillusionierend. „Da, seht euch das an! Wie findet ihr das?" Wir fahren gerade am Friedhof vorbei und recken wie befohlen die Hälse.

„Dieser Maulwurf da, das ist der Totengräber. Seht ihr, wie viele Gruben er ausgehoben hat? Zwölf! Das ist sein Soll für den kommenden Winter. Zwölf Todesfälle sind also eingeplant. Er muß die Gräber auf Vorrat buddeln, weil der Boden später ja monatelang steinhart gefroren ist. Ist das nicht gräßlich makaber? Wie kann man leben an so einem Ort?"

Was soll man sagen? Daß es schlimmer wäre, wenn die Toten des Winters erst im Frühsommer bestattet würden. Aber unbehaglich ist es schon. Wer weiß denn, ob er nicht vielleicht ahnungslos an seinem eigenen offenen Grab vorüberläuft?

Am Straßenrand torkeln drei aufgedunsene Indianer vorbei. Sofort ergießen sich Susans Widerwille und Feindseligkeit über sie: „Heruntergekommenes, versoffenes Pack!"

Nun, offenbar haben die ebenfalls etwas herunterzuspülen, wenn auch anderes als Susan: Arbeitslosigkeit, Verelendung, Hoffnungslosigkeit. Ich muß gestehen, meine von Karl May geprägten Vorstellungen vom edlen Wilden, der durch die Prärie galoppiert, haben schon einen argen Stoß bekommen. Doch davon abgesehen, wehre ich mich, das subjektive Bild von Goose Bay, das die frustrierte Susan uns vermitteln will, so einfach zu übernehmen. Schließlich hat kein Ding der Welt nur eine einzige Seite – und der Beweis dafür tritt uns am selben Abend gegenüber: Peter, der überraschend sein Haus mit Gästen gefüllt vorfindet, erweist sich als krasser Gegenpol zu seiner Frau.

„Hier", schwärmt er voll Enthusiasmus, „kannst du dich noch als Pionier fühlen! Hier ist noch Phantasie und Improvisationstalent gefragt. Nie mehr möchte ich das gegen einen sterilen Job in Montreal oder Toronto eintauschen. Labrador – das ist Freiheit und Konfrontation mit der Natur, einer phantastischen Natur! Dieses Land hat viel zu bieten."

Finde ich auch. Und wir werden noch viele treffen, die diese Meinung uneingeschränkt teilen, dem Leben im Norden sogar rettungslos verfallen sind. Die mit leuchtenden Augen von der Jagd und vom Fischfang erzählen und von Schlittenfahrten im herrlichen arktischen Winter, den sie mit Leidenschaft preisen. Auch Frauen sind dabei, die hier beileibe nicht versauern – weil sie Aufgeschlossenheit und Initiative genug besitzen, sich an jedem Ort ein sinnvolles Dasein zu schaffen. In allerlei Klubs und Zirkeln, Interessenverbänden und Fortbildungsstätten erfüllen sie Goose Bay hinter der eintönigen Fassade durchaus mit aktivem Leben. Doch ist das nichts für Leute wie Susan, die weder mit der Natur noch mit sich selbst etwas anzufangen weiß, die, gefangen in ihrer eigenen Verdrossenheit, nur die Zeit totschlägt, sich auf nachbarschaftliches Getratsche beschränkt und alles im Schnaps ertränkt. Sie wird wohl zu denen gehören, die am Norden scheitern. Und das gleiche Schicksal, soviel ist unschwer abzusehen, droht ihrer Ehe. Denn ebenso sicher, wie Peter Feuer gefangen hat und mit seiner Aufgabe glücklich und erfüllt ist, so entschlossen ist Susan, Labrador baldmöglichst zu verlassen und sich auch von zehn Pferden niemals zurückbringen zu lassen. Sie erwartet von ihrem Mann, daß er seinen Kontrakt nicht verlängert: Gegensätze, die wohl kaum noch unter einen Hut zu bringen sind.

Unser Dieter ist nicht gekommen...
Die letzte Bundeswehrmaschine, heißt es, sei ohne ihn gelandet. Wir sind mehr als verwundert, denn er hat nicht einmal eine Nachricht geschickt. Er kann unsere Verabredung doch unmöglich vergessen haben. Schließlich wartet hier auch ein Job auf ihn!
Wir forschen auf dem NATO-Stützpunkt nach. Und dort ist man im Bilde: Er wird voraussichtlich eine Woche später eintreffen. Denn im Moment liege Herr Karnetzki leider noch im Krankenhaus, drüben in Deutschland! Ob man über seine Erkrankung etwas Genaueres wisse, haken wir bestürzt nach. Der Bundeswehrfeldwebel kann sich ein Grinsen nicht verkneifen: „Soviel ich weiß, hat sich Herr Karnetzki eine Lebensmittelvergiftung zugezogen, und zwar mit kanadischem Lachs!"
Nach einer Sekunde pietätvollen Schweigens gibt es auf Kosten des armen Dieter ein schallendes Gelächter. Was muß er auch kanadischen Lachs in Deutschland essen, den kann er doch hier frisch haben!
Da immerhin schon in einer Woche mit seiner Auferstehung zu rechnen ist und laut Captain Harveys Eisprognosen unsere Aussichten, nach Norden durchzukommen, im Moment sowieso gleich null sind, beschließen wir, auf Dieter zu warten.
Die Einladungen, mit denen wir inzwischen überhäuft werden, lassen ohnehin keinen Leerlauf zu. Denn nun haben uns auch die deutschen Familien entdeckt. Wo auf der Welt trifft man eigentlich keine Landsleute? Schließlich gibt sich sogar die Bundeswehr ganz offiziell die Ehre. Die Besatzung der SHANGRI-LA ist zum abendlichen geselligen Beisammensein der Offiziere eingeladen! Na denn.
Schnell wird uns klar, daß die Militärs hier eine Art Ghettoleben führen. Die einheimische Bevölkerung und ihre „Gäste" meiden nähere Kontakte. Es scheint da zwischen beiden Gruppen unsichtbare Abgrenzungen zu geben, die nicht überschritten werden. Und das, obwohl Goose Bay wahrscheinlich der einzige Militärflughafen der Welt ist, der weder von Stacheldraht noch sonstigen Absperrungen umgeben ist! Völlig unbehindert können wir überall herumschnüffeln

und das millionenteure Kriegsspielzeug aus der Nähe ansehen. Alles läuft erstaunlich locker. Die Natur ist es, die hier jeden ungebetenen Besucher fernhält. Die kanadische Unendlichkeit macht die andernorts üblichen Sicherheitsmaßnahmen überflüssig. Kein Indianer oder Eskimo interessiert sich für die militärischen Geheimnisse der NATO, und wer sonst würde sich freiwillig hier herumtreiben? „Unbemerkt käme sowieso niemand her", meint einer der Piloten, „und sich unbemerkt hier aufhalten könnte er noch viel weniger!"

Am Abend treten wir also geschlossen im Casino bei den Herren der Lüfte auf. Wie immer, wenn wir fahrendes Volk irgendwo zur allgemeinen Zerstreuung beitragen, gibt man sich leutselig. Die Bude, so gemütlich wie ein Bahnhofsrestaurant, ist voll. Natürlich kennt jeder jeden, und so schwankt die Atmosphäre zwischen Ungezwungenheit und verstecktem Anöden. Da wird das Auftauchen einiger unverbrauchter Gesichter freudig begrüßt. Wir werden zum *screech-in* animiert, einer Zeremonie, bei der man vor versammelter Runde zwecks Vorstellung exakt dreißig Sekunden das Wort erteilt bekommt und anschließend ein Glas neufundländischen Rum Marke Screech hinter die Binde zu kippen hat. „So ein pubertäres Ritual können sich auch nur Männer ausdenken", lautet Helgas Kommentar später, außer Sichtweite der Uniformen.

Zu vorgerückter Stunde, die bundesdeutsche Bierseligkeit ist auf dem Höhepunkt, bittet uns der Kommandant an seinen Tisch. Er steht im Rang eines Majors; so etwas muß man wissen. Und er nutzt nun weidlich die Gelegenheit, einmal andere Zuhörer zu haben als die, die seine Geschichten wahrscheinlich schon auswendig kennen. So erfahren wir eine Menge über die Kümmernisse eines deutschen Luftwaffenverantwortlichen in den Unbilden subarktischer Weiten. Allem Anschein nach treten stets und ständig irgendwelche Widersacher auf den Plan, die nichts anderes im Sinn haben, als ihm das Leben mit Querelen noch schwerer zu machen. Zuerst sei es nur ein Grüppchen Indianer gewesen, die dagegen aufmucken wollten, daß ihre Jagdgründe von den Tiefffliegern gestört würden. Angeblich machten sich wegen der paar Flugzeuge ihre Karibuherden davon! Mit denen sei man noch fertig geworden. Aber dann hätten sich zu allem Überfluß diese Typen von Greenpeace eingemischt, um den Leutchen Schützenhilfe zu leisten, und, man glaube es kaum, so ein paar „ungewaschene

Grün-Alternative" von drüben aus der Heimat mußten auch noch ihren Senf dazugeben! Und dieses ganze Gesocks habe dann den Quatsch erst richtig angeheizt. „Schlimme Berichte haben die veröffentlicht!" Den Herrn Major schüttelt's jetzt noch. „Natürlich die Tatsachen völlig auf den Kopf gestellt. Alles total verdreht, nur um gegen die Bundeswehr zu polemisieren."

Eingaben hätten sie obendrein gemacht, bei den Behörden, um die Fliegerei künftig möglichst ganz zu unterbinden. Und als hätten wir uns den Vorwürfen angeschlossen (bis jetzt ist noch keiner von uns zu Wort gekommen), hebt er zu einem flammenden Plädoyer für seine Jungs und seine Phantoms an, die doch schließlich der Natur überhaupt nichts täten! Was für Schäden sollten denn da entstehen, bitte schön? Bis jetzt jagten die Indianer immer noch Karibus, also müßten auch welche dasein, nicht wahr? Außerdem sei die Tieffliegerei ohnehin schon durch strenge Auflagen eingeschränkt. Das funktioniere schließlich alles genau nach Vorschrift! (Wieso geht mir nur dauernd dieser Spruch durch den Kopf: ‚Wer sich verteidigt, klagt sich an'?)

„Wir halten ganz bestimmte Flugschneisen ein", versichert der Major vehement. Es sei nur erlaubt, in gewissen Korridoren zu fliegen – sternförmig ins Land hinein und wieder zurück zum Stützpunkt. Die Behauptung, daß wegen angeblicher Schockwirkung die Karibus aus diesen Gebieten verschwänden, sei einfach lächerlich. „Das", konstatiert der Vaterlandsverteidiger mit Genugtuung, „läßt sich zum Glück alles widerlegen! Tatsache ist nämlich – und darüber gibt es offizielle Erhebungen –, daß seit Bestehen des Flughafens Goose Bay der Karibubestand Labradors enorm gestiegen ist! Lag mal unter einer halben Million. Aber jetzt haben sich die Viecher nach neuesten Schätzungen auf 700 000 Stück vermehrt!"

Da soll doch mal einer behaupten, daß Tiefflüge über dem Busch nicht das reinste Potenzmittel für Karibus seien...

Vor lauter Verblüffung fehlen uns glatt die Worte.

Eimerklo neben Suppenschüssel

Die nächsten Tage sind angefüllt mit Besuchen und Ausflügen in alle Winkel Goose Bays. Susan, die die Aufgabe an sich gerissen hat, uns zu bemuttern, lebt sichtlich auf. Wir können ihr keine größere Freude machen, als sie zu bitten, unsere Hemden in ihrer Maschine waschen zu dürfen. Schon zum Frühstück holt sie uns ab. Eigentlich könnten wir es gar nicht besser haben. Wenn nur ihr ständiges Nörgeln nicht wäre, diese hoffnungslos negative Einstellung, die auch durch ihren täglichen Alkoholkonsum nicht zu mildern ist.

Eines Morgens, noch ehe Susans rote Blechbüchse auf der Pier erscheint, kommt ihr ein anderer Besucher zuvor. Auf nüchternen Magen steht der Hafenmeister vor uns. An den hatten wir wirklich nicht mehr gedacht. Der gewichtige Inuit-Indianer (er muß wirklich beides sein) ist diesmal nicht nur aufgeregt, sondern ernsthaft verstimmt und enttäuscht über uns. Er habe uns doch unmißverständlich gebeten, in sein Büro zu kommen! Wie soll er seinen Job erledigen, wenn man ihm seine Aufgabe so erschwert? Er wisse vor Arbeit nicht ein noch aus, und wir boykottierten ihn auch noch!

Wir vier, verschlafen und halb angezogen im Salon versammelt, betrachten den Mann nur stumm und vorsichtig wie einen Patienten. Dann: „Entschuldigung... Tut mir wirklich leid... War nicht böse gemeint."

Ich gebe mich vorsichtshalber zerknirscht, warte aber immer noch lauernd, ob das ganze nicht doch ein Witz sein soll.

Es ist kein Witz. Der Kerl ist überfordert, das wird spätestens deutlich, als wir ihn in seiner Amtsstube bebend, hochroten Kopfes und mit fahrigen Fingern in seinen Akten wühlen sehen, die offensichtlich lauter Bücher mit sieben Siegeln für ihn sind.

„Ihr müßt wissen, ich mache diesen Job erst seit ein paar Tagen."
Richtig, seit vorigen Montag.
„Hier!" Endlich hat er den gesuchten Ordner gefunden und fährt ratlos mit den Fingern an einer Liste rauf und runter, während er sich mit der anderen Hand verzweifelt die Haare rauft.

„Um was geht's?" frage ich sanft, um Licht in das Dunkel zu bringen.

„Mann, um die Hafengebühr! *Goddamn'*, ihr seid doch mein erster Fall. Ich komme damit noch nicht klar, ich mache das erst seit..."

„Verstehe. Also Hafengebühr. Aber für Yachten?"

„Ja, ja, also... Es geht doch nach der Länge, oder? Wie sind eure Abmessungen?"

Ich glaub', mich knutscht der sprichwörtliche Elch. Das kann ja gar nicht wahr sein! Die Pier gehört der Coast Guard und uns ganz allein. Seit Monaten hat hier kein Schiff angelegt. Und jetzt brüten wir mit diesem Clown über seinen Listen, um herauszufinden, welche Parkgebühr wir zu bezahlen haben!

„Zwölf Meter Länge also." Er grübelt und rechnet fieberhaft.

„Vielleicht sollte man das mit der Länge mal vergessen", schlage ich vor, um ihm auf die Sprünge zu helfen. „Es gibt da doch gewisse Ausnahmen, nicht?"

„Ausnahmen? Ach so... Warte mal, die gibt es schon. Ja, hier steht es: ‚Keine Gebühren zahlt die königliche Yacht BRITANNIA'... Hm. Das trifft auf euch nicht zu."

Nein, eigentlich nicht. Auf uns, da ist er schließlich ganz sicher, kann auch keine andere Ausnahmeregelung angewendet werden. Nach längerer Gehirnakrobatik, zuweilen von den Fingern unterstützt, kommt er glücklich, aber erschöpft ans Ziel: „Drei Dollar achtzig! Pro Tag."

Ich sehe ein, daß es unverantwortlich wäre, den Kerl in noch größere Konflikte zu stürzen. „Na gut", sage ich, „das zahlen wir also jetzt, und danach gehen wir an einen Ankerplatz."

„Ankerplatz?" entfährt es ihm entsetzt. Nun ist erneut sein Horizont überschritten. Aufs Neue beginnt ein hektisches Nachforschen in den Akten. „Also, Ankerplatz... Geht eigentlich nicht. Es – es bezieht sich nur auf das Festmachen an der Pier. Ja, die Gebühr gilt nur für die Pier. Aber am Ankerplatz, ich weiß nicht. Da gibt es keine Vorschrift..."

Um so besser. „Wo es keine Vorschrift gibt", ermutige ich ihn, „kann man auch nicht gegen sie verstoßen. Damit bist du die Verantwortung los, klar?"

„Klar, Mann!" Jetzt geht ihm sichtbar ein Licht auf, während ihm gleichzeitig eine Zentnerlast von der Beamtenseele fällt. Und ich zahle in der Erkenntnis, daß jeder weitere Widerstand gegen diese Staatsgewalt fruchtlos wäre.

Auf dem Rückweg mache ich kehrt und stiefele hinüber zum Coast-Guard-Gebäude zu Harvey, um Dampf abzulassen. Obwohl mein anfänglicher Groll sich längst in Belustigung verwandelt hat, muß ich das einfach loswerden.

Ich sinke vor Harveys Schreibtisch kopfschüttelnd auf den nächsten Stuhl. „Mann o Mann! So was wie euer Hafenmeister ist mir schon lange nicht mehr untergekommen. Parkgebühren in der Walachei!

Das ist uns seit Jahren nicht passiert, daß wir in einem so abgelegenen Hafen zur Kasse gebeten werden! Ha, da denkst du, im Norden bist du sicher vor den Bürokraten dieser Welt, und dann kommt so ein Prinzipienreiter daher! Na ja, der Platz ist doch auch so knapp an eurer Pier…"

Inzwischen kann ich darüber lachen. Ich erzähle Harvey die Sache in allen Einzelheiten, und bei der königlichen Yacht BRITANNIA kommen mir fast die Tränen.

Und was tut Harvey, unser Sonnyboy? Harvey kriegt unversehens einen Wutanfall. Er läuft rot an und springt so erregt auf, daß ich ganz erschrocken bin. „Was fällt diesem Bastard ein? Hafenmeister! Was glaubt er denn, wer er ist! Das ist wieder typisch! Typisch für einen Indianer! Von so einem kannst du nichts anderes erwarten. Das kommt davon, wenn man den Bock zum Gärtner macht…"

„He!" Verstört über diese heftige Reaktion, versuche ich ihn zu beschwichtigen. „Ist ja gut. So schlimm war's nun auch wieder nicht. Ich meine, was heißt ,Indianer'… Das hat doch damit nichts zu tun. Auf solche wie den muß man eben überall gefaßt sein."

Doch bei Harvey habe ich ungewollt in ein Wespennest gestochen. Er kommt in Fahrt, wie ich es bisher bei ihm noch nicht erlebt habe. „Nein, nein, du kennst diese Typen nicht! Da kommt so einer aus dem allerletzten Loch und spielt sich vor Gästen, vor Besuchern derart auf! Den Burschen knöpf' ich mir vor, der spinnt wohl komplett!"

Mir wird etwas mulmig zumute; ich wollte keinem Ärger machen. „Ach komm", appelliere ich noch mal an seine Humanität, „der hatte einfach Angst, etwas falsch zu machen. Wenn man einen Job gerade erst eine Woche hat, gibt es immer gewisse Anfangsschwierigkeiten."

Doch Harvey ist nicht zu bremsen. „Das heißt nicht, daß man diese Schwierigkeiten anderen machen muß! Nein, Burghard, du verstehst nicht. Es ist immer wieder dasselbe. Die Ursache für solche Peinlichkeiten ist diese idiotische Proporzbestimmung. Der Gesetzgeber will, daß aus Paritätsgründen ein gewisser Prozentsatz der öffentlichen Stellen mit Inuit und Indianern besetzt wird. Da müssen dann auf irgendwelche Posten mit aller Gewalt Leute gehievt werden, die den Anforderungen gar nicht gewachsen sein können. Gut – mit den Inuit läuft es einigermaßen. Aber unter den anderen findest du keinen, der auch nur als Nachtwächter zu gebrauchen wäre. Genauso könnten wir

Mickymaus zum Hafenkapitän machen. Du müßtest mal sehen, wo die Brüder herkommen. Jeder Schweinestall ist ein Salon dagegen!"
Hätte ich nur nichts gesagt...
„Okay", lenke ich ein, „Schwamm drüber. Alles halb so wild."
Pause. Harvey sieht mich an. „Du hältst mich für einen Rassisten oder so, stimmt's?"
Was soll ich sagen? Ich winde mich ein bißchen.
„Weißt du, unsereiner kann das natürlich nicht beurteilen. Als Besucher blickt man da nicht so durch."
Harvey scheint einen Moment lang etwas auszubrüten. Dann greift er unvermittelt zu seiner Dienstmütze. „Komm, wir fahren hin. Ich will's euch zeigen. Hol Helga, Kurt und Steffi, wir fahren ins Indianerdorf. Ihr sollt es sehen, damit ihr euch selbst ein Bild machen könnt. Ich verspreche dir, das werdet ihr nie vergessen!"

Kaum fünf Minuten, nachdem wir mit Harveys Dienstwagen die letzten Häuser von Goose Bay hinter uns gelassen haben, taucht das „Dorf" auf. Langsam rumpeln wir durch Schlaglöcher mitten in eine Horrorkulisse hinein.

Die Szenerie, die sich unseren entsetzten Augen bietet, ist unbeschreiblich. Barackenähnliche Siedlungen sieht man vielerorts, diese aber scheint irgendwann von einem verheerenden Wirbelsturm heimgesucht worden zu sein. Alles ist restlos demoliert. Die Holz„häuser" – oder was davon übrig ist – gleichen zerschlagenen Bretterhaufen. Angenagelte Fetzen Plastikfolie verdecken hier und da notdürftig die Fensteröffnungen. Nur vereinzelt gibt es noch ein paar heile Glasscheiben, die fast als unpassend ins Auge springen. Einige Buden sind ganz zusammengebrochen, dort stehen als Ersatz zerfledderte Campingzelte. Überall ist Müll verstreut, Unrat, wohin man sieht. Und dazwischen bewegen sich menschenähnliche Gestalten, die genauso aussehen wie die Umgebung.

Wir sind wie erschlagen. Was ist hier passiert?
„Passiert", sagt Harvey, „ist überhaupt nichts. Dies ist der übliche Zustand. Kommt bitte nicht auf die Idee auszusteigen. Wir fahren einmal langsam runter und dann wieder zurück. Hier ist sozusagen feindliches Territorium. Sowie ihr den Wagen verlaßt, müßt ihr mit gezielten Steinwürfen rechnen."

Die Blicke, die unserem Wagen folgen, scheinen das zu bestätigen.

„Damit ihr recht versteht", fährt Harvey fort, „das hier hat wirklich mal wie ein Dorf ausgesehen. Die Regierung hat sie ihnen gebaut: nette kleine Häuser, einfach, aber brauchbar, mit Anschlüssen und allem, was dazugehört. Was ihr hier seht, haben sie ganz allein daraus gemacht... Von innen sind die Buden noch schlimmer. Die Sozialarbeiter können ein Lied davon singen. Sie sind die einzigen, die hier Zutritt haben. Die können was erzählen – da stehen dir die Haare zu Berge! Essen gekocht wird zum Beispiel über einem offenen Feuer, das sie auf dem Fußboden entzünden."

„Wenn sie es nicht anders kennen?" wende ich ein. „Das entspricht eben ihrer Tradition."

„Möglich. Aber es entspricht keineswegs ihrer Tradition, direkt neben der Kochstelle den *honey bucket* stehen zu haben!"

„Du meinst, sie haben..."

„Genau. Das Eimerklo steht neben der Suppenschüssel. Buchstäblich. Sag selbst, was kannst du mit Menschen anfangen, die so abgestumpft sind? Jetzt weißt du, wo dein Hafenmeister herkommt. Und so einer, der Küche und Klo nicht auseinanderhalten kann, soll hier die Staatsgewalt repräsentieren! Verstehst du jetzt?"

Nein, eigentlich verstehe ich gar nichts. Wir sehen uns um und erfassen das Indianerelend mit den Augen, aber nicht mit dem Verstand.

„Unser Fehler war, daß wir ihnen alles in den Schoß gelegt haben", meint Harvey. „Natürlich hat der Staat an ihnen eine Hypothek aus der Geschichte abzutragen. Aber die Methode ist falsch. Die lachen sich tot über den weißen Mann mit seinem sozialen Tick. Sie brauchen doch nur noch die Hand aufzuhalten, schon reicht es zum Überleben – und vor allem für den täglichen Rausch, der ist das Wichtigste. Das Merkwürdige ist nur: Mit den Inuit wird schließlich genauso verfahren, die aber sind nicht in dieser totalen Passivität versunken. Man kann durchaus sagen, daß sie sich ihre Identität bewahrt haben – und so etwas wie Menschenwürde. Ihre alten Traditionen und Gebräuche sind lebendig geblieben. Es ist also offensichtlich nicht allein unsere Schuld, daß hier etwas falsch läuft."

Harveys Einstellung liegt absolut im Trend, das werden wir noch in vielen Gesprächen mit weißen Kanadiern feststellen. An den indianischen Ureinwohnern lassen die meisten kein gutes Haar, während die Inuit allgemein weit höher im Ansehen stehen.

Harvey wendet den Wagen, und wir fahren argwöhnisch beobachtet zurück. Mit heimlicher Erleichterung lassen wir diesen unvorstellbaren menschlichen Müllplatz hinter uns.

Die Analyse bleibt aus. Wir schauen hin, wir hören zu. Aber um zu begreifen, was hinter dem Sichtbaren steckt, müßte man sich hier länger als für eine Stippvisite aufhalten.

„Solltet ihr irgendwann wiederkommen", sagt Harvey, „dann werdet ihr feststellen, daß sich für diese Menschen nichts ändert. Sie werden den Anschluß an die moderne Welt nicht mehr finden. Und wenn ihr mich fragt, dann haben sie ihre Chancen selbst zerstört. Sie werden permanent Sozialhilfeempfänger bleiben. Und irgendwann, wenn sie hier auch das letzte ihrer Häuser im Suff zusammengehauen haben, wird wieder ein Bautrupp anrücken und das Dorf neu aufbauen – bis sie es erneut zu Kleinholz gemacht haben. Du kannst dir an fünf Fingern abzählen, wann es soweit ist."

Es wird eine lange Nacht auf der SHANGRI-LA.

Bis in die frühen Morgenstunden kreist das Gespräch um die schockierenden Eindrücke im Indianerdorf, diskutieren wir uns die Köpfe heiß in dem Bemühen, das Gesehene zu verarbeiten. Wie kann solch ein menschliches Desaster entstehen? Wer ist verantwortlich für diese Tragödie, diesen unglaublichen Verfall eines ganzen Volksstammes? Sind es wirklich, wie Harvey meint, die Indianer selbst, die sich dem sozialen Gefüge der Weißen durch Flucht in die totale Lethargie entziehen? Dann bliebe immer noch die Frage: Warum tun sie es?

Auf einen Punkt kommen wir immer wieder zurück, den auch Harvey selbst anklingen ließ: daß nämlich auf zwei verschiedene ethnische Gruppen – Inuit und Indianer – dasselbe stereotype Hilfsprogramm angewendet wurde, ohne Berücksichtigung der unterschiedlichen Belange, ungeachtet der Tatsache, daß Menschen verschiedener Kulturen auch nicht die gleichen Ansprüche haben. Vielleicht liegt der Schlüssel in dem Trugschluß, es müsse gerechterweise für alle das gleiche getan werden. Mußte dann nicht für eine der beiden Volksgruppen das Programm zwangsläufig falsch sein?

Wir reden und reden, und Steffi, die Ärmste, sieht währenddessen die wenigen Stunden Schlaf, die ihr noch bleiben, verrinnen. Den halben Tag war sie mit Umstauen beschäftigt: von Kisten in Koffer. Morgen wird sie mit der ersten Maschine nach Montreal starten und von dort den Heimflug antreten. Das bereits belichtete Filmmaterial fliegt mit, und alles, was Kurt von seinem mobilen Studio nun nicht mehr benötigt, ist kurzerhand Steffis Reisegepäck zugeschlagen worden. Immer wieder hat Kurt noch dies und jenes in die letzten Lücken in Taschen und Koffern gestopft.

Steffi wird uns fehlen. Sie und Kurt haben sich in die Crew eingefügt, als seien sie bereits seit Jahren an Bord, als wären sie tausende von Seemeilen mitgesegelt. Und das, obwohl wir uns bis zu dieser gemeinsamen Reise kaum kannten. Wie schön, daß wenigstens Kurt uns noch erhalten bleibt!

Gefangen in Hopedale

Einen Tag vor Ablauf der Wochenfrist schwebt eine Bundeswehrmaschine mit Dieter Karnetzki an Bord ein. Die SHANGRI-LA-Riege steht aufgereiht zum Empfang auf dem Rollfeld.

Ein wenig hohlwangig sieht er noch aus, ist aber nach eigenem Bekunden als weitgehend „geheilt entlassen". Jedenfalls geht's ihm schon wieder so gut, daß er grinsend unsere wohlwollenden Frotzeleien erträgt. („... Und ich wollte mich so richtig genüßlich auf die Kanadareise einstimmen! Na ja, das Restaurant empfehl' ich lieber nicht weiter.")

Unsere – zugegebenermaßen nicht besonders einfühlsame – Einladung zum Begrüßungsdiner (Hauptgang fangfrischer Lachs) lehnt er allerdings entsetzt ab. Zum Trost laden wir ihn mit Harvey, Susan und Peter zur Segelpartie auf dem Hamilton Inlet ein.

Und dann drängt allmählich die Zeit. Die erste Juliwoche ist bereits verstrichen, und der arktische Sommer zeichnet sich vor allem durch eines aus: seine Kürze. Endlich gibt uns Captain Harvey grünes Licht: „Seit ein paar Tagen herrscht Westwind, und das Eis hat sich etwas von der Küste zurückgezogen. Wenigstens zwei, drei Tagesetappen könntet ihr jetzt vorankommen."

Sofort wird für den nächsten Morgen die Abreise vorbereitet.

Der allerletzte Gang, kurz vor dem Auslaufen, führt noch in Dieters

Allerheiligstes, das Wetterbüro der Bundeswehrflieger, um die aktuellsten Informationen mitzunehmen.

Riesige Wetterkarten und Satellitenaufnahmen beherrschen den Raum. Die geheime Botschaft, die Dieter all den Hochs und Tiefs mit ihren Wolkenspiralen und dazugehörigen Daten entnimmt, klingt einfach traumhaft: anhaltender herrlichster Westwind bleibt vorherrschend! Der wird uns zügig aus dem Fjord schieben und uns auch noch in den nächsten Tagen die Segel füllen.

Angesichts so günstiger Bedingungen gestalten wir den Abschied kurz und schmerzlos; das ist sowieso immer das beste. Dieter werden wir, wenn nichts dazwischen kommt, im Winter in Deutschland wiedersehen. Der schlaksige, strohblonde Harvey, die unglückliche Susan, Peter der „Nordkranke" und all die anderen reihen sich ein in die Gesichter, die unvergessen bleiben und an die wir immer wieder zurückdenken werden. Das Dingi bringt uns zu unserem Ankerplatz, und ab geht die Post.

Die Freude aber währt nur einige Stunden.

Wie heißt es doch so schön? Es gibt drei Arten von Wetter: das, welches man gerade hat, jenes, das man gerne hätte, und das, was die Wettervorhersage verspricht. Aber daß die drei identisch sind, kommt nur alle Jubeljahre vor und kann unmöglich von Dauer sein.

Der Wettergott spuckt auf Dieters ausgeklügelte Prognosen. Nachmittags, SHANGRI-LA pflügt noch mitten durch den Hamilton Inlet, weicht der schöne Westwind einem ruppigen Nordost, der uns die Böen wie Backpfeifen um die Ohren knallt. Zwei Reffs ins Groß, verkleinerte Rollgenua. So, unter halbem Tuch, knüppeln wir in unzähligen Kreuzschlägen auf dem langen Wasserschlauch nach Osten.

Nichts gegen die Wissenschaft im allgemeinen und die Meteorologie im besonderen, aber vielleicht war unser Dieter doch noch nicht ganz wieder auf dem Damm?

Blindfahrt. Blickloses Vorwärtstasten auf dem Radarstrahl. Ängstliche, angestrengte Fixierung auf die Elektronik. Das ist die fatale Wirklichkeit, mit der uns die Labradorsee empfängt, kaum daß wir aus dem Hamilton Inlet geschlüpft sind. Alles wie gehabt! Zwanzig, dreißig Meter vor den Schwimmerspitzen ist die Welt zu Ende. Wieder hängt alles von absolut präziser Navigation ab. Denn zwischen unzähligen

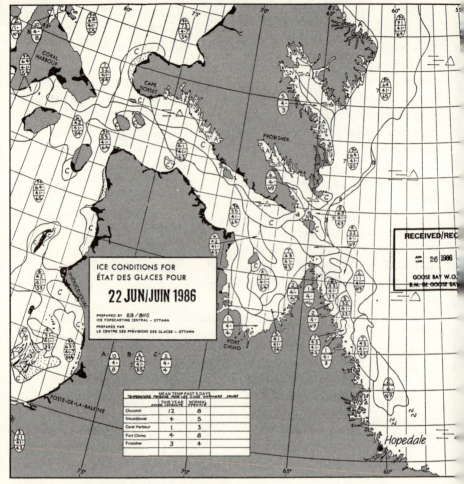
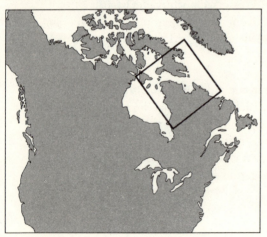
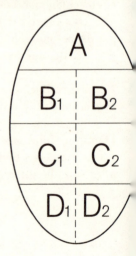

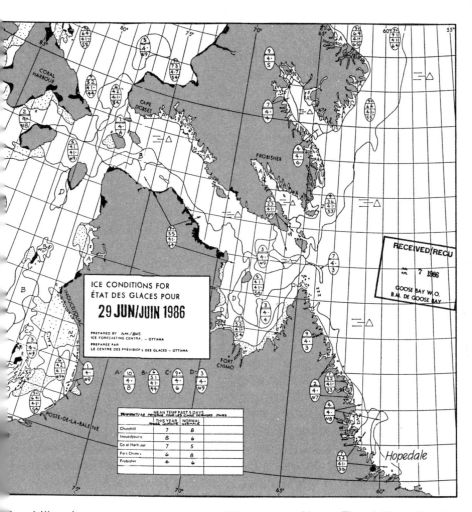

Eisschlüssel

...ese Zahl gibt die Eiskonzentration ...Zehnteln an (s. Beispiel)	
...ese Zahlen geben die teilweise ...nzentration der dicksten Eis-...rten an	
...ese Zahlen geben den Entwick-...gsstand, d. h. die Dicke des Eises ... (Je größer die Zahl, desto dicker ...s Eis. Zahlen mit Punkt, sehr ...kes Eis (über 70 cm)	
...ese Zahlen geben die Form des ...es an. Je größer die Zahl, desto ...ßer die Eisschollen	

Unser Eisschlüssel für die Situation in Hopedale

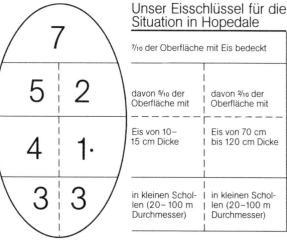

7		7/10 der Oberfläche mit Eis bedeckt	
5	2	davon 5/10 der Oberfläche mit	davon 2/10 der Oberfläche mit
4	1·	Eis von 10–15 cm Dicke	Eis von 70 cm bis 120 cm Dicke
3	3	in kleinen Schollen (20–100 m Durchmesser)	in kleinen Schollen (20–100 m Durchmesser)

unsichtbaren Inseln schlängelt sich unser Kurs hindurch. Und wieder sind es die auf dem Radarschirm nicht erscheinenden Growler, denen die meiste Angst gilt. Unsicherheit und Anspannung sind unsere ständigen Begleiter, die abzuschütteln uns nicht mehr gelingt. Aller Augen suchen die grauen, undurchdringlichen Wände nach Farbveränderungen ab. Geistert dort nicht ein weißliches Gebilde heran? Aber es sind nur die überreizten Nerven, die uns alles Mögliche vorgaukeln. In diesen Tagen sehen wir kein Eis, das Festland nicht und auch nicht die Inseln, von denen wir immerhin wissen, wo sie sich befinden. Alles bleibt abstrakt, unwirklich, gegenstandslos – und ist doch von bedrohlicher Gewißheit.

In Makkovik machen wir fest und in Emily Harbour – Outports, die für uns nur Namen bleiben, Stationen für eine Nacht, wo wir in traumlosen Erschöpfungsschlaf fallen.

Jeden Morgen halten uns die arktischen Wettergötter erneut zum Narren. Jedesmal laufen wir bei glasklarer Sicht aus, hinaus in einen scheinbar wunderschönen Tag. Aber es dauert nicht lange, und wieder rollen plötzlich dicke Nebelbänke von der Kimm heran. Vielleicht gibt es auf der Welt nur noch einen Ort, an dem sich das Wetterbild so übergangslos und derart sprunghaft ändert: Kap Hoorn.

Der Kalender zeigt einen Samstag an (was auf SHANGRI-LA von nur theoretischer Bedeutung ist), als wir abends in Hopedale anlegen. Die gleiche Kulisse wie an den vergangenen Tagen: Holzbuden, über flache Felsbuckel verstreut, vor einem hügeligen Wald, der aber jetzt schon deutlich spärlicher wirkt. Im Süden war der Baumbestand viel dichter als hier.

Die Pier ist nicht gerade von feinsinnigen Händen gezimmert worden. Man hat ein paar klobige Pfähle in den Boden gerammt, und ebenso rohe Querhölzer verbinden sie mit den großen Ufersteinen. Um diese nicht besonders einladende Einrichtung zu „entschärfen", dienen einige ausrangierte, ölverschmutzte Autoreifen als Fender. Keine Gegend für zartbesaitete Polyesteryachten. Selbst die Fischkutter und Versorgungsschiffe, welche die Outports anlaufen, sind in der Regel vorsorglich mit einem Aluminiumpanzer beschichtet. Wie gut, daß man uns rechtzeitig gewarnt hat! Noch in Halifax, bei unserem Großeinkauf, haben wir uns die richtigen Fender zugelegt, riesige Ballons, die über die Bordwand gehängt werden. Zusätzlich baumeln Bretter davor. So können sich die Reifen nicht als unliebsame Stempel auf unserer Außenhaut verewigen.

Derart geschützt und verschanzt nehmen wir die derbe Holzpier in Beschlag. Es ist spät, und wir sind mal wieder restlos kaputt. Mehr psychisch als physisch ausgelaugt, beantworten wir noch halbherzig die ewig gleichen Fragen der wie immer zusammengelaufenen Eskimos, kauen danach, bei gleichzeitiger Lagebesprechung, freudlos auf dem Abendbrot herum, um anschließend unverzüglich in die Kojen abzutauchen. Doch der Schlaf will sich bei uns diesmal trotz – oder gerade wegen – völliger Übermüdung nicht recht einstellen. Zu überdreht sind wir vom unwahrscheinlichen Streß der letzten Tage. Folgerichtig sieht die Frühstücksgesellschaft kaum weniger verschwiemelt um die Augen aus als die Tischrunde vom Vorabend. Aber wir müssen und wollen weiter.

Natürlich: Die Sonne scheint friedlich von einem zartblauen Himmel, als wir bei sanfter, kaum spürbarer Brise die Maschinen anwerfen und die Leinen losmachen. Aber darauf fallen wir nun wirklich nicht mehr herein! Sie kann uns nicht mehr foppen, diese trügerische Klarheit des Nordens.

Diesmal ist der Traum schon aus, noch ehe sich der Fjord zum Meer hin öffnet. Gerade haben wir die ersten Felsnasen umkurvt, da trübt es bereits ein. Und dann der Schlag: Aus dem immer diesiger werdenden Zwielicht gleiten Eisschollen auf uns zu! Inzwischen haben wir schon einen Blick für die Vielgestalt des Eises. Das hier sind nicht ein paar zufällig abgebrochene Growler, keine Einzelgänger. Das ist Treibeis!

Schlimmes ahnend, versuchen wir uns dem Ausgang des Fjords zu nähern und sind bald zu wirren Zickzackkursen gezwungen, denn immer größere Mengen drängen uns entgegen. Wieviel mag das sein? Wie groß ist das Feld? So läßt sich das unmöglich feststellen. Man müßte das Ganze mal von oben betrachten.

Ich peile mit leisem Widerwillen die Mastspitze an. In der Südsee, wenn es galt, ein Riff auszumachen, verlangte es keine besondere Überwindung, nur in Badehose und mit Plastiklatschen die Mastsprossen zu erklimmen. Oben konnte man sich an der kühlen Brise erfreuen, die einem um die heißen Ohren wehte. Aber mit Faserpelz, Parka, dicken Handschuhen und unförmigen Moonboots in die luftige Höhe zu turnen, ist nicht gerade verlockend. Ich sehe unschlüssig an mir herunter. Was soll's, ausziehen werde ich mich nicht. Also sieht man den vermummten Skipper sich in Zeitlupe aufwärts hangeln. Oben wie ein Affe festgeklammert, bin ich dem eisigen Wind ausgesetzt. Er beißt mir ins Gesicht und treibt mir das Wasser in die Augen.

„Du siehst aus wie ein niedlicher Koalabär!" unterrichtet mich Kurt brüllend von unten. Der Koalabär könnte ihm den Hals umdrehen.

Die Bescherung ist perfekt. Soweit ich aus tränenverschleierten Pupillen erkennen kann, ist voraus alles weiß! Ein Ende des Eisfeldes ist nicht abzusehen. Eine riesige frostige Wüste haucht uns da ihren eisigen Atem entgegen.

Der Fjord ist verschlossen, total verstopft, verkorkt wie ein Flaschenhals. Hier gibt es kein Entkommen. Kein Weg führt durch diese kompakte Masse. Wir sitzen fest.

„Nicht die geringste Chance", verkünde ich den ratlosen Gesichtern an Deck. „Wir müssen umkehren."

„Na, fabelhaft", murmelt Helga sarkastisch.

„Schicksal", sagt Kurt.

Nicht lange, und der schon bekannte Platz an der verschrammten Holzpier von Hopedale hat uns wieder.

Ein Telefon mit Duftnote

Fünfzig oder sechzig Häuschen mögen es sein, aus denen Hopedale besteht, gruppiert wie all diese uniformierten Dörfer um Kirche und Fischfabrik – womit sowohl das kulturelle wie auch das wirtschaftliche Leben bereits umrissen ist.

Jetzt liegt der Ort wie ausgestorben da. Keine Menschenseele ist um zehn Uhr an diesem Sonntagvormittag zu sehen, als wir uns geschlossen auf die Suche nach einem Telefon begeben. In Ermangelung einer besseren Idee wollen wir Captain Harvey in Goose Bay anrufen, um zu hören, welche Informationen er über die aktuelle Eislage hat. So entlegen und weltentrückt die Outports auch sein mögen, alle sind über ein drahtloses Telefonsystem mit der Zivilisation – und das heißt im wesentlichen: mit allen wichtigen Versorgungseinrichtungen – verbunden.

Ein ungepflegter, holpriger Schotterweg führt an den Holzbaracken entlang. Ein paar verwahrloste Hunde, angeleint zwischen dem üblichen Sperrmüll, bekläffen uns unfreundlich. Sonst rührt sich nichts. Entweder ist die gesamte Einwohnerschaft in der Kirche versammelt oder bereits beim Frühschoppen versackt. Wo in aller Welt soll man hier ein Telefon suchen?

Endlich biegt ein Eskimo um eine Ecke. Pardon, „Eskimo" wollten wir uns ja abgewöhnen! Denn dieser Begriff, so hat man uns erklärt, ist zwar landläufig, aber in Wahrheit eigentlich ein Schimpfwort; wörtlich übersetzt bedeutet er soviel wie „Rohfleischfresser". Wenn diese Bezeichnung auch genau genommen durchaus zutreffend ist (erstaunlich, was diese Leute alles in rohem Zustand verschlingen!), so nennen sie selbst sich doch seit jeher Inuit, das heißt „Menschen der Erde".

Dieser Mensch ist betagt, auch unter Berücksichtigung der Tatsache, daß das Lebensalter der Inuit mitunter schwer zu schätzen ist. Ein typischer Vertreter seines Volkes, mit O-Beinen zum Durchkugeln.

Wir halten ihn an und fragen, wo man hier telefonieren könne. Sein breites, tiefbraunes, wettergegerbtes Ledergesicht verzieht sich zu tausend Lachfalten, zwischen denen die Augen unterzutauchen scheinen. Das Lachen ist den Inuit eigen wie anderen das Atmen. Keine Gemütsregung, keine Bekundung, die sie nicht in ein Lachen kleiden können. In diesem Fall dürfte es wohl Unverständnis ausdrücken, denn der alte Mann kennt nur die Sprache seines Volkes.

„*Phone?* He? *Phone!*" Unsinnigerweise versuche ich, die Sprachbarriere durch Lautstärke zu überwinden.

„*Phone*... Aaaah, *yes, yes!*" Doch, dieses Wort ist ihm schon begegnet, und das erfüllt ihn sichtlich mit Stolz. Das Grinsen wird noch breiter, zumal keine Schneidezähne die Annäherung von Gaumen und Unterkiefer behindern. Aus den Mundwinkeln, die sich in unmittelbarer Nachbarschaft der Ohren befinden, kommt stoßweise ein keckerndes, fletschendes Zischeln, das an eine Lokomotive erinnert, die zu beiden Seiten Dampf abläßt. Schon mehrmals haben wir dieses typische Lachen der Inuit belustigt studiert.

„*Phone!*" wiederholt er noch einmal und weist, um sein Begreifen zu unterstreichen, mit ausholender Geste auf ein Haus, das als eines der letzten am Rand der Siedlung steht. Dann stapft er voran, und wir folgen ihm erwartungsfroh durch Schlaglöcher, Dreck und Unrat.

Die Behausung ist eine der üblichen, auf Pfählen stehenden Buden, nicht mehr als ein aus rohen Brettern gezimmerter Schuppen. Ein paar schiefgetretene Stufen führen zum Eingang hinauf.

So etwas wie ein Garten oder auch nur ein gepflegter Platz ist in dieser Gegend unbekannt. In unordentlichen Haufen liegt massenweise Brennholz rings ums Haus und dazwischen anscheinend alles, was im Lauf der Zeit an Müll angefallen ist. Wahllos verstreut rotten mehrere Motorschlitten vor sich hin, von denen mindestens einer im nächsten Winter kaum noch brauchbar sein dürfte. Das verbeulte Wrack einer Waschmaschine leistet ihnen Gesellschaft. Und mitten in dem ganzen Sperrmüll ist zwischen zwei windschiefen Pfählen eine Leine gespannt, an der neben verfärbten Drillichhosen ein Sortiment Trockenfisch im Wind schwingt. Die milde Luft, abgeschirmt vom eisigen Hauch der See, ist voll fauliger Abfalldüfte. Unser Fremdenführer, schon in der Tür seines Eigenheims, bittet uns durch einladende Gestik herein.

„Ich", verkündet Helga entschieden und in kluger Vorahnung, „bleibe draußen. Geh du rein."

Kurt erbietet sich, ihr Gesellschaft zu leisten. „Genügt ja, wenn einer telefoniert."

Sollte es an diesem Hort der Verwahrlosung tatsächlich ein intaktes Telefon geben? Ich bin mir nicht mehr so sicher, ob hier über die Definition von *phone* nicht doch ein Mißverständnis besteht.

Im Flur oder dem, was man dafür halten soll, herrscht Dämmerung, und ich stolpere prompt über Fischnetze, Leinen, Ölzeug und Gummistiefel, die in loser Schüttung den Boden bedecken. Damit war zu rechnen. Worauf ich nicht vorbereitet bin, ist der bestialische Gestank, der mir entgegenschlägt und mich fast rückwärts zur Tür hinauswirft. Ich zwinge mich, nicht augenblicklich die Flucht zu ergreifen, versuche, so lange wie möglich das Atmen einzustellen, und forsche argwöhnischen Blickes nach der Geruchsquelle. Ein Seehundkadaver? Das darf ja nicht wahr sein! Gleich neben der Tür hängt etwas, das aussieht wie ein toter Seehund, und von dorther strömt auch der entsetzliche Gestank, der das ganze Kabuff erfüllt!

Der grinsende Inuit folgt meinem Blick und nickt unter anhaltendem Zischeln freudige Zustimmung. Dann langt er beflissen mit der Hand in den... Nein, es ist kein Kadaver, nur ein Beutel oder eine Tasche aus Seehundsfell, und sie scheint so etwas wie die Keksdose für liebe Gäste zu sein. Freigiebig bietet mir der Hausherr einige ‚Leckerbissen' aus dem Inhalt an: getrocknete Stücke von Fleisch, Innereien und Fisch. Ich hoffe, daß mir der Ekel nicht am Gesicht abzulesen ist, nehme alle Höflichkeit zusammen und lehne das Knabberzeug ab, während mein Magen eine Rolle rückwärts vollführt und die Gestankwolke mir fast die Besinnung raubt.

„*Phone...?*" würge ich hervor, eigentlich nur noch als Ablenkungsmanöver. Doch flugs werde ich, begleitet von unverständlichen Kehllauten, in die gute Stube dirigiert. Am liebsten würde ich den Rest der Crew hereinrufen, denn das muß man einfach gesehen haben!

Das integrierte Wohn-Eß-Schlafgemach, nur im Storchenschritt über unzähliges Gerümpel zu durchqueren, befindet sich nahezu im Endstadium der Verwahrlosung und Verunreinigung. Versaut, versaut wie ein Schweinestall ist die Bude! Die Optik übertrifft fast noch das Aroma. Als Glanzstück der einst vielleicht ganz akzeptablen Einrichtung fällt eine große Gemeinschaftskoje ins Auge. Die Bettwäsche oder das, was diese Funktion erfüllt, läßt sich allenfalls mit einer zerknitterten, grauen, restlos verdreckten Lkw-Plane vergleichen. Das hervorschauende, miefig-gammelige Unterbett wird harmonisch ergänzt durch eine schwärzlich melierte, speckige Überdecke. (Die Waschmaschine draußen muß wohl schon vor längerem ausgefallen sein. Und wo soll die natürliche menschliche Patina hin, wenn Dusche oder Badezimmer etwas Unbekanntes sind?) Ich fühle eine leichte Gänsehaut auf meinem Rücken. Zaghaft wandert mein Blick über die übrige Möblierung. Nichts ist sauber, alles ramponiert: ein wackliges Tischchen mit ein paar fleckigen Stühlen, einige Wandregale, die ein chaotisches, verstaubtes Sammelsurium beherbergen, ein Schrank, dem praktischerweise die Tür fehlt. So sind die hineingequetschten dicken Jacken und das Ölzeug stets griffbereit. Die übrige Garderobe und Wäsche befindet sich offensichtlich in dem halbgeöffneten Koffer, der die Mitte des Raumes einnimmt und dessen Inhalt auf den Boden quillt. In einer Ecke lehnen mehrere Jagdgewehre, der wahrscheinlich kostbarste Besitz. An der Bretterwand hängt ein alter Kalender, auf dem Marilyn Monroes Marzipanbusen etwas deplaciert, aber als interessantes Kontrastprogramm zu der freudlos-düsteren Umgebung prangt. Sie wird flankiert von einigen angeknickten Fotos, auf denen die fröhlichen Mondgesichter dreier Eskimokinder aus pelzgerahmten

Kapuzen grinsen. Kichernd entblößt der Hausherr das Zahnfleisch und klopft stolz auf die Konterfeis der Nachkommenschaft: *„Trii children, trii children!"* Den Rest verstehe ich nicht, sage aber höflich: „Fabelhaft", was nun er wieder nicht versteht.

Inzwischen hat die Neugier Kurt getrieben, mir doch zu folgen. Er poltert über die verstreuten Fußangeln herein und bleibt wie angewurzelt neben mir stehen, die Hand vor Mund und Nase. Auch sein Blick fällt magnetisch auf die Lagerstatt.

„Halt mich fest, sonst springe ich da glatt rein und aale mich."

In diesem Moment rollt, an Gestalt und Ausdünstung an ein Heringsfäßchen erinnernd, Mutti Inuit aus der Küche herein. Das landläufige Grinsen prangt auch auf ihrem flachen Gesicht. Die Wolke, die nach ihr aus der Kombüse dringt, steht der aus dem Seehundsbeutel nicht nach. Wir sind beinahe narkotisiert.

„Was meinst du", murmelt Kurt flach atmend, „ist das heute noch üblich?"

„Was?"

„Na, du weißt schon: daß sie dem Gast ihre Ehefrauen als Bettwärmer anbieten..."

„Ich weiß nicht... Aber wenn, dann lasse ich dir den Vortritt."

„Du bist wirklich wie ein Bruder zu mir. Also, was ist – kann man hier telefonieren oder nicht? Wenn nicht, dann laß uns verschwinden, bevor wir bewußtlos am Boden liegen."

Man kann! O Wunder, zwischen all dem Trödel auf dem Wandbord legt Vater Inuit ein Telefon frei! Na also, wer sagt's denn? Sie haben keine Kanalisation (das gewisse Örtchen mit dem *honey bucket* ist durchs Fenster sichtbar), keine Brause, keine Wanne – aber Strom und Telefon. Am liebsten möchte ich den klebrigen Apparat nur mit dem Taschentuch anfassen, aber das würde wohl Befremden hervorrufen.

Es dauert ein halbe Ewigkeit, die Verbindung nach Goose Bay zustande zu bringen. Endlich ertönt die vertraute Stimme von Sonnyboy Harvey aus dem Hörer.

„Burghard? Mann, das freut mich! Fein, von euch zu hören, ihr fehlt hier richtig! Wo seid ihr – in Hopedale? Hab' ich mir fast gedacht..." Nein, es wundere ihn nicht, daß wir hier festsitzen. Der Report der Eispatrouille sage alles: Große Massen seien wieder aus der Davis-Straße herübergedriftet. Auf 150 Meilen Länge sei die Küste blockiert.

„Nördlich davon", versucht Harvey mich zu trösten, „ist alles frei. Da oben habt ihr die besten Bedingungen!"
Leider nützt uns das im Moment verteufelt wenig.
„Wie sind die weiteren Aussichten?"
„Na ja, solange kein Westwind aufkommt, ändert sich natürlich nichts. Aber keine Sorge, das geht oft schneller, als man denkt. Ruft mich am besten in drei Tagen nochmals an. Dann kann ich euch den neuen Bericht durchgeben, okay?"
Was bleibt uns anderes übrig? Ich verspreche, daß wir ausharren und uns wieder melden werden.
Dann nehmen Kurt und ich mit vielen Dankeschöns und einigen Dollarscheinen unseren Abschied von Familie Inuit. Und per Kavaliersstart hechten wir an dem betäubenden Duftsäckchen vorbei ins Freie.

Zäh dehnen sich die Stunden. Wir langweilen uns nach Kräften. Liegezeit in Hopedale – das wird eine halbe Woche lustlosen Wartens, während unser Tagewerk im wesentlichen darin besteht, einen nervösen Kampf gegen unerwartet aufgetauchte Widersacher zu führen: Moskitos und ihre nimmermüden Komplizen, die *blackflies*! Auf 17 bis 18 Grad hat sich die Luft erwärmt, und die Plagegeister des arktischen Sommers sind erwacht. In Schwärmen stürzen sich die Viecher auf unseren Platz an der Pier, tanzen in schwarzen Wolken um das Schiff.
In der ersten Panik zerren wir die einst in Florida erworbenen Insektenkanonen hervor. Sie erweisen sich als völlig wirkungslos. Wir pusten damit herum, bis *wir* matt werden, doch die Mücken und Fliegen lachen sich wahrscheinlich ins Fäustchen. Genervt flüchten wir von der Pier an einen Ankerplatz, denn allzu weit übers Wasser fliegen die Biester nicht. Aber vorsichtshalber wird der ganze Kahn mit unseren alten Moskitonetzen zugehängt, Andenken aus der Tropenzeit, die glücklicherweise in der Riverbend-Marina nicht mit aussortiert worden sind. SHANGRI-LA gleicht somit, einsam in der Bucht dümpelnd, verblüffend einem Entwurf des Verpackungskünstlers Christo. Hinter den Vorhängen läßt es sich einigermaßen leben, nur kann niemand ungeschoren das Schiff verlassen.
Die Besucher, die mit ihren Fischerbooten vorbeikommen, schütteln

nur die Köpfe. Diese Mücken seien doch noch ganz harmlos! „Seid erst einmal oben in der Tundra, da werdet ihr euch wundern. Dort gibt es im Sommer eine echte Moskitoplage!"

Als was soll man dann das hier bezeichnen?

Merkwürdigerweise bewegen sich die Bewohner von Hopedale seelenruhig im Freien, ohne von wildgewordenen Insektenschwärmen attackiert zu werden. Wieso haben es die Quälgeister gerade auf uns abgesehen? „Wir stinken nicht genug", meint Kurt, „unser Aroma mögen sie. Als Moskito wäre ich da auch wählerisch."

Wie sich zeigen soll, hat er den Nagel auf den Kopf getroffen.

„Ihr müßt *musk oil* nehmen", raten die Leute von Hopedale. „Das ist das einzige, was hilft. Ihr bekommt es bei der Bay, die haben immer Vorräte an *musk oil!*"

The Bay ist die für jedermann im Norden verständliche Abkürzung von Hudson Bay Company, jener großen Handelsgesellschaft, die alle diese Ortschaften fest im Griff hat. Kein Kaff, in dem es nicht eine Niederlassung der Bay gäbe. Sie besitzt in den Outports das uneingeschränkte Monopol zur Versorgung der Bevölkerung.

Und was ist *musk oil*? Nichts anderes als Moschusöl, das, auf die Haut gerieben, zuverlässig Insekten verjagen soll. Wir sprinten also unter wildem Armrudern von der Pier zum Store der Bay, um uns mit dem rettenden Hilfsmittel einzudecken.

„Gründlich und gleichmäßig auf alle unbedeckten Hautpartien auftragen", empfiehlt der Verkäufer, bei dem wir gleich mehrere Familienflaschen des Wunderpräparates erstehen. „Und keine Stelle vergessen. Die Moskitos finden zielsicher jeden frei gebliebenen Fleck als Einflugschneise!"

Vorsichtshalber erwerben wir noch einige genial konstruierte Anti-Moskito-Hüte – bei Bedarf kann von der Krempe eine schützende Gardine heruntergelassen werden, die bis auf die Schultern fällt und somit Kopf und Hals vor blutrünstigen Angriffen sichert. Doch schon der Erfolg des *musk oil* (streng nach Gebrauchsanweisung verwendet) ist bahnbrechend. Die Peiniger fliehen in Scharen vor uns. Dumm nur, daß wir nicht selber vor uns weglaufen können, denn die gesamte Crew stinkt fortan wie der Teufel. Der penetrante Geruch, den das Zeug auf der Haut entwickelt, ist schier unbeschreiblich. Jede Moschuskuh käme wahrscheinlich animiert angerannt, uns dagegen verschlägt der eigene Mief den Atem. „Den Gestank", befürchtet Helga düster, „kriegen wir aus der Bude nie wieder raus!"

Und wenn schon; jedenfalls haben wir für die Moskitos eindeutig an Reiz verloren.

Nachdem der dritte Tag in Hopedale vertrödelt ist, läuten wir hoffnungsvoll wieder bei Harvey in Goose Bay an (diesmal vom Depot der Bay aus), und unser Coast-Guard-Captain verkündet die Erlösung: „Das Eis verzieht sich! Ihr könnt in die Startlöcher gehen." Nur wenig nördlich von Hopedale sei bereits alles frei.

Und richtig: Am vierten Tag finden wir unseren Fjord wieder ‚entkorkt' und den Fluchtweg offen!

An der Baumgrenze von Nain

Napakataktalik, Ukasikalik... Immer exotischer werden die Namen der Inseln, an denen uns eine günstige Brise vorbei nach Norden schiebt. „Die Inuit", konstatiert Helga beim Studium der Karten, „müssen schon mit verrenkter Zunge auf die Welt kommen. Wie sonst gelingt es ihnen, etwas auszusprechen, das andere Leute bestenfalls buchstabieren können?"

Keine Karte verzeichnet Übersetzungen dieser Namen, ihre Bedeutung bleibt uns verborgen.

Endlich geht es zügig voran. Immer karger wird das Landschaftsbild. Die Nadelwälder ziehen sich in die tieferen Lagen zurück, schrumpfen auf immer kleinere Flächen in den Senken zusammen. Sie weichen mehr und mehr der sich von den Höhen herab ausbreitenden arktischen Steppe, der Tundra. Immer öfter tragen die Bergkuppen Glatze – abgerundete, kahle Buckel von fleckigem Graubraun. Hier und da gibt der magere Bewuchs von Rentierflechten und Moosen den felsigen Untergrund frei. In den Rinnen und Schluchten schimmert alter Schnee.

In Nain, der größten und nördlichsten ganzjährig bewohnten Gemeinde der Region, werden wir die Baumgrenze erreicht haben. Und dann beginnt bald das Herzstück der Nordküste, von dem es heißt, es sei wilder und einsamer, aber auch grandioser als alle anderen Küstenlandschaften des nordamerikanischen Kontinents. Dort wird kein

Baum oder Strauch mehr die Rauhheit von Fels und Eis mildern. Nur noch den großen Karibuherden gehört die Welt der sagenumwobenen Kiglapait, Kaumajet und Torngat Mountains.

Auf härteres Klima müssen wir uns nun einstellen – das aber endlich von weniger Nebel geprägt sein wird.

„In Nain sind sie noch frecher als anderswo, wie eine Horde wilder Äffchen! Da kommst du nicht gegen an." Diese humorige Vorwarnung eines Fischers fällt mir ein, als wir die Leinen festmachen. Sie findet rasch ihre Bestätigung. Wirklich, sie sind schon eine Nummer für sich, die Inuitkinder von Nain! Die Schar, die kichernd und feixend unser Angelegemanöver beobachtet, hält sich nicht lange schüchtern zurück. Überfallartig purzelt von der Pier eine lustige Bande schwarzhaariger kleiner Kobolde an Bord und wirbelt mit Kriegsgeheul über unser Deck. SHANGRI-LA ist im Handumdrehen besetzt und als Spielwiese und Turngerät requiriert. Jeder Widerstand scheint vergeblich. Wir strecken sofort die Waffen und versuchen uns zu arrangieren. Eskimokindern, diesen pausbäckigen Zwergen mit den chronischen Rotznäschen irgend etwas zu verwehren, wäre ziemlich sinnlos. Verbote, welcher Art auch immer, sind ihnen völlig unbekannt; niemand setzt ihrem natürlichen Tatendrang Grenzen. Und hier in Nain genießen sie offensichtlich besondere Narrenfreiheit.

Unser späterer Erkundungsgang durch die Siedlung bestätigt: Nain gehört uneingeschränkt dem Nachwuchs. Es gibt keine Ecke, die nicht von Kindern in Beschlag genommen wäre. Wir sehen sie in den ölig-schmutzigen Pfützen zwischen abgestellten Motorschlitten und zerbeulten Konservendosen ebenso herumtoben wie auf den Dächern der Häuser. Und das zu jeder Tages- und Nachtstunde. Weder festgesetzte Essens- noch Schlafenszeiten regeln den Tagesablauf, keinerlei Zwänge sind ihnen auferlegt. Sätze wie: „Du sollst" oder: „Das darfst du nicht" sind mit Sicherheit noch keinem Eskimosprößling je zu Ohren gekommen. Mag auch antiautoritäre Erziehung den Inuit überhaupt nichts sagen, so ist sie doch in ihrer Mentalität verwurzelt. Sie praktizieren sie seit eh und je, und das – wie könnte es anders sein? – mit Folgen, die jedem noch so fortschrittlichen Erzieher bei uns die Haare zu Berge stehen ließen.

In Nain leben beinahe ausschließlich Inuit. Rund tausend Seelen

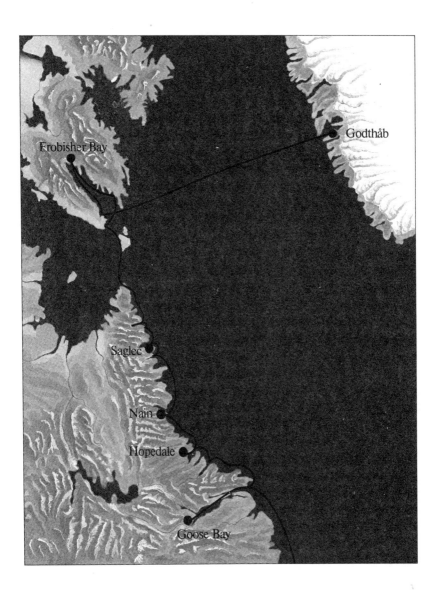

sind es, die hier mehr oder weniger vor sich hin dösen, und damit ist Nain für arktische Begriffe eine Stadt. Nicht zuletzt auch deshalb, weil es sich des nördlichsten Flugplatzes von Labrador rühmen kann. Der entpuppt sich zwar nur als staubige Landepiste für Buschflugzeuge, aber immerhin – die Transportmöglichkeiten beschränken sich nicht nur auf die Twinotter und das Frachtschiff!

Im übrigen gleicht Nain den vielen anderen Outports bis aufs Haar. Wir finden dieselben schäbigen Hütten wie überall. Es scheint sich um ein Einheitsfabrikat aus der Stanzmaschine zu handeln, zusammengeklopft aus Sperrholz und Preßpappe auf Vierkanthölzern. Wie üblich stehen die Häuser auf Stelzen, die Heizwärme würde sonst den Permafrostboden darunter in Schlammlöcher verwandeln. Welche Schwierigkeiten damit verbunden sind, der Tundra den Stempel der Zivilisation aufzudrücken, zeigt sich auch bei den Telegrafenmasten. Da es unmöglich ist, sie tief in das steinharte Erdreich einzugraben, stecken sie in großen Betonwürfeln, die auf dem Boden ruhen.

Von den Bretterbuden blättert die Farbe ab. Und kein Hauch Romantik bemäntelt die Verwahrlosung; sie ist ohne Kolorit, ohne Charme – und ohne Hoffnung auf bessere Zeiten.

Das Wort vom ‚Armenhaus Kanadas‘, wie Labrador bezeichnet wird, kommt einem unwillkürlich in den Sinn. Der Fischfang allein reicht nicht einmal für das niedrigste Pro-Kopf-Einkommen des Landes, das hier erzielt wird. Gewiß machen alle Familien auch von ihrem Recht zur Jagd Gebrauch – davon zeugen die überall zwischen den Häusern zum Trocknen aufgehängten Kariburippen –, doch ohne die Sozialhilfe der Regierung wären die meisten in ihrer Existenz bedroht. (Leider finanziert der Staat damit auch hier, wie es scheint, vor allem den Alkoholkonsum seiner Bürger.)

Die Kargheit der Natur verstärkt noch den Eindruck der Dürftigkeit. Nur vereinzelt behaupten sich in der Umgebung ein paar kleine Krüppelkiefern, und zwischen Schotter und Felsgestein kämpfen dürre Grashalme ums Überleben.

Wovon träumt der Mensch in der arktischen Einöde, etwa von einer südlichen Region mit üppiger, blühender Vegetation? Weit gefehlt. Die Leute von Nain träumen – vom Winter! Was, so sagen sie, könnte schöner sein als der Winter, wenn die Moskitos verschwunden sind und die Steppe und der Müll gnädig vom Schnee zugedeckt werden? Und wenn man in der herrlichen, von keinerlei Dunst getrübten Klarheit sonniger Frosttage mit dem Motorschlitten weit hinaus über das Eis der Fjorde donnern kann...

Wenn jetzt zur Zeit der Insektenplage, des Abfallgestanks und des Nebels irgend etwas an Nain sehenswert ist, so ist es bestimmt das liebevoll erhaltene Kirchlein der Moravian Church. Zum ersten Mal stoßen wir auf die Spuren ihrer Gründer, der Herrnhuter, jener deutschen Gottesmänner aus Schlesien, die sich etwa um das Jahr 1770 berufen fühlten, den wilden Heiden Labradors das Evangelium einzutrichtern. (Der Überlieferung nach taten sie es mit wenig christlichem Einfühlungsvermögen, dafür aber mit ausdauerndem Sendungsbewußtsein.) Ihre berühmte Missionsstation am Hebronfjord, die unser nächstes Ziel sein soll, wurde zwar inzwischen aufgegeben, doch scheint das Wirken der Herrnhuter nicht ohne Früchte geblieben zu sein. „Unsere Gemeinde", sagt der Pastor von Nain, der uns stolz durch sein Gotteshaus führt, „ist von regem kirchlichem Leben geprägt."

Und sogar die Broschüre, mit der die staatliche Abteilung für Fremdenverkehrsförderung Labrador den Touristen schmackhaft machen will, weist darauf hin, daß man in Nain die einmalige Gelegenheit habe, den Bach-Chorälen eines Eskimochors zu lauschen!

Sorgt sich die Moravian Church um das Seelenheil ihrer Herde, so garantiert die unvermeidliche Bay deren leibliches Wohl. Wir nehmen diese vorerst letzte Gelegenheit zum Einkaufen wahr und pilgern durch den blitzenden Konsumtempel, der in dieser Welt der Plumpsklos ungefähr so wirkt wie ein Raumschiff in der Wüste. Die Bay ist eine Enklave des zwanzigsten Jahrhunderts inmitten eines Milieus von vorgestern. Der Laden bietet ein Bild wie weltweit jeder andere Supermarkt: modernste Registrierkassen mit Digitalanzeige, Tiefkühltruhen und werbewirksam gestaltete, wohlgefüllte Regale. Das Angebot läßt keinen Wunsch offen, selbst frisches Obst und Gemüse sind stets zu haben. Allerdings ist nicht nur das Interieur, gemessen an der Umgebung draußen, avantgardistisch – die Preise sind es auch! Sie eilen dem Lebensstandard der Arktisbewohner weit voraus. Vieles ist drei- bis viermal so teuer wie in Halifax. (Seufzend wählt Helga aus, was sie für unsere Vitaminversorgung als Mindestdosis errechnet hat.)

Kaum anzunehmen, daß die hier ansässigen Siedler und Inuit in derlei Luxus schwelgen können. Für sie ist eine andere Abteilung des

Ladens von Interesse: Hinter einer Konservendosenwand nämlich offenbart die Bay ihren Warenhaus-Charakter. Dorthin zieht es die meisten einheimischen Kunden, denn der Ausrüstungsladen führt nicht nur ‚Pütt und Pann', sondern mit Jagdgewehren, Munition, Fischereiartikeln und arktisgerechter Bekleidung alles, was der harte Alltag in Labrador erfordert.

In der Nacht vor dem Auslaufen wird SHANGRI-LA zum letzten Mal Ziel eines Überfalls: Zu nachtschlafender Zeit weckt uns das Getrampel kleiner Füße an Deck. Unsere Eskimoknirpse spielen gerade mal Kriegen, und das ist natürlich am interessantesten auf der SHANGRI-LA! Nicht daß die Bürschchen von zu Hause ausgerissen wären, darum kümmert sich sowieso niemand. Die Meute hat eben Lust, heute nacht zu toben, also wird getobt, auch wenn es zwei Uhr morgens ist. Als Andenken bleibt auf unserem gewienerten Deck der ganze Dreck der staubigen Schotterwege von Nain zurück, der von zweiundzwanzig kleinen Gummistiefeln abgefallen ist. Helga schimpft wie ein Rohrspatz.

Die Geisterstadt der frommen Schlesier

Noch einsamer ist es geworden.

Eine menschenleere Küste mit immer steiler aufragenden Bergen liegt querab. Alles in kühlen Grautönen. Es ist ein unwirtliches, wenig einladendes Land, in dessen wassergefüllten Schluchten wir abends unsere Ankerplätze suchen müssen. Hier gibt es keine bewohnten Außenposten mehr. Wir sind allein. Nichts Lebendes ist auf den Hängen und Kuppen auszumachen, nur noch Grasbewuchs in den Senken und darüber nacktes Gestein. Eine Landschaft, die noch düsterer wirkt, wenn die Schatten wilder, dunkler Wolkenformationen darüber hinweggleiten. Noch niemals haben wir am Himmel solche gewaltigen, respekteinflößenden Gebilde gesehen.

Wir suchen die Berge durch das Glas ab, doch sie bleiben abweisend und still. Nur in und über dem Wasser herrscht Leben. Seevögel und Robben sind unsere Gefährten. Die putzigen Seehunde tauchen immer wieder in dreißig, vierzig Meter Entfernung vor den Schwimmerspitzen auf und lugen neugierig aus dem Wasser. Kommen wir zu nahe, verschwinden sie lieber.

Am fünften Tag gleitet SHANGRI-LA endlich in den Hebronfjord. Diesen Schauplatz deutscher Missionsgeschichte in Labrador wollten wir unbedingt sehen, auch wenn uns gesagt wurde, dies sei ein Ort, an dem nur noch Gespenster hausten, eine Geisterstadt, die in den Unbilden des arktischen Wetters rasch verfalle. Immerhin hat die Regierung Hebron 1970 zur nationalen Gedenkstätte erklärt.

Es muß wahrlich viel Gottvertrauen dazu gehört haben, damals im Jahre 1829 in dieser menschenfeindlichen Natur jenseits der polaren Baumgrenze den Bau einer Missionsstation in Angriff zu nehmen. 1831 wurde sie fertiggestellt. Über die ganze Nordhälfte Labradors, von Makkovik bis nach Killinek an der nördlichsten Spitze der Provinz, hatten sich die Herrnhuter ausgebreitet, um die bis dahin ahnungslosen Indianer und Eskimos zu christianisieren. Die Chronik berichtet von einem Missionar namens Jens Haven, dem es bereits 1771 gelang, gleichsam den ersten Brückenkopf für die Herrnhuter zu schlagen. Er landete damals mit der AMITY von Kapitän Mugford (auch dessen Name ging in die Annalen Labradors ein) genau dort, wo sich heute die Siedlung Nain befindet. In den folgenden Jahren gründeten Haven und seine bibelfesten Mitstreiter mehrere Siedlungen, in denen sie sich aus reiner Nächstenliebe und tiefster religiöser Überzeugung die armen Heiden zu Untertanen machten. Dem Vernehmen nach hatten vor allem die Inuit, diese sonst so spontanen Frohnaturen, fortan nicht mehr viel zu lachen. Nach rund siebentausend Jahren der Unbekümmertheit begann für ihr Volk der Ernst des Lebens. Wären die schlesischen Herrnhuter nicht gekommen, woher hätten sie je erfahren sollen, daß man als anständiger Christenmensch weder zur Trommel singen und tanzen, noch drei Ehefrauen sein eigen nennen darf?

Obwohl die Gebote der Gottesmänner hauptsächlich aus Verboten bestanden und ihre säuerliche Weltabgewandtheit den Inuit völlig wesensfremd war, fiel die Saat dennoch auf fruchtbaren Boden. Das mag eher handfeste, diesseitige Gründe gehabt haben – boten die Missionare den Inuit doch Schutz vor Piraten und sonstigen Widersachern und sicherten außerdem ihre materielle Existenz. Darüber hinaus brachten sie beeindruckende handwerkliche Fähigkeiten mit und unterrichteten ihre Schäfchen nicht nur im Katechismus, sondern auch im Boots- und Häuserbau. „Wes Brot ich eß, des Lied ich sing", mögen sich die Inuit gedacht haben.

Mit derlei historischen Kenntnissen versehen, rudern wir drei mit dem Dingi ans Ufer der Bucht. Wir betreten ein weitläufiges, von trockener Grasnarbe bewachsenes Areal, auf dem etwa dreißig Gebäude verschiedenster Größe stehen – Unterkünfte, Schuppen, ein Laden und natürlich die Kirche und das große Missionshaus mit einem Glockentürmchen auf dem Dach. Friedhofsstille geht von Hebron aus. Beschädigte Holzfassaden überall, löchrige Dächer und gähnende Fensterhöhlen, hier und da klappt eine Tür im Wind... Wahrhaft eine Geisterstadt. 1959 hat der letzte Missionar der Station den Rücken gekehrt. Und doch gibt es Leben in dieser Verlassenheit: Die Karibus sind in Hebron eingezogen! Eine große Herde weidet seelenruhig zwischen den Häusern, über die ganze Siedlung verstreut. Und was echte Karibus sind, die lassen sich von drei vereinzelten Figuren wie uns nicht irritieren. Sie quittieren unsere Ankunft nur mit ein paar indignierten Blicken und grasen ungerührt weiter.

Hebron ist der ideale Abenteuerspielplatz! Mit kindlichem Entdeckerdrang beginnen wir, das Gelände zu durchkämmen. Der erste Blick verrät es bereits: Es können nur Deutsche gewesen sein, die sich hier einrichteten. Wer sonst hätte das Dorf ringsum mit Zäunen umgeben? Wen die Lattenzäune vom Territorium der Herrnhuter auch fernhalten sollten – jetzt sind sie ausnahmslos umgefallen. Die Karibus haben überall Zutritt und kümmern sich einen Dreck um das historische Andenken. Jede freie Fläche ist von ihrem Dung übersät. Respektlos haben sie die Vorgärten und sogar den Platz rund um die Kirche mit trockenen Knödeln verunziert.

Tuchfühlung mögen sie nicht. Bei allzu vertraulicher Annäherung gucken sie zunächst etwas blöde, wie Karibus eben gucken, dann verziehen sie sich auf zwanzig Meter Distanz, um uns nach Kräften zu ignorieren.

Allem Anschein nach wird die nationale Gedenkstätte aber hin und wieder auch von zweibeinigen Wesen heimgesucht, die nicht wie die Karibus etwas hinterlassen, sondern im Gegenteil etwas mitnehmen. Historie hin und heilige Mission her – an vielen Häuserwänden und Dächern fehlen Planken, die zweifellos unter Gewaltanwendung herausgebrochen worden sind. Holz ist eben Mangelware in der Tundra. Da pfeift der eine oder andere vorbeikommende Inuit oder Fischer auf die ganze Pietät!

Mit leisem Gruseln streifen wir durch das stattliche düstere Hauptgebäude, einen langgestreckten, eingeschossigen Spitzdachbau mit kleinen Dachgauben. Dieses Haus hat seine eigene kuriose Geschichte. Es war in der ersten Hälfte des vorigen Jahrhunderts in Deutschland vorgefertigt und dann in Bauteilen nach Labrador verschifft worden. Somit dürfte es das allererste Fertighaus deutscher Produktion, wenn nicht der Welt sein.

Den ganzen Tag stöbern wir in der verfallenen Hinterlassenschaft der Herrnhuter herum. Viel Interessantes ist nicht mehr zu entdecken. Lediglich auf dem Dachboden, auf den durch morsche, zum Teil zertrümmerte Latten das Tageslicht fällt, findet sich ein Haufen zerfledderter Schulbibeln, die stumm von der einstigen Bestimmung dieser Stätte zeugen. Und vom Scheitern der Initiatoren an den unbarmherzigen Bedingungen der Arktis. Wenn sie auch bemerkenswert lange ausharrten, gebeutelt von der Härte der polaren Witterung, von Krankheiten heimgesucht und dezimiert, ist Hebron letztlich doch ein Zeugnis der Vergeblichkeit, mit der Menschen aus einer anderen Klimazone versuchen, sich in der lebensfeindlichen Tundra zu etablieren. Sie trugen die Botschaft in ein Land, in dem ‚DAS WORT' zu Stein und Eis geworden war...

Karibu on the rocks

Uns allerdings ist die Natur zur Zeit gewogen. Die Temperaturen liegen nachts inzwischen unter Null, aber das Wetter ist ruhig und trocken. Wir beschließen, noch ein paar Tage zu bleiben. SHANGRI-LA liegt sanft und sicher hinter einigen schützenden Felsen, die aus dem Wasser ragen – ein guter Platz zum Verweilen.

Und außerdem sind da noch die Karibus! Auf die habe ich längst mit Hintergedanken ein Waidmannsauge geworfen... Nicht umsonst habe ich mir in Nain vorsorglich eine Abschußgenehmigung besorgt. Und nun laufen mir die Viecher hier so herausfordernd vor der Nase herum. Das gäbe einen willkommenen Fleischvorrat.

„Du spinnst ja!" erwidert meine Bordfee unverblümt, als ich ihr meine Absicht offenbare. „Laß den Quatsch, ja? Was in aller Welt sollen wir mit einem ganzen Karibu?"

„Einen halben kann ich nicht schießen."

„Sehr komisch. Nein, im Ernst, das ist doch Blödsinn!"

„Wieso? Wir wecken ihn natürlich ein! Denk mal an unsere Finanzen, so günstig kommen wir nicht oft zu Proviant. Allein die großartigen saftigen Steaks..."

„Hör auf. Mir reicht's noch, wenn ich an den Schweinkram mit dem Ziegenbock damals in Australien denke!"

Typisch, daß Frauen als Argument immer etwas ausgraben müssen, das sich in einem früheren Leben zugetragen hat. Aber die Entscheidung ist in Wahrheit längst gefallen. Mich noch zu bremsen, dafür ist es zu spät. Und so schleicht denn der Skipper in aller Herrgottsfrühe des nächsten Tages mit geschultertem Jagdgewehr auf den Anstand.

Die Herde hat sich wieder eingestellt und weidet arglos über die ganze Siedlung verteilt. Zugegeben, die Chancen sind etwas ungleich. Ich brauche mir nur ein Opfer auszusuchen...

Der Bulle ist von ansehnlicher Statur und grast in kürzester Entfernung zur Uferböschung. Letzteres wird sein Verhängnis und gibt den Ausschlag – wegen der Transportfrage.

Für ihn geht die Sache kurz und schmerzlos ab, was man vom Jäger nicht behaupten kann. Natürlich, wie immer waren die Einwände der Bordfrau nicht ganz unberechtigt. Beim Abhäuten und Ausschlachten meiner Beute geht endlich auch mir auf, daß ein Karibu ungefähr so groß ist wie eine Kuh.

„Das hast du davon", gibt Helga mir erbarmungslos den Rest. „Wir können hier doch nicht Wochen verbringen, bis du diesen Fleischberg verwurstet hast!"

Nein, das können wir nicht. Wir schaffen es in drei Tagen. Drei Tage, an denen ich mit eiskalten Armen, blutig bis zu den Ellenbogen, arbeite wie ein Berserker. Drei Tage, an denen Helga schmollt und Kurt diese Szenen eines Weltumseglerlebens auf Zelluloid bannt.

Natürlich können wir unmöglich den Karibu „im Stück" an Bord schaffen! Er muß an Ort und Stelle tranchiert und Keule für Keule, Rippenstück für Rippenstück ins Schlauchboot verfrachtet und zur SHANGRI-LA gerudert werden. Von Sonnenaufgang bis -untergang bin ich beim Zerlegen, Pökeln, Einwecken... Ein Mann sieht rot!

Erstaunlicherweise ist die übrige Herde von dem Schuß völlig unbeeindruckt geblieben. Aber ich könnte schwören, daß hinter den gelangweilten Minen der Karibus so etwas wie Schadenfreude blitzt!

Haha, posthum schafft er dich noch, unser Oberbulle, scheinen ihre Blicke zu besagen, mit dem wirst du nicht fertig...

Und ich werde doch mit ihm fertig, Organisation ist nämlich alles! Ich baue unseren gesamten Bestand an Tupperware auf dem Achterdeck zu Türmchen auf, schön übersichtlich nach Größe geordnet. Diese praktischen Kunststoffbehälter mit Deckel, in denen man in angemessenen Portionen alles mögliche einfrieren oder frischhalten kann, gibt es en gros auf SHANGRI-LA. Nach und nach wird alles tuppergerecht zugeschnitten und abgefüllt, was entweder als Frischfleisch in die Pfanne wandern soll oder nicht sofort weiterverarbeitet werden kann. Der Bulle ist eingetuppert. Und nun – ach so, wir haben ja keinen Kühlraum!

Erst hatte ich gedacht, die Außentemperatur würde als Kühlung genügen, man könnte dazu den Vorrat in Eimern über die Bordwand hängen, aber das scheint mir nun doch zweifelhaft. Es wäre wirklich ein Jammer, wenn etwas verderben würde...

Nun darf man bekanntlich ruhig dumm sein, solange man sich nur zu helfen weiß.

„Wir müssen Eis besorgen", raune ich Kurt zu, als Helga außer Hörweite ist.

Normalerweise reagiert Kurt sehr schnell. Doch jetzt guckt er mich erst mal verständnislos an, dann blickt er grübelnd aufs Wasser hinaus und sagt nur: „Aha." Und dann: „Du meinst... Willst du etwa..."

„Man müßte natürlich vorsichtig sein", gebe ich zu.

„Das ist ganz schön verrückt. Und riskant. Genauso steht's *nicht* im Lehrbuch."

„Eigentlich nicht. Aber hast du einen anderen Vorschlag?"

„Nein."

Kurt nimmt den Bootshaken, ich zwei ineinandergesteckte Plastikeimer und die Axt. Wie zwei Einbrecher steigen wir verstohlen ins Dingi und motoren hinaus. Am Ausgang der Bucht mustern wir kritisch und zunächst noch aus gebührender Distanz die Eisberge, die sich gerade in Reichweite befinden. Es sind nicht allzu viele, das meiste spielt sich weiter draußen ab. Aber ein prachtvolles Ungetüm von enormer Höhe fällt uns sofort ins Auge.

„Das Matterhorn da", sagt Kurt und weist mit dem Kopf auf den weißen Riesen. „Was hältst du davon? Sieh mal, der hat eine richtige schöne Terrasse, an die man vielleicht ganz gut rankommt."

Ich war noch nie am Matterhorn, mich erinnert dieser Berg an den Zuckerhut. Im „Erdgeschoß" läuft er zur einen Seite hin in einen großen Balkon aus, auf dem verstreut mehrere Eisbrocken herumliegen. Sie sind so weit von der Bergwand entfernt, daß man sich ihrer gefahrlos bemächtigen könnte. Selbst wenn der eisigen Majestät ein Zacken aus der Krone brechen sollte, sind wir am Rand des Balkons bestimmt keinem Steinschlag ausgesetzt. Wir legen an.

Kurt hält sich und das Dingi mit dem Bootshaken im Eis fest, ich entere auf und stiefele, mit Axt und Eimern bewaffnet, über die gleißende weiße Fläche zu den nächsten bizarren Klötzen. Ganz wohl ist mir nicht dabei. Zwar steht hier nirgends „Betreten verboten", aber so schlau sollte eigentlich jeder von alleine sein...

„Wenn das einer sähe", ruft Kurt, „wären wir ein für allemal als Irre abgestempelt!"

Nicht daß ich Angst verspüre – nur so etwas wie Hektik. Ich hole aus, um einen größeren Eisklumpen eimergerecht zu zerkleinern. Die unerwartete Wirkung meines Schlages läßt mich im Reflex die Augen zusammenkneifen: kristallklare, spitze Splitter, hart wie Glas, sausen mir um die Ohren! Was ist denn das für ein merkwürdiges Eis? Wenn ich zu Hause, am Ostseestrand, auf den Eisschollen herumklopfte, dann waren sie immer von bröcklig-weicher Konsistenz. Hier aber muß ich den Kopf einziehen und das Gesicht abwenden, um nicht von einem Hagel messerscharfer Splitter verletzt zu werden.

Ich muß also zuhauen, ohne hinzugucken. Schnell hintereinander plaziere ich einige hastige Hiebe, dann packe ich mit klammen Fingern die scharfkantigen Trümmer in meine Eimer und stapfe zurück zum Schlauchboot.

32 Eisskulptur aus Grönland
33 In den Fjorden sterben die Eisberge.

34 Ein Inuit aus Nain

35 Wir suchen einen Ankerplatz für die Nacht.

36 Auf dem Weg zum Kap Hoorn Kanadas

37 Ein Walroß fühlt sich gestört.

38 Eine seltene Erscheinung: der Nebelbogen

39 Im Entweder-oder-Land

34

35

36

40 Magische Faszination und gefährliche Verlockung geht von den Glamour Stars der Nordmeere aus.

Auch Kurt soll seine Freude haben. „Hier, mit schönem Gruß aus Grönland!" Damit lege ich ihm eine kühle, abgebrochene Glasplatte in den Schoß.

„Aaahhh! Verdammt, was ist denn das für'n Eis?"

„Sonderanfertigung. Komm, wir hauen ab, ich habe genug."

Kurt stößt uns ab, startet den Außenborder und kurvt in auffälliger Eile aus dem Bannkreis des Riesen. Kurz bevor wir die SHANGRI-LA erreichen, hält er plötzlich inne, nimmt Gas weg und deutet mit fassungsloser Miene über meine Schulter.

„Burghard, dreh dich mal um! Das gibt's doch gar nicht... Wo ist der Balkon?"

Ich wende mich um wie befohlen, und wir starren sprachlos dorthin, von wo wir gerade kommen. Die riesige Plattform, auf der ich eben noch herumturnte, ist verschwunden! Weg! Einfach weg... Das ganze Ding ist gekentert. Unser Watzmann hat sich eine neue stabile Lage gesucht, wobei unser Balkon in den Keller rutschte. Hätte ich mich nur einige Augenblicke länger darauf aufgehalten, ich hätte meine Eisstücke schwimmend einsammeln müssen...

„O Mann, ich hab' dir ja gesagt, es ist verrückt", flüstert Kurt. „Wir müssen wirklich bekloppt gewesen sein."

Mir fällt vor lauter Schreck nichts ein. Bloß nichts anmerken lassen. Wir legen am Heck an und sind froh, zu Hause zu sein.

„Du bist ja so blaß", sagt Helga. „Is' was?"

‚Ratatatazong – weg ist der Balkon', liegt es mir in einem Anfall von Idiotie auf der Zunge. „Mir ist nur kalt", sage ich. „Wir haben ein bißchen Eis von einer Scholle abgekratzt."

Am vierten Tag sind alle Spuren meiner Bluttat beseitigt. Das Karibu ist haltbar gelagert. Meine Tupperdosen sind in großen Plastikwannen untergebracht und die Zwischenräume mit Eis vollgepackt. Daß man sich im Cockpit jetzt kaum mehr bewegen kann und immer über meine improvisierten Kühltruhen steigen muß, halte ich für vertretbar.

SHANGRI-LA stiehlt sich mit ihrer neuen, kostbaren Last aus der Bucht von Hebron. Ich fühle mich zwar geringfügig angeschlagen – irgend etwas wie Rheuma hat meine Arme befallen –, kann mich aber eines Anflugs von Stolz nicht erwehren.

... ARKTISCHES FEUER

Ohren, die über die See lauschen

Können das schon die Torngats sein? Drei Augenpaare blinzeln über den Bug. Voraus im Norden erheben sich mächtige dunkle Gebirgszüge aus der blauen See. Es ist ein herrlicher Tag zum Segeln, ein Tag, an dem die Arktis wieder einmal ihr Sonntagsgesicht zeigt. Sie sind es bestimmt – die ersten Ausläufer der höchsten und gewaltigsten Berge Labradors! Gerade erst sind wir aus dem Hebronfjord gebogen. Das bedeutet, die Kolosse am Horizont müssen noch rund dreißig Seemeilen entfernt sein. Trotzdem sind in der glasklaren Luft schon Einzelheiten zu erkennen, scharfe Kanten, senkrechte und waagrechte Rinnen, in denen es weiß schimmert, und oben drüber etwas Seltsames, das gar nicht dorthin zu gehören scheint: zwei helle runde ‚Stecknadelköpfe‘, merkwürdig unpassend in ihrem runden Ebenmaß. Jedenfalls thront dort etwas auf dem Gipfel, das von anderer Machart ist als der Berg selbst. Die eigenartigen Gebilde werden rasch größer, wachsen zu Pingpongbällen heran und gleichen schließlich auffällig zwei überdimensionalen Mickymaus-Ohren, die über die Labradorsee lauschen.

„Das sind Radarkuppeln", spricht Kurt unsere Vermutung aus, „dort muß der Saglekfjord sein. Da oben soll es doch eine alte Horchstation der Amerikaner geben."

Zu den Wunderlichkeiten Labradors, so hatte es geheißen, gehöre noch eine weitere Geisterstadt, nördlich von Hebron, allerdings eine mit weniger frommer Vergangenheit als die der Herrnhuter.

In den fünfziger Jahren, als die Wogen des Kalten Krieges hochschlugen, errichteten die USA mitten in Labradors ungemütlichster Gegend, aus der selbst die Eskimos sich längst zurückgezogen hatten, eine militärische Frühwarnstation auf einem nackten, sturmumtobten Plateau über dem Saglekfjord. Die Radarbasis in der wilden, unerschlossenen Einsamkeit der Torngats soll damals mehrere tausend Mann Besatzung beherbergt haben: eine Enklave säbelrasselnder Technik im unberührten Reich der Karibus und Eisbären. Sogar eine Rollbahn wurde angelegt, und in das Geschrei der Seevögel mischte sich fortan das ungewohnte, laute Brummen der Donnervögel. Doch die mühsam installierte Maschinerie muß wohl beim Rüstungswettlauf auf der Strecke geblieben sein. Jedenfalls galt sie eines Tages plötzlich als überholt und veraltet. Auf Befehl aus Washington wurde Saglek ebenso sang- und klanglos wieder aufgegeben, wie die Herrnhuter Hebron verließen. Das Monument des Kalten Krieges blieb dem Zugriff von Wind und Wetter überlassen.

Immer deutlicher wächst nun eine Landschaft von Urgewalt vor uns empor. Eine Landschaft, der keine Leichtigkeit, nichts Heiteres innewohnt. Graue Giganten ragen fußlos aus der Labradorsee, massige Bollwerke aus Gneis und Granit, deren Wände kompromißlos zum Wasser abfallen. Ein Vergleich mit den Fjorden Norwegens drängt sich auf – und ist doch völlig unzulänglich. Denn hier sucht man vergeblich nach einem noch so versteckten Hauch von Lieblichkeit in der erstarrten Ungeschlachtheit. Wir sind im Bannkreis der Titanen, vor den unnahbaren Festungen der Götter, in einer Sphäre, die den Menschen zur Ameise reduziert.

Die Torngat Mountains gelten als einer der ältesten Gebirgszüge der Erde. 3,7 Millionen Jahre sollen sie auf dem Buckel haben. Die Alpen oder der Himalaja dagegen sind erdgeschichtlich gesehen nichts als Teenager. Und man merkt es diesen vorzeitlichen Monumenten an: Sie wirken wie Zyklopen aus einer unvorstellbar weit entfernten Vergangenheit. Noch nie haben wir Berge von so elementarer, grober Gestalt gesehen wie die Torngats. Selbst an diesem freundlichen Tag kann man sich ihrer dumpfen Bedrohlichkeit nicht entziehen. Kein Wunder, daß diese Felsenwelt für die Inuit von jeher das Reich der *torngaks* war, der Herren über Eis und Sturm, *the home of the spirits*, das nur die Mutigsten mit Schaudern zu betreten wagten. Selbst wir empfinden es fast als tröstlich, daß uns ein Zeichen entgegenwinkt, welches menschliche Wesen des zwanzigsten Jahrhunderts hinterlassen haben – wenn es sich auch als ziemlich häßlicher Stempel erweist, den die Abgesandten des Pentagon, offenbar unbeeindruckt von den Großen Geistern, der Natur aufgedrückt haben.

Am späten Nachmittag sind wir da.

Es herrscht noch gutes Licht, als wir in den imposanten Eingang des Fjords hineinfahren. Winzig klein kommen wir uns vor, auf Spielzeugformat geschrumpft.

An Backbord, gut achthundert Meter über einer himmelhohen, schroffen Wand, ragt die Radaranlage mit ihren Kuppeln und Reflektoren empor. Wir beschreiben einen Bogen darauf zu. Voraus, an die Saumlinie zwischen Wasser und Fels gekauert, wo der Berg sich in seinem eigenen Spiegelbild verliert, gleitet eine große Pier ins Bild. Beim Näherkommen offenbart sie deutliche Verfallserscheinungen. Doch eine zweite Anlage daneben wirkt noch neuwertig – ein Rätsel, das sich bald lösen soll.

Im Hintergrund, optisch fast verschmelzend mit der kargen Schotterkulisse, liegt eine Anhäufung von eintönigem, metallenem Silbergrau: riesige Öltanks, Aluminiumtrailer, Wellblechbaracken im Zustand der Auflösung und jede Menge von undefinierbarem technischem Gerümpel. Als einziger Kontrast in dem farblosen Einerlei leuchten hier und dort wie hingetupft rote Rostflecke. Die Schrotthalde macht am Fuß des Berges nicht halt: Kreuz und quer über die Wand verlaufen Pipelines bis dort hinauf, wo die Radarohren über die Kanten schauen. Riesige Lauscher sind das – bestimmt fünfzig Meter hoch ragen sie ins Blaue. Das Spiel der Wolken über ihnen ist die einzige Bewegung weit und breit. Es ist mucksmäuschenstill.

„Dagegen war Hebron ja romantisch", stellt Helga lakonisch fest.

„Tja", murmelt Kurt, „solche Blüten bringt der ‚Vater aller Dinge' hervor."

Versunken lassen wir die Blicke schweifen – und halten plötzlich wie auf Kommando alle drei die Luft an. Von irgendwoher dringen Geräusche an unsere Ohren! Undefinierbare Geräusche... Der Wind? Karibus vielleicht? Von wo kommt das? Wir greifen zu den Ferngläsern.

„Weiter oben, glaub' ich", sagt Helga. Wir suchen den Berg ab, an den Pipelines entlang, neben denen in der Vergrößerung auch Heizungsrohre zu erkennen sind, von zerfledderten Verkleidungen umgeben.

„Ich werd' verrückt! Da sind Menschen! Irgendwelche Leute sind da zugange!" stößt Helga hervor. „Habt ihr sie?"

Tatsächlich, am Fuß der Wand machen sich mehrere Männer mit Schneidbrennern an den Rohren zu schaffen.

Hier sind menschliche Wesen! Und in diesem Moment haben auch sie uns entdeckt, winken und kommen den Hang heruntergestiegen. Unverzüglich lassen wir das Schlauchboot zu Wasser, um an Land zu pullen.

Männercamp am Saglekfjord

Es ist eine Handvoll kerniger, wettergebräunter Typen in Overalls, die uns entgegentritt. Die Verblüffung beruht völlig auf Gegenseitigkeit, wir überschütten einander mit einem Schwall von Fragen – wer seid ihr, wo kommt ihr her, was macht ihr hier?

Nun, unsere Geschichte dauert etwas länger, die Einzelheiten verschieben wir auf später. Was aber haben diese fünf Mann an den alten Heizungsrohren der Radarstation zu schaffen?

„Nicht fünf", grinsen sie amüsiert, „wir sind hundertfünfzig! Die übrigen sind oben im Camp."

Diese Neuigkeit hat sich anscheinend in Labrador noch nicht herumgesprochen. Daß am Saglekfjord wieder Leben eingekehrt ist, wußten weder die Buschtrommeln von Goose Bay noch die von Nain.

Sie sind auch erst vor vierzehn Tagen angekommen – ein ganzer Trupp Techniker und Monteure; um die Anlage zu verschrotten, die nun schon so lange ungenutzt vor sich hinrostet.

Hat da etwa einer am Umweltgewissen der kanadischen Regierung gerüttelt? „Das nun gerade nicht", meint der eine. „Wir machen hier nur Platz für die Neubauten." Es soll eine ganz neue Frühwarnstation entstehen, ausgerüstet mit allem, was die Computertechnik hergibt, eine, die den Anforderungen der ‚modernen Kriegführung' entspricht. Und dazu muß zunächst einmal der ganz alte Krempel abgerissen werden. „Ist ja sowieso nicht mehr zu gebrauchen", meinen sie. „Sogar die Pier hier ist verrottet."

Das, so erzählen sie, habe am ersten Tag böse Probleme gegeben, als sie hier anlandeten. Hätte man gleich alles ausgeladen, was das Schiff im Bauch hatte – Kräne, Lkw, Rammen und was dergleichen mehr für ein Abbruchunternehmen vonnöten ist –, die Pier wäre sicherlich zusammengebrochen. So wurden zunächst unter großer Vorsicht zwei

Bulldozer abgesetzt, und dann nahm man als erstes den Bau einer behelfsmäßigen Kaianlage in Angriff. Kurzerhand wurden mit Dynamit ein paar Felsen weggesprengt und mit den Bulldozern Erdreich aufgeschoben. (Deshalb sieht die zweite Anlage auch so neu aus!) Ich frage mich nur, wo sie den ganzen Schrott lassen. Sprengen, abbrechen, schön und gut, aber sie können den Kram ja nicht pulverisieren. Wird etwa alles zurückverschifft?

Einhelliges Kopfschütteln ist die Antwort. „Natürlich nicht. das wäre zu umständlich und zu teuer."

Die Verantwortlichen hätten sich da eine viel elegantere Lösung ausgedacht. Einige Kollegen seien schon dabei, jenseits des Berges eine Schlucht mit Bulldozern als Schrottkuhle vorzubereiten. Dort werde man einfach alles hinunterkippen – Tanks, Rohre, Kupferleitungen – und die Senke zum Schluß mit Erdreich auffüllen. (Meine alte Schrotttaucherseele windet sich schmerzhaft bei dieser Vorstellung: Bares Geld buddeln sie da so einfach unter!)

„Aber jetzt", schlägt der Vorarbeiter vor, „jetzt kommt ihr erst einmal mit nach oben ins Camp. Die Jungs werden vielleicht Augen machen!" Kopfschüttelnd fügt er hinzu: „Mit 'ner Segelyacht hier anzukommen... Das kann ja fast nicht wahr sein! Ich hab' wirklich gedacht, ich spinne, als da plötzlich euer rotes Boot lag!"

Hinter dem großen Wellblechschuppen, der am Wasser steht, parkt ein Lkw. Mit dem kurven wir in einer Staubwolke die Schotterstraße aufwärts – wir drei mit in die Fahrerkabine gezwängt, die anderen auf der Ladefläche. Auf halber Höhe des Berges wird die betonierte Rollbahn sichtbar, die sich über ein langes Seitenplateau erstreckt. Am Ende der Piste stehen vor einem großen Tanklager mehrere kleine Maschinen auf Warteposition. Im Gegensatz zu allem anderen, was wir bis jetzt gesehen haben, macht die Landebahn einen ausgesprochen intakten Eindruck, und sie verfügt über Abmessungen, die sogar die Nutzung durch große Passagierflugzeuge erlauben würden.

„So ein großer Flugplatz!" staunt Helga. „Sieht aus, als würde man hier Urlauberjets erwarten."

Unser Fahrer lacht. „Dies ist sogar ein Flugplatz mit ganz individueller Note. Jedesmal, wenn eine Maschine zur Landung ansetzen will, muß erst jemand mit dem Auto hupend die Piste abfahren, um die Karibus zu verscheuchen!"

Nach ungefähr zwei Kilometern ist die Straße zu Ende und die höchste Erhebung des Bergrückens erreicht. Vor uns liegt die eigentliche Station – die Radaranlage mit den zwei riesigen Kuppeln und einem verwirrenden Wald von Antennen und Parabolspiegeln. Darum gruppieren sich die Mannschaftsquartiere, rostige, hier und da offensichtlich reparierte Wellblechunterkünfte. Zeitweise haben bis zu dreitausend Mann diese Baracken bevölkert, und zwar zu jeder Jahreszeit. Muß das gemütlich gewesen sein, wenn ein Schneesturm mit hundertfünfzig Sachen über diese nackte, ungeschützte Plattform fegte!

Vor der größten Bude steigen wir aus. Kein Mensch ist auf den Wegen zu sehen. „Ist gerade Abendbrotzeit", klärt man uns auf, „sie sind alle in der Kantine zum Essen."

Neben dem Eingang zur Messe, auf den wir zusteuern, fällt eine große Hinweistafel ins Auge. Wir Neuankömmlinge bleiben verwundert davor stehen. WARNUNG VOR EISBÄREN! mahnt die Überschrift. Und darunter folgt ein ziemlich beunruhigender Katalog von Verhaltensmaßregeln: Unter keinen Umständen sei beim Auftauchen von Bären das Camp zu verlassen. Und weiter: NEUGIERIGES HINTERHERRENNEN UNTERLASSEN! JEDE AUFFÄLLIGE BEWEGUNG VERMEIDEN! Falls es nicht möglich sei, ein Gebäude oder Fahrzeug aufzusuchen, sei es ratsam, sich absolut still und unauffällig zu verhalten.

Unwillkürlich blickt man da mit leichter Gänsehaut prüfend über die Schulter... Doch was sehen wir? Ein stilles Land, das sein graubraunes Sommergewand trägt und über das ein angenehm mildes Lüftchen weht. Vieles kann man sich an diesem Tag hier vorstellen, aber Eisbären?

„Kommen die tatsächlich im Winter?" frage ich naiv.

„Was heißt im Winter?" grinst der Vorarbeiter. „Als unser Trupp vor vierzehn Tagen an Land ging, bildeten zwei Bären das Empfangskomitee!"

Zum Glück habe das Gespann aber weiter keinen Ärger gemacht. Hundertfünfzig lärmende Männer mit Bulldozern und Kränen war ihm wohl nicht geheuer. Jedenfalls zogen die Bären es vor, sich angesichts dieser Übermacht zu verkrümeln.

Wir müssen wohl etwas verzagt dreinblicken, denn der Truppführer beruhigt uns schnell: „Kommt ja nicht allzu oft vor. Aber es ist besser,

du weißt bei so einer Begegnung, wie du dich zu verhalten hast."

In der Kantine, dem größten Raum des Camps, finden wir den Rest der Saglek-Belegschaft vor. Als unsere ‚Entdecker' uns zur Tür hineinschieben, verstummt nach Sekunden das Volksgemurmel und das Klappern von Tellern und Besteck erstirbt. Alle Köpfe drehen sich zu uns um. Wir stehen da und nicken leicht befangen in die Runde, angeglotzt wie die sprichwörtlichen grünen Männlein. Vor allem Helga zieht die Blicke auf sich. Endlich wird irgendwo ein Stuhl zurückgeschoben. Es ist der Manager des Camps, der als erster die Sprache wiedererlangt. Woher in aller Welt wir kämen? Und vor allem wie? Es sei doch kein Flugzeug gelandet!

Unsere fünf Begleiter sonnen sich jetzt sichtlich in dem Wissen, das sie den anderen voraushaben. „Die sind mit einer Segelyacht gekommen!" verkündet unser Vorarbeiter der Allgemeinheit.

Augenblicklich setzt das Gemurmel wieder ein, und im Nu entwickelt sich ein mittlerer Volksaufstand. Unversehens sind wir von Leuten eingekeilt, die sich mit dem Handrücken den Bierschaum von den Lippen wischen und alle gleichzeitig reden. Schließlich finden wir uns an einem Tisch wieder, auf dem uns alsbald ein üppiges Abendessen serviert wird. Wir staunen nicht schlecht. Es scheint hier an nichts zu fehlen. Sogar ganze Pyramiden von knackfrischem Obst stehen als Nachtisch bereit. „Langt nur zu!" werden wir ermuntert. Es ist das reinste Schlaraffenland – und eine willkommene Abwechslung zu den begrenzten Möglichkeiten unserer Bordküche. Natürlich kommen wir nicht drum herum, kauend unsere ganze Seglerlaufbahn zum besten zu geben. Der Stimmungspegel steigt schnell, und bis zum Hauptgang des Menüs sind wir schon überredet, einige Tage hierzubleiben.

Zufrieden mit unserem gesegneten Appetit tritt ein Mann an den Tisch, der uns sicher als eine der einprägsamsten Figuren im Gedächtnis bleiben wird. „Das ist Paul", sagt der Manager, „unser Küchenbulle."

„Kompliment, Paul!"

Eine beachtliche Masse Bauch gerät freudig ins Wackeln, und ein geschmeicheltes Grinsen erhellt das kugelrunde Gesicht. Es käme täglich frische Verpflegung herein, erklärt stolz der Herr der Kantine, mit einer Maschine, die jeden Morgen ‚zum Einkaufen' hinüber zur Ungava Bay fliege!

Paul Richard, den Mann mit dem blitzblanken Glatzkopf, kann die Aufgabe, hundertfünfzig bärenhungrige Kraftprotze zu versorgen, nicht aus der Ruhe bringen. Das ist für ihn nichts Außergewöhnliches. Er habe nie etwas anderes gemacht, als in solchen Männercamps zu arbeiten, erzählt Paul. Und er sei sich bewußt, daß er in dieser Gemeinschaft eine wichtige Funktion erfülle. „Du kannst sie nicht einfach mit irgendwas abfüttern. Das Essen muß vom Besten sein, das ist wichtig für die Stimmung im Camp. Hat was mit Seelsorge zu tun, verstehst du? Die Kerle haben hier ja sonst nichts. Nur Arbeit, Arbeit, Arbeit!"

Der wohlgerundete Frankokanadier bezieht die SHANGRI-LA-Crew ohne Umstände in seine Fürsorge mit ein. Während der ganzen Zeit unseres Aufenthalts wird er uns mit den Spitzenprodukten seiner Kunst verwöhnen und immer zu einem Schwätzchen aufgelegt sein.

Pauls Markenzeichen ist der stets präsente Glimmstengel, der auf unnachahmliche Weise seinen angestammten Platz in eben jener Lücke hat, die ein fehlender Eckzahn im Oberkiefer hinterließ. Einmal dort festgeklemmt, sitzt die Zigarette absolut rutschfest und sicher, was Paul den unbehinderten Gebrauch beider Hände jederzeit ermöglicht und ihm außerdem die sonst üblichen braunen Nikotinfinger des Kettenrauchers erspart. Es ist ihm ohne weiteres möglich, während der Unterhaltung weiterzuqualmen, ohne daß die Zigarette jemals ins Wanken geriete. Pauls Oberlippe hat sich diesem Dauerzustand bereits anatomisch angepaßt: Sie beschreibt an der strategisch wichtigen Stelle eine deutliche Ausbuchtung. Die Kippe wird dann durch ein gekonntes Schnalzen mit der Zunge aus der Lücke katapultiert. (Dem

Vernehmen nach will im Camp das Gerücht nicht verstummen, Paul habe sich nur aus diesen Gründen von besagtem Eckzahn getrennt...)

Es wird eine kurzweilige Zeit am Saglekfjord, während der wir nicht nur Pauls Kunstfertigkeiten studieren, sondern auf dem ganzen Gelände herumstreunen und die Männer bei ihrer Arbeit beobachten. Hin und wieder ertappen wir uns dabei, daß wir verstohlen nach Eisbären Ausschau halten, um uns im Notfall möglichst unauffällig zu verhalten, aber es zeigen sich keine. Kein Wunder bei dem Radau, der hier gemacht wird. Täglich ertönt mehrmals das akustische Signal zur Sprengung. Die alte Radarbasis bröckelt ab. Auch die beiden großen Kuppeln, die uns bis nach Hebron entgegensahen, müssen schließlich dran glauben.

Der gesamte Abbruchtrupp besteht aus Kanadiern. Kranführer, Schweißer, Bulldozerfahrer – alle sind von jenem Schlag, wie man ihn etwa auf Bohrinseln oder Großbaustellen fern der Städte antrifft. Es sind diese Individuen, die Pipelines durch Alaska legen oder Straßen durch den Urwald bauen: harte, wettergegerbte Leute, die jeder Situation gewachsen sind und keine Strapaze scheuen – wohl wissend, daß diese Schufterei in der Regel sehr lukrativ ist.

Als einziges weibliches Wesen unter den hundertfünfzig Mannsbildern sehen wir eine Krankenschwester mittleren Alters zwischen den Baracken herumhuschen. Sie wird mit sehnsüchtigen Blicken verfolgt. Ob ihr das unter anderen Umständen auch passieren würde? Diese Florence Nightingale ist zwar kein hinreißender Typ, aber hier eben ohne Konkurrenz.

Doch für Träumereien bleibt den harten Burschen wenig Zeit. Es werden Überstunden geschoben auf Teufel komm raus. Schon um sechs Uhr in der Frühe fangen die Bulldozer an zu röhren, und vor zehn Uhr abends ist der Arbeitstag nicht zu Ende. Arbeiten, essen und wenige Stunden Schlaf füllen die Tage völlig aus. Denn die Mannschaft steht unter Erfolgszwang: Innerhalb eines einzigen Monats soll das Gelände restlos gesäubert sein! Schon lauern nämlich andere Bautrupps in den Startlöchern, um die Fundamente für die neue Station zu gießen. Alle Termine sind längst festgelegt. Und die Amerikaner, die hier bald wieder Einzug halten werden, warten nicht gerne.

Fragt sich nur, wie lange es dauert, bis auch die neue, moderne Saglek-Basis wieder zur Antiquität wird. Bei der immer überstürzteren technischen Entwicklung läßt sich ausrechnen, daß in durchaus absehbarer Zeit am grünen Tisch in Washington erneut das Aus für Saglek fällt. Vielleicht genauso überraschend und plötzlich wie beim ersten Mal...

„Die haben uns damals echt überrumpelt", erzählt einer, der es wissen muß: Captain Bates ist einer der Oldtimer von Saglek. „Zu der Zeit war ich zwar noch Zivilist", erinnert er sich, „kam aber als Frachtexperte regelmäßig hierher." Gütertransporte von den Großen Seen zum Militärcamp waren sein Job, er fuhr auf den Schleppverbänden, welche die Station versorgten.

„Eines Tages", Captain Bates schüttelt verwundert den Kopf, „kommen wir hier an wie immer. Völlig ahnungslos. Wir hatten ein riesiges Kontingent Fahrzeuge für Saglek geladen. Die Schuten waren voll mit Pkw, Lkw, Straßenbaumaschinen, Schneepflügen – alle fabrikneu! Ich geh' mit den Papieren an Land, da heißt es plötzlich: Die Station wird aufgegeben, wir brauchen die Dinger nicht mehr! Alles war hier schon im Aufbruch. Ich sage, die Maschinen sind aber bestellt und bezahlt, ich habe Order, sie abzuliefern. Was soll ich jetzt machen? Ich kann sie unmöglich alle wieder mitnehmen. Ist mir völlig egal, sagt der Kommandant, wir können sie jedenfalls nicht annehmen, wir hauen jetzt hier ab. Saglek Radar Base gibt's nicht mehr, Befehl ist Befehl..."

Captain Bates ist damals stur geblieben. Er hat seine Fracht doch ausgeladen, allen Protesten zum Trotz. Und was haben sie gemacht mit dem ganzen nagelneuen Fuhrpark?

„Du wirst es kaum glauben", sagt Bates. „Dorthin, auf den höchsten Punkt der Klippe, wurden die Wagen gefahren und dann: Motor aus, Gang raus und ab über die Kante! Einer nach dem anderen..."

„Sie haben die Fahrzeuge ins Meer gestürzt?" Ich kann es nicht glauben.

„Worauf du dich verlassen kannst", versichert Captain Bates. „Wenn du da unten am Eingang des Fjords tauchst, findest du meinen ganzen Wagenpark wieder, meine allerletzte Lieferung nach Saglek. Mehr als zwei Kilometer hatte keiner der Wagen auf dem Zähler... Tja", er grinst über mein ungläubiges Gesicht, „beim Militär löst man Probleme eben anders als bei normalen Menschen."

Seltsamerweise haben sie nur die neue Lieferung über die Klippen gestürzt. Alle schon vorhandenen Maschinen, Pritschenwagen, Schneepflüge, Kettenfahrzeuge blieben beim Abzug der Vaterlandsverteidiger da zurück, wo sie gerade standen. Man war offenbar in Eile. (So schwappt jetzt noch in den großen Tanks das Benzin und der Diesel von damals.)

Dafür wandern sie nun in die Schrottschlucht.

Nur einen Automechaniker hat der Ehrgeiz oder das Erbarmen oder beides gepackt: Er zeigt uns stolz zwei Wagen, die er wieder zum Laufen gebracht hat. Alles andere ist verloren. Wegschmeißen hat eben Tradition am Saglekfjord.

Das Rätsel der B-26

Neugierig (und mutig, da die Eisbären immer noch unsichtbar geblieben sind) dehnen wir unsere Streifzüge auf die Umgebung des Camps aus, durchkämmen diese schwermütige Mondlandschaft aus geröllübersäten Senken und unwegsamen Erhebungen.

Der Ausflug des dritten Tages führt uns auf das tiefer liegende Seitenplateau mit dem Flugplatz. Und hier, unterhalb der hohen Klippe, die die Saglek Bay überblickt, stehen wir plötzlich überrascht vor den Überresten eines zerschellten Flugzeugs. Seitlich am Ende der Rollbahn, kaum zweihundert Meter von der Piste entfernt, liegt der zerbrochene Vogel auf dem Bauch.

Bestürzt umkreisen wir die Absturzstelle. Das ist doch nicht erst kürzlich passiert... Der Unfall muß sich schon vor längerer Zeit ereignet haben. Es scheint sich um einen Bomber älteren Typs zu handeln. Die Fragmente sind stark verwittert, nur der Rumpf und Teile der Tragflächen sind weitgehend erhalten. Trümmerstücke liegen im weiten Umkreis verstreut. Wie mag das passiert sein? Ob der Pilot die Landebahn verfehlt hat? Kaum vorstellbar, daß jemand lebend aus diesem Trümmerhaufen gekrochen ist. Aber warum hat man das Wrack nicht längst weggeräumt? Hier wird doch sonst alles verschrottet...

Das stumme Wrack wirft eine Menge Fragen auf, mit denen wir am Abend den Manager an unserem Tisch löchern. Was weiß er über das Flugzeug?

„Ach, ihr habt die B-26 gefunden? Tja, das ist eine lange Geschichte.

Warum die Maschine immer noch da liegt? Nun, die Air Force hat beschlossen, sie nicht anzurühren. Man betrachtet sie als ein Mahnmal, mit dem das Andenken der Männer geehrt werden soll – nicht nur dieser Besatzung, sondern aller, die während des Krieges im Dienst der Air Force ihr Leben ließen."

„Während des Krieges? Dann ist das Wrack ja älter als die Station hier?"

„O ja, das Unglück passierte im Kriegsjahr 1942. Damals war hier nichts als Einsamkeit. Die Saglek-Basis gab es noch nicht."

Von Grönland sei die B-26 damals gekommen, wo sie zusammen mit anderen Maschinen gestartet war. Ziel des Verbandes war die zu der Zeit schon existierende Goose Bay Air Base. Alle anderen Maschinen kamen an, aber diese, geflogen vom Staffelführer, zerschellte in der Einöde des Saglekfjords.

„Der schreckliche Zynismus des Schicksals", erzählt der Manager, „bestand darin, daß die Crew – es waren sieben Mann – das eigentliche Ereignis, nämlich die Bruchlandung, vollzählig überlebt hatte. Gestorben sind sie letztlich den Hungertod. Wartet, ich werde euch etwas zeigen…"

Er verschwindet in seinem Büro und kehrt mit einigen zusammengehefteten Blättern zurück.

„Wenn es euch interessiert, könnt ihr das behalten. Es sind Kopien eines Tagebuchs. Das Tagebuch des Kommandanten. Man fand es bei den Toten, als das Wrack schließlich entdeckt wurde."

Diese hektographierten Seiten verwahre ich heute noch. Sie sind die erschütternde Dokumentation des qualvollen Endes einer Handvoll Männer, die den technischen Errungenschaften ihrer Zeit blind vertrauten, den Umgang mit der Natur jedoch verlernt hatten.

Zunächst, so notiert der Pilot Mitte November 1942, habe der Verband wochenlang in Grönland auf günstige Startbedingungen gewartet. Und das im arktischen Winter, mit weniger als sechs Stunden Tageslicht! Die Männer müssen ziemlich genervt gewesen sein. *„Die meiste Zeit des Morgens damit verbracht, Schnee vom Flugzeug zu fegen"*, heißt es da. Immer wieder vereitelten Wetterlaunen den Start. Am 30. November 1942 kam dann die Erlösung:

„Endlich nach Goose Bay gestartet. Gegen 13.15 Uhr gerieten wir in einige Wolken, und ich änderte den Kurs, wies die Staffel an, dasselbe zu

tun. Eine Maschine setzte sich ab. Die anderen verlor ich, als ich nach unten drückte, um unter die Wolken zu kommen. Im Süden sahen wir ein Loch von ungefähr 2000 Fuß und brachen dort durch. Schließlich mußten wir zurück auf 13 000 Fuß Höhe. Lt. Josephson gab mir die neue Marschzahl, um wieder auf Kurs zu kommen. Aber wir wissen jetzt, es war zu weit korrigiert. Auf halbem Weg erwischte ich das Funkfeuer von Goose Bay, aber nach einigen Minuten erstarb es wieder. Es war inzwischen zu spät zur Umkehr, also versuchten wir, mit dem Kompaß auszukommen. Aber das ging nicht.

Schließlich erreichten wir die Küste. Wir gingen davon aus, daß wir uns südlich von Goose Bay befanden, wandten uns also nordwärts, bis wir letztlich erkannten, wir waren nördlich (von Goose Bay)! Der Treibstoff war so gut wie verbraucht, deshalb begann ich, mich nach einem Landeplatz umzusehen. Ich wollte dorthin zurück, wo Bäume waren, aber die Motoren fingen an zu stottern, wir mußten runter. Die Crew zuckte mit keiner Wimper, als ich sie verständigte, daß wir im Begriff seien, eine Bruchlandung zu machen. Und ich muß sagen, es wurde eine gute Landung. Lt. Josephson leistete gute Arbeit, er schaltete auch den Hauptschalter aus. Wir rammten einen Felsen, der den Bombenschacht aufriß, und eine Propellerspitze drang hinter mir durch den Rumpf. Abgesehen davon war die Maschine intakt. Sie drehte sich um fast 90 Grad, was einen guten Windschutz ergab. Es war fast dunkel, deshalb gingen wir, nachdem wir eine Notration vertilgt hatten, in der Maschine schlafen. Wir hatten 17 Wolldecken, einen Wollschal und eine Nackenrolle, aber wir schliefen recht gut. Lt. Josephson schoß die Sterne und entschied, wir seien 300 Minuten von Goose Bay entfernt.

Die sieben Männer versuchen, sich in dem Wrack einzurichten, so gut es eben geht. Eisige Schneestürme zwingen sie dazu, sich überwiegend in der Maschine aufzuhalten. Doch sie sind voller Zuversicht, daß es nur eine Frage der Zeit sei, bis man sie finden werde. Ihre Standortbestimmung trifft in etwa zu: 300 Minuten nördlich von Goose Bay. Folglich wissen sie, daß nicht weit südlich von ihnen Hebron liegt. Sie bleiben dennoch am Ort ihrer Havarie und warten ab, ständig nach Suchflugzeugen Ausschau haltend.

Mehr und mehr setzt der Frost ihnen zu:

„*Es war so windig heute, wir blieben den ganzen Tag in den Decken liegen.*"

Verpflegung ist zunächst ausreichend vorhanden. Die Bordliste verzeichnet: 7 Dosen Fleisch, 3 Dosen Erdnüsse, 8 Dosen Huhn, 2 Dosen Ananas, 3 Dosen Fruchtsalat, 2 Dosen Dattelbrot, 1 Dose Roggenbrot, 3 Schachteln und 28 Riegel Schokolade, 4 Pakete Datteln, 1 Pfund Cracker, 4 Pakete Feigen, 1 Pfund Käsecracker, 1 Flasche Coca-Cola, 2 Dosen Lachs, 3 Pfund Kaffee, 20 Packungen Karamelbonbons.

Auch an Wasser fehlt es nicht, sie brauchen nur den Schnee zu schmelzen. Doch das Essen muß streng rationiert werden. Noch immer ist keine Hilfe in Sicht.

Der Versuch, das Funkaggregat zu reaktivieren, scheitert:

„Wir probierten die Batterien aus, aber auch sie waren am Ende."

Die anfängliche Euphorie darüber, daß sie allesamt heil heruntergekommen sind, und die Hoffnung auf baldige Rettung wandeln sich in erste Zweifel. Drei der Männer lehnen sich dagegen auf, weiterhin untätig zu warten.

„Leutnant Josephson, Leutnant Jansen und Sergeant Nolan planen, sich mit dem Boot nach Süden aufzumachen, sobald wir einen klaren Tag haben..."

Sie starten am 23. Dezember in einem Boot, das zur Notausrüstung des Bombers gehörte. Niemand hat sie jemals wiedergesehen. Sie blieben verschollen bis zum heutigen Tag.

Die vier Zurückgebliebenen kämpfen weiter – gegen Hunger und Unwetter, jedoch mit neuer Hoffnung, daß die anderen drei durchkommen und Hilfe schicken werden. Sie erleben ein einsames Weihnachtsfest im unbarmherzigen arktischen Winter. Am 1. Januar notiert der Pilot:

„Happy New Year! Es schneite und stürmte die ganze Nacht und hielt auch tagsüber an. Seit wir kein Feuer mehr haben, bleiben wir den ganzen Tag ‚im Bett'."

Krankheit, Verletzungen und schwere Erfrierungen machen ihnen bald zu schaffen; alle sind notdürftig bandagiert, bis auf den Piloten.

„Golm verlor einen Fingernagel und wird wohl noch einen weiteren einbüßen. Ich bin nur froh, daß die Hand ihm keine Schmerzen bereitet. Der einzige, mit dem noch alles in Ordnung ist, bin ich."

Einer liegt bereits im Fieber, und auch die Kräfte der anderen lassen rapide nach, als die Nahrungsrationen auf ein Minimum geschrumpft sind. Alle Gedanken und Gespräche drehen sich nur noch ums Essen:

„10. Januar 43. Unser einziges Essen heute war eine Scheibe Ananas und zwei Löffel Sirup."

Warum diese Männer – allesamt Soldaten – sich nicht rechtzeitig daran machten, Wild zu jagen, wird ewig ein Rätsel bleiben. Denn daß es welches gab, ist sicher:

„Lt. Jansen und Golm entdeckten einen See nahe bei unserer Maschine und sahen einen Fuchs. Waywrench und ich sahen 50 Seehunde."

Diese Eintragung findet sich gleich in den ersten Tagen. Es hätte also Nahrung gegeben – Fett und Eiweiß in ausreichender Menge –, aber sie machen keinen Gebrauch davon. Sie beten. Sie ergeben sich in ihr Schicksal. Als ihnen endlich in den Sinn kommt, sich Richtung Hebron aufzumachen, sind sie längst viel zu geschwächt, um die Berge zu überwinden. Inzwischen ist es so kalt, daß selbst das Öl gefriert. Am 17. Januar verzehren sie das letzte Eßbare, ein bißchen Bouillonpulver.

Die letzte Eintragung stammt vom 3. Februar 1943:

„Lagen eine gute Woche in den Decken. Heute starb Waywrench nach mehreren Tagen geistiger Umnachtung. Wir sind alle sehr schwach, dürften es aber noch einige weitere Tage aushalten."

In der ersten Märzhälfte entdecken Eskimos aus Hebron die Leichen. Die Missionsstation war nur dreieinhalb Stunden Fußmarsch entfernt.

Unfrieden unterm Nordlicht

„Was euch von hier bis zur Hudson Strait erwartet, ist eine der schönsten Gegenden der Welt – für mich die schönste überhaupt!" Captain Bates, der uns mit diesen Worten verabschiedete, wäre wohl am liebsten mitgesegelt. Begleitet von vielen guten Wünschen, verließen wir die Mannschaft der Saglek-Basis. Viele der Arbeiter standen winkend oben auf der Klippe, als wir tief unter ihnen – eine winzig kleine Nußschale – die himmelhohen Pfeiler des Fjordeingangs rundeten.

Wieder richtet SHANGRI-LA ihre Schwimmerspitzen nordwärts, an Bord drei (geschenkte) Fässer Diesel und als persönliche Abschiedsgabe von Paul Richard eine Fuhre Frischobst und Gemüse, die einem karibischen Marktstand alle Ehre machen würde. Sogar ein paar Tränen hat unser Wohltäter nicht unterdrücken können. Helga ist schon dabei, ihm zum Gedenken einen herrlich knackigen Kopfsalat zu putzen.

Genaugenommen wollen wir zunächst nur kurz „um die Ecke" segeln. „Der nächste Einschnitt nördlich von hier ist der Nachvakfjord", hat Bates noch gesagt. „Gnade euch Gott, wenn ihr den einfach links liegen laßt! Er ist anders als alle Fjorde der Küste – ein Juwel. Und nehmt euch Zeit zum Angeln. Dort gibt es den unvergleichlichen Arctic Char in Mengen, den köstlichsten Fisch der Welt. Und jetzt ist die richtige Zeit. Etwas Besseres kann euch Kanada nicht bieten."

Was uns zunächst schon von See aus beeindruckt, ist „die schönste Gegend der Welt", das stolze, unnahbare Herz der Torngat Mountains. Was für eine herbe Bergwelt und welch monumentale Ausmaße! Es sind die Granittempel der schauerlichen Gottheiten, oder *torngaks*, die diese Küste säumen: gewaltige graue Zitadellen, majestätisch, unantastbar. Trutzige Burgen greifen mit ihren Zinnen bis in die Wolken, getragen von Mauern und Säulen, die keines Menschen Hand je berührt hat. Die meisten sind namenlos. Was sollten sie auch mit Namen anfangen? Sie stehen weit über allem, was Menschen je entscheiden könnten.

Klein und stumm läßt diese Landschaft den Betrachter werden. Es ist, als sei ihr Leben vor langer Zeit erloschen oder habe sich in versteckte Klausen zurückgezogen – dorthin, wo die schweren Wolken sich mit Fels und Eis vermischen. Kein Farbtupfer ist zu sehen, nichts als stumpfes Anthrazitgrau, das nur die weißen Schneewehen auf Simsen und Türmen duldet.

Nun setzt ein schneidender, trockener Nordwind ein, der bis auf die Knochen dringt und die Gesichtshaut zu Pergament dörrt. Immer wieder verschwindet einer von uns in der Versenkung, um kurz darauf mit einem Kleidungsstück mehr wieder zu erscheinen. Wir gehen zusehends in die Breite. Pullover wird über Pullover gezogen, Faserpelz über Faserpelz, und die Pudelmütze läßt nur noch die Augen frei. Der ganze Organismus scheint dabei auf Sparflamme zu laufen. Ein Glück, daß diese Etappe nicht den ganzen Tag dauert!

Schon gegen Mittag öffnet sich wie ein Riesentor die Schlucht von Nachvak vor uns. Wir tauchen hinein wie in einen feierlichen Dom mit gigantischem Gewölbe. Voraus weitet sich der Einschnitt, und die Mittagssonne füllt ein großes Tal mit freundlichem und sanftem Licht. Abrupt steigt die Quecksilbersäule unseres Außenthermometers, denn die Granitwände reflektieren die Sonnenwärme und heizen die Schlucht auf. Wir fangen an, in unserer Verpackung nach Luft zu ringen. Noch keine halbe Stunde sind wir im Fjord, da fliegen Pudelmütze und Handschuhe in die Ecke, es folgen Parka, Faserpelz I, Faserpelz II, Pullover und wollenes Unterhemd. Kaum zu glauben: Die Temperatur ist plötzlich auf 27 Grad plus gestiegen! Wir fahren geradewegs in einen Backofen hinein, in dem die Luft vor Hitze flimmert: Florida läßt grüßen... Wahrhaftig, Nachvak ist „anders". Das „Juwel" zeichnet sich auch durch ein anderes Landschaftsbild aus: rötliche Gesteinseinschlüsse beleben den grauen Granitgneis, und zarte Wasserkaskaden fallen wie Tüllgardinen über den Fels.

Am Ende des Wasserarms erwartet uns eine neuerliche Überraschung: Der Norden Labradors soll menschenleer sein? Irrtum – auch hier sind wir nicht allein. Eine flache Wiese säumt das Ufer, eine richtige grüne Wiese, und darauf liegt ein Campingplatz! Wir glauben zu träumen. Aber da stehen wirklich mehrere bunte Zelte auf dem grünen Grund. Und was sich davor bewegt, sind nicht etwa Karibus, sondern braungebrannte, nur mit Shorts bekleidete Zweibeiner.

Es ist schon seltsam, wie unwiderstehlich Kreaturen einander anziehen, wenn sie sich in der Einöde begegnen. Die Leute springen sofort in ein Boot und kommen uns entgegengerudert.

Wir sind auf ein Camp von Wissenschaftlern gestoßen – Geologen, Meteorologen und Biologen der St. John's Universität von Neufundland, die hier die Hinterlassenschaft der Eiszeit untersuchen. Ehe wir's uns versehen, sitzen wir auf der Wiese, umringt von acht Leuten, Männlein und Weiblein. Mehrere Wochen, so erzählen sie, haben sie schon für das Forschungsprogramm hier verbracht, abgesetzt mit ihrer ganzen Ausrüstung – Zelte, Proviant und Petroleum – von einer Twinotter und über Funk mit der Außenwelt verbunden.

Es ist ein interessanter Verein. Und natürlich bleiben wir – allein schon, um den unerwarteten Sommer zu genießen. Endlich müssen wir nicht ständig wie die Weihnachtsmänner verkleidet herumlaufen: SHANGRI-LA ankert vor der Wiese mit dem Zeltlager, und wir sind schnell in die Gruppe integriert. Im Klartext heißt das: Wir werden ungefragt in die persönlichen Querelen der acht Leutchen hineingezogen. Mögen diese Professoren und Doktoranden sich auch im Tertiär bestens zurechtfinden – bei ihren zwischenmenschlichen Beziehungen fehlt ihnen offensichtlich der rechte Überblick. Es stellt sich heraus, daß die ganze Gruppe hoffnungslos zerstritten ist. Ursache dafür ist wohl das zahlenmäßige Mißverhältnis von Männlein und Weiblein. Die Damen sind nämlich mit nur drei Vertreterinnen in der Minderheit. Mit anderen Worten: Die Gleichung geht nicht auf.

Wir platzen mitten hinein in den Höhepunkt des Unfriedens: Die Spannungen eskalierten derart, daß vier Leute gerade beim Packen sind; sie haben entschieden, daß sie es nicht länger mit den übrigen aushalten, und wollen sich am nächsten Tag von der Twinotter abholen lassen.

Eigentlich sind sie lauter liebe, nette Fachidioten, leidenschaftlich ihrem wissenschaftlichen Metier verschrieben (einer ist völlig weg, weil er zwei neue Flechtenarten entdeckt hat), aber sonstigen Leidenschaften gegenüber völlig hilflos.

Ob wir nicht Schnaps für sie haben? Sie würden auch gern dafür bezahlen. Da fällt doch diesen intelligenten Menschen nichts Besseres ein, als ihre Sorgen in Alkohol zu ertränken, obwohl gewisse Probleme bekanntlich schwimmen können. Natürlich haben wir in diesem Fall „überhaupt keine Alkoholika an Bord". Sollen wir etwa dazu beitragen, daß hier ein allgemeines Besäufnis stattfindet, welches die Lage höchstens noch verschlimmert?

Immerhin scheint schon unser Auftauchen für eine leichte Entspannung zu sorgen – man kann sich nun bei Außenstehenden ausquatschen und den ganzen Seelenmüll abladen. Und davon wird dann auch ausgiebig Gebrauch gemacht. Alle naslang kommen sie einzeln oder paarweise an Bord geschlichen, um sich über das unmögliche Verhalten der jeweils anderen auszulassen. Wir hören zu – mehr wollen sie ja auch gar nicht – und denken uns unser Teil. Sie sind schon eine Spezies für sich, unsere „Ologen" (mit dieser vereinfachenden Wortschöpfung scheren wir sie alle über einen Kamm, die Biologen, die Geologen und die Meteorologen).

Ich bin allerdings nicht darauf eingestellt, mich in der traumhaften Einsamkeit der Torngats mit den seelischen Blähungen des homo sapiens herumschlagen zu müssen, und suche Zuflucht beim Angeln. Neben der Wiese, die uns als Endmoräne eines Gletschers erklärt wird, mündet ein Fluß in den Fjord. „Dort", hatte Captain Bates gesagt, „an der Mündung des Flüßchens, erwischst du sie am besten." Sie, das ist die sagenhafte Lachsforelle, auch Arctic Char genannt. „Aber es muß Hochwasser sein. Bei Ebbe hat es gar keinen Sinn."

Also hole ich bei Hochwasser all meine bunten Köder hervor. Doch die Ologen schütteln nur die Köpfe. Damit könne man vielleicht in den Tropen etwas anfangen, hier brauche man nur einen Köder, den *Red Devil*. Der rote Teufel erweist sich als kleiner Blinker mit weißen und roten Streifen. Und wirklich – kein Wurf, bei dem sich der Arctic Char nicht auf den roten Teufel stürzt! Es ist unglaublich. Wenn ich den ganzen Tag so weitermache, ist das Cockpit am Abend kniehoch mit Fisch gefüllt.

„Jetzt hör bloß auf", sagt Helga schließlich, „sonst können wir zurückfahren und das ganze Saglek-Camp damit versorgen."

Als am zweiten Tag die geordete Twinotter herabbrummt und die Abtrünnigen einsammelt, wird es friedlicher im Camp.

Unter der fachkundigen Führung der Vierergruppe nehmen wir an Ausflügen in die „Eiszeit" teil. Auf einer unserer Wanderungen erreichen wir eine flache Bergkuppe, die sich auf einer in den Fjord ragenden Landzunge erhebt. „Hier gab es einmal ein Eskimodorf", berichten unsere Spezialisten, und deutlich künden kleine, von Erdwällen umgebene Vertiefungen davon. „Waren das Iglus?" fragen wir in unserer mitteleuropäischen Ahnungslosigkeit und müssen uns aufklären lassen, daß „Eskimo" und „Iglu" zwei Begriffe sind, die nicht unbedingt etwas miteinander zu tun haben. Hier jedenfalls haben die Inuit niemals in Iglus gewohnt. Vielmehr waren Erdhäuser üblich, die mit Karibufellen abgedeckt wurden.

Auffällig ist, daß der Hügel außerdem mit etwa zwanzig länglichen, ungeordnet verteilten Steinhaufen bedeckt ist. Da ich immer alles mit den Händen angucken muß, nehme ich neugierig einige der Steine auf – und pralle erschrocken zurück: Ein Totenschädel grinst mich an, und ein Oberarmknochen ragt daneben hervor! Wir sind auf dem Friedhof des Dorfes! Begraben im eigentlichen Sinne konnte man die Verstorbenen nicht, der Permafrostboden ließ dies nicht zu. Also wurden die Toten einfach mit Steinen bedeckt, damit sich wenigstens nicht die Wölfe über sie hermachen konnten.

Am schönsten sind die Abende, wenn wir am Feuer des Zeltlagers unsere Lachsforellen grillen. Schließlich rücken wir dann doch noch unsere Schnapsvorräte heraus. So wird endlich auch mal das vernichtet, was wir schon seit Ewigkeiten im Schrank haben – die Ologen saufen alles.

In völliger Auflösung platzt eine der Doktorandinnen eines Abends in die Runde, in der Hand einen Stein, der auf den ersten Blick nichts weiter ist als eben – ein Stein. Doch ist dies ein Stein des Anstoßes.

„Das kann nicht sein!" flüstert sie immer wieder fassungslos. „Das gibt es nicht... Muschelkalk! Hier! Unmöglich, völlig unmöglich..."

Von Hand zu Hand wandert der weiße Klumpen. Soviel begreifen sogar wir: Es ist ein Stück mit deutlichen Muscheleinschlüssen, doch in den Torngats gibt es kein Kalkgestein. Schon rein erdgeschichtlich sei das ganz unmöglich. „Diamanten – ja", meint die Expertin, „ein Diamant von dieser Größe hätte mich hier nicht weiter überrascht." Granit sei eben typisches Diamantengestein. Woher aber in aller Welt kommt hier Muschelkalk?

Plötzlich blitzt in meiner Erinnerung eine Geschichte auf... Es war im Pazifik, genauer gesagt, auf der Überfahrt von Neuseeland nach Tonga. Damals hatten wir einen deutschen Journalisten als Passagier an Bord. Und als wir über den Kermadec-Graben segeln, mit 11000 Metern eines der tiefsten Wassergebiete der Welt, da holt doch dieser Mensch plötzlich einen Stein aus der Tasche. Was war's? Ein ganz gewöhnlicher Ostseekiesel! Den warf er mit diebischem Grinsen über

Bord: „Damit die Geologen der kommenden Jahrhunderte etwas zu raten haben!" Wer jemals im Kermadec-Graben auf diesen Stein stoße, meinte er, werde sich für den Rest seines Lebens den Kopf zerbrechen.

Geradezu erleichtert wird meine Story nun als einzig mögliche Erklärung des Rätsels aufgenommen. Ja, so muß es gewesen sein, jemand hat sich mit dem Muschelkalk einen Scherz erlaubt. Ein Tourist...? Oder etwa... O nein, ich wollte doch nicht neuerliche Verdächtigungen innerhalb der Gruppe schüren! Nein, nein, es war ein Tourist. Ganz sicher.

Niemals werden wir diese Nächte im Lager vergessen. Nach dem Essen sitzen wir noch lange still beisammen. In der Dunkelheit beginnen irgendwo Wölfe zu heulen, viel zu scheu, um sich den Menschen zu nähern. Über unseren Köpfen tanzt das Nordlicht, das arktische Himmelsfeuer. Fast immer ist das Wetter so klar, daß sich dieses faszinierende Schauspiel der Natur gut beobachten läßt.

Da schwingen und wirbeln Lichtschleier und phosphoreszierende Vorhänge, winden sich leuchtende Schlangen und Spiralen, verlöschen und erscheinen aufs neue. Weiß, gelb und grün drehen sich die Kringel, und es tanzen Flammenpfeile im Zenit. Niemals hört die Bewegung auf. Einmal bildet sich ein symmetrischer Strahlenkranz wie ein gigantischer Heiligenschein, ein Lichtdom von äußerster Vollkommenheit, zu dem wir sprachlos aufblicken.

Dies sind Augenblicke, in denen ich denke: Der Norden macht die Menschen stumm. Stumm in Ehrfurcht. Denn für diese Übermacht der Natur reichen die Worte, die der Mensch erdacht hat, nicht aus.

NÖRDLICH VOM ENDE DER WELT

In der Eismühle der Hudson-Straße

Das „Kap Hoorn Kanadas" wird es auch genannt: Cape Chidley, die Nordspitze Labradors. Und noch ein Vergleich mit dem entgegengesetzten Ende des Doppelkontinents bietet sich an: Die McLean Strait trennt die vorgelagerte Insel Killinek vom Festland und läßt uns an die Magellan-Straße in Feuerland denken. Nur erweist sie sich als wesentlich schmaler. Unheimlich düstere, erdrückende Felswände säumen das Wasser zu beiden Seiten und bilden einen fast röhrenartigen Durchlaß, in dessen Enge sich ein enormer Tidenstrom zwängt. Mit dem Flutstrom werden wir regelrecht hindurchgepreßt, machen glatt 16 Knoten Fahrt über Grund und sehen schließlich richtig dankbar dem Licht am Ende des Tunnels entgegen.

Killinek – *the end of all things*, das Ende der Welt – ragt einem warnenden Finger gleich nordwärts in die Hudson-Straße. Von hier aus wollen wir nach Frobisher Bay auf Baffin Island starten. Doch zuerst muß die Eissituation geklärt werden, und wieder einmal ist es die Coast Guard, die unbürokratische Hilfe leistet. Denn unser UKW reicht nicht bis hinüber nach Baffin Island. Einer der Helikopterpiloten von der Coast-Guard-Station in Killinek stellt über das drahtlose Telefon die Verbindung her, und ein freundlicher Captain McNamara läßt am anderen Ende verlauten: *„No ice in Frobisher Bay!"* Keine Probleme, die Bay sei befahrbar. Na bitte, dann kann's ja losgehen.

Lange haben wir geknobelt, von wo aus unser Ober-Filmer Kurt nach getaner Arbeit am besten wieder auf die Heimreise geschickt werden kann. Im Saglekfjord wäre es vielleicht gegangen, aber an diese Möglichkeit hatte niemand gedacht. Ansonsten wäre als nördlichster Flugplatz mit Liniendienst Nain in Frage gekommen. Aber dort bedeutete „Regelmäßigkeit" im Flugdienst soviel wie plus oder minus zwei Wochen. Auf feste Termine zu vertrauen, wäre nicht ratsam gewesen. Da die Aufgaben, die zu Hause auf Kurt warten, aber deutsche Pünktlichkeit voraussetzen und arktische Unwägbarkeiten nicht gelten lassen, muß eine andere Lösung gefunden werden. Nachdem alle Möglichkeiten in Betracht gezogen und verworfen worden sind, halten wir Frobisher Bay für die tauglichste Abreisestation. Von der „Metropole des Nordens" soll es – verläßlich – eine tägliche Flugverbindung nach Montreal oder Toronto geben. Also lautet die Parole: Kurs auf Baffin Island – quer über die Hudson-Straße.

Es ist ein wunderschöner, sonniger, kühler Tag, an dem wir das „Ende der Welt" hinter uns zurücklassen. Dazu leicht bewegte See und handige Brise aus West, zunehmend. Wir machen gute Fahrt, aber die brauchen wir auch, denn der Tidenstrom, der aus der Hudson Bay in die Labradorsee und umgekehrt setzt, ist offiziell mit vier bis fünf Knoten angegeben. Das klingt schon beeindruckend genug, wird sich aber, wie manchmal bei offiziellen Daten, noch als untertrieben herausstellen.

Neunzig Seemeilen mißt die Etappe bis Resolution Island, einer größeren Insel am Eingang zur Frobisher Bay. Das muß gut zu schaffen sein. Wenn nichts dazwischenkommt...

Die Vorhersagen für die Hudson Strait versprechen nur vereinzelte Eisberge. Kein Grund zur Besorgnis.

Am Spätnachmittag können wir erwartungsgemäß Resolution Island erkennen – dann fällt jedoch plötzlich ein schmutzig-trüber Vorhang. Die Sicht verschlechtert sich zunehmend. Mehr und mehr verblaßt die Küste. Dafür ziehen weiße, stark reflektierende Linien über den Horizont: Treibeisfelder! Also ist die Hudson-Straße doch nicht frei.

Wir halten unseren Kurs, und die blendenden Striche wachsen deutlich zu Barrieren heran, die jedoch an vielen Stellen von Lücken unterbrochen sind. Es gibt also Wasserwege in der Eissperre, durch die man schlüpfen kann...

Helga schüttelt mißbilligend den Kopf. „Wir sollten uns nicht da hinein begeben. Die Sache ist überhaupt nicht abzuschätzen."

Kurt hält sich raus und guckt mich fragend an.

Mit Appellen an die Vernunft hat man bei mir noch meistens das Gegenteil erreicht. Ich peile die Öffnungen im Eis an. Natürlich geht es. Warum sollte es nicht gehen? Es ist überall noch ermutigend viel Wasser dazwischen. Klar, wir fahren weiter. Bei erhöhter Alarmstufe, versteht sich – alle Mann auf Ausguck! (Wobei Kurt wie üblich das meiste nur durchs Objektiv besichtigt.) Die Insel ist ja nicht mehr weit, und bis es dunkel wird, müssen wir sowieso dort sein. Die Segel sind längst geborgen, beide Maschinen laufen mit halber Kraft.

Im Riesenslalom umkurven wir die Eisschollen.

Der Tidenstrom hat sie zu langgezogenen Zeilen zusammengefügt, doch die freien Breschen zwischen den einzelnen ‚Schnüren' sind bis zu fünfzig Meter breit: Platz genug für unsere Nußschale, sich hindurch zu mogeln.

Verwirrend nur und ziemlich störend, daß das Ganze permanent in Bewegung ist. Mal schieben sich hier zwei Schranken zu einer zusammen – mal reißt dort ein neuer Spalt auf. Die Schollen bilden einen sich ständig verändernden Irrgarten, durch den wir immer wieder neue Passagen finden müssen: als ob man im Berufsverkehr eine vielspurige Fahrbahn überqueren wollte, auf der ein unentwegtes Hin und Her herrscht. Zu allem Überfluß treiben die Blöcke auch noch mit ganz unterschiedlicher Geschwindigkeit, bedingt durch Strudel, Gegenströme, verschiedenen Tiefgang und uneinheitliche Formen unter Wasser.

An Bord herrscht angespannte Wachsamkeit. Wir haben die Augen vorne und hinten und überall gleichzeitig. Zwischendurch trifft mich ein anklagender Blick der Bordfrau. Drei bis fünf Meter Dicke weisen die Schollen auf. Es ist *multi-year ice*, mehrjähriges Eis, das in diesem Jahr nicht mehr schmilzt. Fast sind es Berge – nur oben abgeflacht oder grob geschuppt vom Packeis. Typisch für diese Veteranen, die aus der Kälte kommen, ist ihr unglaubliches Blaugrün.

Und wieder sind es die kuriosesten Plastiken, die der Tidenstrom und die anstürmende See modelliert haben: futuristische Architektur neben Erscheinungen aus Flora und Fauna, Phantasieentwürfe und überaus Menschliches. Überdimensionale ‚Gebisse' segeln uns vor den Bug, elegante Schwäne mit grazilen Hälsen, und einmal scheinen drei winkende Eskimos mit ausgebreiteten Armen durch den Verkehrsstrom zu treiben. Nicht alles ist jugendfrei, auch allerhand Pornographisches ist zu entdecken, jedenfalls für das geübte Auge. Lust-Kunst-Objekte oder Objekte der Lustkunst oder Kunst am Lustobjekt?

Ach Quatsch, es heißt jetzt aufpassen, daß wir aus diesem Wirrwarr heil herauskommen! Wir können uns gar keinen Moment der Unaufmerksamkeit leisten. Doch da – unvermittelt driftet die letzte Skulptur hinter unserem Heck davon. Voraus winkt wieder freies Wasser!

Ein leises, allgemeines Aufatmen macht sich bemerkbar. Wir einigen uns darauf, daß es wohl die Überreste eines alten, zerfallenen Eisfeldes gewesen sein müssen.

Na immerhin – es ging doch, finde ich. Wenn man aufpaßt und konzentriert steuert, kann eigentlich nichts passieren. Doch Helga teilt meine Unbekümmertheit nicht. Es hätte leicht schiefgehen können – nur ich mit meinem kindlichen Gemüt habe die Sache mal wieder viel undramatischer gesehen.

Es wird noch diesiger. Nebel breitet sich aus.

Merkwürdig, daß Resolution Island nicht näherrückt. Im Gegenteil, die Insel scheint sich im Dunst völlig zu verflüchtigen. Und dann plötzlich – die nächste Barriere! Das ganze Verwirrspiel geht von vorne los. Was beim ersten Mal noch eine gewisse Faszination ausübte, fängt jetzt an, auch mich zu nerven. Erneut müssen wir Slalom fahren, uns zwischen unzähligen Hindernissen hindurchwinden. Wieder und wieder schieben sich Eisschranken quer vor unseren Bug. Mein anfänglicher Optimismus weicht einer nicht mehr verhehlten Lustlosigkeit. Ich sehe mit Besorgnis die Zeit verrinnen. Bald wird es dunkel sein. Wir müssen jetzt so zügig wie irgend möglich hier durch.

Es ist vielsagend ruhig geworden an Bord. Alles trachtet stumm nach einem sicheren, geschützten Ankerplatz. Und niemand argwöhnt, daß das dicke Ende noch kommen soll...

Endlich stehen wir jenseits der Hudson Strait! Voraus liegt die Einfahrt zur Gabriel Strait, der Meerenge, die Baffin Island und Resolution Island trennt. Die Eisschollen werden weniger. Aber immer noch bleibt die Küste von Resolution Island eine schwache, undeutliche Kontur. Bei dem unfreiwilligen Hakenschlagen haben wir etwas die Orientierung verloren.

Kurze Konferenz am Kartentisch.

„Lower Savage Island", verkündet Helga. „Das ist dieser kleine Fleck hier hinter Resolution. Gehen wir doch dorthin."

Die Nordküste dieser Insel verspricht annehmbare Ankermöglichkeiten. Dort wollen wir endlich in Ruhe etwas essen, Feierabend machen für heute und uns aufs Ohr hauen.

Mit acht Knoten Fahrt motoren wir auf das angepeilte Ziel zu. Die Sicht ist so schlecht, daß ich Radar einschalte. Die Novemberstimmung hebt nicht gerade das Betriebsklima („Verdammt noch mal, wir haben doch Hochsommer!" revoltiert Kurt), aber wenigstens rückt ein Schlafplatz jetzt in greifbare Nähe. Das Südostkap von Lower Savage Island schält sich als diffuser Schatten aus dem Dunst. Doch davor: wieder Treibeisfelder! Geisterhaft im Nebel patrouillieren außerdem Eisriesen vor der Küste.

Wir starren mit überanstrengten Augen in die trübe graue Suppe, in der verschwommen weiße Klöße treiben.

„Kannst du mir mal sagen", befragt Kurt murmelnd sich selbst, „wieso dieses verdammte Kap nicht näher kommt bei dem Dampf, den wir draufhaben?"

Es ist wahr. Der Gebirgszug da vorn scheint sich ebenso schnell davonzumachen, wie wir durchs Wasser fahren. Die Erklärung: Wir bewegen uns auf der Stelle! Genau frontal, aus der Gabriel Strait, steht uns ein mächtiger Tidenstrom entgegen. So hart haben wir uns noch selten einen Ankerplatz erkämpfen müssen. Entnervt drossle ich die Maschinen.

Rundum drängen sich jetzt die Eisklötze immer dichter, formieren sich zu Kreisen, als wollten sie einen Reigen mit uns tanzen. Und Hals über Kopf setzt irgendeine unsichtbare Rührmaschinerie den Tanz in Gang! Die Schollen und Berge jeder Größe werden auf einmal von gewaltigen Kräften erfaßt – von Strudeln, die in die Tiefe führen – und beginnen, in rasender Fahrt wie auf einer Drehscheibe zu rotieren!

Noch völlig entgeistert das Schauspiel begaffend, nähern wir uns unausweichlich dem Geschehen. Der Sog – wir geraten in einen Sog! Dann geht alles furchtbar schnell. Uns bleibt keine Zeit für irgendeine Gegenmaßnahme, keine Zeit auch nur für einen vernünftigen Gedanken. Mit übermächtiger Gewalt wird SHANGRI-LA von einem monströsen Sauger erfaßt.

„Burghard!" entfährt es Helga schrill. Jäh wirbeln wir in einem Riesenkessel herum, in dem es brodelt und kocht. Zu Pilzen geformt, schießt Wasser neben uns empor. Unheimliche Energien müssen da im

Untergrund freigesetzt werden, die diese gigantischen Strudel aufwühlen. Der Effekt ist völlig verwirrend. Es gibt keine allgemeine Richtung. Das Ganze sieht aus, als würde in einem kolossalen Suppentopf gerührt, hier in diese, dort in jene Richtung...

Unsere Situation ist plötzlich außer Kontrolle geraten – mich packt eine kalte Hand im Genick: Panik! Panische Angst überfällt mich, erfaßt uns alle. In ohnmächtiger Untätigkeit werfen wir fassungslose Blicke um uns, hocken bestürzt wie in einer Jahrmarktgondel, die mit höllischem Antrieb in konzentrischen Kreisen herumjagt. Vor und hinter uns Eisriesen, SHANGRI-LA mitten drin wie eine lächerlich kleine, rote Pappschachtel, eingekeilt auf einem wahnwitzigen Karussell, das niemals anhält.

Unbeirrt fahren sie mit uns im Kreis, die weißen Riesen. In der Mitte wartet das magische Auge des Strudels, von dem eine beunruhigende Saugkraft auszugehen scheint. Ich muß da immer hinsehen... Nein, nein, das ist ja Unsinn. Jetzt bloß nicht den Verstand verlieren! Wir werden nicht in einem Schwarzen Loch verschwinden, spurlos von der Bühne des Lebens gesaugt... Aber womöglich kann uns die Fliehkraft auf die andere Seite schleudern? Ich weiß es nicht. Ich weiß gar nichts. Nur, daß ich jetzt wieder zu mir kommen muß, versuchen muß, mein Gehirn auf Normalbetrieb zu schalten. Die Maschinen... Was sonst, wenn nicht die Maschinen! Sie haben uns doch in ähnlich schlimmer Lage, damals vor Kap Hoorn in der Le-Maire-Straße, auch helfen können. Wir haben dem Verhängnis zweimal 50 PS entgegenzusetzen, normalerweise viel zuviel. 100 Pferdestärken für unsere kleine Imbißbude, die schon mit einer Maschine allein spielend Rumpfgeschwindigkeit läuft. Aber hier – hier will ich alles rausholen, was in den Motoren steckt. Ich raffe mich auf, gebe soviel Gas, daß alles vibriert – und steuere gegen, zum Rand der Drehscheibe.

Folgsam holt SHANGRI-LA ihre Nase herum. Einen Moment glaube ich, wir werden uns bloß um die eigene Achse drehen und mit dem Hinterteil voran weiterkreisen... Doch ihre Schwimmerspitzen brechen aus! Wir springen ab aus dem irrsinnigen Kreisverkehr! Sie gehorcht wieder dem Ruder, läßt sich geradeaus steuern! Ich merke, daß meine Schultern sich verkrampft haben, versuche vergeblich, mich zu lockern. Die Angst ist groß, in den nächsten Strudel zu schliddern. Jetzt plötzlich wird mir schwindlig. Verzagt manövriere ich uns da hin, wo blaues, gleichmäßig strömendes Wasser Sicherheit verspricht. Unwillkürlich taxieren wir gegenseitig unser Befinden. Das, was die Vermummung von Helgas und Kurts Gesicht frei läßt, sieht trotz rosigen Frosthauchs irgendwie schlecht aus, finde ich.

Starker Nordwind setzt ein, bläst uns bindehautreizend in die Augenschlitze. Jeder igelt sich in seinem Faserpelz ein, so gut er kann, mehr und mehr scheint die Crew unter ihrer Verpackung zu schrumpfen.

Eine Weile setzen wir noch uneinsichtig den Versuch fort, Raum zu gewinnen, und beobachten eingeschüchtert die Bewegungen der Eisberge aus dem Augenwinkel. („Nicht noch einmal in den Schleudergang!" hat Helga kategorisch erklärt.) Der Schock wirkt nach. Beklommen und gespannt registrieren wir die unterschiedlichen Zugrichtungen des Eises. Um die Angst abzubauen, analysiere ich im stillen das Geschehen. Es müssen zwei starke Ebbströme sein – von Norden aus der Frobisher Bay und von Westen aus der Hudson Bay –, die hier aufeinandertreffen und in diesem unheilvollen Wirbel ihre Kräfte vereinen. Dem Zentrum des Hexenkessels sind wir zwar entkommen, doch vergeblich motoren wir gegen die Strömung von Norden an, die jetzt durch den Wind noch unterstützt wird.

Es ist zwecklos. So erreichen wir nie die Nordküste von Lower Savage Island. Die Radarpeilung, immer wieder nervös von mir genommen, bestätigt es: Wir strampeln auf der Stelle, der Abstand verringert sich einfach nicht. Ich gebe mir einen Ruck. „Wir müssen umdisponieren. Laßt uns einen Schlupfwinkel an der Südseite suchen."

„Schöner Mist", stellt Helga in Übereinstimmung mit dem Rest der Crew fest. „Dafür haben wir keine Detailkarte. Und das, was wir haben, läßt darauf schließen, daß es dort überhaupt keine sichere Ecke gibt."

Wir sind gezwungen, es dennoch zu versuchen. Es wird höchste Zeit, unter Landschutz zu gehen. Wir geben uns geschlagen, drehen bei und dieseln mit der Strömung südwärts, immer im Gleichschritt mit den rastlos eilenden Eisschollen.

Knapp fünfhundert Meter vor den grauen Felsklippen hebt der Dunst die Röcke hoch. Was er darunter hat? Eis über Eis! Vom Strom gegen die Küste gepreßt, hat es sich zu einem bizarren Vorgebirge aufgetürmt. Die Insel scheint regelrecht verbarrikadiert zu sein, eine uneinnehmbare Festung, von schroffen weißen Schanzen gesäumt.

Wir sind wie vor den Kopf geschlagen, verharren eine Weile ratlos, in stummer Niedergeschlagenheit. Was sollen wir jetzt machen, was bleibt noch? Die Dunkelheit hier draußen verbringen, in der nächtlichen Arena der weißen Riesen? Alles andere, nur das nicht! Lieber fahren wir weiter hinaus, wieder zurück in die Hudson Strait. Dort gibt es immerhin große Freiräume, in denen man sich relativ ungefährdet aufhalten könnte.

Kurt, dieser Glückspilz, entdeckt die schmale dunkle Öffnung zwischen Eis und Gestein! Ein Spalt nur, eine Kerbe in der Felskante. Mit einiger Bangigkeit bugsieren wir SHANGRI-LA hinein... Es ist der Zugang zu einer winzigen Bucht. Eine Nische in der Kulisse schroffer Felswände tut sich auf, ein frostiges Versteck. Schneereste leuchten in den Furchen und Rinnen. Verteufelt eng ist es hier drinnen, von einem Schwojkreis kann keine Rede sein, und ankern läßt sich's auch nicht so, wie's im Lehrbuch steht. Aber wer würde jetzt noch wählerisch sein? Hier liegen wir für die Nacht so sicher, wie es unter den Umständen eben möglich ist.

Zusammen mit dem Anker plumpst uns ein Stein vom Herzen.

Langsam lockert sich die Verkrampfung. Entspannen ist erlaubt – endlich! Und bald schon klappert wohltuend heimelig das Geschirr in der Wohnküche, als Helga den Abendbrottisch deckt. Der Skipper und sein Regisseur nehmen derweil den Unterschlupf genauer in Augenschein. Deutlich ist zu erkennen, wie hoch das Wasser bei Flut diesen Felsentrichter füllt: Dunkel zeichnet sich an den Wänden die Feuchtigkeit ab, über der Hochwasserlinie klebt das hochgeschwemmte Eis am Gestein. Auf unerklärliche Weise haben sieben oder acht große Eisschollen ebenfalls den Weg durch das Nadelöhr gefunden. Gegeneinandergedrängt parken sie an der Felswand, in etwas aufdringlicher Nachbarschaft zu uns. Beim Blick aus der Bucht brechen wir unwillkürlich in Heiterkeit aus: Da paradieren aufgereiht wie an einem Band die spröden Eisgiganten vorbei – und zwar in so großer Eile, als sei jemand hinter ihnen her!

„No Ice in Frobisher Bay?"

Die Nacht wird unruhig. Das Wasser steigt. Im Halbschlaf lauschen wir nervös auf das Rucken der Ankerkette.

Irgendwann zwischen erschöpftem Schlummer, bangem Herzklopfen und besorgtem Dösen erschüttert ein dumpfer Stoß das Schiff. Die ganze Crew springt reflexartig aus den Kojen. Eine der Eisschollen – die größte in dem Sortiment – ist auf Kollisionskurs gegangen und hat unsanft Tuchfühlung mit unserem Bug aufgenommen. Zum Glück hat sie weiter keinen Schaden angerichtet, aber so intim mögen wir es denn doch nicht. Wir bewaffnen uns mit Bootshaken und hauen sie dem eiskalt schimmernden Außenbordskameraden in die Flanke. Keine Chance, den riesigen Brocken wieder dahin zu schieben, wo er hergekommen ist. Wir können nur unser eigenes Leichtgewicht regieren, staken uns vorsichtig ab und stecken Kette, bis die Felswand bedrohlich nahekommt; dann beobachten wir sorgenvoll den eisigen Störenfried, der unmerklich in Bewegung gerät.

„Ei, was ist denn jetzt los!" ruft Kurt auf einmal, daß es von den Wänden des Trichters widerhallt. Wir trauen unseren Augen nicht... Wie von Geisterhand geschoben, kommt der Goliath plötzlich in Fahrt und driftet schnurstracks aus der Bucht hinaus, wo er sich prompt in die Prozession der anderen Tiefkühlwürfel einreiht. Und als sei dies das Kommando zum allgemeinen Aufbruch gewesen, segeln drei oder vier der anderen Growler auf die gleiche Weise davon.

Da inzwischen die Tide gewechselt hat, zieht die Parade draußen jetzt mit geänderter Marschrichtung vorbei. Im Morgengrauen erkennen wir einige auffällige Eisformationen wieder, die gestern abend schon mal vorbeikamen – und nun mit der Flut retour driften!

Der neue Tag begrüßt uns wieder mit nebelverhangenem Trübsinn. Der Zustand ist in dieser Jahreszeit nun mal obligatorisch für das Gebiet der Hudson Strait. Dennoch verlassen wir unser Schlupfloch und erwischen einen günstigen Strom, der uns nach Norden setzt. Durch das Fernglas lassen sich Eisberge erkennen, die mit einer anderen Strömung uns entgegen ziehen. Es herrscht mal wieder hohes Verkehrsaufkommen in sämtliche Richtungen. Wir haben mehr Glück als Verstand, daß wir ohne größere Schlenker schon gegen Mittag die Gabriel-Straße überquert haben.

Die Küste, die nun vor uns liegt – das ist Baffin Island! Und wie zum Trost für die letzte Nacht beschenkt sie uns mit einer wunderschönen, wildromantischen Ankerbucht. Rundum rauschen Wasserfälle von den Klippen. Es ist eine geschützte Ecke von der herben Schönheit einer hochalpinen Eis- und Felslandschaft, und wir nehmen die Chance wahr, hier in Ruhe günstigeres Wetter abzuwarten. Wieder pilgern draußen in endlosen Reihen die Eisberge vorbei, und wegen des Nebels läßt sich nicht abschätzen, wieviel Eis uns noch erwartet. Immerhin sind wir auf Baffin Island, und nur noch ein Kap – wenige Seemeilen entfernt – trennt uns von der Frobisher Bay.

Nach zwei Stunden vor Anker verwandelt sich die Szene mit der schon gewohnten Sprunghaftigkeit. Der Nebelvorhang hebt sich, schwebt empor und bleibt als zusammengeknüllte Mütze auf den Berggipfeln hängen. Klare Sicht! Und überall viel blaues Wasser! Wir beschließen, uns hinauszuwagen, dicht unter Land zu bleiben und uns an den Felsen entlang in die Bay zu mogeln, diesen breiten, trichterförmigen Fjord, an dessen Ende unser vorläufiges Ziel liegt: Frobisher Bay, die Ansiedlung, die denselben Namen trägt wie die Bucht.

„Nichts gegen Captain McNamara, aber restlos informiert war der wohl auch nicht." Zu dieser Feststellung fühlt sich Helga schon bald an diesem Nachmittag veranlaßt.

Von *„No ice in Frobisher Bay"* kann wirklich keine Rede sein. Vorläufig treffen wir wieder auf Treibeis in Massen – doch die Felder sind weit auseinander gezogen. Zu unserer Freude tummeln sich ganze Völker von Robben auf den Schollen, vereinzelt auch Walrosse, unbeholfene Fettklumpen, die mit enormer Wasserverdrängung wegplumpsen, wenn wir uns nähern. Und dann auf einem der eisigen Flöße: zwei Polarbären! Kurt ist ganz wild darauf, eine schöne Großaufnahme in den Kasten zu bekommen, und so fahre ich uns mit gemischten Gefühlen näher heran. Interessiert in unsere Richtung witternd, richten sich die beiden massigen, zottig-weißen Teddys zu respektabler Höhe auf, geraten in Unruhe, beginnen nervös auf ihrer Scholle hin und her zu rennen. Schließlich verzichten sie auf den Filmruhm, gleiten ins Wasser und zeigen uns paddelnd die Kehrseite.

Auf einmal wird der Eisgang wieder dichter. Das darf doch nicht wahr sein! So weit man sehen kann: alles weiß! Wieder einmal werden wir total umzingelt, und natürlich ist alles in unberechenbarer Bewe-

gung – uns entgegen, im Kreis, quer über den Weg. Mit unseren hart erworbenen Erfahrungen sehen wir darin zwar keine akute Gefahr mehr, trotzdem schleicht sich in den Hinterkopf der Gedanke ein: Was, wenn jetzt Sturm aufkäme, der das Ganze zusammenschiebt, und wir mittendrin wären?

Auch die Sicht läßt schon wieder sehr zu wünschen übrig, höchstens eineinhalb Meilen sind es bis zum Horizont. Da der Tag zur Neige geht, wächst erneut die Unruhe an Bord. Bei Dunkelheit noch draußen zu sein im Treibeis, den Gefahren der Growler ausgesetzt, das ist unser größter Alptraum. Kurz vor der Dämmerung biegen wir deshalb hinter einige vorgelagerte Felsen ein und nehmen einen ganz passablen Winkel in Beschlag – zwar keinen, der offiziell als Ankerplatz ausgewiesen ist, aber nach kurzem Rundumblick meinen wir, daß wir auf dieser Reise schon schlechtere Plätze zum Übernachten wählen mußten.

Längst haben wir gelernt, daß das Ankern hier ganz andere Gepflogenheiten verlangt, als wir es bisher gewohnt waren. Der Pflugscharanker erweist sich häufig als so untauglich, daß man ihn glatt vergessen kann. Die unzähligen Flüsse und Wasserfälle haben soviel Sand in die Buchten und Fjorde gespült, daß der felsige Grund meist mit einer dicken Schicht weichen Sediments bedeckt ist, worauf sich dann noch Unmengen von Algen angesiedelt haben. Der Pflugscharanker macht hier seinem Namen alle Ehre: Er durchpflügt diese Teppiche wild wuchernden Krauts – und ist manchmal kaum wieder hochzukriegen. Ab und zu findet sich auch nackter Gesteinsgrund, in dem die Schaufel sich festhakt und nach kurzem Herumschwojen wieder freikommt. Nachdem sie einige Male als dicker grüner Pilz verkleidet wieder aufgetaucht ist, sind wir längst dazu übergegangen, uns auf den guten alten Stockanker zu verlassen.

In mancherlei Hinsicht ist hier Phantasie und Pioniergeist gefragt. Aber hat uns nicht gerade das gereizt? So werfen unsere Seekarten täglich mehr Fragen auf, als sie Antworten geben können. Nach Frobisher Bay ist nur eine einzige Route, der Hauptschiffahrtsweg, vermessen und mit Tiefenangaben eingezeichnet. Hier jedoch, entlang der nördlichen Seite dieser 160 Seemeilen langen Einkerbung von Baffin Island, treffen wir auf Inseln und Buchten, die in der Karte allenfalls vage gestrichelt sind – also mit Vorbehalt angedeutet. Die meisten Fjorde, diese unberührten, abgrundtiefen Wasserarme, die in die Fels- und Gletscherwelt hineingreifen, erscheinen auf dem Papier nur als weiße „Blinddärme"; sie sind unerforscht. Und werden wirklich einmal Zahlen angegeben, so hat sich der Verfasser meist mit dem in Klammern vermerkten Eingeständnis *doubtful* abgesichert.

Den Norden kartographisch zu zähmen – speziell Baffin Island, diese wilde Urwelt aus den Elementen Luft, Wasser und Stein –, das wäre noch eine Aufgabe für eine ganze Generation. Wir können froh sein, für das Navigieren mit den drei wichtigsten Dingen ausgerüstet zu sein: Erfahrung, geschultes Auge und Echolot. Das Wasser ist allerdings so sauber, daß an den Ankerplätzen – wenigstens bei guten Lichtverhältnissen – die wilden „Salatwiesen" unter der glatten Oberfläche jede Untiefe leicht verraten.

In dieser Nacht brist es auf.

Ich krabble aus der Koje und sehe nach dem Rechten. Es weht aus Südost. Den Wind könnten wir gebrauchen, wenn er nur auch noch am Tag anhielte.

Er hält an, unvermindert, und verstärkt sich sogar noch. Und – welch ein Wunder – am Morgen haben sich die letzten Growler fast ganz verkrümelt! Nur vereinzelt driften noch ein paar Nachzügler im herrlich freien Wasser. Und auch die verschwinden bald völlig, als uns der Südost kräftig weiter in die Bay hineinschiebt. Fast sieht es so aus, als ob wir diesmal den Zeichen trauen dürften. Sollte es jetzt wirklich vorbei sein mit dem Treibeis? *„No ice in Frobisher Bay..."* Der gute Mann hat wohl gemeint, daß der Umkreis des *Hafens* frei sei.

Im Lauf des Vormittags wächst sich der Südostwind sogar zu einem rüden Sturm aus. Steiler Seegang baut sich auf. Wer hätte das gedacht, daß wir hier, in dem schmaler werdenden Fjord, noch so richtig ins Surfen geraten! Das ist doch mal eine Abwechslung. Mit zehn Knoten prescht SHANGRI-LA in die Wellentäler. Es spritzt und tost. Um die Sache komplett zu machen, klatschen uns die Böen auch noch Nässe von oben aufs Gemüt. Das ist arbeitsintensives Wetter. Wir reffen das meiste Tuch weg und zischen trotzdem wie auf der Flucht davon. Wie immer unter solchen Bedingungen, mausert sich unser altes Mädchen zum Torpedo. Und weit und breit kein Eisberg mehr! Ohne die ständige Gefahr einer Kollision können wir ihr die Zügel lang lassen. Mit voller Geschwindigkeit rauschen wir voran.

Aber auch heute wird der Zielhafen noch nicht zu erreichen sein. Wir müssen noch eine Ankernacht einlegen.

Am späten Nachmittag surfen wir in einen kleinen Fjord, der im Handbuch sogar mit einem Ankersymbol versehen ist. Wer allerdings diese Ecke ausprobiert und als ankergerecht geehrt hat, muß von seltener Gemütsruhe gewesen sein – zumindest aber über stabile Eingeweide verfügt haben. SHANGRI-LA springt jedenfalls wie verrückt im Schwell, der sich in den engen Schlauch preßt und klatschend gegen die Steilwände knallt. Drohend ragt himmelhohes, nacktes, graues Urgestein mit Kanten und Spitzen und wilden Abstürzen über uns auf. Und heulend knallen die Fallböen von den Wänden herab, daß das Wasser nach allen Seiten in Fontänen aufspritzt.

Wir loten 56 Meter Wassertiefe! Die 50 Meter lange Ankerkette wird ausgebracht und danach die Ankertrosse angesteckt. Das hält zuverlässig. Dennoch wird es eine schier endlose Horrornacht in dem kochenden Kessel. Die Dunkelheit, die Kälte, die Feuchtigkeit, die in die Betten kriecht, das ständige Stampfen – unbequemer könnte es kaum sein.

Am Morgen, als drei gequälte, übernächtigte Gesichter mit roten Kaninchenaugen zum Vorschein kommen, fühlen wir uns mal wieder gefoppt: kein Lufthauch, alles spiegelblank! Sanft kräuselt sich das Wasser im Fjord. Doch kaum hat SHANGRI-LA die Nase um die Ecke gesteckt und wieder die „Hauptstraße" erreicht, passiert dasselbe wie gehabt: Es pfeift in allen Tonarten aus Süd. Einen zweiten Tag lang ist Helga überwiegend davon in Anspruch genommen, die Hühnerbrühe heiß zu halten, die wir gallonenweise in uns hineinfüllen, um nicht in

Vereisung überzugehen. Die erstarrten Finger um die Tassen geklammert, bringen wir uns über die Runden.

Bald ist der Wasserweg gesprenkelt mit unzähligen kleinen Inseln. Und, man glaubt es kaum, die Hauptpassage ist sogar befeuert! Zum ersten Mal sehen wir wieder ein Leuchtfeuer (abgesehen von jenem, das uns von Resolution ziemlich nutzlos herüberwinkte). Da fühlt man sich doch fast schon wie zu Hause! Und dann treffen wir nach Robben und Eisbären auch wieder auf die ersten menschlichen Artgenossen: Weit draußen in den Schären, von wo aus ein paar schachtelartige Häuser am Ufer gerade noch zu erkennen sind, ankert eines der wohlbekannten feuerwehrroten Schiffe mit dem vertrauten Ahornblatt auf weißem Grund: Canada Coast Guard, die freundlichen Nothelfer in allen Lebenslagen. Wegen des enormen Tidenhubs – bis zu zwölf Meter – müssen sie mit ihrem Pott so weit entfernt von der Stadt auf Reede bleiben.

Coast Guard in Sicht, das bedeutet grundsätzlich: Freunde sind da! Auf allen ihren Schiffen und Stützpunkten sind es immer die gleichen unverwüstlichen, stets aufgeschlossenen, unkomplizierten Burschen, denen wir begegnen.

Unser Auftauchen ruft keinerlei Verwunderung hervor – alle Stationen sind selbstverständlich unterrichtet über das kuriose *double boat*, das hier herumschippert. Aufs neue bestätigt sich eine Erfahrung, die wir schon anderswo, etwa im rauhen Süden Neuseelands oder im menschenleeren Feuerland, gemacht haben: daß wir uns gerade dort, wo die Welt am einsamsten ist, unter zuverlässigster Obhut befinden, sei es durch einheimische Fischer, sei es durch Militärflugzeuge, die den Kurs der SHANGRI-LA im Auge behielten, oder wie hier durch die Coast Guard.

Aus unserem Empfänger röhrt die behäbige Stimme des Commanders ein freundliches Willkommen. Und sogleich folgt die obligatorische Erkundigung: „Wird Hilfe benötigt? Können wir etwas für euch tun? Habt ihr irgendwelche Wünsche?"

Helga, Kurt und ich brauchen nur einen einzigen Blick zu tauschen. Die Antwort fällt einstimmig aus: „Ja, duschen!" Endlich mal wieder unter der Brause stehen…

„Wenn's weiter nichts ist?" amüsiert sich die Stimme aus dem Lautsprecher. „Na, dann kommt mal an Bord!"

Mit Frotteelaken und allerhand Deo-Utensilien bewaffnet, lassen wir umgehend das Dingi zu Wasser. Als wir heranplätschern, holen sie offensichtlich infolge eines Informationsdefizits zu unserem Befremden die Lotsentreppe gerade ein. Doch wird sie postwendend wieder heruntergelassen. An Bord herrscht Betriebsamkeit. Des Rätsels Lösung: Eigentlich, meint der Captain in aller Gemütsruhe, eigentlich sei man ja gerade im Aufbruch, aber – was soll's – auf die halbe Stunde käme es nun auch nicht mehr an.

Der Dampfer, mit seiner siebzigköpfigen Besatzung einer der Stars in der Coast-Guard-Flotte, ist für eine ganze Palette von Aufgaben gerüstet. Mit Helikopter, Arzt, Sanitäterteam und OP-Raum ist er ein schwimmendes Hospital, dient aber darüber hinaus ebenso als Eisbrecher wie als Versorgungs-, Transport- und Forschungsschiff. Es gäbe viel Interessantes zu besichtigen an Bord, aber natürlich wollen wir den Einsatz nicht über Gebühr verzögern. Immerhin verursacht jede Minute, die so ein Schiff in Betrieb gehalten wird, hohe Kosten. Es ist schon ein bemerkenswertes Entgegenkommen – und symptomatisch für den Geist in dieser Truppe –, daß siebzig Mann gemächlich warten, bis wir drei der Körperpflege gefrönt haben und fertig abgetrocknet und gewandet wieder von Bord klettern.

So kommt es, daß schließlich eine marzipanrosa geschrubbte SHANGRI-LA-Crew in Frobisher Bay landet.

Radio SHANGRI-LA *sendet*

Wie definiert man „Hafen"?

Da hatte ich bisher wohl etwas zu enge Vorstellungen, verstand ich darunter doch ein mehr oder weniger großes, ausreichend tiefes Wasserbecken, in welchem Schiffe anlegen können. Genau das aber ist im „Hafen" von Frobisher Bay absolut unmöglich. Schiffe können hier am Gestade von Baffin Island, der größten Insel der kanadischen Arktis, alles mögliche, nur nirgendwo anlegen...

Die Städeplaner, die diese Ansiedlung einst konzipierten (falls es dabei überhaupt planvoll zuging, müssen es ausgemachte Landratten gewesen sein), mögen sich Gott weiß was gedacht haben, nur nicht, daß hochseetüchtige Dampfer an den vorgelagerten Inseln vorbei bis tief zum Ende des Fjords vordringen würden. Wer auch an diesem Strand die allererste Hütte errichtete, er kann höchstens damit gerechnet haben, daß hier die Kajaks der Eskimos über den Schlick an Land gezogen würden. Denn das Ufer läuft kilometerweit völlig flach aus, mit kaum spürbarem Neigungswinkel, und der Grund ist mit großen, rundgewaschenen Steinen übersät. Einen knapp hundert Meter breiten Streifen, der auf die Mitte der Stadt zielt, hat man von diesen riesigen Katzenköpfen geräumt und markiert. Die freie Schneise mit sauberem, sandigem Grund ist – nun ja, eben der „Hafen". Oder das, was man hier dafür hält.

„Ihr könnt nur bei Hochwasser hinein oder heraus", hatten uns die hilfreichen Coast-Guard-Engel gewarnt. Aber SHANGRI-LA mit ihrem geringen Tiefgang hat in flachen Gewässern zum Glück wenig Probleme.

Etwa einen Kilometer vor der Stadt ankern zwei Kümos (Küstenmotorschiffe), und wir tun es ihnen gleich – in der eigentlich logischen und doch völlig irrigen Annahme, daß wir da, wo die ausreichend Wasser unter dem Kiel finden, es erst recht haben. Doch es dauert nicht lange, dann stehen wir mit dummen Gesichtern an Deck: SHANGRI-LA ist trockengefallen! Gestrandet wie eine Qualle, während ihr Element sich einfach davongestohlen hat. Sie liegt bäuchlings und unbeweglich auf ebenem, festem Sand wie die Kümos auch. Ein scheußliches Gefühl: Das Meer ist verschwunden, wir befinden uns unfreiwillig „an Land". Bei dem gewaltigen Tidenhub von zehn bis zwölf Metern und dem flachen Strand muß man bei Ebbe das Wasser hier mit dem Fernglas suchen. Spätestens jetzt leuchtet uns ein, wieso die Coast Guard so auf Distanz hält: ein Einsatzbefehl bei Niedrigwasser, und sie säßen hier hoffnungslos fest.

Kaum hat sich die See zurückgezogen, da rücken die Landlebewesen nach. Auf einmal nähern sich von der Stadt her einige Fahrzeuge. Es sind Lkw, die zum Löschen ihrer Ladung trockenen Reifens direkt an die Schiffe heranfahren. So also funktioniert das hier! Bis zum auflaufenden Wasser muß das Be- und Entladen eben beendet sein. Man lernt doch nie aus. Dies ist jedenfalls unser erster Hafen, in dem das Dingi ohne weiteres durch ein Fahrrad ersetzt werden könnte. So klettern wir drei über Bord und marschieren zu Fuß in die Stadt.

Einige Bewohner von Frobisher Bay haben uns aus der Ferne

gesichtet und kommen uns über die weite, glatte Sandfläche entgegen. Wieder sind es lauter fröhlich lachende Inuitgesichter, die uns umringen. Die Eskimos stellen hier, in ihrer angestammten Region, den Großteil der Bevölkerung.

Frobisher Bay – so hieß zunächst nur die Bucht, die der englische Seefahrer Sir Martin Frobisher 1576 entdeckte, als er nach einer Ost-West-Passage durch die kanadische Inselwelt suchte. Die Gemeinde gleichen Namens, eine Schöpfung der Neuzeit, erweist sich als ein ebenso künstliches Gebilde wie Nain oder Goose Bay: eine synthetische Stadt, errichtet in einer Gegend, wo eine Stadt im Grunde ein Unding ist.

So ist nichts an ihr natürlich gewachsen, nicht ihr äußeres Erscheinungsbild und schon gar nicht ihre Bestimmung. Die Häuser, noch überwiegend neu und hübsch häßlich, sehen aus wie Massenprodukte aus den fünfziger Jahren. Die Bewohner mit weißer Hautfarbe sind bis auf wenige Ausnahmen Beamte. Da eine Siedlung an dieser Stelle eigentlich aus nichts eine Existenzberechtigung ableiten kann – es gibt weder etwas Nennenswertes zu produzieren noch zu verarbeiten –, mußte man ihr eigens eine geben: Frobisher Bay ist eine Behördenstadt, sie „verwaltet". Was, ist nicht ganz eindeutig zu klären. In erster Linie wohl sich selbst. Auf jeden Fall gehört Frobisher Bay nicht den Inuit, sondern den weißen Staatsdienern.

Was eine amtliche Metropole ist (der Staat neigt bekanntlich zur Selbstüberschätzung), die verlangt auch nach standesgemäßen Attributen. Ein Flughafen mußte her, und zwar ein anständiger. Deshalb verfügt diese Stadt am Meer zwar über nichts, was man ernsthaft als Hafen bezeichnen könnte, dafür aber über eine Landebahn, auf der sogar Jumbojets heruntergehen können, *falls* mal einer auf der interkontinentalen Polroute eine Zwischenlandung einlegen muß. Doch bis dahin ist Frobisher Bay Airport kaum mit dem Inlandverkehr ausgelastet.

Den Mittelpunkt der Stadt und einen noch nie gesehenen Gipfel architektonischer Verirrung bildet die Gesamtschule: ein Kunststoffbau – futuristisch nennt man das wohl –, bei dem sinnigerweise auf Fenster ganz verzichtet wurde. Was gäbe es da draußen auch schon Großartiges zu sehen? Dieser Schildbürgerstreich ist zu einer riesengroßen Plastiktorte geraten und wird flankiert von einem weiteren architektonischen Sündenfall: der Kirche. Vielleicht wollte ihr Urheber einen Iglu imitieren, aber uns erinnert sie an eine zu groß geratene preußische Pickelhaube. Kurt findet die einzig denkbare Erklärung: „Jetzt", murmelt er tiefsinnig, „weiß ich, was man in Kanada mit Architekturstudenten macht, die durch die Prüfung fallen: Man verbannt sie in die Arktis!"

Bald beenden wir den ersten Rundgang.

Voller Unruhe, die Flut könnte uns womöglich zuvorkommen, treten wir lieber die Rückwanderung zur SHANGRI-LA an. Aber die Bucht ist trocken wie zuvor, das Meer noch längst nicht in Sicht. Statt dessen kommt, kaum daß wir an Bord sind, ein Landrover hinter uns her gesaust. Er parkt neben unserer Bordwand, und heraus klettert ein ulkiger, nickelbebrillter Knabe, der sich als der örtliche Radioreporter vorstellt. Die Kunde von unserem Auftauchen scheint sich mal wieder wie ein Steppenbrand verbreitet zu haben. Radio Frobisher Bay lädt uns ein zum Interview. Wir möchten doch morgen vormittag mal im Studio vorbeischauen. „Ihr werdet es schon finden, kennt hier jeder!" Spricht's und braust davon.

Anderntags möchte Kurt lieber zum Flughafen, um sich über seine Abflugtermine zu informieren, und Helga weigert sich glatt: „Immer dieselben Geschichten erzählen, da kriegt man ja Fransen am Mund. Geh du hin!" Nun, mir macht das nichts aus. Wer einmal Pauker war, hört sich fürs Leben gern reden.

Die Sendestation ist wirklich problemlos zu finden, ein legerer Drei-Mann-Betrieb. Mit dem Nickelbrillentyp sitze ich in einem winzigen Gehäuse und quatsche zwei Stunden lang ins Mikrophon, unterbrochen von gelegentlichem Plattenabspielen.

Keine vierundzwanzig Stunden später kommt der Landrover schon wieder übers Watt gekurvt. Der Freund vom Sender klopft an unsere Tür: „Könntest du vielleicht noch mal kommen? Unser Telefon steht nicht still. Die Leute dröhnen mir die Ohren voll, sie wollen unbedingt noch mehr von dir hören!"

Mir schwillt die Brust.

Nun ja, meint er, das sei doch zu verstehen. „Hierher kommt sonst freiwillig kein Weltumsegler. Vielleicht habt ihr auch ein paar Tonbänder – irgend etwas Deutsches? Dann überlasse ich dir für heute das Programm."

Zwanzig Minuten später sitze ich am selben Platz wie gestern und dudele den ganzen Tag unsere Musikkassetten in den arktischen Äther. Und zwischendurch spinne ich Seemannsgarn, daß sich die Balken biegen. Radio SHANGRI-LA ist auf Sendung! Es macht mir einen Mordsspaß. Wenn mir im Leben mal gar nichts mehr einfällt, werde ich vielleicht Entertainer in Frobisher Bay.

Von nun an brauchen wir uns nirgends mehr vorzustellen. Auch wenn man unsere Gesichter noch nicht gesehen hat – wir können ja nur *die* sein, die „Segler aus dem Radio".

So kommt es, daß uns auch Stewart schon kennt, noch ehe wir seine Bekanntschaft gemacht haben. Stewart, von dem wir noch nicht wissen, daß er demnächst unser neues Crewmitglied wird...

Am dritten Tag lande ich in der großen Autoreparaturwerkstatt von Frobisher Bay, in der Hand den verstopften Dieselvorfilter unserer Maschine. Ich brauche einen Ersatzfilter.

Der erste Overall, auf den ich stoße, zuckt hilflos die Achseln. „Da mußt du Stewart fragen, der kennt sich aus."

„Wen?"

„Den da hinten."

Ich kann niemanden sehen, entdecke jedoch beim Wandern durch die Halle zwei lange Beine, die unter einem aufgebockten Fahrzeug hervorschauen.

„Stewart?"

Der Rest des endlos langen Gestells kriecht hervor, ein sympathischer großer Junge, der abwechselnd mich und den Dieselfilter anstrahlt, den ich ihm präsentiere.

„Du bist der, der gestern im Radio war, nicht? Hab' alles gehört. Was kann ich für dich tun? O je, so einen Filter haben wir hier nicht. Kann ich dir höchstens aus Montreal besorgen." Die Lieferungen kämen per Luftfracht, fügt er hinzu. Das ginge erfahrungsgemäß recht schnell, in maximal drei Tagen, werde aber ziemlich teuer.

Das fehlte noch. „Einen ähnlichen", sage ich, „würde ich auch akzeptieren. Könnte man irgendwo einen ausbauen und für unsere Anschlüsse passend machen?"

Man kann. Oder besser gesagt: Stewart kann. Stewart Taylor macht alles möglich. Die Selbstverständlichkeit, mit der er sich für uns ins Zeug legt, ist rührend. Es gibt Menschen, die man ein Leben lang kennt, ohne mit ihnen jemals warm zu werden, und dann wieder andere, die einem schon im Augenblick des Kennenlernens das Gefühl vermitteln, einen alten Freund vor sich zu haben. Stewart gehört zur zweiten Kategorie.

An diesem Abend sitzt die SHANGRI-LA-Crew gemütlich in dem Apartment, das Stewart und seine Frau im obersten Stock eines Neubaublocks bewohnen. Sie sind eigentlich Großstadt-Kanadier, die nur ein kurzes Abenteuer in der nordischen Wildnis suchten und nun schon seit einigen Jahren mit großer Liebe an ihr hängen. Schnell stellt sich heraus, daß uns mehr als nur eine gemeinsame Passion verbindet. Auch die Taylors sparen für ihren Traum – eine Segelyacht – und sind darüber hinaus begeisterte Taucher. „Für uns steht schon lange fest", sagt Stewart, „auch wir segeln mal um die Welt!"

Kein Wunder, daß uns der Gesprächsstoff nicht ausgeht. Es wird eine lange fröhliche Nacht, und der Himmel färbt sich schon etwas milchig, als wir uns endlich alle zur Ruhe begeben – wir Besucher auf schnell und unkompliziert hergerichteten Matratzenlagern.

In der Frühe spähen wir erst mal mit dem Fernglas aus dem Fenster nach SHANGRI-LA aus, die an diesem etwas dunstigen Morgen einsam draußen vor Anker schwojt. Es ist Flut. Scheint alles in Ordnung zu sein. Aber nach dem Frühstück wollen wir nach Hause. Wie gut, daß wir mit dem Dingi da sind.

Inzwischen aber haben unsere Gastgeber beim Decken des Frühstückstisches tuschelnd etwas ausgeheckt, das sie uns jetzt freudestrahlend eröffnen: „Wir finden, ihr solltet hier bei uns wohnen! Was wollt ihr dauernd hin und her hetzen, mal zu Fuß, mal mit dem Schlauchboot? Das ist doch umständlich. Holt eure Zahnbürsten und was ihr sonst braucht und bleibt bei uns. Wir würden uns freuen."

Wir wechseln gerührte Blicke. Das wäre schon was – eine Wohnung, in der man täglich duschen kann... Aber dürfen wir das annehmen? Immerhin sind wir drei! Doch allem Anschein nach wären die beiden geradezu gekränkt, wenn wir das Angebot ausschlagen würden. Keine Frage, wir *müssen* einwilligen!

Als wir nach dem gemütlichen Frühstück das Schlauchboot ins Wasser schieben, um wie verabredet unsere Klamotten von Bord zu holen, ahnen wir nicht, daß diese Ruderpartie uns in eine prekäre Situation bringen soll.

Es ist ein grauer Tag, die Luft diesig, aber immerhin haben wir mittlere Sicht. So sind wir arglos. Doch das sollte man sich in der Arktis niemals leisten. Wer sich im hohen Norden in Sicherheit wiegt, den belehrt er eines Besseren.

Wir haben vielleicht die halbe Strecke zur SHANGRI-LA zurückgelegt, da rollt urplötzlich, wie von Geisterhand geschoben, eine Nebelwand von See her über die Bucht. Sie verschluckt SHANGRI-LA vor unseren Augen und kurz danach uns selbst. Schlagartig ist die Sicht gleich null. Eben noch unser Ziel vor Augen, haben wir innerhalb weniger Augenblicke vollständig die Orientierung verloren. Nur keine Panik! Wir wissen ja, daß SHANGRI-LA da ist... Dort, geradeaus... Eben haben wir sie doch noch gesehen. Aber wo? Wir finden uns einfach nicht mehr zurecht, die Verwirrung ist perfekt. Der Nebel umschließt uns total und lähmt jeden Orientierungssinn. Wir werden unsicher und wissen plötzlich nicht mehr, aus welcher Richtung wir gekommen sind, geschweige denn, ob wir noch auf dem richtigen Kurs sind.

Natürlich haben wir im Dingi keinen Kompaß.

„Also, jetzt mal ganz ruhig", sagt Kurt. „Wir sind ja direkt auf sie zugefahren. Also müssen wir nur ein paar Minuten so weiterrudern..."

Natürlich. Wir rudern weiter, immer geradeaus. Aber wo ist „geradeaus"? SHANGRI-LA taucht nicht auf. Fahren wir womöglich im Kreis, ohne es zu merken? Es ist wie beim Blindekuhspielen. Aber Moment mal – wonach richtet man sich beim Blindekuhspielen? Nach Zurufen, nach Geräuschen... Wir legen die Riemen an und lauschen. Man hört die Stadt! Natürlich, wo die Geräusche herkommen, dort ist die Stadt, ist Land. Das ist unser einziger Anhaltspunkt. „Drauf zu!" sagt Helga. „Wir müssen zurück zum Strand. In dieser Suppe würden wir nicht mal die QUEEN ELIZABETH finden."

Es hat wirklich keinen Sinn, unser Schiff aufs Geradewohl zu suchen. Also wenden wir und halten in die Richtung, aus der undeutliches Rauschen dringt. Aber wir müssen schon weiter draußen sein, als wir dachten, denn es dauert.

Doch da, auf einmal – wie ein Spuk taucht unmittelbar vor uns ein roter Fleck auf: SHANGRI-LA! Wie eingewebt in einen Kokon liegt sie da, und merkwürdig laut in der wattigen Stille plätschern die Wellen an ihre Bordwand. Wir waren längst an ihr vorbeigerudert!

Zufall, reines Glück! Alle drei stoßen wir hörbar die Luft aus. Die

Anspannung weicht. Wir binden das Dingi an und betreten erleichtert unser Heim – um es garantiert erst wieder zu verlassen, wenn „die Luft rein" ist!

Eigentlich war alles halb so wild, oder?

Wieder glücklich im Apartment der Taylors gelandet, kommt uns die Geschichte unserer Suche im Nebel gar nicht mehr so dramatisch vor.

Doch Stewart macht ein nachdenkliches Gesicht.

„Du wirst in der Arktis immer wieder daran erinnert, daß die Natur das Sagen hat. Sie ist unberechenbar. Wir haben uns hier zwar breitgemacht, mit unserer ganzen Technik, die wir für so überlegen halten, aber immer wieder erlebt man es, daß uns die Natur einen Dämpfer verpaßt. Immer noch kannst du in Situationen geraten, in denen der Mensch hilflos und ausgeliefert ist. Letztes Jahr im Winter – wir wissen es alle noch, als wär's gestern gewesen – hat es unsere Nachbarn getroffen. Ein entsetzliches Unglück, von dem man in Frobisher Bay noch nach Generationen erzählen wird..."

Mit einem Grüppchen anderer Kinder war damals der Sohn der Nachbarsfamilie auf dem Heimweg von der Schule gewesen – von eben jener „Plastikschule" im Zentrum des Ortes. Und wie Kinder so sind, hatten sie an jenem Tag gar keine Lust, schnurstracks heimzugehen. Sie beschlossen, einen Umweg über die Hügel am Stadtrand zu machen – einen Weg, den sie genau kannten und der ihnen doch zum Verhängnis werden sollte. Sie gerieten in eine merkwürdige Wettererscheinung, bei der vielfältige Lichtreflexe zwischen Wolkendecke und Schnee den Himmel und die Erde scheinbar ineinanderfließen lassen. *White-out* nennen die Nordländer das Phänomen, das in arktischen Breiten bei ganz bestimmtem Sonnenstand eintreten kann: dunstige Luft, von der Sonne durchdrungen, reflektiert das Weiß des Schnees so, daß nur noch blendende und für das Auge undurchdringliche Helligkeit herrscht. „Kein Mensch, der da hineingerät", sagt Stewart, „kann sich noch orientieren. Alles um dich herum ist weiß – oben, unten, überall, nichts als grelles Licht. Man verliert jedes Gefühl für Zeit und Raum. Als Erwachsener – vorausgesetzt, du bleibst bei Verstand – weißt du, daß es das Gescheiteste ist, dort auszuharren, wo du gerade bist. Aber diese Kinder damals... Sie kannten in ihrer Panik nur einen

Drang: nach Hause! Sie müssen einen unbeschreiblichen Irr- und Leidensweg durchgemacht haben, bei $-30°C$, was ja bei uns im Winter ganz normal ist."

Man fand die kleine Schar schließlich in vierzig Kilometer Entfernung von der Stadt. Alle waren erfroren.

Strafvollzug in der Arktis

Der Saal erinnert mich an ein Klassenzimmer.

Doch die „Klasse", die in den Bänken unruhig hin und her rutscht, besteht aus Erwachsenen. Allesamt sind sie Eskimos. Einer der Ihren hockt abgesondert in der Mitte des Raumes am „Armesündertisch", genau vor dem Pult, an dem ein strenger, ergrauter Herr residiert. Dieser ist – neben einer Dolmetscherin und der als Zuschauer geladenen SHANGRI-LA-Besatzung (letztere inzwischen auf zwei Köpfe geschrumpft) – der einzige Weiße im Saal.

Es ist Gerichtstag in Frobisher Bay. Dieses Schauspiel wäre uns mit Sicherheit entgangen, wäre nicht im Flughafengebäude, wo wir auf Kurts Gepäckbergen saßen, der besagte ältere Herr geradewegs auf uns zugesteuert. Wir, so hatte er treffsicher erraten, müßten doch wohl die Crew dieser deutschen Segelyacht sein, von der er daheim in Yellowknife im Radio gehört hatte. (Ich wußte nicht, daß mein Gefasel in halb Nord-Kanada empfangen wurde.)

Was kann ein seriöser, älterer Kanadier sein, den man in Frobisher Bay trifft? Beamter natürlich! Unser neuer Bekannter ist Richter und waltet dieses Amtes keineswegs nur in Frobisher Bay, sondern auch in den anderen arktischen Stationen, die er von Yellowknife im Landesinneren aus regelmäßig der Reihe nach anfliegt. Alle drei Wochen ist Frobisher Bay dran. Dann wird an einem Tag alles verhandelt, was in der Zwischenzeit an kleineren und größeren Untaten aktenkundig geworden ist.

Schade, daß Kurt das nun nicht mehr mitkriegt. Er ist jetzt – nach wehmütigem Abschied – in der Luft, auf dem Weg nach Montreal, während wir hier sitzen. Natürlich gab es wieder eine gewaltige Packerei mit dem ganzen Filmkram, obwohl Steffi ja schon einiges mitgenommen hatte. Jetzt ist es auf einmal wieder leer bei uns. Um so besser, daß wir heute etwas vorhaben...

„Der Fall", hat der in vielen Dienstjahren geprüfte Jurist uns vorher erklärt, „ist typisch. Es sind eigentlich immer Suffgeschichten, die auf mich zukommen. Ohne Alkohol wäre dies vermutlich der friedlichste Ort der Welt. Die Inuit sind ja im Grunde freundliche, harmlose Kerle. Aber mit Schnaps können sie nun mal nicht umgehen."

Fünfundvierzig Jahre sei er alt und Fischer, gibt der Beklagte zur Person an, und die anderen nicken bestätigend. Mit seinem deutlichen „Veilchen" und einigen Heftpflastern kreuz und quer auf den Wangen könnte er auch für das Opfer gehalten werden. Wie es denn nun dazu gekommen sei, will der Richter wissen, daß die Ehefrau des Angeklagten seit nunmehr zehn Tagen mit doppeltem Schädelbruch im Krankenhaus liege.

Tja, wie ist es dazu gekommen? Ganz normal, wie es eben immer zu so etwas kommt.

An dem bewußten Tag seien sie gemeinsam zum Feierabendtrunk aufgebrochen. Drei Hotels gibt es in Frobisher Bay, in deren Bars zu festgelegten Zeiten Alkohol ausgeschenkt wird. In welchem sie waren? Na, in allen natürlich. Und an einem dieser Tresen, als sie bereits bis zum Kragen voll waren, sei es dann zum Streit zwischen dem Ehepaar gekommen. Worüber? Du lieber Himmel, wie soll man das noch wissen? Jedenfalls gibt es Zeugen, die das traute Gespann später stockblau und keifend heimwärts schwanken sahen.

In den heimeligen vier Wänden rasteten die kleinen grauen Zellen endgültig aus, was zu einem beiderseitigen Tobsuchtsanfall führte. Sie bediente sich des Kofferradios und schmiß es ihm ins Gesicht. Der Attackierte (angeblich hilflos in die Defensive gedrängt) wehrte sich so gut er eben konnte – mit diversen „losen Gegenständen". Was die eigentliche Tatwaffe war, läßt sich aus dem Nebel der Erinnerung nicht mehr eindeutig zutage fördern. Jedenfalls ging er als Sieger aus dem Gefecht hervor.

Wie entscheidet in so einem Fall Justitia in Frobisher Bay? Fünfzehn Jahre wegen fast gelungenen Totschlags? Zehn Jahre wegen schwerster Körperverletzung? Viel schlimmer: drei Wochen Knast *und* – ein bestürztes Raunen geht durch den Saal – ein Jahr Entzug aller Jagdwaffen wegen erwiesener Neigung zu übertriebener Gewalttätigkeit!

Das Publikum ist geschockt. Eine „so harte" Strafe hatte niemand erwartet.

Unsereiner hat da einige Mühe mit der Logik. Nach der Verhandlung sitzen wir mit dem Richter beim Tee. Ob ein solches Urteil nicht jede Autorität untergrabe? gebe ich vorsichtig zu bedenken. Doch der Richter schüttelt lächelnd den Kopf. „Im Gegenteil. Sie haben ja gesehen, mit welcher Betroffenheit die Zuhörerschaft reagierte." Einem Inuit die Waffen wegzunehmen, käme fast einer Kastration gleich; eine empfindlichere Strafe könne es für diese Menschen kaum geben. Eine Weile werde das als Abschreckung sicher nachwirken.

„Natürlich nicht auf Dauer", seufzt der Richter. „Irgendwann wird's bei denen zu Hause wieder rund gehen. Am sinnvollsten wäre es, den Schnaps zu verbieten. Dann allerdings wäre ich hier bald arbeitslos."

Denn „geborene" Straftäter seien sie alle nicht, die Eskimos, die vor dem Richtertisch landen. Dazu mache sie erst das Feuerwasser. Eine kleinere Dosis beschwöre leichtere Delikte herauf, ein Vollrausch entsprechend schwerwiegende.

Außerdem müsse man berücksichtigen, daß die Inuit ein Naturvolk seien. „Diese Leute kann man nicht für Jahre in eine Zelle sperren – sie würden mit dem Kopf gegen die Wand rennen." Deshalb liege das Schwergewicht des Strafvollzugs auf der Resozialisierung. Wir sollten uns doch mal das Gefängnis ansehen; es sei funkelnagelneu, erst kürzlich für drei Millionen Dollar fertiggestellt. „Das modernste hier im Norden!"

„Ja, kann man denn da so ohne weiteres hingehen?"

„Selbstverständlich. Ihr könnt es jederzeit besichtigen."

Wir nehmen die Gelegenheit wahr und stehen anderntags erwartungsvoll vor dem Stadtgefängnis. Doch – ob dies tatsächlich die angegebene Adresse ist? Zweifel scheinen angebracht.

„Nein", meint Helga, „das kann nicht angehen. So sieht doch kein Gefängnis aus. Oder erkennst du irgendwo ein Gitter oder etwas Ähnliches?"

Keine Spur von schwedischen Gardinen. Weder Gitter noch Mauern mit Stacheldrahtkrone, auch keine verschlossenen Tore. Die nichtssagende Glas- und Betonfront eines hypermodernen Gebäudes ragt vor uns empor. Es scheint sich eher um eines der neuen Bürohäuser zu handeln. Wir stehen eine Weile unschlüssig herum. Da – auf einmal schwingt die große Eingangstür auf, und heraus stapft eine Kolonne von fünfzehn Männern, alle Inuit in blauer Einheitskluft. Hier sind wir also doch richtig. Allerdings... Helga und ich reißen entgeistert die Augen auf: Jeder der Knackis, die jetzt gleichmütig und in braver Formation zu zwei bereitstehenden Mannschaftswagen trotten, trägt ein Gewehr geschultert! Der Anblick ließe auf eine Revolte schließen, würden sie nicht so friedfertig wirken.

Der uneingeweihte Beobachter versteht die Welt nicht mehr. Und doch hat alles seine – allerdings arktische – Ordnung. Der Trupp ist, wie es sich gehört, in Begleitung eines Justizbeamten. Letzteren erkennt man daran, daß er als einziger nicht die Anstaltsmontur trägt und lediglich mit einem Gummiknüppel bewaffnet ist. Nein, kein Aufstand, Karibujagd steht heute auf dem Veranstaltungskalender der Herren Sträflinge! „Wandertag". Und da niemand ohne Gewehr ein Karibu totschießen kann, bekommt selbstverständlich jeder Jäger eine Knarre in die Hand gedrückt. Zielt denn keiner damit in die verkehrte Richtung? Natürlich nicht, sie sind doch alle nüchtern!

Alkoholabstinenz scheint ziemlich das einzige zu sein, was den Knastalltag vom normalen Inuitleben unterscheidet. Der Aufseher der Kolonne, der sich ruhig auf einen Klönschnack mit uns einläßt, während seine Schützlinge artig warten, bestätigt den Standpunkt des Richters: „Diese Burschen kann man einfach nicht von morgens bis abends hinter Schloß und Riegel sperren. Dann hätte man hier bald ein Irrenhaus zu beaufsichtigen. Bei den Inuit ist das keine Lösung."

Folgerichtig ist permanent „Tag der offenen Tür".

Bei dieser Art von Strafvollzug leuchtet uns allmählich ein, daß unser am Vortag verurteilter Eskimo den Verlust seiner Jagdwaffen als das größere Übel empfinden mußte.

Jeder Insasse, erklärt der Beamte, sei verpflichtet, vom Gefängnis aus einer geregelten Arbeit in der Stadt nachzugehen. Wer keine Stelle hat, bekommt bereits in den ersten Tagen eine zugewiesen.

Ob denn nicht mal einer abhaue, wenn es doch so leicht sei? will ich skeptisch wissen und ernte nur einen verständnislosen Blick.

„Wohin denn?"

Auch wieder wahr. Wohin könnte hier einer verschwinden – außer in die kahle, unbarmherzige Steinwüste von Baffin Island? Kein Wunder, daß sie den Knast von Frobisher Bay vorziehen.

Von Iglus, Rohfleischessern und Lampenlöschspielen

Daß ich mich neuerdings schon am frühen Morgen für Kulturelles begeistern kann, kommt Helga verdächtig vor.

Nicht daß ich an und für sich ein Banause wäre. Aber es ist auch nicht charakteristisch für mich, täglich nach dem Frühstück ins Museum zu rennen. Seit ich jedoch das kleine, aber feine Inuit-Museum von Frobisher Bay ausfindig gemacht habe, weiß man, wo der SHANGRI-LA-Skipper im Zweifelsfall aufzuspüren ist.

„Gilt dein Interesse nun eigentlich der Archäologie oder vielleicht doch mehr dieser – Archäologin?" argwöhnt Helga mit treffsicherem weiblichem Instinkt.

Nun ja. Dieses Museum mit seiner bemerkenswerten Sammlung wäre wirklich nur die Hälfte wert ohne Ann, den jungen, blitzgescheiten und ansehnlichen weiblichen Kustos. Diese charmante Wächterin über das Kulturerbe der Inuit ist das Erfreulichste, was mir bislang in der Arktis über den Weg gelaufen ist. Die studierte „Ologin" aus Montreal ist ebenso beeindruckend zartgliedrig und blond wie die Objekte ihrer Wissenschaft pausbäckig und schwarzhaarig sind. Da kann man sich auf den Spuren toter Eskimos schon mal in zwei lebendigen blauen Augen verirren...

Auch Ann ist eine von denen, die der Norden nicht mehr losläßt. Schon während ihrer Studienjahre hat sie mehrfach die Semesterferien auf Baffin Island verbracht. Und nun gehört sie eben hierher.

„Woanders halte ich es nicht mehr lange aus", lächelt Ann. Nicht nur, daß sie sich der Erforschung und Bewahrung der Inuitkultur verschrieben hat; wie alle „Nordkranken" ist sie von der wilden, ursprünglichen Natur fasziniert. Der Arbeitsplatz in Frobisher Bay ermöglicht es, ihre außerdienstlichen Neigungen mit ihrer beruflichen Qualifikation zu vereinbaren. Was will man mehr?

„Übrigens", fällt es Ann plötzlich ein, „in deiner Radiosendung" – (ach du lieber Gott, sie hat mich auch gehört) – „in deiner Radiosendung sagtest du, daß es euer Plan sei, der vermuteten Wikingerroute zu folgen. Ich kann dir bestätigen, daß ihr nach allen vorliegenden Erkenntnissen auf der richtigen Strecke seid."

Aus dem Mund einer Expertin – dieser Expertin – höre ich das besonders gern.

Man sei heute mehr denn je davon überzeugt, fährt sie fort, daß Baffin Island tatsächlich das Helluland der Wikinger ist, das „Land der flachen Steine".

„Es gibt ein wichtiges Fundstück, welches eindeutig belegt, daß Normannen diese Insel betreten haben müssen. Hast du schon von der *Viking doll* gehört?"

Eine kleine, nicht unbedingt hübsche, aber für die Archäologie ungemein bedeutsame Holzpuppe sei bei Grabungen an der Südküste von Baffin Island entdeckt worden. Die Karbondatierung habe sie zweifelsfrei der Zeit um 1200 zugeordnet. Und dies schlicht und naiv bearbeitete Stückchen Holz entstamme mit Sicherheit nicht der Inuitkultur.

„Was nicht heißt", räumt Ann ein, „daß nicht doch ein früher Eskimo die Puppe geschnitzt hat. In dem Fall muß er jedoch Kontakt mit Menschen aus einer ihm fremden Welt gehabt haben. Denn die Puppe trägt zweifelsfrei ein Wikingergewand. Auf der Vorderseite des Umhangs nach normannischer Mode ist sogar das christliche Kreuz eingekerbt. Wenn also nicht die Wikinger selbst dieses Stück hier zurückließen – dieser Punkt ist nicht eindeutig geklärt –, so muß doch ein Inuit von Baffin Island mit eigenen Augen die Fremden gesehen und deren Tracht kopiert haben."

Ich spüre auf einmal, daß Archäologie tatsächlich etwas mit Jagdfieber zu tun hat. An Ann ist eben vieles mitreißend.

Mit Hingabe widmet sie sich auch der Pflege ihrer Wirkungsstätte, die – von außen so schmucklos und nichtssagend wie alle anderen Gebäude in Frobisher Bay – im letzten Winter durch eine ungewöhnliche Aktion Furore gemacht hat.

„Wir mußten umziehen", erinnert sich Ann lachend, „und zwar mit dem ganzen Haus!"

Zunächst sei das Gebäude dicht am Strand errichtet worden. Zu dicht, wie sich herausstellte. Der Platz erwies sich bei Hochwasser als ausgesprochen gefährdet. Nach längeren Debatten und technischen Erwägungen sei schließlich das ganze Haus vorsichtig von seinem Pfahlunterbau gehoben, in Präzisionsarbeit auf einen Tieflader gehievt und an seinen jetzigen Standort transportiert worden. Natürlich unter Anteilnahme der gesamten Bevölkerung.

Nicht weniger Kurioses kann Ann über Kultur und Geschichte der Inuit erzählen. Ja mein Gott, was weiß unsereiner schon über die Eskimos? Auch wir sind mit Kenntnissen hier angereist, deren Dürftigkeit sich im Nachplappern so ungeprüfter Hypothesen offenbart wie „wohnen in Iglus" oder „verkuppeln ihre Frauen mit jedem Gast". Was nicht völlig falsch ist, aber doch diesem Volk nicht gerecht wird und zumindest ergänzungsbedürftig ist. Was ist Legende, wo fängt die Wahrheit an?

Daß wir von Iglus ziemlich falsche Vorstellungen hatten, dämmerte uns ja schon an der Fundstelle des alten Eskimodorfes am Nachvakfjord.

„Tatsächlich waren Erdhütten noch vor nicht allzu langer Zeit die üblichen Behausungen der Inuit, jedenfalls in dieser Gegend Kanadas", bestätigt Ann. „Man hob solche quadratischen Vertiefungen aus, wie ihr sie noch gesehen habt. Natürlich ging das nur in dem Maß, wie der gefrorene Erdboden es zuließ. Um diese Gruben wurden schützende Wälle aus Steinen, Grassoden und Erdreich aufgeschichtet. Und als wetterfestes Dach spannten sie Karibufelle darüber."

Woher in aller Welt, stammt dann die Geschichte mit den Iglus?

„Hat es die überhaupt jemals gegeben?" frage ich verunsichert.

„O doch, durchaus. Du mußt bedenken, daß die Inuit nomadisierende Fischer und Jäger waren. Ein Volk ohne feste Wohnsitze. Immer mußten sie im Rhythmus der Jahreszeiten den Robben, die ihren Lebensunterhalt garantierten, nachziehen. Auf dieser Wanderschaft wurden zwangsläufig immer neue Camps errichtet, in denen man sich einige Wochen aufhielt. Verschwanden die Robben, wurde das Lager wieder abgebrochen. Da es im Winter unmöglich war, die üblichen Erdhütten zu bauen, entstanden an den Lagerplätzen eben Iglus — Rundbauten aus gepreßtem Schnee. Aber sie waren sozusagen nur eine Notlösung."

Ebenso, unterweist mich die Expertin, beruhen viele der für uns fremdartigen Gebräuche auf praktischen Erfordernissen. Etwa die Eßgewohnheiten. Als „Rohfleischesser" — Eskimos — mußten die Inuit sich verächtlich von den Indianern beschimpfen lassen. Aber durch den Verzehr von rohem Fleisch und Fisch versuchten die Inuit, den Mangel an Vitaminen in ihrer Nahrung auszugleichen — fehlte es ihnen doch weitgehend an pflanzlicher Kost. Nicht selten delektierten sie sich sogar an dem vegetarischen Mageninhalt ihrer Schlachttiere.

Nun, einige der alten Ernährungsgepflogenheiten, fällt mir ein, haben sich offenbar trotz Hudson Bay Company bis heute erhalten. Ich erzähle Ann von dem Pärchen in Hopedale, dem mit dem Telefon, und ernte zu meiner Freude wieder dieses unwiderstehliche Lachen aus zwei verheißungsvoll blauen Augen.

Ich gebe es ja zu. Der Schein ist verdächtig. Kein Tag vergeht, ohne daß der *Doubleboat*-Skipper ins Museum spaziert. „Fragt sich nur, *was* es da alles zu studieren gibt", bemerkt die SHANGRI-LA-Bordfrau, nicht ohne mir durch Warnton klarzumachen, daß ich restlos durchschaut sei. „Muß ja wirklich interessanter sein als ich dachte…"

Ist es auch! Schließlich höre ich Wissenschaftliches aus berufenem Mund. Und wir sind noch längst nicht fertig mit der Lektion. Heute will ich endlich wissen, wie das mit den sprichwörtlich lockeren Sitten der Inuit wirklich gewesen ist. Haben sie früher tatsächlich…?

„Typisch!" tadelt mein blonder Engel mit gespielter Strenge. „Das mit dem Frauen-Anbieten weiß jeder, auch wenn er sonst gar nichts weiß über die Inuit."

Es sei ganz und gar unsinnig, hier abendländische Moralmaßstäbe

anzulegen. „Man muß auch dies unter gewissermaßen gesundheitspolitischem Aspekt betrachten."
Wie bitte?
Na ja, zwangloses Sexualverhalten bei Naturvölkern sei nicht einfach mit sittlichem Verfall gleichzusetzen. Obwohl die ersten christlichen Missionare, die damit konfrontiert wurden, sich vor heiligem Entsetzen schüttelten. Für sie war dies Sodom und Gomorrha. Schon die Tatsache, daß ein wohlhabender Jäger meist in Mehrehe mit zwei oder drei Frauen lebte – je nachdem, wie viele er ernähren konnte –, mußte die in Keuschheit darbenden Gottesmänner zutiefst schockieren. Erst recht, wenn der Hausherr auch noch die eine oder andere aus seinem nach Fischtran duftenden Harem dem Gast als Dessert anbot.

Diese Gepflogenheit aber, erklärt Ann, sei entstanden aus der Notwendigkeit, das Erbgut der Familien von Zeit zu Zeit durch fremdes Blut aufzufrischen.

Ich forsche vergeblich nach Ironie hinter dieser unergründlichen weiblichen Stirn. Sie meint es ernst.

„Ist doch klar. Stell dir nur vor, welche Inzucht da herrschte. Die einzelnen Sippen lebten weit verstreut und fast ohne Kontakt zueinander. Nur manchmal trafen zwei oder drei Clans in den Camps zusammen. Und solche Begegnungen wurden dann auch freudig dazu genutzt, etwas gegen die Degeneration des Stammes zu unternehmen. Die Missionare aber sagten ‚Hurenspiele' dazu. Sie beurteilten das, was sie sahen, eben nur vordergründig."

„Wie ging es denn so zu bei diesen – Spielen?" Nun will ich es genau wissen.

Also – man feierte ein Fest, ein nach echter Inuit-Art fröhliches und lockeres, aber dennoch festen Riten unterliegendes Fest, sobald mehrere Sippen einander an den Wohnplätzen trafen. Dabei wurde getafelt, was die Vorräte hergaben. Und wenn man sich mit Köstlichkeiten wie stinkendem Trockenfisch aus dem Seehundsbeutel in Stimmung gebracht hatte, harrten zu vorgerückter Stunde schließlich alle kichernd auf den entscheidenden Moment: nämlich daß der Angakok, der Schamane, das Zeichen zum Beginn des Höhepunkts gab. Ihm, dem Priester, Medizinmann und großen Zauberer, oblag die Rolle des Zeremonienmeisters. Nichts ging ohne den Schamanen. Auf sein Zeichen hin wurden die Tranlampen gelöscht – das Signal zum Angriff!

Nun durfte sich jeder Mann greifen, was an Weiblichem gerade in Reichweite war, tunlichst eine Angehörige der jeweils anderen Sippe, denn das war ja Zweck der Übung.

Begünstigt durch die Dunkelheit, wurden die Karten bunt gemischt. Und wer eine Niete gezogen hatte, konnte es vielleicht noch einmal probieren. So also sollen es die Inuit geschafft haben, trotz ihrer begrenzten sozialen Struktur nicht der Degeneration anheimzufallen.

Und heute? Gibt es sie noch, die Lampenlöschspiele?

Die Expertin will sich da nicht festlegen. Gewiß hat sich im Leben der Eskimos durch die Gesellschaftsordnung der weißen Landesherren vieles gewandelt. Mögen Fischfang und Jagd auch unverändert ihr Lebensinhalt sein, so sind sie doch seßhaft geworden – und Sozialhilfe-Empfänger. Die Erdhütte wurde gegen die Einheitsbaracke getauscht, in die Videogerät und Waschmaschine Einzug hielten. Auto und Motorschlitten sind in überkommene Lebensgewohnheiten integriert, die alte Handharpune wanderte klaglos ins Museum. Die Inuit sind angepaßt. „Man kann heute sagen, daß dieses Volk den Sprung ins zwanzigste Jahrhundert geschafft hat", meint Ann. „Und es hat dabei keine Bauchlandung gemacht wie manche andere Naturvölker."

Das größte Kunststück dabei war vielleicht, daß die Inuit sich bei aller Anpassung eine gesunde Portion Eigenständigkeit bewahren konnten. Sie sind in Interessenverbänden organisiert und schicken ihre Vertreter in politische Gremien. Und die Traditionen dieses alten Volkes werden keineswegs ausschließlich im Museum gehegt: Die überlieferten Fertigkeiten wie Netzeknüpfen oder Schlittenbau haben sinnvollen Eingang in den Schulunterricht gefunden. Schon hat auch der eine oder andere besonders Begabte das alte Kunsthandwerk der Speckstein- und Walroßzahn-Schnitzerei zu seinem Broterwerb gemacht.

Die Fellkleidung der Vorfahren ist zwar passé, denn bei der „Bay" kauft man Mode nach westlichem Zuschnitt; doch verstehen es die Eskimofrauen, der Konfektionsware den charakteristischen Inuit-Touch zu geben: Immer noch nähen sie die typischen ausladenden Pelzkapuzen an ihre Jacken, die sich nicht nur so kuschelig über den Kopf ziehen lassen, sondern in denen man auch ganz praktisch Säuglinge transportieren kann.

Wenn es denn ein Problem der Inuit gibt, so ist es der Alkohol.

„Das darf man wirklich nicht verharmlosen", seufzt Ann. „Sie vertragen wohl weniger als andere. *The booze* ist zu einem wahren Fluch geworden. Dabei macht der Staat es ihnen schon absichtlich schwer, überhaupt an Alkohol heranzukommen. Du hast sicher schon gemerkt, daß man hier in keinem Laden einfach Schnaps kaufen kann. Wer Spirituosen haben will, muß sie erst bestellen. Diese Art einzukaufen geht den Eskimos aber gegen den Strich. Wenn ein Inuit das Geld für eine Flasche Whisky auf den Tisch legt, dann will er sie gleich mit nach Hause nehmen und nicht erst zwei Monate darauf warten."

So erklärt sich, daß das Schwarzbrennen in der Arktis in höchster Blüte steht. *Homebrew* ist die Lösung. Und was dabei herauskommt, ist manchmal im wahrsten Sinne des Wortes umwerfend.

Als ich an diesem Abend das Museum verlasse, ist auch mein klares Denkvermögen ein wenig beeinträchtigt. Denn morgen werde ich nicht mehr kommen können, wir müssen unsere Abreise vorbereiten.

Einen Atemzug lang hängt Schweigen in dem Ausstellungsraum mit dem kleinen Tisch, an dem wir gesessen haben. Dann sagt Ann leise: „Wenn du gehst, mach bitte draußen das Licht aus. Der Schalter ist neben der Tür."

Ich mache das Licht aus. Ich „lösche die Lampen" – und ertappe mich dabei, einen unwiederbringlichen Augenblick lang auf das Wort des Schamanen zu lauschen...

Zum Winterschlaf nach Grönland

Zu dritt sind wir nach Frobisher Bay gekommen, und wiederum ist eine dreiköpfige Mannschaft an Bord, als SHANGRI-LA bei Flut ausläuft, zurück in den Hauptschiffahrtsweg, durch das Labyrinth der vielen abgeplatteten Schären, der „flachen Steine" von Helluland.

Das hätte sich keiner von uns träumen lassen, daß Kurts leere Kabine auf dieser Reise noch einmal bewohnt sein würde! Als neues und herzlich willkommenes Crewmitglied hat Stewart Taylor angemustert.

„Bevor es mit meinem eigenen Schiff losgeht, muß ich ja noch einiges lernen", hatte der Yachtbesitzer in spe erst herumgedruckst und war dann schließlich mit seiner Bitte herausgerückt: „Könnte ich vielleicht ein Stück mit euch segeln?"

Wir freuen uns riesig über die Ergänzung der Besatzung, denn Stewart ist einer, den man um sich haben kann, und zwei tüchtige „rechte" Hände hat er obendrein. Auf dieser Etappe nach Grönland, unserer vorläufig letzten, wird Stewart also seine Lektion in Hochseesegeln absolvieren.

Kurz vor dem Start war ich allerdings noch drauf und dran gewesen, alles über den Haufen zu werfen. Der Polarsommer neigte sich bereits seinem Ende zu – was mich ernsthaft erwägen ließ, Frobisher Bay wie Kurt lieber auf dem Luftweg zu verlassen und SHANGRI-LA schon hier für den Winter einzumotten. Doch der Wetter- und Eisbericht, mit dem die Coast Guard uns versorgte, zerstreute meine Befürchtungen, und den Ausschlag gab schließlich Stewarts eindringliche Warnung: „Wenn ihr Pech habt, könnt ihr SHANGRI-LA im nächsten Jahr nicht hier herausholen!" Denn in schlechten Jahren bleibe während des ganzen Sommers ein Eisgürtel quer über den Fjord liegen. Die Stadt sei dann auf dem Seeweg bestenfalls mit Eisbrechern zu erreichen und ebenso schwierig zu verlassen.

Das fehlte noch. Natürlich haben wir keine Lust, SHANGRI-LA im nächsten Jahr huckepack aus Frobisher Bay abzuholen. „Und selbst bei günstigsten Eisbedingungen", argumentierte Stewart weiter, „würde ich sie nicht hier stationieren. Denn das hieße, sie den Inuitkindern als Abenteuerspielplatz zu überlassen."

Nichts gegen Inuitkinder, aber bei dieser Vorstellung kräuselten sich mir doch die Nackenhaare. Womöglich taugten SHANGRI-LAS Fragmente danach nur noch als Exponate für Anns Museum... All das waren Gründe genug, doch wie geplant nach Grönland weiterzusegeln.

Die Vorhersage verspricht eine konstante, ruhige Wetterlage. Aber draußen im breiten Trichter des Fjords spüren wir, daß es bereits merklich kühler geworden ist. Der leichte Wind bringt den ersten Frosthauch, schiebt uns aber trefflich voran.

Wie auf der Herfahrt biegen wir zum Übernachten in einen der unzähligen Seitenarme des Frobisher Sound ein. Es würde wohl Jahre brauchen, wollte man jede dieser malerischen, oft schluchtartigen Einkerbungen kennenlernen, die das Felsland zerschneiden. In unendlich vielen Variationen hat die Natur sie gestaltet.

Der Seitenfjord, in dem wir am ersten Abend Unterschlupf suchen, verengt sich zu einem ganz schmalen Nadelöhr. Wie in eine magische Röhre gleitet SHANGRI-LA hinein. Ganz still ist es hier drinnen. Und fast am Ende der hohlen Wassergasse, wo die Welt von einer Felsmauer versperrt scheint, offenbart der Fjord sein Geheimnis: Plötzlich öffnet sich dem überraschten Auge eine im rechten Winkel abzweigende Bucht – winzig klein, kaum zwei Yachten hätten darin Platz, und so kreisrund wie ein Kratersee! Ein schönerer und zugleich geschützterer Ankerplatz läßt sich kaum denken.

Wir loten zwölf Meter Wassertiefe, wesentlich weniger als erwartet. Sind doch manche Buchten hier fast so tief wie die Felsen hoch. Was für eine Idylle! Es ist ein Zwischenland, in dem wir SHANGRI-LA für diese Nacht verankern, eine paradiesische Enklave ungestörten Friedens, ein Ort, der den Namen SHANGRI- LA tragen könnte. Mythisch und seltsam unwirklich ist diese Nische, rundherum abgeschirmt von steilen Wänden, deren graubraunes Gestein bis ins Wasser abfällt. Und hoch oben, majestätisch entrückt, schweben weiß schimmernd die schneebedeckten Bergzinnen.

Enten paddeln gemächlich um uns herum, sonst rührt sich nichts. Atemlose Stille erfüllt die Klause, die von keinem Windhauch gestreift wird. So klingt selbst das kleinste Geräusch, das wir verursachen, ganz fremd und unwirklich laut; in vielfachem Echo werfen die Felsen es zurück.

Bald merken wir, daß der Wasserspiegel mächtig zu steigen beginnt. Mit acht Metern Tidenhub sei hier wohl zu rechnen, meint Stewart.

Und tatsächlich hebt die Flut uns neben den Wänden wie in einem Fahrstuhl in die Höhe!

In der Nacht friert es, was zunächst keiner von uns Schläfern merkt. Dick in Faserpelze und Schlafsäcke gehüllt, spüren wir die Kälte nicht. Es ist zwischen drei und vier Uhr morgens, als ein häßliches Kratzen mir durch Mark und Bein sägt und mich erschreckt hochfahren läßt. Plötzlich sitzen drei verhüllte Figuren senkrecht in den Kojen und strampeln sich hastig aus der Verpackung. Ich stürze an Deck in der schrecklichen Erwartung, SHANGRI-LA mit klaffenden Wunden an einer Felskante festgehakt vorzufinden...

Nichts dergleichen. Sie liegt unversehrt und brav am selben Platz wie abends, in sicherem Abstand zu den beinharten Granitwänden. Woher in aller Welt rührt dann dieses haarsträubende Schaben und Kratzen? Wir können hier doch unmöglich auf Grund geraten sein! Ich schalte den Scheinwerfer ein und leuchte die Umgebung ab. Der Lichtkegel enthüllt des Rätsels Lösung: In zart schimmerndem Weißgrau ist die Fläche rund um das Schiff erstarrt – unsere Bucht ist zugefroren! Eine dünne Eisplatte bedeckt die Mitte des Kessels wie eine Scholle, die jetzt durch den Sog des einsetzenden Ebbstroms in Bewegung gerät. Sie drängt hinaus – und wird dabei ratschend von unserer Ankerkette zersägt! Zusätzlich betätigen sich auch die beiden Rümpfe unter schaurigem Geraspel als Eisbrecher.

Was soll man da machen? Ergeben gucken wir zu, wie die abgetrennten Eisfragmente im Strahl unserer Lampen hinaus in den Fjord driften, nicht ohne deutliche Spuren auf unserem schwarzen Antifouling-Anstrich zu hinterlassen.

Als auch die letzten Reste zerkleinert und davongetrieben sind, herrscht endlich Ruhe in unserer Klause. Müde wühlen wir uns wieder in die molligen Hüllen. Und erst die aufgehende Sonne weckt uns – auf schonendere Art – ein zweites Mal.

Leichter westlicher Wind, unterstützt vom Tidenstrom, drückt uns aus der Mündung des Frobisher Sound. Doch noch einmal wollen wir in kanadischem Gewässer ankern, bevor es hinausgeht in die Davis Strait. Robinson Bay heißt in unserem Handbuch eine mit Anker geschmückte Bucht auf Lock Island, einem kleinen Felsbrocken vor dem nördlichen Rand des Fjordausgangs.

Natürlich erweist sich der Name als Schmeichelei. Einem Robinson böte dieser Strand wohl kaum Überlebenschancen, es sei denn, er könnte sich mit einer Geröllhalde und einer dürftigen Grasnarbe begnügen. Und doch finden wir am Ufer der Robinsonbucht das, was wir suchen: Süßwasser! Ein kristallklarer, munter sprudelnder Bach windet sich in steinigem Bett bis zum Meer.

Im Vertrauen darauf, daß sauberes Trinkwasser hier im Norden nahezu überall vorhanden ist, hatten wir in Frobisher Bay auf das Bunkern verzichtet. Zu mühselig schien uns die kilometerlange Anfahrt mit dem Dingi. Zum Glück geht unsere Rechnung auf.

Mit randvollen Tanks verlassen wir nach ruhiger Nacht die karge Robinson Bay – und damit den letzten Zipfel kanadischen Bodens. Vor uns liegen 370 Seemeilen bis nach Godthab, der Hauptstadt Grönlands. Es ist ein später Augustmorgen, der nichts Sommerliches mehr hat, sondern schon düstere Herbststimmung verbreitet. Außerhalb des Sunds wandelt die See bald rapide ihr Gesicht. Die eiskalte Davis Strait schickt uns eine dunkelgraue, schwere Dünung entgegen. Unheimlich träge, beinahe dickflüssig wie Öl wirkt das Meer, und der drohende, grauverhangene Himmel entlockt ihm nicht den kleinsten Farbreflex. Wie eine alte, körnige, nicht ganz scharfe Schwarzweißfotografie dehnt es sich von Horizont zu Horizont, und natürlich fehlen darin nicht unsere alten Bekannten, die Eisberge. In größerer Zahl, als wir sie je zu sehen bekamen, driften sie unaufhaltsam südwärts. Und wir müssen ihre Straße überqueren.

Doch keine Spur ist mehr von den Treibeisfeldern zu entdecken, die uns noch vor kurzem die Passage über die Hudson Strait, in die Frobisher Bay hinein, so erschwert haben. Der ganze Spuk ist wie weggeblasen! Die Coast-Guard-Propheten hatten also doch recht. „Kein Treibeis in der Davis Strait", stand im letzten Bericht; hinter einem „schmalen Gürtel driftender Eisberge" sollte die Mitte der Wasserstraße sogar ganz frei sein.

Als die Berge Baffin Islands hinter uns im Dunst verschwinden, beginnt das Barometer unvermittelt zu fallen.

Mir schwant nichts Gutes, und Helga geht es offensichtlich genauso. Wir ertappen uns dabei, wie wir das Glas argwöhnisch im Auge behalten. Plötzlicher Luftdruckabfall in dieser Jahreszeit – was, wenn sich damit einer der schweren Nordoststürme ankündigte, für welche die Davis Strait im Sommer berüchtigt ist? Vielleicht hätten wir doch nicht mehr so spät... Aber solche Überlegungen sind jetzt müßig. Sowie der Wind nur ein bißchen nachläßt und unsere Fahrt sich verlangsamt, werden die Maschinen gestartet, denn wir haben es auf einmal sehr eilig. Doch schneller als das Wetter ist kein Schiff. Wir laufen voll in den ersten kräftigen Sturm der Saison hinein! „Augen zu und durch", sagt Helga und zu Stewart: „Du wolltest ja was lernen – das kannst du jetzt!"

Schon bolzen wir unter dreifach gerefftem Groß- und kleinem Vorsegel (die Genua ist bis zur zweiten Markierung weggerollt) gegen einen schneidend kalten Nordost an, der immer heftiger wird. Wie verändert ist plötzlich unsere Welt – zwischen Paradies und Hölle an Bord liegen genau 180 Grad Winddrehung!

Es ist unverkennbar der Hauch der riesigen „Eisschüssel" Grönland, der uns mit erbarmungsloser Schärfe entgegenbläst und in Wanten, Stagen und Mast ein dissonantes Konzert ertönen läßt. Tiefes, vibrierendes Brummen mischt sich in jaulendes Geheul und schrilles Pfeifen. Die See faltet sich zu gigantischen Wellen, wie von gewaltigen Bulldozern zusammengeschoben. Gischtfahnen stieben von den Schaumwalzen, als eisige Schauer spritzen sie uns um die Ohren, und jeder Tropfen brennt wie Feuer im Gesicht. Bis in die Wangenknochen scheint der Frost zu dringen.

Drei unförmig aufgeplusterte Gestalten, verpackt und verschnürt in allem, was wärmt, tapsen über Deck, um die Segel zu bergen. SHANGRI-LA liegt quer zum Wind, rutscht an einem Steilhang hinunter, wird am nächsten mit Macht wieder emporgezogen, steckt die Backpfeife eines Brechers weg, der schäumend an der Bordwand explodiert, und sackt zurück ins Wellental ...

Eismeerfahrt. Das ist Frieren und Fluchen, ist Knochenarbeit mit bleischweren Gliedern, mit Fingern, die trotz der Handschuhe steif sind und kraftlos zu werden drohen. Es ist ein eisiges Fegefeuer.

„Treibanker?" überschreit Helga das Tosen. Ich nicke.

Es ist Jahre her, seit wir das letzte Mal vor Treibanker lagen – im Sturm oder um irgendwo nachts vor einem schwierigen Landfall das Tageslicht abzuwarten. Jetzt haben wir guten Grund, uns an diese Möglichkeit zu erinnern. Wir machen kaum noch Fahrt über Grund, es ist sinnlos, weiter gegenanzukämpfen.

Der Treibanker ist draußen. Die Leine spannt sich, und wie einen am Zügel gerissenen Gaul wirft es SHANGRI-LA herum. Die Rumpfspitzen schwenken in den Wind. Nicht mehr die Breitseite bietet sie den anrollenden dunklen Monstern, sondern die „Stirn". So ist unser altes Mädchen mit schweren Seen schon immer am besten fertiggeworden – genau von vorn müssen sie kommen!

Schlagartig bessert sich die Situation. Das Tosen im Rigg hat zwar noch einige Oktaven zugelegt, doch SHANGRI-LA liegt nun absolut ausbalanciert in der See. Wie ein Vollblut springt sie über die gewaltigen Hürden, bewältigt Dreifachkombinationen in endloser Folge – ohne Ermüdung.

Warum, frage ich mich, liest man in Weltumseglerbüchern bloß so wenig über den Nutzen des Treibankers? Ich halte ihn immer noch für das beste Mittel, einen Sturm abzuwettern, erst recht, wenn er aus der Fahrtrichtung kommt – und er empfiehlt sich keineswegs nur für Mehrrumpfboote.

Wir verziehen uns in die Kajüte. Bald strömt durch die Wohnküche der Dampf der schon vielfach bewährten Hühnerbrühe, die Leib und Gemüt erwärmt – und die Finger gleich an den Tassen. Der Blick aus dem Fenster fällt auf haushohe, basaltgraue Wände, über die weiß schäumende Kaskaden stürzen. Wie im Fahrstuhl steigt SHANGRI-LA an ihnen empor und zerschneidet die Gischt, die mit Zischen und Donnern unter uns durchrauscht.

Helga hantiert mit Geschirr, fängt an, Eintopf zu kochen, rumort mit Pütt und Pann in den Schapps, feudelt den Boden auf, hängt das Ölzeug weg ... Ich kenne das schon. Diese emsige Aktivität ist Helgas patente Sturmbewältigung. In solchen Stunden nimmt sie ihre Hausfrauenrolle besonders genau, hat dann auf einmal furchtbar viel zu tun.

Und Stewart? Ich bin froh, daß der neue Mann an Bord keine Spur von Angst erkennen läßt. Im Gegenteil, Stewart Taylor scheint sein Element gefunden zu haben! Immer wieder springt er begeistert aus der Kajüte ins Cockpit, peilt über den Aufbau nach vorn, duckt sich, wenn die nächste eisige Dusche über das Schiff fegt.

„*It's fantastic!*" Tropfnaß, aber mit leuchtenden Augen kommt er zurück in den Salon, wärmt sich kurz auf und sprintet wieder in die Kälte zum Ausguck. Ein kerniger Maat. Einer der besten, der je auf der SHANGRI-LA mitfuhr. Geschickt mit den Händen, naturbegeistert, immer guter Dinge und bescheiden. Mit ihm haben wir ein Stück Sicherheit mehr an Bord.

Ich selbst hocke in der Sofaecke und unternehme den ziemlich sinnlosen Versuch, mich in ein Buch über Eskimos zu vertiefen. Aber konzentriert zu lesen, will mir bei schwerem Wetter nie gelingen, weil sich dabei prompt Symptome von Seekrankheit einstellen. Auch diesmal gerät mir das Schmökern mehr zu einem Vor-sich-hin-Dösen; doch auf diese Weise bin ich hervorragend regeneriert, als meine nächste Wache beginnt und ich den Platz draußen in der Kälte mit Stewart tausche.

Bei solchem Wetter vor Treibanker im Meer liegen bedeutet sonst immer Entspannen und Kräftesammeln. Doch diesmal läßt mich eine unterschwellige Unruhe und Besorgnis nicht los. Meine Horrorvision heißt: Growler! Bloß jetzt keine Growler! Wir wären kaum in der Lage, den Treibanker schnell genug einzuholen, um ausweichen zu können. Denn mit Sicherheit driftet das Eis mit anderer Geschwindigkeit als wir ...

Erstaunlich, wie wenig wir zurückgesetzt werden. Seit drei Stunden wirft der Satellitennavigator nahezu dieselbe Position aus.

Auf und nieder geht der Ritt, endlos. Hinunter ins düstere, bleigraue Tal, hinauf an schwarzer, drohender Wand, dann die gurgelnde weiße Walze und zurück in den Abgrund. Durch die prasselnden Duschen der Schaumkronen versuche ich ängstlich, weiße Klumpen auszumachen ... Doch der Alptraum bleibt uns erspart. Gott sei Dank.

Nach zehn Stunden ändert sich die Tonart im Rigg. Wir haben keinen Windmesser, doch die Anzeichen verraten, daß der Sturm seinen Höhepunkt überschritten hat. Auch das Barometer macht einen deutlichen Sprung nach oben. Aber noch ist die See zu grob, um den Treibanker wieder einzuholen. Wir warten die Nacht ab, versuchen zu schlafen im Vertrauen darauf, daß nichts so bleibt, wie es ist, daß morgen ein anderer Tag sein wird.

Und richtig: Die See geht am Morgen zwar nach wie vor hoch, doch der Wind kommt aus der passenden Richtung: Nordwest! Im Nu ist die Mannschaft in den Startlöchern. So flink haben wir die Reffs noch selten ausgeschüttelt. Wir geben SHANGRI-LA die Zügel, und nun macht sie mit allem Tuch, das sie hat, eine Rauschefahrt, als gelte es, Pokale zu gewinnen. Wie bei einer Regatta suchen wir den optimalen

Kurs - wobei kein anderes Boot zu schlagen ist, sondern die unberechenbare Davis Strait. Niemand an Bord ist auf eine weitere Kostprobe aus ihrer berüchtigten Wetterküche erpicht, nicht einmal Stewart. Die Seen haben jetzt an Kraft eingebüßt, besitzen nicht mehr jene Urgewalt, der man sich nur beugen konnte. Von beiden Rümpfen Schaum spuckend, prescht SHANGRI-LA voran, als habe sie Stallgeruch gewittert und den Endspurt begonnen.

Schon in der nächsten Nacht blinkt uns ein Licht entgegen, das Leuchtfeuer von Godthab, der Hauptstadt Grönlands: ein Pünktchen in der Dunkelheit, das Sicherheit verspricht. Aber wir wissen auch, daß dieses kleine, glimmende Licht in der Kimm für uns eine Ziellinie markiert. Denn dort, am Rande der Eisschüssel Grönland, der größten Insel der Erde, wird unser Törn für dieses Jahr beendet sein. Zu weit ist die Jahreszeit fortgeschritten, als daß wir jetzt noch die Rückreise in die Heimat wagen könnten.

Mag sein, daß einen Leif Eriksson die Unbilden des herbstlichen Nordatlantiks nicht abgeschreckt hätten, doch unser Respekt vor diesen Gewässern mahnt zur Vernunft. Zweifellos lassen sich auch die härtesten Seegebiete der Welt mit kleinen Yachten befahren, sofern die wichtigsten Voraussetzungen erfüllt sind: ein Boot im Bestzustand, optimale Vorbereitung, die günstigste Jahreszeit und eine erfahrene, ausgeruhte Crew – nicht zu vergessen das Quentchen Glück, das niemals fehlen darf. Vom letzteren, denke ich, haben wir das uns zugebilligte Maß voll ausgeschöpft. Und den übrigen Bedingungen können wir nicht mehr gerecht werden. Weder SHANGRI-LA noch ihre Besatzung ist derzeit in Höchstform. Und der nahende Polarwinter gebietet uns, hier vorerst die Segel zu streichen. Ein neues Jahr wird kommen und ein neuer Sommer. Warum also gerade jetzt, nach jahrelanger, gemächlicher Weltumsegelung, das Schiff und uns unter unzulänglichen Voraussetzungen durch die Atlantikstürme quälen?

Da die grönländische Westküste unter Nordlandfahrern als Geheimtip gilt, sind wir zuversichtlich, ein sicheres Plätzchen für SHANGRI-LA zu finden, wo sie ihren verdienten Winterschlaf halten kann, bis wir sie wieder abholen.

Nun also müssen wir Abschied nehmen von SHANGRI-LA, unserer zuverlässigen, treuen Gefährtin, und von dem neuen Freund, der uns ans Herz gewachsen ist. Ab Godthab gehen wir getrennte Wege:

Stewart fliegt nonstop zurück nach Frobisher Bay – Helga und ich düsen via Kopenhagen nach Hamburg.

Aber irgendein Frühsommertag des Jahres 1987, auf den wir uns schon heute freuen, wird uns wieder zusammenführen. Denn die zweite Hälfte der Wikinger-Route wartet auf uns. Von Grönland über Island nach Norwegen werden wir der Fährte folgen, die die ungestümen Drachenbootfahrer für uns legten, und die – dessen bin ich gewiß – eine Fülle neuer Eindrücke und Abenteuer bringen wird.

Zwei Wochen nach unserer Ankunft in Godthab sitzen Helga und ich im Flugzeug, das uns nach Dänemark bringt. Unter uns gleitet die endlose weiße Fläche des grönländischen Inlandeises dahin, in der nur blaugrünes Schmelzwasser hier und dort einen Farbkontrast bildet.

Stumm starren wir hinunter in die gleißende Helligkeit, fühlen uns seltsam apathisch. Wir schauen – doch was wir sehen, bleibt merkwürdig abstrakt. Wie lebendig sind dagegen die Bilder, wenn wir die Augen schließen ... Die Bilder vom tanzenden Feuer des Nordlichts, vom alles verhüllenden Nebel, von grasenden Karibus und breit lachenden Inuitgesichtern. Alle sind sie uns noch so nah und gegenwärtig: die Menschen, deren Weg wir in der Arktis kreuzten. Jene, die in ihr aufblühten, und andere, die an ihr zerbrachen.

Gesichter und Landschaften brachten uns Erlebnisse von selten gekannter Intensität, füllten unsere Köpfe und Herzen. Und ebenso frisch sind die Empfindungen dieser vergangenen Monate: die Ängste im Treibeis, das Gefühl der Verlorenheit und die Ehrfurcht vor einer übermächtigen, kompromißlosen Natur.

„Was wirst du sagen?" frage ich Helga und reiße sie damit aus ihren Täumen zurück in die Kabine des heimwärts brummenden Düsenjets.

„Sagen?"

„Zu Hause. Wenn sie uns fragen, wie es gewesen ist."

Sie lehnt den Kopf zurück; ihre Augen sehen nicht die Gepäckablage über unseren Köpfen, sondern das Land aus Nebel, Eis und Fels.

„Was man eben mit Worten ausdrücken kann: Nie habe ich so gefroren, nie soviel Angst gehabt. Ich habe fluchen gelernt und mich schrecklich klein gefühlt. Aber es war kein zu hoher Preis ... Ich würde alles noch einmal machen. Morgen, wenn du willst.«